Joanna Philbin

Strawberry Summer

cbt

DIE AUTORIN

© Andrew Funrevel

Joanna Philbin wurde in Los Angeles geboren, wuchs aber in New York City auf. Sie studierte an der Brown University sowie an der University of Notre Dame. Heute lebt und schreibt sie in Los Angeles.

Joanna Philbin

Strawberry Summer

Aus dem Amerikanischen
von Laetitia Rezay

cbt

cbt

cbt ist der Jugendbuchverlag
in der Verlagsgruppe Random House

MIX
Papier aus verantwortungsvollen Quellen
FSC® C014496

Verlagsgruppe Random House FSC® N001967
Das FSC®-zertifizierte Papier *München Super Extra* für dieses Buch liefert Arctic Paper Mochenwangen GmbH.

3. Auflage
Erstmals als cbt Taschenbuch April 2014
Gesetzt nach den Regeln der Rechtschreibreform

Die Originalausgabe erschien unter dem Titel »Rules of Summer« bei Poppy, an imprint of Hachette Book Group, New York.

Übersetzung: Laetitia Rezay
Umschlagkonzeption: *zeichenpool, München, unter Verwendung eines Fotos von getty images/Jessie Jean
MG · Herstellung: KW
Satz: Uhl + Massopust, Aalen
Druck: GGP Media GmbH, Pößneck
ISBN: 978-3-570-30894-3
Printed in Germany

www.cbt-jugendbuch.de

Kapitel 1

Sie hätte es wirklich jemandem erzählen sollen. Es so ganz nebenbei erwähnen am letzten Schultag, als alle über ihre Pläne für den Sommer gesprochen hatten. *Echt? Du fährst ins Tenniscamp? Du verbringst einen Monat in Wildwood? Du hast das Praktikum in New York bekommen, für das du dich vor sechs Monaten beworben hast?*

Das ist echt toll.

Ich bin übrigens den Sommer über in den Hamptons.

Rory sah von ihrem Notizbuch auf und blickte aus dem Zugfenster. Sie hatte nicht so viele Kartoffelfelder erwartet. Braune Ackerfurchen, gesäumt von üppigen grünen Kartoffelpflanzen, flogen vorbei wie Farbklekse, und hier und dort standen einzelne Schindelhäuser aus Zedern und wachten über die Felder. Die Häuser waren keine alten, zerfallenen Farmhäuser, sondern nagelneue Villen. Auf den Hühner- und Milchfarmen in Stillwater, New Jersey, gab es definitiv keine Herrenhäuser. Dort gab es auch nicht diesen strahlenden Sonnenschein, dachte Rory, während sie in den kobaltblauen Himmel blickte. Vermutlich lag das daran, dass der Ozean zum Süden und die Bucht zum Norden lagen, aber sie hatte noch nie solches Licht gesehen. Sie wünschte, sie hätte gewusst, wie schön es hier war, als sie versuchte, ihre Mutter von ihrer Idee zu überzeugen. Aber vermutlich hätte es keinen Unterschied gemacht.

»Mädchen für alles?«, hatte ihre Mutter gefragt, als Rory ihr endlich von dem Plan erzählte. »Was zum Teufel soll das sein?«

Ihre Mutter hatte neben ihr gestanden und eine Flasche Wein geöffnet. Sobald Lana McShane zu Hause ankam, nahm sie eine Flasche billigen Chardonnay aus dem Kühlschrank und öffnete sie mit ihren perfekt manikürten Händen. Rory beobachtete ihre Mutter, wie sie den Korkenzieher drehte und dann daran zog, die Flasche zwischen ihren Knien. Plopp, kam der Korken raus. Selbst in klatschnassen Kleidern wog Lana kaum fünfundvierzig Kilo, aber eine Weinflasche war ihr noch nie unterlegen gewesen.

»Ich schätze, dass bedeutet, dass ich Botengänge erledigen werde«, sagte Rory, während sie eine große Gemüsezwiebel schnitt. »Was auch immer sie brauchen. Sie haben das in der E-Mail nicht so genau erklärt.«

»Bezahlen sie dich?«

»Ich werde dort umsonst wohnen. In ihrer Villa am Strand. Sie brauchen mich nicht zu bezahlen.«

Ihre Mutter schüttelte ihre roten Haare und nahm einen tiefen Schluck.

»Ich verstehe nicht, warum du immer ein Glas Wein trinkst, kaum dass du zehn Minuten daheim bist«, sagte Rory.

»Es entspannt mich. Versuch du mal neun Stunden

lang Haare zu schneiden.« Lana stellte das Glas zurück auf die Arbeitsfläche. »Was ist mit Mario? Weiß er es schon?«

»Es ist eine Pizzeria. Ich bin mir sicher, er findet Ersatz.« Rory ließ die Zwiebelstücke in die Pfanne gleiten und sah ihnen beim Brutzeln zu. »Außerdem habe ich ein bisschen gespart dieses Jahr. Du musst dir keine Sorgen machen.«

»Es geht mir nicht ums Geld. Ich mache mir Sorgen um dich.« Rory konnte hören, wie ihre Mutter in der Handtasche nach Zigaretten kramte. »Wenn du im Ausland studieren willst, könnte ich das verstehen. Wenn du einen Job in der Stadt haben willst, okay. Aber einfach so weggehen und bei einer Familie leben, die du nicht einmal kennst? Nur damit du hinter ihnen herräumen kannst wie deine Tante?«

»Fee arbeitet schon für sie, seit ich denken kann«, warf Rory ein. »Wenn sie so furchtbar wären, dann hätte sie schon vor langer Zeit gekündigt.«

»Aber … was willst du dort tun?«, hakte ihre Mutter nach. »Das sind nicht deine Freunde. Denkst du, dass sie dich in ihre Clique aufnehmen? Dass sie dich mitnehmen in ihre Clubs und zu ihren Partys? Oh, da sind sie ja.«

Rory wandte sich um. Ihre Mutter zog eine Zigarette aus der Packung und zündete sie mit ihrem Lieblingsfeuerzeug, das mit dem fröhlichen blauen Las-Vegas-Schriftzug, an.

»Du wirst dort nur eine bessere Dienstmagd sein«, sagte ihre Mutter und zog an der Zigarette. »Ist es das, was du willst?« Sie blies Zigarettenrauch aus, und ihre grünen Augen, die Rory so gerne geerbt hätte, verengten sich.

»Es ist mir egal, ob ich deren Dienstmagd bin. Ich will nur endlich hier rauskommen«, antwortete Rory. »Meinen Horizont erweitern. Willst du nicht, dass ich hier rauskomme? *Niemals*?«

»Spuck's aus«, sagte ihre Mutter und nahm wieder ihr Glas. »Es geht dir doch nur darum, von mir wegzukommen.«

Von dir und *deinem Freund*, dachte Rory, als sie sich wieder dem Herd zuwandte. Bryan, der immer zu laut telefonierte. Bryan, dessen XBox schon dauerhaft in ihrem Wohnzimmer eingezogen war. Bryan, der seine Miete nicht bezahlen konnte und deswegen natürlich bei ihnen einziehen musste – genauso wie die letzten beiden Katastrophen in zu engen Jeans. Rory nahm den Pfannenwender und löste einen angebrannten Zwiebelring vom Boden der Pfanne.

»Gib mir Bescheid, wenn das Essen fertig ist«, sagte ihre Mutter. Dann schlenderte sie in ihren Cowboystiefeln aus der Küche, ein Hauch von Zigarettenrauch und ihrem Parfüm wehte hinter ihr her. Das war das Ende der Diskussion gewesen.

Rory sah auf ihre Uhr, als der Zug an einem Gemüsestand vorbeifuhr. Sie dachte an Sophie und Trish, die jetzt vermutlich am See waren, sich sonnten und den letzten freien Tag ausnutzten, bevor sie am Montag ihre Jobs antraten. Jeden Sommer trafen sie sich nach ihrer Schicht bei *Marios* und hingen in der Mall oder im Frozen-Yogurt-Shop rum und unterhielten sich über alles Mögliche. Jetzt war sie über hundert Meilen weit weg. Sie war noch nie weiter von zu Hause weg gewesen als in New York City, und das war auch schon drei Jahre her. Sie war mit ihrer Mutter an ihrem vierzehnten Geburtstag hingefahren und hatte *Mamma Mia!* – oder zumindest die Hälfte von *Mamma Mia!* – gesehen: Sie hatten früher gehen müssen, weil ihre Mutter sich fast hundertprozentig sicher gewesen war, dass Martin oder Tommy oder Gordon oder mit wem auch immer sie damals gerade gegangen war, sie betrog, und sie wollte ihn in flagranti erwischen. Es überraschte niemanden, dass es so kam.

»East Hampton«, kündigte der Schaffner über die Lautsprecher an. »Nächster Halt: East Hampton.«

Der Zug fuhr noch, aber die Passagiere sprangen von ihren Sitzen auf, um ihre Taschen aus der Gepäckablage zu heben. Rory griff schnell in ihre Handtasche und öffnete die alte Puderdose von Estée Lauder, die bereits Risse hatte und die sie seit der neunten Klasse besaß. Nach der sechsstündigen Reise war ihr welliges braunes Haare ganz frizzelig von dem feuchtwarmen Juni-Nachmittag und ihr schwarzer Eyeliner hatte sich wie eine Waschbärenmaske um ihre haselnussbraunen Augen gelegt. Sie überlegte, ob ihr Make-up irgendwie zu retten war, aber es war hoffnungslos. Sie war – ihrer Meinung nach – nie hübsch genug gewesen, um sich über ihr Aussehen viele Gedanken zu machen. Ganz im Gegensatz zu ihrer Mutter, die schön war und sich genau deshalb ihr ganzes Leben lang darum bemühte, absolut perfekt zu sein. Egal, sie schob einen Plastikreif in ihr Haar und tupfte den kümmerlichen Rest des Wet'n'Wild-Bronze-Berry-Lipgloss auf ihre vollen Lippen. Es konnte nicht schaden, sich ein bisschen frisch zu machen. Reiche Leute mochten das. Ihre Tante benutzte das Wort *reich* nie. *Gepflegt* sagte sie immer, wenn sie über die Rules sprach. *Sie sind eine sehr gepflegte Familie.*

Kreischend hielt der Zug endlich an. Sie nahm ihre Reisetasche, die Büchertasche und ihre schwarze Lieblings-Vintage-Motorradjacke aus dem Gepäckfach und ging zu den Türen. Als sie auf die Plattform trat, roch die Luft nach Meer. Sie kniff ihre Augen gegen das helle Sonnenlicht zusammen und ging an dem weißen Bahnhofshäuschen vorbei zu dem kleinen Parkplatz, auf dem eine ganze Reihe von SUVs und Cabrios darauf warteten, jemanden abzuholen. Rory erhaschte einen Blick auf die Menschen, die zu den Autos gingen. Die Männer waren in Polohemden und Khakis gekleidet, dazu Loafers ohne Socken. Die Frauen trugen schmal geschnittene Jeans, zarte Seidencardigans und flache Sandalen mit nur einem schmalen Bändchen aus geflochtenem Leder zwischen den Zehen. Rory sah an sich herunter. Ihr leichter Jeans-Minirock, das ärmellose gelbe T-Shirt und die Plateau-Sandaletten hatten am Morgen noch stylish ausgesehen, aber jetzt war sie sich nicht mehr so sicher.

»Rory?«

Sie drehte sich um und sah einen Typ mit kurzem

braun-blondem Haar und einem gebräunten markanten Gesicht auf sich zukommen. Mit seiner verspiegelten Sonnenbrille wirkte er so attraktiv, dass er als Model durchgegangen wäre. Vielleicht lag es aber auch an der lässigen Kombination aus weißem T-Shirt und Shorts.

»Hey, ich bin Steve«, sagte er. »Der Tennislehrer der Rules. Fee bat mich, dich abzuholen.«

Für einen Moment überkam Rory die übliche Panik, wie immer, wenn sie einen niedlichen Typen sah, aber dann hatte sie sich wieder im Griff. »Oh, hi«, sagte sie. »Freut mich.«

»Hier, lass mich das machen.« Er nahm ihre Reisetasche und warf sie sich über die Schulter. »Wir stehen da drüben.«

Rory musterte ihn, als er vor ihr herlief. Sogar von hinten sah er gut aus mit seinem langen schmalen Rücken und den sonnengebräunten Waden. Aber sie verbannte den Gedanken sofort wieder aus ihrem Kopf. Wenn es um heiße Jungs ging, kannte sie ihre Rolle: beste Freundin. Es war auch viel einfacher: Man hörte sich ihre Probleme an, brachte sie zum Lachen und gab ihnen Ratschläge. Und man hatte so vor allem kein Drama. Denn mit Jungs gab es sonst immer Drama. Und wer brauchte das schon in seinem Leben, wenn zu Hause mehr als genug Drama auf einen wartete?

Steve hielt die Fernbedienung hoch, und der Kofferraum eines glänzenden silbernen Mercedes Cabrio, das letzte in der Reihe, sprang auf. »Vorsicht, die Sitze sind vielleicht ein bisschen heiß.«

Rory stieg ein und schloss die schwere Tür. Ein Mann, der vorbeilief, starrte das Auto voller Neid an.

Steve öffnete die Fahrertür und schob sich hinter das Lenkrad. »Okay, los geht's«, sagte er und drehte den Zündschlüssel. Der Motor schnurrte – leise, aber kraftvoll. »Nettes Auto, oder? Die Rules haben es letzte Woche gekauft.«

»*Nett* ist eine Untertreibung.«

Steve lachte. »Ich weiß, was du meinst«, sagte er, als er rückwärts ausparkte. »Daneben sieht mein Jetta definitiv alt aus. Wie war die Reise? Nicht zu viele Haltestellen?«

»Es war okay«, antwortete Rory.

»Das ist gut. Manchmal ist der Jitney schneller.«

»Warum nennen sie ihn den Jitney?«, fragte sie.

»Weil die Leute hier das Wort Bus nicht gerne sagen«, erwiderte er grinsend.

Rory lachte. »Hab verstanden.« Steve schien witzig zu sein, obwohl er aussah wie ein Tennisgott.

»Also, wo genau aus New Jersey kommst du her?«, fragte Steve und setzte den Blinker.

»Sussex County. Eine Stadt namens Stillwater.«

»*Still*water?«

»Es liegt an der Grenze zu Pennsylvania. Es ist wirklich hübsch da, mit vielen Farmen und Seen. Sehr idyllisch. Wo kommst du her? Von hier?«

»Hampton Bays«, antwortete er und sah dabei kurz zu ihr herüber. »Was nicht wirklich zu den Hamptons gehört. Oder zumindest nicht zu den *exklusiven* Hamptons.« Seine Finger beschrieben Anführungszeichen. »Das ist draußen bei Westhampton, Richtung Stadt. Ich bin dort zur Highschool gegangen, dann nach Florida aufs College. Nachdem ich nicht mehr auf Tour gespielt habe, kam ich hierher. Hier ist es toll. Viele Tennisfans. Lucy und Larry sind es auch.«

»Lucy und Larry?«, fragte Rory.

»Die Rules«, sagte er. »Sie sind großartig. Richtig bodenständig.«

Sie bogen auf eine malerisch aussehende Hauptstraße ein, die von Geschäften und Cafés gesäumt war. Amerikanische Flaggen waren über einigen der Schaufenster befestigt und an den Laternen hingen Körbe voller Blumen. Ein paar hellblonde Kinder liefen mit Eistüten vorbei. Es war eine Szene, wie sie sich auf jeder Hauptstraße in jeder Stadt an der Ostküste abspielen hätte können, aber hier lag dieser unverkennbare Hauch von Geld über allem. Fast jede Ladenmarkise versprach Luxus: Chanel. Ralph Lauren. Tiffany. »Wow«, rief Rory, während sie aus dem Fenster blickte. »Hier ist es so … edel.«

»Ja, inzwischen schon«, sagte Steve, »aber so war es nicht immer. Mittlerweile gibt es hier einfach mehr Geld.«

Rory staunte über die hübschen Schaufenster und waldgrünen Parkbänkchen.

Nirgends gab es auch nur ein Fitzelchen Abfall. *Es sieht aus, als sei die Stadt von Martha Stewart entworfen worden. Alles ist so clean*, dachte Rory.

»Wie viele Kinder haben die Rules?«, fragte sie.

»Vier«, antwortete Steve. »Zwei Jungs, zwei Mädchen.

Die Jüngste ist ungefähr in deinem Alter. Du bist doch siebzehn, oder?«

»Richtig«, antwortete sie.

»Genau wie Isabel. Du wirst eine Menge Spaß mit ihr haben. Sie ist quasi die Königin der Hamptons.«

Fee hatte Isabel nie erwähnt, was seltsam war, denn normalerweise dachten Erwachsene, dass zwei Teenager im gleichen Alter sofort beste Freunde würden. Vielleicht hatte Fee geahnt, dass jemand, der als die Königin der Hamptons bezeichnet werden konnte, sicher nicht allzu viel mit ihr gemeinsam hatte. Rory hatte zwar Freunde, aber niemand hätte sie je die Society Queen von Stillwater genannt.

Sie bogen in eine ruhige Straße ein, die von großen Häusern und Bäumen beschattet wurde.

»Lily Pond Lane.« Rory las den Namen laut von dem Straßenschild ab. »Das ist ein hübscher Name.«

»Es ist eine berühmte Straße«, erklärte Steve. »Hier haben vor hundert Jahren all die Millionäre ihre Sommerhäuser gebaut. Auch Lucy Rules Urgroßvater.«

»Das Haus ist schon so lange in Familienbesitz?«

»Yep«, bestätigte Steve. Je weiter sie in die Straße hineinfuhren, desto häufiger versteckten sich die Häuser hinter hohen, gepflegten Hecken. »Und jetzt gehört es ihr. Ihr Vater hat es ihr vermacht, als er starb.«

»Und was ist mit Mr Rule?«, fragte Rory. »Ist er auch …«

»Altes Geld?«, fragte Steve.

Rory hatte den Begriff noch nie gehört, aber sie nickte.

Steve bog links in eine Lücke zwischen den Hecken ein und fuhr auf ein hohes eisernes Tor zu.

»Technisch gesehen, ja, aber als sein Vater starb, stellte sich heraus, dass er pleite war. Also musste Larry selbst arbeiten. Er macht in Gewerbeimmobilien.« Steve ließ das Fenster runter. »Neues Geld, altes Geld – das spielt hier keine große Rolle mehr«, sagte er mit einem ironischen Lächeln. Dann tippte er einen Code in eine kleine Box. Mit einem sanften *Klonk* öffneten sich die beiden Torflügel.

Der Kies knirschte unter den Rädern, als sie um eine Kurve fuhren, vorbei an einigen Ulmen. Dann erblickte Rory die größte Rasenfläche, die sie je gesehen hatte. Das Gras war perfekt getrimmt, smaragdgrün und erstreckte sich über eine Fläche, die leicht ein Fußballfeld gefasst hätte. Auf einer sanften Anhöhe am anderen Ende befand sich ein weitläufiges Haus im typischen Stil der Hamptons, das so perfekt war, dass es fast wie ein Traum wirkte.

»Da drüben ist der Tennisplatz«, sagte Steve und zeigte auf die andere Seite des Rasens, »und die Umkleidekabine und der Fitnessraum.« Hinter einer weiteren Gruppe von Bäumen konnte sie den blau-grünen Tennisplatz sehen. Ein Behälter voller Bälle stand bereit.

»Und da hinten, hinter dem Haus, sind der Pool und der Strand«, fügte er noch hinzu.

Als sie näher an das Haus herankamen, konnte sie mehr Details erkennen. Die Holzschindeln an den Wänden waren einmal braun gewesen, aber inzwischen zu einem eleganten Silbergrau verblasst. Im dritten Stock befanden sich Rundbogenfenster mit Dachgauben und drei Schornsteine aus bröckelnden Ziegeln standen auf dem Dach. Die Eingangstür, der Vorbau mit den Säulen und alle Fensterrahmen waren in strahlendem Weiß gestrichen und gaben dem Haus so eine frische, neue Aura, trotz der Jahre, die es offensichtlich schon gesehen hatte.

»Das ist nur das Wochenendhaus?«

»Richtig«, antwortete Steve. »Die meiste Zeit des Jahres leben sie in der Stadt. Aber die Stadtwohnung ist nicht annähernd so groß.«

Sie musste an ihr eigenes Haus denken, eine kastenförmige Haushälfte mit einem Schieferdach und abblätternder, gelbgrüner Farbe. Auch alle ihre Freunde lebten in solchen Häusern. Konnte man so etwas überhaupt *Haus* nennen, nachdem man dieses hier gesehen hatte? Und *brauchte* irgendjemand so viel Platz?

Steve fuhr an der Vorderseite des Hauses vorbei, dort wo sich die Kiesauffahrt um einen ovalen Buchsbaumgarten wand, und bog dann nach links ab zu einer Garage, die Platz für fünf Autos bot. Die Autos, die davor geparkt waren, reichten von einem staubigen schwarzen VW Jetta – das musste Steves Auto sein, dachte Rory – bis zu einem glänzenden schwarzen Porsche Cabrio. Steve ließ das Auto zwischen einen silbernen Prius und den Porsche rollen, dann schaltete er den Motor ab. »Wir sind da«, sagte er.

»Großartig«, antwortete sie fröhlich.

Er sah sie an. »Lass dich nicht einschüchtern. Sie sind wirklich cool. Du wirst schon sehen.«

Er stieg aus dem Auto, und sie bemerkte, dass ihr Herz laut schlug. Sie war schon fast draußen, als ihr die schwarze Lederjacke wieder einfiel, die neben ihren Füßen gelegen hatte. Sie hob sie auf, aber schon jetzt fühlte sie sich nutzlos und unmodisch an, so wie ein altes Partykleid.

Sie folgte Steve, vorbei an einem Garten aus rosa Rosen, zum Seiteneingang. Der gedämpfte Klang der Wellen drang zu ihr. Sie hatte fast vergessen, dass dieses Haus am Strand lag. Plötzlich öffnete sich die Tür, und Tante Fee, klein und etwas rundlich wie immer, trat heraus. »Da bist du!« rief sie und breitete die Arme aus. »Meine Güte, du bist ja größer als ich!«

»Hi, Fee!«, sagte Rory und ergab sich der gnadenlosen Umarmung ihrer Tante. »Ist schon eine Weile her.«

»Das liegt daran, dass deine Mutter eine sehr merkwürdige Definition von *Familie* hat«, antwortete ihre Tante und drückte Rory fest.

Rory hatte es noch nie glauben können, dass Fee und ihre Mutter wirklich Schwester waren. Lana war zart und schlank, während Fee, ein paar Jahre älter, kompakt und robust wirkte, mit fröhlichen braunen Augen und Lachfältchen. Das Einzige, was die Schwestern gemeinsam hatten, war das rote Haar, auch wenn Fees bereits von ersten grauen Strähnen durchzogen wurde.

»Ich freu mich so, hier zu sein«, sagte Rory und befreite sich aus Fees Umarmung. »Ich kann den Ozean hören.«

»Ich zeig ihn dir nachher.« Fee zupfte an der Vorderseite ihres waldgrünen Polohemdes. Es schien zusammen mit den gebügelten Khakis ihre Uniform zu sein. »Steve, ich nehme ihre Tasche.«

Steve reichte Fee Rorys Reisetasche. »Rory, wir sehen uns. Vielleicht auf dem Tennisplatz?« Er klopfte ihr auf die Schulter. »Hab Spaß.«

»Danke.« Rory sah ihm zu, wie er zurück zu den Autos ging. Es war ihr gar nicht in den Sinn gekommen, dass sie vielleicht Tennis spielen oder Spaß haben würde. Fee zog sie zur Tür.

»Tut mir leid, dass ich dich nicht abholen konnte«, sagte Fee. »Aber hier ist es etwas hektisch. Wir geben heute Abend unsere erste Dinnerparty und der arme Eduardo steht total neben sich.«

Rory trat ins Haus, und als sich ihre Augen an das Licht gewöhnt hatten, bemerkte sie, dass sie in einer langen, von Türen gesäumten Eingangshalle stand – und dass irgendwas um ihre Füße herumwuselte. Ein kleiner weißer Hund versuchte, an ihren Beinen hochzuspringen. »Oh mein Gott! Ist das ein Welpe?«

»Welpe oder ausgewachsener Hund, ich bin mir da nicht so sicher«, antwortete Fee. »Sie gehört Mrs Rule. Ihr Name ist Trixie.«

Rory ging in die Knie, um sie zu streicheln. »Sie ist niedlich«, sagte sie, als Trixie anfing, ihre Hand abzulecken. »Ist das ein Malteser?«

»Maltipoo. Oder Cockapoo. Irgendwas mit *poo*. Okay, Trixie!«, befahl Fee. »Zurück ins Körbchen!«

Der Hund trottete zurück zu seinem Bett am Ende der Halle.

»Mutter will immer noch keinen Hund«, sagte Rory.

»Das liegt daran, dass sie immer mit welchen ausgeht«, antwortete Fee und verdrehte die Augen. »Komm. Du wohnst da vorne.« Fee lief zielstrebig auf das andere Ende der Halle zu. Sie wirkte vollkommen entspannt. Rory spürte, dass Fee sich hier zu Hause fühlte.

»Also, wie viele Angestellte gibt es hier?«, fragte sie.

»Nun, da gibt es mich, Eduardo, den Chefkoch, und Bianca, die Hausdame«, antwortete Fee, während sie am Wäscheraum vorbeigingen. »Wir wohnen hier auch. Dann gibt es Angestellte, die extra herkommen.«

»Herkommen?«, fragte Rory.

»Laura, die Masseurin, Siddha, der Yoga-Lehrer, und Frederika, die sich um Mrs Rules Haare kümmert. Steve, der Tennislehrer. Und dann gibt es die Leute, die sie für Partys einstellen. So wie heute Abend.« Endlich hielten sie vor einer geschlossenen Tür an. »So, hier ist dein Zimmer«, sagte Fee, während sie die Tür öffnete.

Rory stockte der Atem. Das Zimmer war locker dreimal so groß wie ihr Schlafzimmer daheim und hundertmal schicker. Auf dem Kingsize-Bett lag eine cremeweiße Decke und ein Berg von blauen und weißen Kissen mit Spitzenborten. Eine alte Seekarte, die das östliche Long Island zeigte, hing über dem Kopfende aus Metallstäben. Auf den beiden Nachttischen, ebenfalls cremefarben, stapelten sich die neuesten Romane in gebundenen Ausgaben zwischen Kristalllampen. Auch die restlichen Möbel – ein Tisch mit geschwungenen Beinen, ein Stuhl und ein paar gepolsterte Clubsessel – waren cremefarben, während die Wände im zartesten Blauton gestrichen waren. Und gegenüber vom Bett, auf einer Kommode im Shabby-Chic-Stil, stand ein glänzender Flatscreen. »*Das* ist mein Zimmer?«, fragte sie. »Bist du dir sicher?«

»Natürlich«, antwortete Fee und ignorierte Rorys sichtliche Überraschung. »Das Badezimmer ist dort drüben.«

Fee ließ Rorys Reisetasche auf die mit Samt bezogene Bank am Fußende des Bettes fallen und ging ins Bad. Rory riss die Augen auf. Eine Marmorbank stand in der gläsernen Dusche, groß genug, um darauf zu schlafen, falls sie das wollte. Die in den Fußboden eingelassene Badewanne hatte einen silbernen Wasserhahn, der wie der Hals eines Schwanes geschwungen war.

»Und hier gibt es eine Menge an Pflegezeugs, falls du was vergessen hast«, sagte Fee und öffnete eine Schublade unter dem Waschbecken. Dort lag eine ansehnliche Auswahl an Shampoos und Conditionern.

»Es ist wunderschön«, sagte Rory, als sie zurück ins Schlafzimmer gingen. »Warum hast du nie erzählt, wie schön es hier ist?«

Fee zuckte mit den Achseln. »Nach einer Weile gewöhnt man sich daran«, meinte sie und sah sich im Zimmer um. »Manche Leute arbeiten in einem Büro. Ich arbeite hier.«

Rory lächelte. Seit Jahren bemitleidete ihre Mutter Tante Fee. »Wenigstens bin ich keine Haushälterin«, sagte sie jedes Mal, wenn einer ihrer Schecks platzte oder ihnen die Heizung abgestellt wurde. Aber Tante Fee lebte hier umgeben von all diesem Luxus und dieser Schönheit. Wenn nur ihre Mutter das alles sehen könnte, dachte Rory. Sie würde nie wieder so über Fee reden.

»Also, wie geht es ihr?« Fee öffnete den Reißverschluss von Rorys Reisetasche. »Arbeitet sie immer noch in dem Salon?«

»Die meiste Zeit, ja.«

»Und ihr neuer Freund? Ist er wirklich einundzwanzig?«

»Zumindest behauptet er das.«

»Und er zieht bei euch ein?«

»Das machen die doch immer.«

Fee schüttelte ihren Kopf. »Dein Vater wird begeistert sein.«

»Es ist nicht so, dass wir wirklich darüber reden, wenn ich ihn an Thanksgiving besuche.« Rory nahm einen Stapel ordentlich gefalteter T-Shirts aus ihrer Tasche. »Er und Sharon bekommen übrigens ihr drittes Kind.«

»Ich frage mich, ob deine Mutter manchmal bereut, was sie getan hat«, sagte Fee. »Einen guten Mann wie ihn fortzujagen. Wenigstens kannst du ihn noch sehen.«

Aber nur gerade so, dachte Rory. Egal wie sehr sie für die Schule lernte, egal wie gewissenhaft sie seine E-Mails und Anrufe beantwortete, ihr Dad schien zu denken, dass sie genauso sei wie ihre Mutter: unzuverlässig und deshalb jemand, den man am besten auf Abstand hielt.

»Weißt du, ich bin stolz auf dich«, sagte Fee, als sie die Falten aus einem Kleid strich. »Du könntest genau wie sie sein. Immer hinter Jungs her und die ganze Nacht unterwegs. Sie fände das wahrscheinlich sogar toll, da sie dann Gesellschaft hätte. Aber du arbeitest hart.« Ihre Augen waren voller Anerkennung. »Klug. Diszipliniert. Du bist zu unabhängig, um dich mit Jungs einzulassen.«

Nannte man das so? Rory war sich nicht so sicher. Ihre Freunde sahen das anders. *Ängstlich. Verschlossen. Zu sensibel.* Sophie sagte immer, sie wolle gar keine Beziehung zu einem Jungen.

»Danke«, sagte sie und ließ die T-Shirts in die mittlere Schublade fallen. »Also, was kann ich zuerst tun?«

»Sehr gut, lass uns gleich mit der Arbeit anfangen«, sagte jemand, und Rory drehte sich überrascht zur Tür.

Eine schmale Frau mit einem harten Gesicht und stechenden Augen stand im Türrahmen. Silbernes Haar fiel über ihre schmalen Schultern, und sie war so dünn, dass der Gürtel ihres seidenen Wickelkleides aussah, als wäre er mindestens dreimal um ihre Taille gebunden worden.

»Rory, das ist die Hausdame«, stellte Fee vor. »Bianca Vellum. Bianca, das ist Rory. Meine Nichte.«

»Oh«, sagte Rory und hoffte, dass sie nicht zu überrascht aussah. »Hi.«

Bianca trat ins Zimmer. »Willkommen«, sagte sie, als sie auf Rory zuging. Sie schüttelte Rorys Hand bedächtig, majestätisch. »Ich hoffe, du hattest eine gute Reise?«

»Ja. Sie war sehr angenehm.«

»Ich nehme lieber den Jitney statt den Zug«, antwortete sie, »aber jedem das Seine.« Sie lächelte dünn und klopfte besitzergreifend auf eines der Kissen. »Wie gefällt dir dein Zimmer?«

»Oh, es ist unglaublich«, antwortete Rory. »Es ist das netteste Zimmer, das ich je gesehen habe.«

Bianca lächelte. »Gut. Zurück zu deiner Frage. Hast du Erfahrung im Bedienen?«

»Bedienen?« Rory warf Fee einen Blick zu. »So wie bei Tisch?«

»Bianca, sie ist gerade erst angekommen«, warf Fee ein. »Ich glaube wirklich nicht, dass –«

»Wir hatten für heute Abend jemanden eingestellt, aber sie hat abgesagt.« Bianca unterbrach Fee, als hätte diese gar nichts gesagt. »Nicht, dass ich behaupten könne, ich sei überrascht. Es wird jeden Sommer schlimmer. Daher frage ich mich, ob du in der Lage wärst, für sie einzuspringen.«

»Aber sie soll doch Botengänge erledigen und –«, versuchte es Fee erneut.

»Sie hilft da, wo wir sie brauchen«, antwortete Bianca kurz angebunden. Mit hochgezogenen Augenbrauen sah sie Rory an. »Also, hast du Erfahrung?«

»Na ja, ich habe gekellnert«, antwortete Rory. »In einer Pizzeria. Bei Mario. Ich denke schon, dass ich es schnell lernen kann.«

»Wunderbar. Wir können dir ein paar Tipps geben.« Sie trat näher an Rory heran. »Und du solltest wissen, dass dies das erste Mal ist, dass wir Familienmitglieder der Belegschaft für den Sommer hier haben.« Bianca blinzelte nicht einmal.

»Oh?«, sagte Rory.

»Aber Mrs Rule ist eine *sehr* großzügige Arbeitgeberin.

Und als ich ihr gesagt habe, dass wir durchaus noch Hilfe gebrauchen könnten, für Botengänge, um Besuch vom Zug abzuholen, für Einkäufe … nun ja, da dachte sie, es wäre eine großartige Idee.«

»Und als ich sie fragte, ob Rory hierbleiben könne«, sagte Fee, »da dachte sie *wirklich,* dass es eine großartige Idee ist.«

Bianca warf Fee einen hässlichen Blick zu. *Also die beiden können nicht miteinander,* dachte Rory. *Na großartig.*

»Warum packst du nicht aus und Fee hilft dir dabei?«, schlug Bianca vor. »Ich werde Eduardo sagen, dass er dir einen kleinen Lunch zubereitet, und danach kann ich dir eine Tour geben. Gibt es irgendwas, das du nicht isst?«

»Nein, ich esse alles.«

Bianca musterte Rory kurz von oben bis unten. »Ja, das glaube ich dir aufs Wort. Ich sehe dich also bald.« Sie glitt aus dem Zimmer und schloss die Tür.

»Beachte sie einfach nicht«, murmelte Fee, bevor Rory irgendwas sagen konnte. »Sie schüchtert gerne Leute ein.«

»Sie will mich nicht hier haben, oder?«

Fee stemmte ihre Hände in die Taille. »Ich bin schon länger hier als sie, also ist es egal.«

Rory zögerte kurz. Dann ging sie zur Tür und hinaus auf den Gang. »Äh, Miss Vellum?«, rief sie. »Miss Vellum?«

Eine Schwingtür öffnete sich und Bianca trat in die Halle.

»Ich möchte nur, dass Sie wissen, dass Sie zu hundert

Prozent auf mich zählen können«, sagte Rory. »Egal, was es ist – ich bediene bei Dinnerpartys, ich erledige Botengänge, ich mache alles, was so anfällt. Ich wollte nur, dass Sie das wissen.«

»Sehr gut«, sagte Bianca.

»Und ich bin sehr, sehr glücklich darüber, dass ich hier sein kann«, fügte Rory hinzu, gerade als Fee neben ihr auftauchte. »Ich weiß, dass es eine große Sache ist, als Gast für den Sommer hier zu sein, und ich möchte nur, dass Sie wissen, wie sehr ich es zu schätzen weiß.«

Bevor Bianca antworten konnte, rief eine Mädchenstimme: »Hat jemand mein Calypso-Kleid gesehen? Das weiße mit dem seidenen Gürtel?«

Bianca und Fee sahen zu einer Treppe, die Rory noch gar nicht bemerkt hatte. Einen Moment später trampelte jemand die Treppe herunter.

»Hallo?«, rief die Stimme. »Fee-*eee*?«

Ein Mädchen erschien auf dem Treppenabsatz, und ein Blick auf ihre glatten blonden Haare, die großen blauen Augen und die langen gebräunten Beine und Rory wusste, dass dies die Königin der Hamptons höchstpersönlich war. Das Mädchen starrte Rory an, als wäre sie eine Außerirdische, dann warf sie einen Vorhang aus blondem Haar unbekümmert über ihre Schulter. »Wer ist das?«, fragte sie, während sie mit ihrem goldenen Bettelarmband, das sie am rechten Handgelenk trug, spielte.

»Isabel, das ist Rory«, erklärte Fee. »Meine Nichte. Wir haben dir von ihr erzählt. Sie wird den Sommer bei uns verbringen.«

Isabel sah Rory ausdruckslos an. »Richtig!« Ihr Mangel an Begeisterung war offensichtlich.

»Rory, das ist Isabel«, sagte Fee. »Ihr seid gleich alt.«

Rory wollte im Boden versinken. »Hi«, sagte sie und hob ihre Hand zur Begrüßung.

Isabel rieb mit ihrem nackten Fuß über die Innenseite ihrer Wade. Sie lächelte nicht und schwieg.

»Ich habe dein Kleid«, sagte Fee. »Ich bringe es hoch, wenn ich es gebügelt habe.«

»Okay«, erwiderte das Mädchen.

»Willst du Rory nicht Hallo sagen?«, fragte Fee, ihre Stimme klang wie eine Mischung aus Befehl und Bitte. »Ich denke, es wäre nett, wenn du sie willkommen heißt. Du bist die Erste, die sie von der Familie trifft.«

Rory war das unsäglich peinlich. Dieses Mädchen hatte irgendwas an sich, das in ihr den Wunsch auslöste, sich sofort in ihrem Zimmer zu verkriechen.

»Willkommen«, sagte Isabel mit einem sarkastischen Lächeln. Sie fuhr sich mit einer Hand durch die Haare. »Zehn Dollar, dass du dir wünschen wirst, du wärst daheim geblieben.« Dann stapfte sie die Treppe hoch und ließ die drei schweigend zurück. Im oberen Stockwerk schloss sich eine Tür.

»Sie ist nur ein bisschen schüchtern«, meinte Fee.

Rory sagte nichts.

»Ich muss mit Eduardo sprechen.« Bianca tat, als sei nichts geschehen. »Dein Lunch ist bald fertig.« Sie ging durch die Schwingtür in die Küche und ließ Fee und Rory allein in der Halle zurück.

»Sie kam mir nicht schüchtern vor«, sagte Rory.

»Sie ist verwöhnt«, antwortete Fee und legte Rory den Arm um die Schultern, um sie zurück ins Zimmer zu führen. »Sie ist noch so jemand, den du nicht persönlich nehmen solltest.«

»Und Bianca?«, fragte Rory mit leiser Stimme. »Welchen Grund hat sie?«

»Sie hat sechs Monate für Oprah gearbeitet. Jetzt denkt sie, dass sie alles weiß.« Fee blieb auf der Türschwelle stehen. »Wirklich. Mach dir keine Sorgen. Es wird alles gut.«

»Okay.« Rory blickte zögerlich ihre Tasche an.

»Ich muss das Kleid hochbringen«, sagte Fee. »Wenn du mich brauchst, benutz einfach die Sprechanlage am Telefon. Mein Zimmer ist unten neben dem Fernsehzimmer. Aber ich komme zurück. Mach dir keine Sorgen. Mach es dir erst einmal gemütlich.«

»In Ordnung.«

Fee schloss die Tür.

Rory sah sich um. Sie betrachtete das Bett, die dick gepolsterten Stühle in der Ecke, den begehbaren Kleiderschrank. Dieser Raum war für die nächsten zehn Wochen ihr Zuhause. Sie zog ihr Handy hervor und machte ein Foto. »Mein Zimmer!«, schrieb sie, dann schickte sie das Foto an Sophie und Trish. Sie hoffte, dass es nicht eitel wirkte, aber sie konnte das hier auch auf keinen Fall nicht mit ihnen teilen.

Sie saß auf dem Bett und fühlte die Bettdecke sanft unter ihrem Gewicht zusammensacken. Plötzlich vermisste sie ihre Freunde. Sie waren so gar nicht wie das Mädchen da oben. So kalt und hochnäsig. War es die richtige Entscheidung gewesen hierherzukommen? Sie lehnte sich gegen die Kissen und schloss die Augen. Eine sanfte Brise wehte durch das geöffnete Fenster und in der Ferne hörte sie die heranrollenden Wellen. *Ja*, dachte sie. Dieser Ort war wunderschön. Es war richtig gewesen. Dies war ein Abenteuer. Sie musste sich nur von Isabel Rule fernhalten. Was nicht so schwer sein sollte in einem Haus dieser Größe.

Kapitel 2

»Da kommt Tatiana«, kündigte Thayer Quinlan in ihrer üblichen blasierten Art an und wickelte unter ihrem Hut mit der weiten Krempe eine Locke ihres braunen Haares um den Finger. »Armes Ding. Ich habe gehört, dass Link sie betrügt.«

»Wirklich?«, flüsterte Darwin und reckte ihren Hals, um einen Blick auf Tatiana zu erhaschen. Ihre mit Sommersprossen übersäte Haut wurde schon rot. »Mit wem?«

»Kearcy McBride«, formte Thayer lautlos mit ihren Lippen, bevor sie sich eine Gabel Cobb Salad in den Mund schob.

»Mit Kearcy?« Darwin schnappte nach Luft. »Aber sie hat Rückenspeck. Und schlechtes Haar.«

Thayer zuckte mit den Schultern, als wolle sie Darwin mitteilen, dass dies eines der großen Mysterien der Welt sei.

»Na ja, wenigstens sieht Tat dünn aus«, grummelte Darwin und widmete sich wieder ihrem Salat mit Palmherzen. »Das ist wenigstens eine Sache, die für sie spricht.«

Isabel beobachtete Tatiana Gould, wie sie tapfer lächelnd über die Terrasse des *Georgica Club* lief, vorbei an den jungen Müttern und den älteren Damen der Gesellschaft, die unter den grünweiß gestreiften Sonnenschirmen saßen und eisig lächelten. Letzten Sommer war Tatiana Amory das Golden Girl des *Georgica* gewesen. Eigentlich war sie es jedes Jahr gewesen. Als Dauerfreundin von dem attraktiven und witzigen Link Gould, der immer kurz davor war, Tatiana für eine der vielen Frauen, die sich ihm an den Hals warfen, zu verlassen, war sie der Gegenstand von Neid und Bewunderung. Tatianas Macht über Link war legendär. Isabel musste zugeben, dass das Mädchen eine Begabung hatte. Jedes Mal, wenn Link behauptete, dass er sich »gefangen« fühle, oder wenn sie »eine Pause einlegten«, tauchte sie im *Crown* oder im *Lion* mit einem hinreißenden brasilianischen Model aus der Modelinie ihres Vaters auf, und Link ging in die Knie. Aber er hielt sie ewig hin. Als er endlich, nach sechs Jahren voller Trennungen und Versöhnungen, um ihre Hand anhielt, jubelten die Mitglieder des *Georgica*. Die ganze Upper East Side war wie in einem Rausch. *Town & Country* machte sie zu ihrem Covergirl, ein Team französischer Schneiderinnen fertigte das Kleid und die Eltern richteten dem glücklichen Paar eine Verlobungsparty im *Cosmopolitan Club* aus.

Jetzt lief Tatiana, ihr Gesicht hinter einer Pilotensonnenbrille versteckt, mutig an den Tischen vorbei. Sie musste wissen, dass die Leute über sie redeten. Das war hier schließlich die Terrasse des *Georgica*. Aber Isabel hatte kein Mitleid mit ihr. Wenn sie mit Link Gould verheiratet gewesen wäre, hätte sie ihn ebenfalls niemals wieder aus den Fingern gelassen.

»Lasst uns mit ihr reden«, flüsterte Thayer.

»Oh nein«, antwortete Darwin. »Ruf sie ja nicht her –«

»Tatiana!«, rief Thayer und winkte. »Heeeyyy!«

Tatiana lächelte und kam zu ihnen rüber. »Hey, Leute. Was gibt's?«

»Ist das nicht einfach ein wundervoller Tag?«, fragte Darwin.

»Ja, ganz nett«, fertigte Tatiana Darwin ab. Das machten die Leute oft mit Darwin. »Hey, Isabel. Wie war Kalifornien?«

»Großartig.«

»Ich habe einige Cousins in Montecito. Ich kann dich vorstellen. Sie sind wundervoll.«

Sie sprachen kurz über gemeinsame Bekannte, die Vorzüge von Roberta Freymanns Strandkleidung gegenüber der von Tory Burch, dann ging Tatiana zurück in den Sonnenschein und Isabel zählte *eins ... zwei ... drei ...*

»Also, bei ihrer Hochzeit«, flüsterte Thayer und schob ihren Teller zur Seite, »hatten sie angeblich nur Sonnencreme und Flip-Flops in den Willkommenstüten. Und meine Mom hat so ungefähr tausend Dollar für den Flug nach Tulum gezahlt.«

»Im *Ernst*?«, fragte Darwin. »Das ist so schäbig.«

»Was hätte denn darin sein sollen?« Isabel konnte sich nicht zurückhalten. »100-Dollar-Scheine?«

Thayer sah sie an. »Nein«, sagte sie. »Was soll das denn?«

»War nur Spaß«, antwortete Isabel.

Thayer und Darwin tauschten einen verwirrten Blick und widmeten sich dann wieder ihrem Essen.

Isabel schob eine Tomatenscheibe über ihren Teller. Der alte Spruch, dass reiche Menschen nie über Geld reden, war ja so was von falsch. Reiche Leute sprachen *immer* über Geld.

»Habt ihr gehört, dass die Knox zurück sind?«, fragte Darwin. »Ich habe gehört, dass er ein großer Hollywoodproduzent ist. Vielleicht besetzt er mich in seinem nächsten Blockbuster.« Darwins zukünftiger Ruhm als Schauspielerin war keine Frage des Ob, sondern des Wann – zumindest wenn es nach Darwin ging. Ihr Profilbild auf Facebook, das sie wöchentlich änderte, zeigte sie immer verführerisch in die Kamera blickend, ihr rotgoldenes Haar immer über ein Auge fallend. »Hey«, sagte sie zu Isabel, »waren sie damals nicht mit deiner Familie richtig gut befreundet?«

»Wer?«, fragte Isabel.

»Die Knox. Hallo!« Darwin rollte die Augen.

»Ich glaub schon. Ich war noch ein Baby. Ich kann mich kaum erinnern.« Für einen Moment war sie unsicher, aber sie hatte sich schnell wieder im Griff. »Aber ich bin mir sicher, er wird dich für die nächste Natalie Portman halten.«

Darwin lächelte sehnsüchtig bei dem Gedanken.

»Also, was geht heute Abend?«, fragte Isabel.

Thayer und Darwin tauschten einen vielsagenden Blick. »Aston gibt eine Party«, sagte Thayer. »Und er wollte sichergehen, dass ich dich einlade.«

Isabel starrte in Thayers scharfsinnige braune Augen. Thayer würde nie schön sein, aber sie war dieses Jahr hübscher geworden. Die Nasenkorrektur hatte geholfen.

»Ich denke, ich verzichte«, meinte Isabel.

»Hab ein bisschen Mitleid mit dem Kerl und *geh hin*«, drängte Darwin. »Er gibt die Party doch nur wegen dir. Er hat ein Jahr darauf gewartet, dich wiederzusehen.«

»Das Mindeste, was du tun kannst, nachdem du sein Herz gebrochen hast, ist, zu dieser dämlichen Party zu gehen, die er nur gibt, um dich zurückzugewinnen«, fügte Thayer hinzu.

»Erstens ist es nicht so, als hätte ich sein Herz brechen wollen«, sagte Isabel. »Und zweitens denke ich nicht, dass ich ihm irgendetwas schuldig bin.«

»Erklär uns nur, warum du mit ihm Schluss gemacht hast«, sagte Darwin. »Ich hab das nie verstanden.«

»Warum nicht?«, fragte Isabel.

»Vielleicht, weil du letztes Jahr total in ihn verliebt warst?«, meinte Thayer.

Isabel blickte auf ihren Teller und für einen Augenblick war sie stinksauer. Ja, es stimmte. Letzten Sommer war sie in Aston verliebt gewesen. Über die Jahre hinweg hatte er sich von dem übergewichtigen Kind mit den vorstehenden Zähnen in einen gut aussehenden Lacrosse-Spieler mit einwandfreien sozialen Verbindungen verwandelt. Es hatte auch nicht geschadet, dass er mit einigen wunderschönen, schlanken, zukünftigen Socialites ausgegangen war – besonders mit Victoria Drake, die so etwas wie sein weibliches Gegenstück war: attraktiv, wohlerzogen und ihr Vater hatte dem *Metropolitan Museum of Art* einige Millionen gespendet. In all den Jahren, in denen Isabel Aston gekannt hatte, hatte er es nie auf sie abgesehen, und letzten Sommer war sie dann deswegen ein bisschen beleidigt gewesen. Eines Nachts, bei einer Strandparty, hatte sie ihn mit einem Extrabecher Bier angesprochen und ihm Komplimente gemacht. Es hatte nicht lange gedauert. Am Ende der Nacht hatte er Victoria auf der Party zurückgelassen, um Isabel nach Hause zu fahren. Zwei Tage später gingen sie ganz offiziell miteinander aus.

Aber seine Anziehung schwand schnell. Sie wusste auch genau, warum: Er war kein guter Zuhörer, er mochte die Band LMFAO, und er versuchte immer wieder, sie davon zu überzeugen, ihre Jungfräulichkeit in jedem Fall an ihn zu verlieren – als ob sie ihm diese Ehre einfach so überlassen würde. Aber das Hauptproblem war, dass sie mit ihm schon ausgegangen war. Hundertmal, wie es ihr vorkam. Er war ganz genau wie all die anderen Jungs in den Privatschulen. Niedlich, sportlich, wohlhabend, langweilig. Nichts Neues, nichts Außergewöhnliches, nichts, was sie nicht schon vorher gehabt hatte.

Bei Madeleine Fullers Party hatte sie endlich Schluss gemacht, auf dem Rasen vor dem Haus. Sie hatte ihm erklärt, dass sie in ein paar Wochen nach Kalifornien gehen würde, dass Fernbeziehungen nie funktionieren und dass sie ihn gehen lassen müsse, damit er glücklich werden könne, *bla bla bla*.

»Aber … aber … wir sind so toll zusammen«, hatte er gestottert. »Wen kümmert die Entfernung, wenn wir uns lieben?«

Sie hatte ihm in die Augen gesehen und gefragt: »Wer hat gesagt, dass ich dich liebe?«

Zugegebenermaßen, es war nicht ihre Sternstunde gewesen, aber er schien es ihr nicht übel zu nehmen. Er hatte ihr ein Dutzend E-Mails während des Schuljahrs geschrieben, manchmal nur, um Hi zu sagen.

»Hört mal, geht ihr ruhig zu dieser Party«, sagte Isabel, »vielleicht treffe ich euch dort.«

»Wie kommst du hin?«, fragte Thayer. »Hattest du letzte Woche noch einmal eine Fahrprüfung?«

»Haha.«

»Ernsthaft, wann probierst du es noch mal?«, quengelte Darwin. »Wir können dich nicht den ganzen Sommer durch die Gegend kutschieren.«

»Keine Sorge. Müsst ihr nicht. Außerdem ist es zwischen Aston und mir vorbei. Endgültig. Also ist es nicht so, als würde ich ihm einen Gefallen tun, wenn ich käme.« Sie sah über ihre Schulter zu dem Streifen Sand und, noch ein Stück weiter, zu dem tiefblauen ruhelosen Wasser. Plötzlich wollte sie nur noch weg von diesem Tisch. »Ich gehe ins Wasser.«

Thayer blinzelte. »*Das* Wasser?«, fragte sie. »Ins Meer?«

»Ja.«

»Es ist bestimmt eiskalt.«

»Na und? Das soll gut sein.«

Darwin und Thayer tauschten einen weiteren vielsagenden Blick. *Kalifornien* hat *sie verändert*, schien er zu bedeuten.

»Ich bin gleich zurück«, sagte Isabel. Sie nahm das Handtuch von der Stuhllehne und trat auf die Holzbohlen, die den Pfad zum Strand markierten.

»Viel Spaß!«, rief Darwin, ihre Stimme klang sarkastisch.

Der Wind blies Isabel ins Gesicht, als sie zum Wasser lief, und peitschte die Spitzen ihrer Haare hoch über ihre Schultern. Niemand war am Strand. Der Stuhl des Rettungsschwimmers war unbesetzt – es galt als selbstverständlich, dass niemand so früh in der Saison im Meer schwimmen würde. Oben am Stuhl flatterte eine gelbe Flagge im Wind. Das bedeutete, dass man vorsichtig sein sollte, aber es war nicht die rote, also musste man sich nicht um jeden Preis vom Wasser fernhalten. Damit konnte sie umgehen. Während des letzten Jahres an der Schule in Santa Barbara war sie eine viel bessere Schwimmerin geworden, vor allem im offenen Meer.

Draußen schwollen die Wellen an und brachen dann mit einem lauten Knall, gefolgt von dem Zischen des Schaumes. Sie atmete tief ein. Da war er wieder, der stechende Schmerz direkt unter der Lunge. Seit sie zurück an die Ostküste gekommen war, tat es weh zu atmen, fast so, als würde sie eine massive Panikattacke haben. Es machte keinen Sinn. Dies war der Ort, an dem sie die meisten ihrer Freunde kennengelernt und wo sie ihre ganzen Sommer verbracht hatte. Sie kannte das *Georgica*. Es war schon fast wie ihr Zuhause. Aber als die frische Ozeanbrise um sie wehte und sie Gänsehaut auf ihren Armen bekam, wurde ihr klar, warum sie nicht atmen konnte. Sie hielt es hier nicht mehr aus. Sie zog ihre Baumwolltunika über den Kopf. Nur noch im Bikini spürte sie die kalte Luft erst richtig und dachte kurz darüber nach umzukehren. Dann rannte sie auf die Wellen zu und sprang ins Wasser.

Die Kälte schickte Schockwellen durch ihren Körper. Sie schwamm auf eine Welle zu, gerade bevor sie brach, und kam dann wieder an die Oberfläche. Sie spürte das stechende Salzwasser in ihrer Nase und im Mund. Sie öffnete ihre Augen und drehte sich um, während sie auf der Stelle schwamm. Der Club sah jetzt klein und unbedeutend aus und die grünweiß gestreiften Sonnenschirme ähnelten Cocktailschirmchen in bunten Drinks. Irgendwo dort drüben redeten Thayer und Darwin bestimmt über sie. *Schön*, dachte sie. *Egal*.

Sie schwamm weiter auf der Stelle und dachte darüber nach, was vor ihr lag. Der Debütantinnenball, bei dem sie in die Gesellschaft eingeführt werden würde. College, danach ein Praktikum bei einem der besten Innenarchitekten der Upper East Side. Sie würde mit jemanden wie Aston March ausgehen und ihn heiraten. Dann würde sie Kinder bekommen und vielleicht, wenn sie Glück hatte, eine Karriere daraus machen, Seidenkissen passend zur Sammlung von Lilly-Pulitzer-Kleidern auszusuchen. Ihr Leben würde genauso sein wie das aller, die sie kannte. Kein Spaß. Nichts Besonderes. Überhaupt kein Leben.

Sie schwamm unter noch einer Welle hindurch und bewegte ihre Glieder durch das kalte Wasser. Als sie wieder an die Oberfläche kam, blickte sie auf Sanddünen. Sie drehte sich und versuchte den Club auszumachen. Schließlich sah sie ihn, so weit zu ihrer Linken, dass sie ihn fast nicht mehr erkennen konnte. Sie war schon mindestens eine Meile nach Osten abgedriftet.

Sie begann auf den Club zuzukraulen, aber eine Welle rollte unter ihr hindurch und zog sie weiter hinaus. Mit voller Kraft pflügte sie mit ihren Armen durch das Wasser und schwamm jetzt direkt auf den Strand zu. Eine weitere Welle kam und diesmal brach sie über ihr. Sie konnte die Strömung fühlen, wie sie sie weiter den Strand hinunterzog. Als sie dieses Mal hochkam, sah sie den Horizont und eine Wasserwand, die mit jeder Sekunde höher wurde. Es war eine Welle. Sie kam direkt auf sie zu.

Sie schnellte herum und versuchte, dem Strand ein bisschen näher zu kommen. Aber das Wasser drückte sie zurück und ließ sie nicht vom Fleck kommen. Sie sah über ihre Schulter. Die Welle war groß, viel zu groß, und es sah so aus, als würde sie genau über ihr zusammenbrechen. Und da war etwas auf der Welle. Ein Typ lag auf einem Surfbrett und paddelte wie wild mit seinen Armen, ganz oben auf der Welle. Er wollte aufstehen. Er sah sie nicht.

Wink ihm, dachte Isabel. *Beweg deine Arme*. Wie eine Verrückte fuchtelte sie mit ihren Armen über dem Kopf das Notsignal, oder zumindest etwas, das danach aussah.

Er war schon fast auf den Füßen. Sie sah seinen Neoprenanzug, den Glanz seines schwarzen Haares und die Panik in seinem Gesicht, als er sie bemerkte, zu spät um noch die Richtung zu wechseln. Und dann, im letzten Moment, tauchte sie unter die Oberfläche, genau als sich die Welle in sich selbst einrollte, über ihr zusammenbrach und sie herunterdrückte.

Das war's, dachte sie. *Ich werde sterben. Direkt vor dem blöden Georgica.*

Sie hielt die Luft an, ruderte mit ihren Armen und versuchte nach oben zu kommen, als eine Hand ihr Handgelenk ergriff und sie hart nach oben riss, direkt bis zur Oberfläche.

Luft. Sonnenlicht. Sie öffnete ihren Mund und schlug mit ihrem Arm an etwas Hartes – das Surfbrett.

»Komm auf das Brett!«, hörte sie ihn schreien. »Komm rauf!«

Sie war so schwach, dass sie sich kaum bewegen konnte, aber irgendwie schaffte sie es. Die Oberfläche kratzte an ihrem nackten Bauch.

»Halt dich fest, hier kommt noch eine Welle«, sagte er. »Paddel! Paddel!«

Sie zwang ihre Arme zu paddeln. Er schwamm vor ihr, eine Hand auf der Nase des Bretts und zog sie mit sich.

»Okay, wir reiten jetzt diese Welle«, sagte er, positionierte sich neben ihr und legte einen Arm um ihre Taille. »Mach weiter! Okay, los geht's!«

Sie hing an den Seiten des Bretts, er hing an ihr, und als die Welle unter ihnen brach, hob sich das Brett vom Wasser und berührte nur noch leicht die Oberfläche, fast wie ein fliegender Teppich. Wenige Augenblicke später liefen sie auf hartem Sand auf.

Sie kroch auf ihren Ellenbogen vom Brett und hustete Wasser aus. Salz stach in ihrem Hals und in den Augen.

»Bist du okay?«, fragte der Typ. Er war auf Händen und Knien neben ihr. Sie beugte sich vornüber und hustete noch mehr Wasser aus.

»Hey, gute Arbeit da draußen«, sagte er. »Du wirst wieder.«

Sie drehte sich auf den Rücken und schloss die Augen. Als sie sie ein paar Minuten später wieder öffnete, beugte er sich über sie, die Sonne hinter ihm. Wassertropfen fielen von seinen Haarspitzen. Sein Haar schien lang genug, um über seine Augen zu fallen. Obwohl sein Gesicht im Schatten war, konnte sie ein kräftiges Kinn, volle Lippen und große braune Augen ausmachen.

»Hey«, sagte er. Seine Handfläche schob sich unter ihre Schulter und half ihr auf. »Wo bist du ins Wasser gegangen?«

Sie zeigte den Strand hinauf. »Beim Club. Dem *Geor* … dem *Georgica*.«

»Okay. Ich bring dich hin. Aber zuerst möchtest du das vielleicht in Ordnung bringen.« Sie folgte seinem Blick. Ihr Bikini-Top hatte sich verdreht und gab ihm freie Sicht auf ihren nackten Oberkörper. Hastig zupfte sie es zurecht.

Er half ihr hoch und sie machte ein paar Schritte auf wackeligen Beinen. Er legte ihr einen Arm um die Taille und hielt das Brett mit dem anderen.

»Also, was genau hast du da draußen gemacht?«, fragte er.

»Schwimmen«, antwortete sie.

»Schien heute ein guter Tag dafür zu sein?«

»Ach, und was hast *du* da draußen gemacht?«, entgegnete sie. »Der Strand ist nicht für Surfer.«

»Also hast du was gegen Surfer.«

»Nein, ich surfe selbst.«

»Tust du?«, fragte er und warf ihr einen ungläubigen Blick zu.

»Ich bin in Rincon gesurft«, sagte sie. »In Santa Barbara. Davon hast du schon gehört, oder?«

»Ja, ich habe davon gehört«, antwortete er lächelnd. »Surfer Girl kennt also seine Plätze.«

Ein Windstoß brachte sie zum Zittern.

»Ist dir kalt?«, fragte er.

»Ein bisschen.«

Er blieb stehen und steckte sein Brett in den Sand. Kommentarlos öffnete er den Reisverschluss am Rücken seines Neoprenanzuges und zog ihn herunter bis zur Hüfte, dabei gab er den Blick auf seine Brust und den muskulösen Bauch frei.

»Komm her«, sagte er und breitete seine Arme aus.

Sie trat vor ihn und plötzlich rieben seine Hände ihre Schultern, ihre Arme und ihren Rücken mit schnellen Bewegungen und schickten Wärme durch ihren ganzen Körper. Ihre Gänsehaut verschwand.

Das ist verrückt, dachte sie. *Du kennst ihn nicht mal. Und im Grunde betatscht er dich*. Aber als sie so da stand, ihr Gesicht an die salzige Haut seiner Schulter gedrückt, die Wärme seiner Hände auf ihr, wollte sie nicht, dass er aufhörte.

»Bitte«, sagte er und trat zurück. Seine Augen waren immer noch voller Sorge. »Besser?«

»Ja.« Sie konnte ihn nicht ansehen. »Danke.«

Sie hörte, wie er den Reißverschluss des Neoprenanzuges wieder schloss.

Schweigend gingen sie den Rest des Weges, sein Arm immer noch um ihre Schultern und ihr Arm um seine Taille. *Nur zum Abstützen*, sagte sie sich. Aber nach ihrer Umarmung fühlte es sich intimer an. Sie konnte immer noch die Spannung seiner Hände auf ihrer Haut spüren. *Wie viele Mädchen?* Dachte sie. *Wie viele Mädchen sind in ihn verliebt?*

Beim Stuhl des Rettungsschwimmers hielt sie an. »Wir sind da«, sagte sie. »Und sieh dir das an.« Sie zeigte auf den leeren Stuhl. »Gut zu wissen, dass das *Georgica* immer auf der Höhe der Zeit ist.«

»Andernfalls hätte ich dich nicht getroffen«, sagte er und schaute ihr direkt in die Augen. »Kommst du ab hier allein zurecht?«

Sie sah zu den grünweiß gestreiften Sonnenschirmen auf der Terrasse. Es wäre verlockend, sich von ihm zurückbringen zu lassen, allein schon um Thayers und Darwins Gesichter zu sehen. Aber sie entschied, dass die beiden nicht mal einen einzigen Blick auf diesen Typen verdient hatten.

»Ja. Ich bin okay. Danke.«

»Kein Problem«, sagte er. Er trat einen Schritt zurück. »Hey, Surfer Girl, wie heißt du?«

»Isabel«, antwortete sie. »Isabel Rule. Warum?«

»Nur so«, sagte er. »Kann vielleicht nützlich sein.«

Er grinste sie an, und sie dachte an seine Hände auf ihrer Haut, dann drehte er sich um und ging.

Kapitel 3

Rory stand am massiven Holztisch in der Küche der Rules und hielt eine ungeöffnete Flasche Wein unter ihrem Arm wie eine Waffe.

»Wenn du eingießt, dann steh nicht zu weit weg«, riet Fee und zog Rory ein paar Zentimeter näher zum Tisch. »Du musst näher dran sein. Ansonsten spritzt der Wein ins Glas und die Tischdecke bekommt Tropfen ab.«

»Verstanden«, sagte Rory und übte die Bewegung mit der Flasche. »Nahe am Glas eingießen.«

»Aber nicht *zu* nahe«, warnte Fee. »Es könnte passieren, dass dir die Flasche entgleitet und du das Glas kaputt machst.« Fee schob das Weinglas aus Kristall ein paar Zentimeter weg von dem Gedeck, das sie auf dem Tisch zu Übungszwecken arrangiert hatte. »Ich weiß, es ist verwirrend. Und ich will dir ja keinen Druck machen, aber das ist ein 300-Dollar-Wein.«

Rory stellte die Flasche auf den Tisch. »Das sagst du mir jetzt!«, rief sie.

Drei Meter entfernt drehte Eduardo, der Küchenchef, Pirouetten zwischen dem Herd mit den acht Platten und der Marmorplatte der Kücheninsel. Er war ein kleiner Mann mit schwarzen Haaren und überraschend muskulösen Armen. Und er arbeitete mit einer geradezu kämpferischen Konzentration, während er schnitt, streute und würfelte. Er trug dasselbe waldgrüne Polohemd und die gleichen Khakis wie Fee, plus eine Schürze voller Flecken, die aussah, als sei sie seit seiner Zeit an der Kochschule nicht mehr gewaschen worden. Als sie sich umblickte, erkannte Rory, dass die Rules in der Küche keine Kosten gescheut hatten. Vier kornische Hühner grillten auf einem Spieß in einer Glaskammer, während drei Miniaturpizzen im Pizzaholzofen backten.

»Wenn du es nicht machen willst«, sagte Fee sanft, »dann sag es mir einfach. Wir können jemand anderen finden. Du solltest so etwas gar nicht machen müssen.«

»Nein, es ist schon in Ordnung«, flunkerte sie. »Es wird super klappen.« Sie lächelte, und Fee schien es ihr abzukaufen, obwohl sie Rory einen mitfühlenden Blick zuwarf, während sie das Silberbesteck wegräumte.

Die dezente Panik, die Rory den ganzen Nachmittag schon gefühlt hatte, war immer schwerer zu verstecken. Es hatte angefangen, als sie mit dem Auspacken fertig war und Fee sie in die Küche gebracht und ihr ein gegrilltes Käsesandwich mit etwas Grünzeug dazu hingestellt hatte. Sie war kaum in der Lage gewesen, einen Bissen runterzubekommen. Später, als Bianca ihr eine Tour durch das Untergeschoss gegeben hatte, war ihre Angst nur gestiegen. Jeder Raum hatte eine Bezeichnung: der Filmraum, der Frühstücksraum, der Hauswirtschaftsraum für die ganzen dreckigen Schuhe und nassen Sachen – und einer war eleganter als der andere. Die Rules mochten lange weiße Sofas aus Rattan und dicke, weiche Kissen, Stühle mit bestickten Polstern und Tischchen aus knorrigem Treibholz. Sie mochten auch Kunst – teuer aussehende moderne Gemälde in lebendigen Farben – und anderen Krimskrams.

Als sie von Zimmer zu Zimmer gingen, wies Bianca sie auf die teureren Gegenstände hin und kombinierte sie mit wissenswerten Kleinigkeiten. »Du hast sicher das Gemälde von Francis Bacon an der Wand bemerkt – Mrs Rule hat es auf einer Auktion in London erworben.« Oder: »Siehst du das Bösendorfer Piano in der Ecke? Mr Rule liebt es, Chopin zu spielen.« Als sie draußen auf der geräumigen und gefliesten Veranda neben einem langen Wettkampf-Swimmingpool – direkt neben dem größeren rechteckigen Pool – standen, sagte Bianca: »Der hier ist für Connor, ihren jüngsten Sohn. Er ist im Schwimmteam der USC.« Im Spielzimmer im Untergeschoss waren ein Billardtisch, eine Tischtennisplatte, eine Wurlitzer-Jukebox und eine großzügige Sammlung an Gesellschaftsspielen untergebracht. Hierzu erklärte ihr Bianca: »Die Rules spielen gerne Tischtennis, besonders vor dem Abendessen.«

Wann immer sie an einem eingerahmten Foto an der Wand oder auf einem der Tische vorbeikamen, erhaschte Rory einen Blick auf einen oder zwei der Rules, manchmal sogar die ganze Familie zusammen. Sie waren definitiv attraktiv, mit blonden Haaren – von Weizenblond bis Karamell – und einem gebräunten strahlenden Teint. Aber Isabel war die Schönheit der Familie. Sie stach in jedem Bild heraus. Nicht nur wegen ihrer großen blauen Augen, sondern auch, weil sie nie lächelte.

Als Rory zurück auf ihr Zimmer ging, schwirrte ihr der Kopf vor lauter Informationen. Sie nahm eines ihrer Notizbücher und schrieb alles, an das sie sich erinnern konnte, auf.

Sloane → Tennis

Mr Rule → Chopin

Mrs Rule → Francis Bacon, Kunst

Connor → Schwimmen

Gregory → Harvard

Komischerweise war Isabel die Einzige der Rules, die Bianca nicht erwähnt hatte. Aber umso weniger sie über Isabel Rule hörte, umso besser.

»Lass uns noch mal alles durchgehen«, sagte Fee, die an einer der Küchenarbeitsplatten aus rostfreiem Edelstahl lehnte. »Von welcher Seite aus bedienst du?«

»Von der linken, wenn ich von einer Platte serviere oder den Brotkorb rumreiche. Von der rechten, wenn das Essen schon auf dem Teller angerichtet ist.«

»Gut. Heute Abend servieren wir von Platten, richtig, Eduardo?«, fragte Fee.

Eduardo zerkleinerte gerade ein Stück Ingwer mit übermenschlicher Geschwindigkeit. »Hmm-hmm«, murmelte er, total vertieft in seine Aufgabe.

»Ja, wir servieren auf Platten«, kündigte Bianca an, als sie in die Küche geweht kam. »Aber das Gazpacho geht zuerst raus.«

Rory hatte schon bemerkt, dass Bianca ein wahres Talent dafür hatte, mitten in Unterhaltungen reinzuplatzen. Sie hatte sich umgezogen und trug ein schwarzes Shift-Kleid und eine einreihige Kette mit winzigen Perlen und sah so elegant aus, dass Rory sich fragte, ob sie mit den Rules essen würde. »Ist alles fertig, Eduardo?«, fragte sie und verschränkte ihre Arme. »Das Gazpacho?«

»Ja«, sagte Eduardo und sah endlich vom Herd auf. »Es ist gekühlt.«

»Gut. Dann sind wir genau in der Zeit.« Bianca wandte sich Rory zu und begutachtete ihr Outfit. »Wir strahlen aber heute Abend«, sagte sie.

Rory sah an sich hinunter auf ihr weißes Rüschentop mit den durchsichtigen Gaze-Ärmeln. »Soll ich mich umziehen?«, fragte sie und fühlte sich immer unwohler.

»Es geht schon«, sagte Bianca mit einem schmalen Lächeln. »Also, jeder bedient sich selbst von den Platten, einzige Ausnahme sind die Brötchen«, erklärte sie, während sie den Deckel von einem Soßenpfännchen nahm, »die du auf die Brotteller platzieren wirst, und du wirst außerdem die Teriyaki-Soße für das Hühnchen herumreichen und sie auf die Teller gießen. Verstanden?«

Rory nickte.

Sie legte den Deckel wieder auf. »Ich glaube, das hier braucht noch ein bisschen Safran.«

Eduardo griff eine Prise roter Kräuter aus einem kleinen Glasbehälter und eilte zur Soßenpfanne.

»Ich glaube, wir haben das im Griff«, sagte Fee. »Rory wird einen exzellenten Job machen.«

»Ich bin mir sicher, sie macht das«, sagte Bianca.

Ein lauter Piepton klang durch den Raum. Rory zuckte zusammen. Fee und Bianca blickten gleichzeitig zu der Sprechanlage an der Wand, aber Bianca war schneller. »Ja«, sagte sie, als sie einen Knopf drückte.

»Kann jemand was zu trinken bringen?«, fragte eine weibliche Stimme über die Sprechanlage. »Und was ist mit der Nichte von Fee? Kann sie auch kommen?«

»Sofort«, antwortete Bianca. Sie drehte sich zu Rory um. »Du erinnerst dich, wie du zum Spielzimmer kommst?«

»Ich bringe sie hin«, sagte Fee. Sie ging zu einem kleinen Weinkühlschrank, den Rory noch nicht bemerkt hatte, und nahm eine Flasche Rosé heraus.

»Für wen ist die?«, fragte Rory.

»Mrs Rule trinkt gerne einen Schluck vor dem Abendessen.« Rory musste an die Abneigung ihrer Mutter gegen Rosé denken. »Billig«, würde Lana sagen und den Kopf schütteln. Wie üblich hatte sie keine Ahnung, wovon sie sprach.

»Okay«, sagte Fee, nachdem sie einen ordentlichen Schluck eingegossen hatte. »Los geht's.«

Als sie in der Halle waren, konnte sich Rory nicht länger beherrschen. »Sehe ich lächerlich aus?«

»*Bitte* hör nicht auf das, was Bianca sagt. Ich habe es dir doch gesagt.«

»Aber ich kann mich umziehen …«

»Rory«, sagte Fee mit ernstem Blick, »du darfst ihr nicht die Füße küssen. Dann merkt sie *wirklich*, dass sie Macht über dich hat.«

Guter Rat, dachte Rory als sie die Treppe heruntergingen. Noch etwas, was sie in diesem Haus im Hinterkopf behalten musste. Als sie sich dem Fuß der Treppe näherten, hörte sie das Geräusch eines Tischtennisballes.

»Sie sind alle sehr nett«, sagte Fee über ihre Schulter, als ob sie Rorys Gedanken lesen könnte. »Du wirst das großartig machen.«

»Sie werden mich aber nicht bitten, Tischtennis zu spielen, oder?«, flüsterte Rory.

»Ich glaube nicht«, antwortete Fee. Sie schien sich jedoch nicht ganz sicher zu sein.

Rory fragte sich, ob eine weitere Begegnung mit Isabel auf sie wartete, aber als sie die unterste Stufe erreichten, war die jüngste Rule nirgends zu sehen. Stattdessen spielten vier blonde Rules Tischtennis.

»Komm schon! Geh da rüber!«

Die Frau, von der Rory annahm, dass es Mrs Rule sei – allein schon wegen ihrem glitzernden Diamantring an ihrer linken Hand –, sprang nach dem kleinen Ball und schickte ihn flink über das Netz. Sie sah aus, als wäre sie nur ein paar Jahre älter als Rory. Sie hatte dunkle Skinny Jeans und eine zitronengelbe Häkeltunika an und ihre hellen blonden Haare waren zu einer unordentlichen Hochsteckfrisur zusammengefasst.

Auf der anderen Seite des Netzes sprang eine jüngere Frau in einem schwarzen Wickeltop und Jeans nach dem Ball, als würde ihr Leben davon abhängen. Das musste Sloane sein, Isabels ältere Schwester. Sie hatte dunkelblonde Haare und war größer als ihre Mutter. Als sie den

Ball berührte, gab sie einen kleinen Grunzlaut von sich. Der Ball hüpfte über das Netz.

»Hab ihn!«, schrie der junge Mann mit der Brille. Er war groß und schlaksig. Schnell sprang er vor seine Mutter und schoss den Ball zurück über das Netz. Rory vermutete, dass dies der älteste Sohn, Gregory, war.

Ein Mann mit der schlanken Figur eines Läufers und dem beherrschten, unerschütterlichen Gesicht eines CEO trat an. Mit einer einzigen geschmeidigen Bewegung schickte er den Ball kommentarlos zurück. Der Ball kam auf, sprang über das Netz und flog direkt an seiner Frau vorbei.

»Larry!«, schnappte Mrs Rule und fror in ihrer Bewegung ein. »Der war auf der Linie! Der war *eindeutig* auf der Linie!«

»Er war drin, Luce. Du hast nur gerade nicht hingesehen.« Mr Rule lächelte auf eine Art, die Rory arrogant fand.

»Nein, ich denke, Mom hat recht«, warf Gregory ein. »Ich denke, der Ball war auf der Linie.«

»Er war total *drin*«, sagte Sloane gereizt und lief um den Tisch herum, um den Ball vom Boden aufzuheben. »Okay, 17 : 16.«

»Wartet«, sagte Mrs Rule. Sie ging auf Rory zu und lächelte so warmherzig, als wäre sie ihre lang verschollene Tochter. »Du musst Rory sein«, sagte sie. »Wir haben so viel über dich gehört. Ich bin Lucy.«

»Hi.« Rory schüttelte ihre Hand und war sich dessen bewusst, dass sie errötete.

»Was denkst du, Rory?«, fragte Mrs Rule. »War der Ball drin oder aus?«

»Äh. Ich weiß nicht so recht.«

Mrs Rules Gesichtszüge wurden weicher. »Entschuldigung. Ich schätze, jetzt habe ich dich in Verlegenheit gebracht, nicht wahr? Es ist nur so, ich denke, wir brauchen demnächst einen Schiedsrichter.« Sie zog eine Augenbraue hoch, während sie ihren Mann ansah. »Das ist mein Mann Lawrence«, sagte sie dann und deutete zu Mr Rule. »Und meine beiden ältesten Kinder – Sloane und Gregory.«

»Hi«, sagte Rory und erwiderte Sloanes und Gregorys höfliches Winken. »Ich hoffe, ich habe das Spiel nicht gestört.«

»Gar nicht. Wir spielen immer gern ein bisschen vor dem Abendessen«, erklärte Mrs Rule. »Das macht Appetit.« Sie griff gierig nach dem Glas in Fees Hand, nahm einen Schluck Wein und wischte dann eine Strähne ihres Haares aus dem Gesicht. »Sag, wie findest du dein Zimmer? Hast du genug Kleiderbügel?«

»Oh, äh, ja, mehr als genug.«

»Gut.« Sie drehte sich zu Gregory und Sloane um. »Rory ist im unteren Gästezimmer.«

»Oh, ich liebe dieses Zimmer«, sagte Sloane. »Ich würde am liebsten selbst dort einziehen, wenn das ginge.«

»Es ist ein großartiges Zimmer«, stimmte Gregory zu. »Man kann den Ozean von dort hören.«

»Du kannst den Strand nutzen, wann immer du willst«, sagte Mr Rule. »Wir sind hier nicht so förmlich.«

»Und vielen Dank, dass du uns bei der Dinnerparty heute Abend hilfst«, fügte Mrs Rule hinzu. »Die örtliche Hilfe hier … also, manchmal hat sie einen schwerer Anfall von Unzuverlässigkeit.«

Als Sloane und Gregory ihre Schläger weglegten, bemerkte Rory die Reihe von kleinen Evian-Flaschen und aufgerollten Minihandtüchern auf der Anrichte, die dort bereitstanden, falls jemand schwitzte oder Durst bekam.

»Ich denke, es ist extrem wichtig, etwas zusammen als Familie zu spielen«, fuhr Mrs Rule fort. »Als ich aufwuchs, achtete mein Vater sehr darauf, dass wir alle sportlich sind. Er wollte, dass wir Tennis spielen oder Tauchstunden nehmen oder unsere Pferde reiten. Unglücklicherweise war ich außer in Tennis nicht sehr gut. Und Tischtennis. Spielst du irgendwas?«

»Nicht wirklich«, antwortete Rory.

»Was ist mit deiner Mutter?«, fragte Mrs Rule, als sie zur Treppe gingen. »Macht sie gerne Sport?«

»Nicht im traditionellen Sinne, nein.«

»Also, jeder von uns ist gut in irgendwas«, erwiderte Mrs Rule. »Connor – er ist noch nicht hier, er wird in ein paar Tagen kommen –, er ist im Schwimmteam der USC.« Sie zeigte auf einen Jungen in einem der gerahmten Fotos, die an der Wand hingen. Rory erhaschte einen Blick auf einen adrett aussehenden Jungen mit blonden Haaren, der neben einem Segelboot stand, bevor Mrs Rule ihr bedeutete, vor ihr die Stufen hinaufzugehen.

»Und Sloane hier ist eine der Starspielerinnen im Doppel des *Georgica*.«

»Echt?«, fragte Rory.

»Was machst du denn gerne?«, wollte Mrs Rule wissen.

»Sie lernt«, warf Fee ein, worauf Rory rot anlief.

»Das ist gut«, sagte Mrs Rule. »Was willst du denn einmal werden?«

Rory räusperte sich, als sie den Treppenabsatz erreichten. »Ich bin mir noch nicht sicher. Vielleicht Anwältin für Kinder. Ich mache auch gerne Filme, aber das wird vermutlich eher nichts.«

Mrs Rules Gesichtsausdruck änderte sich plötzlich, als ob ein Windstoß über ihr Gesicht gefegt sei. »Hat jemand meine andere Tochter gesehen?«, fragte sie und ging zum Fuß der Treppe. »Isabel?«, rief sie die Treppen hoch. »Isabel, kommst du runter? Es gibt Abendessen!«

»Vielleicht erholt sie sich noch«, sagte Sloane ätzend.

Ihr Bruder stieß sie an. »Sei nett.«

Rory hörte Fußgetrappel auf der Treppe.

»Ich hoffe, du bist angezogen!«, rief Mrs Rule.

Isabel erschien auf dem Treppenabsatz in einer verknitterten rosa Oxfordbluse und einem Paar schwarzer Surfershorts. »Ich habe wirklich üble Kopfschmerzen«, kündigte sie mit einem finsteren Blick an. »Wenn es okay ist, dann würde ich lieber in meinem Zimmer essen.«

»Geh zurück und zieh dir ein Kleid an«, kommandierte Mrs Rule.

»Aber ich bin fast *ertrunken*«, sagte Isabel.

»Aber nur fast«, antwortete Mr Rule. »Ich möchte also, dass du tust, was deine Mutter sagt, und herunterkommst, um mit uns zu essen.«

»Zwing sie nicht, Larry«, murmelte Mrs Rule.

Isabels trotziger Blick wanderte über die Menschen am Fuß der Treppe, bis er an Rory hängen blieb, die sich daraufhin am liebsten versteckt hätte.

»Ich sagte, ich bin nicht hungrig«, rief sie dann.

Rory ging zur Schwingtür. »Ich sehe nur schnell nach, ob man mich in der Küche braucht. Bitte entschuldigen Sie mich.« In dem Moment verengten sich Isabels Augen zu Schlitzen.

Es würde nicht einfach sein, mit dieser Familie zu leben und doch außen vor zu bleiben. Sie würde lernen müssen, in den richtigen Momenten unsichtbar zu werden.

Besonders, wenn Isabel Rule im Raum war.

»Es ist ein unglaubliches Stück Land«, verkündete Isabels Vater. »Vermutlich hundert Millionen wert. Es hat fast zwanzig Hektar. Ich hatte Glück, zehn davon erwerben zu können.«

Isabel saß an dem langen Esstisch und drehte ihre Serviette auf ihrem Schoß immer und immer wieder, während sie in das flackernde Kerzenlicht sah. Der Nachmittag war wie ein intensiver wunderschöner Traum gewesen. Und jetzt konnte sie nicht aufhören, an ihn zu denken. Seine Augen und seine dunklen tropfenden Haare. Die Hitze seiner Hände auf ihren Armen und ihrem Rücken. Die Art, wie er sie angegrinst hatte, kurz bevor er sich umdrehte. Wo war er wohl jetzt? Dachte er auch an sie? Und wie hieß er? Gab es irgendeine Möglichkeit, ihn zu finden?

»Wer ist noch mal der Besitzer?«, frage Elisa Crawford, die Malerin. Isabels Mutter sammelte ihre Arbeiten, aber Isabel hatte nie verstanden, warum.

»Irgendein Kartoffelbauer«, sagte Mr Rule und brach ein Brötchen auseinander. »Das Land ist seit fast zweihundert Jahren in Familienbesitz. Einer dieser Oldtimer, die jeden hassen, der nach dem Bürgerkrieg hergezogen ist.«

»Er mochte es nicht, dass Larry im Finanzsektor arbeitet«, sagte ihre Mutter und nahm einen klitzekleinen Schluck Gazpacho.

»Aber er liebte es, dass ich mit einer Newcomb verheiratet bin«, sagte ihr Vater und blickte ihre Mutter stolz an. »Lucys Mädchenname hilft einem mit den Einheimischen immer noch.«

Ihre Mutter lächelte schwach in ihre Suppe.

»Haltet euch fest«, fuhr ihr Vater fort. »Wir mussten dem verschrobenen alten Mann versprechen, dass das fertige Haus kleiner als tausendeinhundert Quadratmeter sein wird.«

»Kann er das von dir verlangen?«, fragte Bill Astergard, der seine eigene Talkshow auf PBS hatte, die niemand sah, aber jeder bewunderte.

»Unglücklicherweise ja«, sagte Gregory, der, wie Isabel bemerkte, sich gerne auf den Dinnerpartys seiner Eltern einmischte. »Es steht im Vertrag.«

»Aber ich habe einen Weg gefunden, es zu umgehen«, kündigte ihr Vater an.

»Und wie?«, fragte Elisa Crawford.

Ihr Vater zwinkerte ihr zu, als er von seinem Wasser trank. »Meine Anwälte wissen, was sie tun.«

»Ich liebe Sagaponack«, sagte Sloane unvermittelt. Isabel seufzte leise. Ihre Schwester war so merkwürdig.

Genau wie das Mädchen, das sie bediente. Wie war ihr Name – Laurie? Rory? Sie kam immer wieder mit neuen Speisen ins Zimmer geschlurft, kaum in der Lage, Augenkontakt zu halten, während sie neben jedem Stuhl anhielt und eine Platte vor das Gesicht der Person schob, die dort saß. Und dann dieses weiße Top mit den Schlittschuhrevueärmeln ... Ugh. Wo ging dieses Mädchen einkaufen? Sie mochte auch den Blick nicht, den das Mädchen ihr in der Halle vor dem Essen zugeworfen hatte, als ob Isabel ein verzogenes Gör wäre. Es war nicht ihre Schuld, dass ihre Eltern ihre Kinder zwangen, gemeinsam mit ihnen und ihren Freunden zu essen. Schlussendlich hatte sie keine andere Wahl gehabt, als in ihr Zimmer zu gehen und sich ein Kleid anzuziehen. Es schien eine Verschwendung des schönen elfenbeinfarbenen Shift-Kleides von Chloe zu sein, es für diesen Anlass zu tragen, aber immerhin hatte es ihr ihre Mutter vom Leibe gehalten.

»Ich habe kein gutes Gefühl dabei, Lucy«, sagte Felipe Santo Moreno, der Kunstkritiker, mit kubanischem Akzent. »Genauer gesagt spüre ich eine sehr starke negative Energie.« Felipe, der neben Isabel saß, war bei Weitem die interessanteste Person am Tisch, dank seiner Vergangenheit mit Andy Warhol in den Achtzigern.

»Oh, richtig«, sagte ihre Mutter mit plötzlichem Interesse. »Du bist hellsichtig, nicht wahr Felipe?«

»Ein bisschen«, sagte Felipe schüchtern. »Ich bin dafür bekannt, ein Gespür für Dinge zu haben. Und dies fühlt sich nicht gut für mich an.«

»Und Sie spüren das alles?«, fragte ihr Vater mit einem Grinsen.

Isabel hörte ihren Bruder leise auf der anderen Seite kichern.

Plötzlich stand das Mädchen – Rory, so hieß sie doch? – neben Isabel und schob ihr eine Platte mit Hühnchen vors Gesicht. »Hühnchen?«, flüsterte das Mädchen.

Isabel nahm die Zange ohne Rory anzusehen und ließ ein Stück Brust auf ihren Teller fallen. Das Mädchen ging weiter. Hoffentlich würden sie diesen Sommer über nicht mehr miteinander zu tun haben. Sie wusste nicht mal, wo dieses Mädchen schlief, aber hoffentlich nicht in der Nähe ihres Zimmers.

»Ich habe wirklich übersinnliche Fähigkeiten«, sagte Felipe zu Isabel, als ihr Vater und ihre Mutter anfingen, über Architekten zu diskutieren. Er beugte sich zu ihr herüber. »Du zum Beispiel. Du hast heute jemanden kennengelernt. Das kann ich spüren.«

Isabel blinzelte. »Wie?«

»Er ist groß, dunkelhaarig und gut aussehend«, sagte Felipe, während sich ein Lächeln auf seinem Gesicht ausbreitete. »Er hat dich ziemlich beeindruckt.«

Isabel starrte ihn an. »Hm. Sie haben irgendwie recht.«

»Natürlich habe ich das«, sagte Felipe stolz. »Und unter uns gesagt: Ich denke, es ist eine gute Sache, dass deine Eltern umziehen. Dieses Haus. Es ist wunderschön, aber…« Er sah sich um und schüttelte sich unmerklich. »Zu viele Geheimnisse.«

»Was meinen Sie damit?«, fragte Isabel. Aus dem Augenwinkel sah sie das Mädchen erneut um den Tisch kommen, diesmal mit einer kleinen Suppenterrine und einem Löffel.

»*Frag sie*«, antwortete Felipe und deutete mit einer Kopfbewegung in Richtung ihrer Mutter und ihrem Vater.

»Aber welche Geheimnisse?«, fragte Isabel.

Ihr Blick auf Felipe wurde plötzlich von dem Mädchen versperrt. »Teriyaki-Soße?«

»Okay.« Isabel drehte sich zu Felipe zurück und wollte gerade ihre Frage wiederholen, als sie etwas Kaltes und Feuchtes spürte. Braune Teriyaki-Soße schwamm in einer Pfütze auf ihrem Schoß.

»Iiiiieh!« Isabel schrie und sprang auf.

»Was ist los?«, rief ihre Mutter.

»Sie hat die Soße über mich geschüttet!«, rief Isabel und zeigte auf das Mädchen. »Sieh doch!« Sie zupfte an ihrem Kleid und zeigte den anderen den Fleck.

»Es tut mir so leid«, sagte das Mädchen. Sein Gesicht war weiß wie ein Bettlaken. »Es tut mir so leid!«

»Isabel, bitte setz dich hin.« Die Stimme ihrer Mutter klang mühsam beherrscht.

»Es wird nicht rausgehen«, sagte Isabel. »Sie hat es ruiniert!« Isabel rannte in die Küche. Sehr zu ihrem Ärger hörte sie, dass das Mädchen ihr folgte.

»Was ist los?«, fragte Eduardo, sobald sie in die Küche gerannt kamen.

»Haben wir Club Soda?« Isabel ging zum Kühlschrank.

»Wirklich, es tut mir so, so leid«, sagte das Mädchen erneut und ließ den Kopf hängen.

Isabel ignorierte es. »*Club Soda*?«, wiederholte sie. »Irgendwo?«

Eduardo öffnete den Kühlschrank und holte eine kleine Flasche Seagrams heraus.

»Gib her!« Sie riss einige Papiertücher von der Rolle am Waschbecken und goss Soda darüber.

»Wirklich, es tut mir so, so leid«, sagte das Mädchen schon wieder.

»Was machst du hier?«, fragte Isabel, als sie den Fleck abtupfte.

»Entschuldigung?«

»Was machst du hier?« Endlich sah sie das Mädchen an, das seine Hände rang. »Warum bist du überhaupt hier?«

Das Mädchen blieb still.

»Sie hätten dich nicht bitten sollen, das zu tun, weißt du.«

Bianca tauchte in der Tür zur Halle auf. »Isabel, was ist los?«, fragte sie in ihrer üblichen herablassenden Art.

»Wieso hat dieses Mädchen uns heute Abend bedient? Es hat keine Ahnung, wie das geht.«

»Die Hilfe, die wir eingestellt haben, hat abgesagt«, antwortete Bianca. »Das war das Beste, was wir in so kurzer Zeit auftreiben konnten.«

»Dann hätte es eben ein Buffet geben sollen.«

»Deine Mutter *wollte* aber kein Buffet«, entgegnete Bianca.

Isabel wandte sich wieder ihrem Kleid zu. »Egal«, schnappte sie.

»Es tut mir wirklich leid«, sagte Rory.

»*Hör auf,* das zu sagen«, rief Isabel. Sie warf die Papiertücher in den Müll. »Es ist passiert. Hoffentlich kann die Reinigung das noch retten. Aber es ist offensichtlich, dass du keine Ahnung hast, was du tust.« Sie stolzierte aus der Küche und mied dabei Biancas selbstgefälligen Blick.

Rory sah ihr nach und fühlte, dass ihr Herz wie wild in ihrer Brust schlug.

»Das ist genug«, sagte Bianca. »Ich übernehme jetzt.«

»Es tut mir wirklich leid«, murmelte sie.

»Es war ein Unfall«, sagte Bianca. Ihre Stimme war frei von dem kleinsten bisschen Mitgefühl.

Rory stellte die Suppenterrine mit zitternden Händen auf die Arbeitsfläche. Sie hatte zwei Jahre lang gekellnert und nie auch nur eine Scheibe Salami auf jemanden fallen lassen. Warum konnte sie keine Soße austeilen? Was stimmte nur nicht mit ihr? Sie konnte nun nur noch auf ihr Zimmer gehen und versuchen, das Ganze zu vergessen. Rory ging zur Tür.

»Willst du denn kein Abendessen?«, fragte Bianca. »Eduardo kann dir einen Teller machen.«

»Nein, es ist okay«, sagte Rory. »Ich bin nicht so hungrig.«

Niemand erwähnte ihren Wutausbruch während des restlichen Abends. Stattdessen unterhielten sie sich, als wäre sie gar nicht anwesend, und kauten dieselben Themen durch wie immer: Wer hatte welches Haus für wie viel gekauft, wer war neu im *Georgica,* und wie schwer war es heutzutage in den Hamptons doch, anständige Haushaltshilfen zu bekommen. Sobald Bianca aus der Küche mit einer Schale voll Zitronen- und Blaubeereis kam, schob Isabel ihren Stuhl zurück.

»Ist es okay, wenn ich gehe?«, fragte sie.

Ihre Mutter warf ihr einen düsteren Blick zu. Es war eindeutig, dass sie immer noch sauer war, aber sie nickte kurz angebunden. Isabel verließ den Raum ohne ein weiteres Wort und beeilte sich, auf ihr Zimmer zu kommen.

Während sie ging, konnte sie spüren, dass Sloane und Gregory sie beobachteten. Letzten Sommer hatten die beiden sich gegen sie verschworen und ihr immer aufgelauert, wenn sie nicht gerade dabei waren, sie bei ihren Eltern anzuschwärzen. Als sie den Range Rover ausgeliehen hatte, um zu einer Party in Sagaponack zu fahren, nur zwanzig Minuten entfernt, war Sloane die Erste gewesen, die ihrer Mutter gesagt hatte, dass sie das Auto für einen kleinen Ausflug genommen hatte. Als sie die ganze Nacht weggeblieben war, um mit Aston den Sonnenaufgang zu beobachten, da hatte ihr Bruder ihr allen Ernstes gesagt, dass sie den Familiennamen mit ihren »Possen« beschmutzen würde. Und die Art, wie die beiden letzten Sommer wegen dem Feuer ausgeflippt waren, das einfach ein ganz unglücklicher Unfall gewesen war … Das Letzte, was sie jetzt brauchte, war eine Moralpredigt von den beiden. Sie konnte es nicht erwarten, dass Connor nach Hause kam. Er verteidigte sie immer und glücklicherweise hörten Sloane und Gregory immer auf ihn. Vielleicht lag es daran, dass sie wussten, dass er Mutters Liebling war.

Sie öffnete die Tür zu ihrem Schlafzimmer und sah die rosa Wände, die sich bauschenden weißen Vorhänge und den antiken Kronleuchter, der von der Decke hing, an. Als sie vierzehn gewesen war, da waren ihre Vorbilder in Sachen Inneneinrichtung Betsey Johnsons Boutiquen und Sofia Coppolas *Marie Antoinette* gewesen. Jetzt wünschte sie sich, dass ihre Wände einfach nur weiß und die Vorhänge olivgrün wären, so wie in ihrem Zimmer an der Schule. Sie trat in ihren begehbaren Kleiderschrank, der jetzt so lächerlich übertrieben wirkte. Es war erstaunlich, wie ein Jahr fern von daheim die Art änderte, wie man Dinge betrachtete. Sie hatte ihren Kleiderschrank so geliebt, als sie ihn entworfen hatte, aber jetzt sah er nur albern aus. Die Kleider waren nach Farbe angeordnet mit einer Extrasektion für Streifen. Ihr Schuhregal nahm eine ganze Wand ein und in der Ecke hingen all ihre Geldbeutel, Handtaschen und Clutches an stoffbezogenen Nägeln. Sie zog ihr Kleid aus und schlüpfte in ihre Schuljogginghose und ein T-Shirt. Dann setzte sie sich auf die geschwungene Chaiselongue in der Mitte des Raumes und betrachtete sich im Spiegel. Vielleicht hatte sie es etwas übertrieben da unten mit dem Mädchen. Vielleicht hatte sie sich wie ein Idiot verhalten.

Nach ein paar Minuten setzte sie sich kerzengerade auf, als sie Schritte vor ihrem Zimmer hörte. »Isabel?« Ihre Mutter erschien im Türrahmen, die blauen Augen stürmisch. »Was zum Himmel stimmt nur nicht mit dir?«

»Ich dachte, das war ziemlich offensichtlich«, antwortete Isabel. »Sie hat mein Kleid ruiniert.«

»Dann entschuldigst du dich höflich und gehst in die Küche«, sagte Lucy. »Du benimmst dich nicht so vor den Gästen. Und du wirst nicht ein Mitglied des Personals anschreien. Das ist meine Aufgabe, nicht deine.«

Ihre Mutter atmete tief ein und hielt sich an ihrem Seidencardigan fest. »Und ich warte immer noch darauf, dass du den Vorfall heute erklärst. Einfach im Wasser rumspringen, wenn kein Lebensretter, niemand, da ist.«

»Ich hatte Lust zu schwimmen.«

»Mrs Dancy hat mir erzählt, du hättest ausgesehen wie eine ertrunkene Ratte.«

»Weil ich auch fast ertrunken wäre.«

Ihre Mutter neigte den Kopf und mehrere blonde Strähnen fielen aus ihrer Hochsteckfrisur auf ihre Schulter.

»Mach das nicht, Isabel«, sagte sie. »Spiel nicht den Märtyrer. Diesen Sommer wird es anders sein. Verstehst du das? Kein Die-ganze-Nacht-Ausbleiben, kein Ausleihen des Autos, keine Lügen. Deinem Vater reicht es, falls dir das überhaupt irgendwas bedeutet.«

»Tut es nicht«, sagte Isabel.

»Sag das nicht.«

»Er spricht nicht mal mit mir«, sagte Isabel. »Warum sollte es mich kümmern, was er denkt? Und das hier geht so was von nicht um mich. *Sie* ist diejenige, die Mist gebaut hat. Der Himmel weiß, warum du sie aufgenommen hast.«

»Du wirst nett zu dem Mädchen sein, hast du verstanden?«, sagte ihre Mutter. »Es hat nicht annähernd die Möglichkeiten, die du hast. Ich versuche, etwas Gutes zu tun, indem ich es den Sommer hier verbringen lasse.«

»Du hast nur Angst, dass Fee doch kündigen und dich verlassen wird«, murmelte Isabel.

Ihre Mutter war still. »Gute Nacht, Isabel«, sagte sie schließlich und ging hinaus.

Isabel blieb auf dem Sofa sitzen. Der Sommer hatte kaum angefangen und schon wollte sie hier raus. Sie schloss ihre Augen. Das Gefühl einer Welle schüttelte sie. Sofort sah sie ihn wieder. Das tropfende Haar. Diese Augen. Dieses Grinsen.

Er war hier. Irgendwo. Und vielleicht dachte er auch an sie.

Sie ging in ihr Schlafzimmer und zu der iPod-Docking-Station auf ihrem Nachttischchen. Sie wählte die Playlist, die sie in der Schule gemacht hatte, kurz bevor sie nach Hause gekommen war, und legte sich auf ihr Bett. Sie wollte noch ein bisschen von ihm träumen.

Es wurde immer dunkler, und Rory lag zusammengerollt auf ihrem Bett, unfähig, sich zu rühren oder das Licht anzuschalten. Sie würde sich bald bewegen müssen und entscheiden, was sie tun würde.

Die meiste Zeit ihres Lebens war sie immer vorsichtig gewesen. Vor einem Test stand sie eine Stunde früher auf, um zu lernen. Sie wartete, bis Dinge im Angebot waren. Sie sparte genug Geld von ihrem Lohn, um sicherzugehen, dass die Stromrechnung bezahlt wurde. Es war logisch, dass es zu einem Desaster kam, wenn sie ausgerechnet ein einziges Mal nicht vorsichtig war und nicht aufpasste. Ihre Mutter hatte recht gehabt. Hierherzukommen war ein Fehler gewesen. Und es hatte nur acht Stunden gedauert, das herauszufinden.

Als sie sich endlich aufsetzte und aus dem Fenster sah, war es schon dunkel. Schatten fielen auf den Teppich. Sie hob den Hörer vom Telefon auf dem Nachttisch und starrte all die Knöpfe für die verschiedenen Räume an – Bibliothek, Poolhaus, das Schlafzimmer der Rules. Sie legte den Hörer wieder auf. Fee hatte gesagt, dass ihr Zimmer unten beim Tischtennisraum sei. Es würde einfacher sein hinzugehen.

Sie trat in die Halle hinaus. Das Haus war still. Die Einzige, die sie entdecken konnte, war Trixie, die ihren Kopf hob und Rory mit überraschend dunklen seelenvollen Augen ansah. Sie ging die hintere Treppe hinunter, jede Stufe knarzte, und schaltete den Dimmer an. Das Licht über der Tischtennisplatte ging an. Die Schläger lagen immer noch auf der Anrichte in merkwürdigen Winkeln zueinander. Allein bei ihrem Anblick schämte sie sich so sehr. Sie konnte sich nicht einmal vorstellen, was die Rules jetzt von ihr hielten. Aber Isabels Reaktion war definitiv grob gewesen. Dennoch schien es, als sei die Familie ihr unhöfliches Verhalten gewohnt.

Rory lief durch die Halle, bis sie eine geschlossene Tür

erreichte, unter der Licht durchschien. Vorsichtig klopfte sie an. »Fee?«, sagte sie. »Kann ich reinkommen? Ich bin es, Rory.«

Die Tür öffnete sich. Fee stand in einem langen Crew Shirt, auf dem in geschwungenen Buchstaben *Georgica Club* gedruckt war, und Pyjamahosen vor ihr. »Hallo, Schatz«, sagte sie. »Ich dachte mir schon, dass du vorbeikommen würdest. Ich mache grad mein Kreuzworträtsel. Komm rein.«

Rory sah sich in dem vollgestopften Raum um. Er war gerade mal groß genug für ein Doppelbett, einen Nachttisch und eine kleine Kommode mit einem Mini-Flatscreen. Es gab keinen begehbaren Kleiderschrank, keine weich gepolsterten Stühle. Keine Fenster, die vom Fußboden bis zur Decke reichten.

»Dieser Raum ist so klein«, sagte sie. »Entschuldigung. Ich meinte, verglichen mit meinem. Ich sollte hier sein.«

»Ich mag es klein«, murmelte Fee. »Und keiner kommt hier rein, was noch besser ist.« Sie setzte sich zurück aufs Bett und nahm ihr Kreuzworträtsel auf. »Ein Wort mit acht Buchstaben für ›Klasse‹«, sagte sie und sah konzentriert auf das Rätsel. »Fängt mit einem P an.«

Rory dachte nach. »Prestige?«

»Pre-stige«, sagte Fee und schrieb die Buchstaben aus. »Gut. Sehr gut. Du bist ein sehr kluges Mädchen.«

»Ja, nur dass ich keine Soße servieren kann«, sagte Rory.

»Jetzt fühl dich nicht schlecht deswegen«, sagte Fee und legte die Zeitung weg. »Du hast dein Bestes gegeben. Und sie hätten dich nie in diese Lage bringen sollen.«

»Mrs Rule denkt bestimmt, ich sei dumm«, sagte Rory. »Und Isabel …«

»Hat ein Problem mit ihrer Einstellung in der Größe Nebraskas«, unterbrach Fee sie.

»Ich denke nur, es könnte ein Fehler gewesen sein«, sagte Rory, auf der Bettkante sitzend.

»Weil Isabel Rule mal wieder einen Ausraster hatte? Nein. Den ganzen Sommer mit deiner Mutter und ihrem neuesten Boy Toy verbringen – das wäre ein Fehler gewesen.«

»Ich hab nur eigentlich keine Erfahrung für das hier«, sagte Rory. »Ich dachte, ich hätte sie. Aber es ist so verwirrend.«

»Was meinst du?«

»Na ja, die Rules. Sie waren so freundlich. Ich habe mich wie ein Gast gefühlt. Du weißt schon, wegen dem Zimmer und weil sie so nett zu mir waren, als ich sie getroffen habe.« Rory hob Fees Stift auf, nahm den Deckel ab und steckte ihn wieder auf. »Und dann plötzlich bediene ich sie beim Abendessen und mache es nicht gut. Es war komisch. Ich glaube, ich hatte nicht erwartet, dass sie so nett sind. Das ist alles.«

Fee öffnete eine Schublade ihres Nachttisches und nahm eine Tüte heraus. »Nun, sie sind keine Ungeheuer, das ist sicher«, sagte sie und bot Rory M&M*s* an. Sie nahm eins aus der Tüte. »Aber ich vergessen nie, dass ich die Haushälterin bin. Nicht für einen Moment.«

»Richtig«, sagte Rory, obwohl sie sich nicht sicher war, was Fee damit sagen wollte.

»Vergiss heute Abend. Und versuch dich zu entspannen. Geh in die Stadt, lerne Leute kennen. Und, um Himmels willen, mach dir keine Sorgen wegen Isabel. Sie hat Probleme.«

»Was für Probleme?«

»Sie hat nie irgendwo reingepasst«, sagte Fee und nahm selbst ein M&M. »All die anderen Kinder, da gab es nie irgendwelche Probleme. Aber Isabel – sie hat schon immer gern ihre Grenzen getestet. Und dann letzten Sommer, da hat sie fast dieses Haus abgebrannt.«

Rory ließ den Stift fallen. »Im Ernst?«

Fee nickte düster. »Sie kam stockbesoffen von einer Party heim und ist dann im Filmraum mit einer angezündeten Zigarette in der Hand eingeschlafen. Der Teppich fing Feuer, dann die Vorhänge, und fast wäre der ganze Nordflügel runtergebrannt. Wäre nicht ihr Bruder Connor in die Küche gegangen, um etwas zu essen …«

»Oh Gott.«

»Da haben sie beschlossen, sie auf eine Schule in Kalifornien zu schicken. Sie kam das ganze Jahr nicht heim. Nicht mal an Weihnachten. Nicht bis vor ein paar Wochen. Es ist also ein bisschen unruhig hier gewesen, seit sie zurück ist. Ich glaube, der Familie wäre es am liebsten gewesen, dass sie Isabel auch den ganzen Sommer in der Schule hätte lassen können.«

Rory zupfte an dem Seilarmband an ihrem rechten Handgelenkt herum.

»Aber mach dir keine Sorgen«, sagte Fee und legte eine Hand auf Rorys. »Du wirst das hier schon machen.«

Fee klang wieder nicht so ganz überzeugend, aber Rory sagte nichts.

»Wann soll ich morgen aufstehen?«

»Acht Uhr sollte gut sein.«

»Okay. Und noch mal danke. Für alles.« Sie beugte sich zu Fee, um sie zu umarmen. »Gute Nacht.«

»Nacht, mein Schatz.«

Sie schloss Fees Tür. Als sie an den Tischtennisschlägern auf der Anrichte vorbeikam, schämte sie sich nicht mehr. Die Rules mussten gute Menschen sein, wenn Fee schon so lange für sie arbeitete. Sie würden ihr den einen dummen Fehler verzeihen. Sie dachte daran, wie sie Tischtennis gespielt hatten, in perfekter Harmonie miteinander, konkurrierend, aber dennoch freundlich. Welche Familie kannte sie schon, die so etwas tat? Der einzige Riss in der Hülle war bisher ihre verrückte Tochter.

Sie kam in ihr Zimmer und machte kein Licht, während sie das Bett richtete. Sie konnte es nicht erwarten, endlich zu schlafen. Im Raum über ihr lief Musik. Etwas Bekanntes. Es war eines ihrer Lieblingslieder. Von *Florence and the Machine*.

Jemand anders in diesem Haus mochte sie also auch.

Kapitel 4

Am nächsten Morgen wachte Rory vom Geräusch des Rasenmähers auf. Sie stützte sich auf die Ellenbogen auf und kniff die Augen im Sonnenlicht zusammen. Sie war eingeschlafen, ohne das Fenster oder den Rollladen zu schließen. Die Vorhänge bewegten sich in der kalten Seeluft. Sie griff nach der kleinen gläsernen Uhr auf dem Nachttisch und starrte auf das Ziffernblatt. Es war halb zehn.

Sie rannte ins Badezimmer und schlüpfte auf dem Weg aus ihrem Pyjama. Sie stellte sich unter die Dusche und betätigte hektisch den Hebel. Nichts passierte. Sie versuchte es mehrmals. Schließlich sah sie den Extragriff, mit dem man das Wasser aufdrehen konnte. Der Hebel war anscheinend nur dafür da, die Temperatur einzustellen, als ob das irgendeinen Sinn machen würde. Sie stellte das Wasser auf *warm* und stand dann unter der Brause. Sie fühlte den Wasserstrahl auf ihre Augenlider trommeln. Zuerst hatte sie Isabel Rules Kleid ruiniert. Jetzt war sie der faule Trampel, der am zweiten Tag verschlief. Nächstes Mal würde sie nicht die Uhr als Wecker nehmen, sondern das Handy, wie jeder normale Mensch.

Zwei Minuten später hatte sie Jeans und das erste Top,

das sie in die Finger bekam, angezogen. Kaum war sie aus ihrem Zimmer getreten, rannte Trixie den Gang hinunter, um sie zu begrüßen. »Hi, meine Süße«, flüsterte Rory. »Wünsch mir Glück heute, ja?« Sie tätschelte Trixies Kopf und ließ den Hund ihre Hand abschlecken. Sie fragte sich, wie viel Aufmerksamkeit Trixie in diesem Haus bekam. Vermutlich recht wenig.

Gerade als sie die Küchentür aufstoßen wollte, hörte sie Stimmen hinter der Tür.

»Vielleicht wäre es nicht passiert, wenn man sie nicht an ihrem ersten Abend ins kalte Wasser geworfen hätte«, sagte Fee.

»Sie wurde nicht dazu gezwungen, sie hat es *angeboten*«, antwortete Bianca. »Aber ich hatte ja keine Ahnung, dass sie –«

Rory drückte die Tür auf. Fee und Bianca sahen beide schuldbewusst aus, wie sie da an der Marmorplatte der Kücheninsel standen. »Nun, guten Morgen«, sagte Bianca steif. »Ich nehme an, du hast gut geschlafen?«

»Es tut mir leid. Ich dachte, ich hätte den Wecker gestellt.«

»Das ist schon okay, Rory«, sagte Fee. »Ich habe dir einen Smoothie gemacht, falls du Hunger hast.« Fee öffnete den Kühlschrank und nahm ein hohes Glas heraus, das mit etwas gefüllt war, das aussah wie ein Erdbeershake. »Erdbeer-Banane-Blaubeere«, sagte sie und nahm die Frischhaltefolie vom Glas. »Dazu ein bisschen Leinsamenöl und ein paar gemahlene Mandeln.«

»Danke.« Rory nahm das Glas und sah sich um. Gestern Abend waren alle Küchenflächen und die Kücheninsel mit Essen, Gewürzen und Geschirr bedeckt gewesen. Jetzt war jede Oberfläche frei und glänzte. Und noch etwas fehlte. »Wo ist Eduardo?«

»Eduardo wurde entlassen«, antwortete Bianca kühl. »Unser neuer Küchenchef stößt heute Abend zu uns.«

»Oh.« Sie dachte daran, wie Eduardo ganz hektisch durch die Küche gewirbelt war. Hatte er etwa Angst gehabt? Sie wollte fragen, warum Eduardo gefeuert worden war, aber sie ahnte, dass ihr das nicht zustand. Sie nahm einen Schluck von dem Smoothie. Ein Teil von ihr wollte sich wieder für gestern Abend entschuldigen, aber dann erinnerte sie sich daran, was Fee gesagt hatte. Sie solle sich ja nicht bei Bianca einschleimen. Es war also besser, so zu tun, als wäre nichts passiert. »Also, was kann ich heute tun?«

»Du wirst einige Dinge auf dem Markt besorgen«, kündigte Bianca an und ging zu dem Laptop, den sie auf einem Tisch am Ende der Küchenplatte aufgebaut hatte. »Du *hast* einen Führerschein, richtig?«

»Äh, ja.« Rory nickte.

»Gut. Wir möchten, dass du zu *Citarella* in der Stadt fährst. Hier ist eine Einkaufsliste. Lass es einfach auf Mrs Rules Rechnung setzen.« Bianca nahm den Ausdruck aus dem Druckerfach und gab ihn ihr.

Rory sah auf die Liste. Sie war alphabetisch angeordnet und aufgeteilt in unterstrichene Kategorien: FLEISCH – FISCH und MEERESFRÜCHTE – GEWÜRZE.

»Und hol bitte genau das, was auf der Liste steht«, betonte Bianca. »Mrs Rule ist sehr eigen, was ihre Lieblingsmarken angeht.«

»Was ist, wenn etwas nicht da ist?«, fragte Rory.

»Dann nimm das Nächstbeste.«

Rory war sich nicht sicher, was damit gemeint war, aber sie faltete die Liste zusammen und steckte sie in ihre Tasche.

»Und dann hätten wir gerne, dass du Isabel bei *Two Trees* abholst«, fügte Bianca noch hinzu.

»Isabel abholen?«

»Bei den Ställen. Sie hat ihre Reitstunde.« Bianca kritzelte den Namen TWO TREES auf einen Notizzettel. »Da. Gib es einfach in das Navi ein und es wird dir sagen, wie du dorthin kommst.«

Rory nahm den Notizzettel. Sie fragte sich, ob Bianca ihr das aus Absicht antat.

»Du kannst sie um halb zwölf abholen«, sagte Bianca. »Und nimm den Prius. Die Schlüssel sind im Wagen.«

»Okay, klingt prima«, sagte Rory. »Kein Problem.«

»Und egal, was du tust, lass Isabel *nicht* ans Steuer«, sagte Bianca. Ihr Gesichtsausdruck war ernst. »Ist das klar?«

»Oh ja. Ganz bestimmt.«

»Ich bring dich raus«, sagte Fee und ging zur Tür.

Rory folgte ihr in die Halle. »Warum muss ich Isabel abholen?«, flüsterte Rory. »Kann sie kein Auto fahren?«

Fee antwortete erst, als die Hintertür hinter ihnen zugefallen war. »Sie ist durch die Fahrprüfung gefallen«, sagte sie und versuchte vergeblich, ein Grinsen zu verbergen. »Ich kann nicht behaupten, dass es mich überrascht hat.« Sie zeigte auf den glänzenden silbernen Prius. »Also, du kannst das Ding fahren?«

»Ich denke schon«, antwortete Rory.

Sie setzte sich in das Auto und drücke den Startknopf. Das Navi ging an, und eine weibliche Computerstimme säuselte: »*Willkommen.*«

»Bieg einfach rechts ab, danach links und dann geradeaus Richtung Stadt«, sagte Fee. »*Citarella* kommt direkt nach *Newton* an der Main Street. Ruf an, falls du irgendwelche Fragen hast.«

»Okay«, antwortete Rory und schloss die Tür.

Fee klopfte ans Fenster und Rory ließ es herunter.

»Und achte auf den Verkehr«, ergänzte Fee. »Der Montauk Highway ist manchmal ein einziger Parkplatz.«

»In Ordnung«, sagte Rory.

Fee ging zurück ins Haus. Rory betrachtete das komplizierte Armaturenbrett und versuchte sich zurechtzufinden. Sie war noch nie ein Auto mit Navi gefahren. Es war ihr immer überflüssig erschienen, aber vielleicht lag das daran, dass sie jede Straße in ihrer Heimatstadt kannte.

In ihrem Augenwinkel sah sie einen schwarzen Jetta in die Lücke neben ihr einparken. Steve winkte ihr zu und stieg aus dem Auto. Er trug einen Schwung Tennisschläger. »Wie läuft's?« Seine weißen Zähne glänzten in der Sonne.

Rory überlegte, ihm die Wahrheit zu sagen. Er war vermutlich der einzige Mensch im Haus, der noch nicht wusste, wie sehr sie es am Abend zuvor vermasselt hatte. »Ganz okay«, sagte sie. »Abgesehen davon, dass ich gestern Abend Teriyaki-Soße über Isabel geschüttet habe.«

»Ernsthaft?« Steve lachte. »Das hätte ich zu gerne gesehen.«

»Alle anderen hatten das Vergnügen.«

»Tapfer bleiben.« Er klopfte ihr durch das offene Fenster auf die Schulter. »Wenigstens hast du direkt einen bleibenden Eindruck hinterlassen.«

»Das ist der grausamste Kommentar, den ich bisher gehört habe«, sagte Rory.

»Es wird nicht der einzige bleiben – kleine Vorwarnung«, sagte Steve.

Rory lachte. »Bis nachher.«

»Viel Glück!«, rief ihr Steve zu. Wenigstens hatte sie Steve auf ihrer Seite. Vielleicht war es doch ganz gut, dass niedliche Typen sie nur als Kumpel wahrnahmen.

Die Main Street wirkte an diesem Morgen verschlafen, abgesehen von einigen Männern und Frauen, die sich an ihre Kaffeebecher klammerten oder ihre Hunde ausführten, waren die Gehwege praktisch leer. Keine der schicken Boutiquen hatte schon geöffnet. Ein Mann stand auf einer Leiter und tauschte mithilfe eines langen Stocks die Buchstaben über dem Eingang des Kinos aus. Es sah genauso aus wie in jeder Kleinstadt an einem Samstagmorgen.

Aber als sie den Parkplatz des *Citarellas* erreichte, wurde ihr klar, wo all die Leute waren. Nämlich hier. Der

Parkplatz platzte aus allen Nähten, überall Autos, die ankamen und wegfuhren. Schließlich fand sie eine schmale Parklücke zwischen einem Lexus und einem glänzenden Bentley. Als sie zum Laden lief, fuhr sie ein SUV beim Ausparken fast an. »Tut mir leid!«, rief die Fahrerin durch das Fenster, hielt aber nicht einmal an.

Im Laden sah Rory erstaunt, dass die Schlange an der Kasse durch den ganzen Laden ging. Sie fing zwei Schritte von der Tür entfernt an, ging bis zur Wand auf der anderen Seite des Raums und wieder zurück. Es erinnerte sie an den Tag, bevor der Hurrikan *Irene* auf Land getroffen war, damals war der Supermarkt voller Menschen gewesen, die sich mit Notrationen eingedeckt hatten. Aber in den Einkaufswagen dieser Leute waren keine 4-Liter-Flaschen Wasser oder 12er-Dosenpacks Thunfisch. Nein, da waren eine Menge kleiner, appetitlich verpackter Päckchen, eingewickelt in braunes Packpapier, und Gläschen mit glänzenden schwarzen Deckeln. *Ja, das ist definitiv nicht der A&P*, dachte Rory und nahm sich einen Einkaufswagen.

Sie hatte von den meisten Dingen auf Biancas Liste noch nie gehört. An der Käsetheke musste sie sich mit den Ellenbogen ihren Weg durch eine Reihe von Leuten bahnen, die drückten und schoben, und selbst dann war sie sich noch nicht sicher, ob sie die richtige Sorte von *Asiago Classico* erwischt hatte. An der Pasta-Theke bestellte sie zwei Pfund frische *Richetti*, die sich als eine schickere Version von Penne herausstellten. Im Gewürzgang nahm sie Gläser mit Harissa, einer Paste aus rotem

Pfeffer, und sonnengetrocknetes Miso, was immer das war. Sie griff nach einer Tüte Müsli und beim Anblick des Preisschildes stockte ihr der Atem. Es kostete elf Dollar. Elf Dollar! Rory überlegte, es zurück ins Regal zu stellen, einfach aus Prinzip. Aber dann warf sie es doch in den Einkaufswagen.

Als sie fertig war, ging sie zur Kaffeetheke und bestellte sich eine heiße Schokolade und ein Croissant. Sie hatte fast nichts von dem Smoothie getrunken, den Fee ihr gemacht hatte.

»Das wären dann sechs fünfundsiebzig«, sagte der Mann hinter der Theke.

»Was?«, fragte sie.

»Sechs fünfundsiebzig«, wiederholte der Mann.

»Für eine heiße Schokolade und ein Croissant?«

Der Typ blieb ungerührt.

Rory holte ihren Geldbeutel raus und gab ihm das Geld. Vielleicht hatte ihre Mutter doch recht damit gehabt, dass die Rules sie bezahlen sollten.

Sie frühstückte, während sie in der Schlange an der Kasse wartete. Nachdem sie die 300-Dollar-Rechnung auf Lucy Rule hatte anschreiben lassen, packte sie die beiden Tüten in den Kofferraum und fuhr vom Parkplatz. An der Ampel gab sie TWO TREES, WATER MILL in das Navi ein.

»Entfernung, 9 Meilen«, kündigte die unpersönliche Stimme an.

Rory sah auf die Karte auf dem Display. Water Mill lag direkt westlich von East Hampton am Montauk Highway und dann etwa eine Meile nördlich. Es waren noch mindestens fünfzehn Minuten, bevor sie dort sein sollte. Neun Meilen, fünfzehn Minuten – mehr als genug Zeit, dachte sie.

Zwölf Minuten später war sie kaum zwei Meilen weit gefahren. Fee hatte recht gehabt. Der Verkehr auf dem Montauk Highway war fast zum Stillstand gekommen. Sie spielte mit dem Navi rum, in der Hoffnung, dass es noch einen anderen Weg außer diesem zweispurigen Highway nach Water Mill gab. Es gab keinen. Sie klammerte sich ans Lenkrad und stellte sich vor, wie Isabel an den Ställen auf sie wartete und wie ihr Blick immer finsterer wurde. Es würde keine angenehme Heimfahrt werden.

Um Viertel vor zwölf bog sie vom Highway auf die Hayground Road ab und düste an Feldern vorbei, bis sie die *Two Trees*-Ställe erreichte. Isabel stand am Ende der langen Kiesauffahrt und schrieb SMS. In ihrer Reithose, der weißen Bluse und mit dem schwarzen Helm, der von einem Riemen an ihrem Handgelenk baumelte, sah sie noch einschüchternder aus als am Tag zuvor. *Keine Sorge*, sprach sich Rory Mut zu. *Wir müssen nicht die besten Freundinnen sein. Du musst nicht mal mit ihr befreundet sein. Du musst nur zwanzig Minuten im Auto mit ihr überstehen.*

Rory ließ das Fenster runter, als sie heranfuhr. »Hey, tut mir leid, dass ich spät dran bin«, sagte sie und hielt genau vor Isabel. »Es war so viel Verkehr.«

Isabel lief um das Auto zur Fahrerseite, öffnete die Tür und sah Rory ungeduldig an.

»Was?«, fragte Rory.

»Ich fahre«, kündigte Isabel an.

»Äh, ehrlich gesagt, denke ich, dass es besser ist, wenn ich –«

Isabel senkte ihren Kopf und starrte Rory an. »*Ich fahre*«, wiederholte sie.

Rory öffnete langsam ihren Sicherheitsgurt und stieg aus dem Auto. Isabel setzte sich hinter das Lenkrad und knallte die Tür zu. *So viel zu Biancas Anweisungen,* dachte Rory.

Sie hatte kaum die Beifahrertür geschlossen, als Isabel aufs Gas trat und eine rasante Kehrwende machte. Als sie die Auffahrt entlangrasten, nahm sie ihr Handy und fing mit einer Hand an, eine SMS zu schreiben.

»Bist du dir sicher, dass du das machen solltest?« Rory hielt sich am Armaturenbrett fest.

»Was machen?«, fragte Isabel, als das Auto in Richtung des Mittelstreifens driftete.

»SMS schreiben. Du könntest einen Strafzettel bekommen. Außerdem ist es irgendwie gefährlich.«

Isabel warf ihr einen Blick zu, dann ließ sie das Handy auf ihren Schoß fallen und bog scharf in die Hayground Road ein.

»Also, wo gehst du zur Schule?«, fragte Rory, der wegen Isabels Fahrweise schon ein bisschen schlecht war.

»Santa Barbara«, sagte Isabel endlich. »Das liegt in Kalifornien.«

»Ich war noch nie in Kalifornien. Ehrlich gesagt noch nicht mal in einem Flugzeug.«

»Hm«, sagte Isabel. »Faszinierend.«

»Hast du ein eigenes Pferd?«, fragte Rory, um das Thema zu wechseln.

»Na klar«, sagte Isabel.

»Ich bin nur ein paarmal geritten, nur für geführte Ausritte. Ich habe noch nie wirklich ein Pferd geritten. Ehrlich gesagt machen sie mir ein bisschen Angst –«

»Entschuldigung, kann ich mich einfach auf die Straße konzentrieren?«, unterbrach Isabel sie. Sie bog links auf den Highway ab, ohne dabei das Auto wahrzunehmen, das direkt auf sie zufuhr.

»Sicher«, Rory schluckte.

Als der Verkehr sich auf Schrittgeschwindigkeit verlangsamte, nahm Isabel ihr Handy und fing wieder an, SMS zu schreiben. Rory sah aus dem Fenster. Sie fuhren jetzt Richtung Bridgehampton. Ein paar Minuten später kamen sie an einem Schild vorbei, auf dem HISTORISCHES BRIDGEHAMPTON 1656 GEGRÜNDET stand. *Aber mit fürchterlichem Verkehr 2012,* dachte Rory. »Hier gibt es so viele Gemüsestände«, murmelte sie, als sie an einem Stand nach dem anderen vorbeifuhren. Jeder hatte Schilder mit SÜSSER SOMMERMAIS und FRISCHE TOMATEN angebracht. »Die Leute hier legen wirklich wert auf ihr Essen.« *Und trotzdem ist jeder dünn*, dachte Rory. Es machte keinen Sinn.

Isabel scherte plötzlich von dem verstopften Highway aus auf den Seitenstreifen.

»Was machst du da?«

»Alle machen das hier so«, antwortete sie ruhig.

»Aber du bist auf dem Seitenstreifen! Das ist illegal.«

»Du musst dich echt mal entspannen«, meinte Isabel. Rory griff genau in dem Moment nach der Türklinke, als ein Auto plötzlich aus einer verstecken Seitenstraße rausfuhr.

»Bremsen!«, rief Rory.

Isabel trat auf die Bremse. Der Prius hielt in letzter Sekunde. Als Rory ihre Augen öffnete, sah sie, dass sie nur wenige Zentimeter vor dem anderen Auto gestoppt hatten. Die ältere Frau hinter dem Steuer starrte sie an, zu erschrocken, um wütend zu sein.

»Na, das war eng«, bemerkte Isabel.

»Bist du wahnsinnig?«, rief Rory. »Du hättest ihr reinfahren können!«

Isabel setzte ein Stück zurück, damit die Frau auf den Highway konnte. Kaum war sie außer Sichtweite, fuhr Isabel auf dem Seitenstreifen weiter.

»Was machst du?«, brüllte Rory sie an.

»Entspannst du dich jetzt bitte mal?«, brüllte Isabel zurück. Einen Moment später waren sie vom Seitenstreifen runter und fuhren eine ruhige gepflasterte Straße entlang. »Siehst du?«, sagte Isabel. »*Lieber Himmel.*«

Rory rutschte unruhig auf dem Vordersitz hin und her. Ihre Knöchel taten ihr weh, so fest hatte sie sich an den Türgriff geklammert. *Reiche Leute*, dachte sie. *Die glauben, dass sie sich nicht an die Regeln halten müssen. Und wenn sie die Regeln brechen, geht trotzdem immer alles gut aus.*

Einige Minuten später waren sie zurück in der Lily Pond Lane. Isabel bog in die Einfahrt zwischen den Hecken ein und hielt am Tor. Sie öffnete das Handschuhfach und nahm eine kleine Fernbedienung heraus. »Bist du jetzt katatonisch, oder was?«, fragte sie.

Rory beobachtete, wie sich das Tor leise öffnete. »Mir geht's gut«, murmelte sie, als sie die Auffahrt entlangfuhren. Rasensprenger spritzten Wasser über das Gras.

»Es tut mir leid, okay?«

»Okay.«

Rory warf einen Blick auf Isabels Hand am Lenkrad. Ihr goldenes Bettelarmband glänzte in der Sonne. Neben einigen anderen Anhängern hing ein goldenes »I« von der Kette. »Ich mag dein Armband«, sagte sie und versuchte dabei, nicht zu nett zu klingen.

»Danke.« Isabel blickte auf Rorys eigenes Armband, das aus lilafarbenem Seil gefertigt war. Rory wartete darauf, dass Isabel ihr sagen würde, dass sie ihr Armband auch mochte, einfach aus Höflichkeit, aber sie schwieg. *War ja klar*, dachte Rory, und drehte sich zum Fenster. Dieses Mädchen war furchtbar.

Als Isabel am Haus vorbei zu den Garagen fuhr, bemerkte Rory einen abgenutzten dunkelroten Nissan Xterra in der Auffahrt. Auf einem Aufkleber stand AIR UND SPEED SURF SHOP, MONTAUK, NY.

»Heil daheim angekommen«, sagte Isabel sarkastisch, als sie hinter dem Xterra parkte.

Rory antwortete nicht. Sie stieg aus und ging schnurstracks zum Kofferraum. Glücklicherweise war das Dutzend brauner Bio-Eier, das sie gekauft hatte, ganz geblieben.

Die Hintertür des Hauses öffnete sich quietschend. »Isabel?«, fragte Fee und blieb auf der Türschwelle stehen. »Hier ist ein Junge, der dich sehen will.«

Ein Typ trat hinter Fee aus der Tür und ging die Steinstufen runter. Es war schwer, ihn nicht anzustarren. Er war sehr wahrscheinlich der heißeste Junge, den Rory je gesehen hatte. Dichtes schwarzes Haar fiel über seine großen Augen, die die Farbe von flüssiger dunkler Schokolade hatten. Seine Wangen und das Kinn mit dem Grübchen waren unrasiert, aber seine Lippen waren voll und schon fast weiblich. Sein weißes T-Shirt von Hanes und seine dunkelblauen Jeans betonten seinen Körper, der schlank und doch durchtrainiert war. *Dieser Typ riecht nach Ärger*, dachte Rory. *Meine Mutter wäre verrückt nach ihm.*

Isabel stand neben dem Auto und ihre Hand lag noch leicht auf dem Türgriff. Das muss ein Traum sein, dachte sie, als sie ihm entgegenblickte. Er sah in normalen Klamotten sogar noch besser aus als in seinem Neoprenanzug. Seine gebräunten kräftigen Arme erinnerten sie daran, wie es sich angefühlt hatte, als er sie am Strand umarmt hatte. Sie hatte sich sicher gefühlt und gleichzeitig wie elektrisiert. Ihr Kopf war auf einmal leer.

»Hey«, sagte er. »Ich wollte mal sehen, wie es dir geht.«

»Hi«, antwortete sie. Sie hatte geflüstert. Sie brauchte ein Glas Wasser. »Wie hast du mich gefunden?«

»Das war nicht schwer«, er lächelte.

Sie war sich dessen bewusst, dass Rory die Einkaufstüten ins Haus trug und Fee ihr folgte. Jetzt war sie allein mit ihm. Und er lächelte sie immer noch an.

»So, du kennst meinen Namen«, sagte sie. »Aber wie heißt du?«

»Oh«, sagte er grinsend. »Mike. Mike Castelloni.«

»Mike«, sagte sie und nickte. »Jetzt sind wir quitt.« Sie grinste ihn an.

»Du reitest?«, fragte er.

»Ja klar.«

»*Und* du surfst.«

»Yup.«

»Was kannst du besser?«, fragte er.

»Ich weiß nicht. Vielleicht kannst du es mir sagen.«

Sein Grinsen wurde breiter. »Hast du einen Neoprenanzug da?«, fragte er.

Sie zuckte mit den Schultern. »Natürlich.«

Er sah auf die dicke schwarze Uhr an seinem Handgelenk. »Also, worauf warten wir?«

Sie zögerte einen Moment, um sicherzugehen, dass er es ernst meinte. »Warte hier. Ich bin gleich zurück.« Sie ging zum Haus, und als sie durch die Vordertür trat, versuchte sie vergeblich, nicht loszurennen.

Sie stürmte durch das Foyer zu den Treppen. Vermutlich waren alle im Club, perfekt – sie wollte niemanden um Erlaubnis bitten, wieder gehen zu dürfen. Sie raste den vorderen Treppenaufgang hoch zu ihrem Zimmer und griff nach dem eisernen Treppengeländer, sie nahm immer zwei Stufen auf einmal. Also mochte er sie. In ihrem Zimmer zog sie ihre Reitklamotten aus und ihren orangefarbenen Lieblingsbikini mit der passenden Tunika und den silbernen Ledersandalen an. Sie nahm ihre Strandtasche und ging dann die hintere Treppe hinunter zum Mudroom. Der Mudroom, das war so ein blöder Name – soweit sie wusste, hatte noch nie jemand Schlamm in den Hauswirtschaftsraum gebracht, nur Sand –, aber ihre Eltern bestanden darauf, ihn so zu nennen. Sie öffnete die Schranktüren und nahm ihren Anzug sowie Connors Shortboard raus. Sie wusste, dass es Connor nichts ausmachen würde.

Als sie zurück in die Halle schoss, kam Rory gerade aus der Küche. »Hey. Kannst du allen sagen, dass ich mit einem Freund an den Strand fahre?«

Rory schüttelte ein paar dunkle Locken aus ihrem Gesicht. »Wie heißt er?«

»Mike. Wir sind Freunde. Wir fahren nach Montauk.«

»Wann wirst du zurück sein?«

»Warum willst du das wissen?«, fragte Isabel leicht genervt.

»Was, wenn sie mich fragen?«

»Niemand wird dich fragen«, sagte Isabel. »Erwähne es nur, wenn du danach gefragt wirst, okay? Danke.« Isabel nahm das Brett. »Bis später.«

Sie wartete nicht auf Rorys Antwort. Sie drehte sich um und rannte zur Vordertür. Die Sohlen ihrer Sandalen klatschten dabei auf dem Marmorboden. Sie konnte den Blick des Mädchens in ihrem Rücken förmlich spüren. Es dachte bestimmt, dass sie sich zum Narren machte. Aber es war ihr egal. Darum würde sie sich später kümmern.

Kapitel 5

Isabel warf ihr Brett auf den Sand und wrang das Salzwasser aus ihren Haaren. Als sie das letzte Mal bei Ditch Plains gewesen war, da hatte sie nur die Kieselsteine, die Felsen und das Abflussrohr, das so hässlich unter den Dünen herausragte, gesehen. Aber heute sah der Strand wunderschön aus. Surfer dümpelten auf der Oberfläche des dunkelblauen Wassers und ein Nebel aus Salzwassertropfen wirbelte durch die Luft. Gruppen von Teenagern und jungen Leuten lagen auf verblichenen Decken und Plastikstrandstühlen. Ein schwarzer Labrador mit einer Frisbeescheibe in der Schnauze trottete glücklich den Strand entlang, obwohl Hunde hier eigentlich verboten waren. Und da war auch Mike, der mit seinem Brett unter dem Arm aus dem Wasser kam und dessen Anblick einen Schauer über ihre Haut schickte.

»Was denkst du?«, fragte er und schüttelte Wasser aus seinen Haaren. »Noch mal?«

»Klar. Einmal noch.«

»Versteh das jetzt nicht falsch«, sagte er, »aber du bist besser, als ich dachte.«

»Ich hab es dir doch gesagt«, antwortete sie und lächelte ihm zu, während sie zum Wasser ging.

Sie warf sich bäuchlings auf ihr Brett und paddelte raus. Hinter ihr legte sich Mike auf sein Brett.

Er mochte sie. Er redete nicht viel, aber wann immer sich die Chance bot, sprach er mit ihr, machte ihr Komplimente und gab ihr Ratschläge zu ihrer Technik. Für persönliche Fragen war noch nicht viel Zeit gewesen, was ihr gut passte. Allerdings gab es so viel, was sie über ihn wissen wollte. Sie hatte nicht einmal eine Ahnung, wie alt er war. Oder wo er wohnte. Oder mit wie vielen Mädchen er gerade ausging. *Entspann dich*, dachte sie. Du musst dich entspannen. Daran hatte sie sich selbst seit Jahren nicht mehr erinnern müssen.

Als sie das Line-up erreicht hatten, setzten sie sich rittlings auf ihre Bretter und warteten auf eine Welle. Er war es, der anfing, Fragen zu stellen.

»Also … du bist auf der Highschool, richtig?«

»Ja.«

»Welche Klasse?«

»Ich komme in die Oberstufe.«

Einer seiner Füße traf ihren unter Wasser.

»Wie alt bist du?«, fragte sie.

»Ich bin zwanzig«, antwortete er. »Zu alt?«

»Zu alt wofür?«

Er lächelte sie an. »Ich habe das Gefühl, dass du immer mit ungefährlichen Typen ausgehst.«

»Ungefährlich? Willst du mir erzählen, dass du ein Axtmörder bist oder so?«

»Ich meine eher Typen, die du kennst. Jungs, die du kontrollieren kannst.« Er grinste. »Hab ich recht?«

»Ich hab das Gefühl, dass du eine Menge Mädchen zum Surfen mitnimmst«, sagte sie.

»Ich nehme keine Leute zum Surfen mit«, sagte er so ernst, dass sie wegsah und so tat, als würde sie etwas im Wasser suchen.

Als die Welle kam, brauchte sie ihre ganze Konzentration, besonders weil sie wusste, dass er sie beobachtete. Sie stand genau im richtigen Moment auf, ein Fuß vor dem anderen, ihre Arme gerade ausgestreckt, den Blick auf den sich schnell nähernden Strand gerichtet. Zum Glück fiel sie nicht runter. Und als ihr Brett über das Wasser flog, dachte sie: *Ich will wirklich nicht, dass dieser Tag aufhört. Ich will diese Welle für den Rest meines Lebens reiten.*

Zurück am Strand öffnete sie den Reißverschluss ihres Neoprenanzugs und trocknete sich mit einem der Strandtücher ab, die Mike in seinem Auto hatte. Möwen kreischten über ihren Köpfen. Es musste schon nach drei Uhr sein. Sie dachte an Darwin und Thayer, wie sie an ihren Salaten pickten und auf der Terrasse des *Georgica* nach ihr Ausschau hielten. Sie versuchte, sich eines der beiden Mädchen vorzustellen, wie es hier mit einem Typen wie Mike saß. Auch noch bei Ditch Plains.

Sie beobachtete Mike, wie er die Welle ritt und mit dem Brett hin- und herkurvte. Er war definitiv gut. Besser als jeder Junge an der Schule.

Als er fertig war, kam er den Strand hoch, warf sein Brett auf den Sand und setzte sich auf das Strandtuch. »Was hältst du von einem Hummer-Burger?«, fragte er. »Falls du noch ein bisschen Zeit hast.«

»Ich hab Zeit«, sagte sie und versuchte, locker zu klingen. »Und ich liebe Hummer.«

»Gut.« Er beugte sich zu ihr. Sie wandte sich ihm zu, weil sie einen Kuss erwartete, aber er nahm nur das Strandtuch, das neben ihr lag, und trocknete seine Haare. »Dann mal los«, sagte er.

»Äh, sicher«, sagte sie und hoffte, dass er es nicht bemerkt hatte.

Am Auto hielt er ein Handtuch um seine Taille, als er seinen Neoprenanzug auszog. Sie versuchte, nicht hinzusehen. Aber dann drehte sie doch ihren Kopf genau in dem Moment, als das Tuch ein paar Zentimeter runterrutschte, genug um ihr einen aufregenden Blick auf die Haut unterhalb seines Nabels zu geben. Sie stieg schnell ins Auto, um ihn nicht weiter anzustarren. Warum benahm sie sich nur so merkwürdig in der Gegenwart von diesem Typen? Es war fast so, als hätte sie noch nie was mit einem Jungen zu tun gehabt. Das Gefühl war neu für sie.

Ihr Handy summte sanft in ihrer Tasche. Thayer hatte ihr eine SMS geschrieben.

WO BIST DU??

Isabel lächelte und legte ihr Handy zurück in ihre Tasche.

Mike öffnete die Autotür. »Also, wo gehen wir hin?«, fragte sie.

»*Buford's*«, sagte er und glitt hinter das Lenkrad. Er trug ein weißes T-Shirt und Shorts. Er roch nach frisch gewaschener Wäsche. »Du warst schon mal da, oder?«

»Ehrlich gesagt nein.«

»Du machst Witze«, sagte er und lehnte sich nah an sie heran, als er in den Rückwärtsgang schaltete. »Wie ist das möglich?«

Weil meine Mutter denkt, dass es eine Müllhalde ist, wollte sie sagen, aber sie tat es nicht. Stattdessen zuckte sie mit den Schultern und lächelte ihn geheimnisvoll an.

Sie fuhren über den Highway bis die ausgebleichten rosa Wände von *Buford's Lobster Shack* in Sicht kamen. *Buford's* sah aus, als gehöre es in eine Seitenstraße auf Jamaika, aber nicht in eine schicke Stadt in den Hamptons. Mike fuhr auf den kleinen, vollen Parkplatz, direkt neben zwei etwa zwanzigjährige Surfer, die aus einem alten Kleinbus mit Brettern auf dem Dach stiegen. Sie hatte sie vorher im Wasser gesehen.

»Hey, Mike!«, rief einer von ihnen, als sie aus dem Auto stiegen. »Dein Mädel kann super surfen!« Der Typ hatte einen rasierten Kopf und trug ein T-Shirt, das mit dem F-Wort bedruckt war.

»Ich weiß«, sagte Mike stolz. »Habt ihr Isabel schon kennengelernt? Das sind Brad und Matt.«

»Hi«, sagte sie, plötzlich schüchtern.

Der Typ namens Brad warf Mike einen anerkennenden Blick zu. »Wir sehen dich drinnen, Mann«, sagte er.

Als sie über den Parkplatz liefen, winkte Mike noch zwei weiteren Surfern zu und dann noch mal zweien, als sie sich in die Schlange an der Theke stellten.

»Du kommst hier wohl oft her«, murmelte sie.

»Yep«, sagte er lässig. »Es ist einer meiner Lieblingsläden.«

Mike trat vor, um zu bestellen, ergriff aber erst einmal die Hand des grauhaarigen Mannes hinter der Theke, der etwa fünfzig sein mochte. »Was geht ab, Bro?«

»Mikey«, sagte der Mann und stieß seine Faust gegen Mikes. »Wie geht's deinem Vater? Warum kommt er nicht mehr vorbei?«

»Er ist diese Saison ganz schön beschäftigt«, antwortete Mike. »Aber ich hab dir jemand anderen mitgebracht. Buford, das ist Isabel. Isabel, das ist Buford Giles.«

»Hallo«, sagte Isabel und streckte ihre Hand aus.

»Der da ist ein Softie«, sagte Buford und zeigte auf Mike. »Ich weiß, er sieht nicht so aus, aber er ist einer.«

»Okay, das reicht«, sagte Mike und löste Isabels Hand aus Bufords Griff. »Wir nehmen zweimal die Nummer acht mit extra Mayo und Süßkartoffelpommes. Und zwei Virgin Coladas«, fügte er mit einem Zwinkern hinzu.

»Sollst du haben.« Buford zwinkerte zurück und verschwand hinter der Theke.

»Du kommst wohl wirklich oft hierher«, sagte sie.

Einen Moment später reichte Buford ihnen zwei schaumige Drinks mit Strohhalmen und Cocktailschirmchen. Isabel nahm einen Schluck. Das war definitiv keine Virgin Colada. Der Rum brannte in ihrer Kehle.

»Danke, Mann«, sagte Mike, dann nahm er ihre Hand und führte sie zur Terrasse. »Sie bringen uns das Essen«, erklärte er. »Komm, lass uns einen freien Platz suchen.«

Es war erst vier Uhr, aber fast jeder Tisch war mit

Surfern belegt, die aus Körbchen frittierte Muscheln aßen und bunte Drinks vor sich stehen hatten. Der Geruch von süßem Malibu Rum vermischte sich mit dem stechenden Geruch von Salz und Frittiertem. Über die Lautsprecher lief Reggae. Jeder sah älter aus als Isabel und Mike, aber Mike bewegte sich über die Terrasse wie ein Star, tauschte Handschläge und High Fives aus, wenn die Leute seinen Namen riefen.

»Wer bist du, der Bürgermeister von Montauk?«, fragte Isabel, als sie sich an den einzigen freien Tisch setzten.

»Ich bin hier aufgewachsen«, antwortete er und rührte in dem Schaum auf seinem Drink.

»In Montauk?«

»In North Fork.« Er lächelte. »Hast du schon davon gehört?«

»Natürlich.« Tatsächlich hatte sie noch nie jemanden aus North Fork getroffen. Sie war nur wenige Male dort gewesen, meistens um die Fähre nach Block Island zu nehmen, wenn sie ihre Tante besuchten. Dort gab es viel Farmland, kleine Häuser mit den typischen Holzschindeln der Hamptons und gemütliche Fischrestaurants in der Nähe des Hafens; das war aber auch alles, an das sie sich erinnern konnte. »Woher kennt Buford deinen Vater?«, fragte sie, um das Thema zu wechseln.

»Wir haben eine Gemüsefarm und einen Verkaufsstand in der Nähe von Wainscott«, erklärte er. »Er versorgt Buford den ganzen Sommer über mit Mais und Tomaten.«

»Und er versorgt dich mit Piña Coladas«, sagte sie und hob ihren Becher hoch.

»So könnte man das sagen.«

»Arbeitest du auf der Farm?« Sie hoffte, dass er es nicht als Beleidigung auffassen würde.

»Im Sommer mache ich das. Den Rest des Jahres gehe ich auf die Stony-Brook-Universität.« Mike lehnte sich in seinem Stuhl zurück, schlüpfte aus seinen Flip-Flops und legte seine gebräunten Füße auf die Armlehnen eines freien Stuhls.

»Was studierst du?« Es machte Sinn, dass Mike auf dem College war, wegen seinem Alter, aber irgendwie konnte sie ihn sich da nicht vorstellen.

»Das Übliche«, antwortete Mike kryptisch. »Nichts Besonderes. Lass uns über dich reden. Wovor bist du gestern weggerannt? Gestern, draußen im Wasser?«

»Vor nichts.«

»Nichts?«

»Ich wollte nur schwimmen.«

»Weit, weit weg von deinem Strandclub. Dem, für den die meisten Leute sonst was tun würden, um Mitglied zu werden.«

»Warte mal. Worauf willst du hinaus?«

Er lachte und beugte sich näher zu ihr, so nah, dass sie einen feinen Streifen Sand an seinem Kinn im schwächer werdenden Licht erkennen konnte.

»Ich schätze, ich will nur wissen, warum du jetzt hier mit einem Typ aus North Fork bist, wenn du dich im *Georgica* sonnen könntest.«

»Vielleicht ist mir langweilig.«

»Vielleicht.«

»Und ich könnte dir dieselbe Frage stellen. Was machst du hier mit einem Mädchen, das noch nie in *Buford's Lobster Shack* war?«

Ohne seinen Blick von ihr zu wenden, hob er sein Glas hoch und nahm einen tiefen Schluck. Sie hatte noch nie jemanden getroffen, der gleichzeitig so wenig und doch so viel sagte. Sein Lächeln jetzt schien zu bedeuten: *Weil du das schärfste Mädchen bist, dass ich jemals gesehen habe und ich es nicht erwarten kann, dich zu küssen.*

Sie wurden von Buford unterbrochen, der das Essen brachte. »Bitte«, sagte er und stellte die Papierteller auf den Tisch. »Zwei Hummer. Extra Mayo. Guten Appetit.«

Als er zurückging, sah Isabel auf den Hummer-Burger neben dem Berg von Süßkartoffelpommes. »Das sieht unglaublich aus.«

»Ja. Ich würde sagen, das wäre mein letztes Mahl, wenn ich es mir aussuchen könnte.«

Sie griff nach dem Sandwich und nahm einen Bissen. »Wow.«

Er nickte. »Was wäre *dein* letztes Mahl?«, fragte er dann.

»Vielleicht das hier.«

»Dann, mh, das letzte Dessert?«

»Oh, das ist einfach. Erdbeerkuchen.«

Er lachte.

»Was?«, fragte sie. »Was ist daran so witzig?«

»Erdbeerkuchen?« Er klang skeptisch.

»Hast du schon mal welchen gegessen?«, fragte sie.

»Ich denke schon.«

»Er ist so lecker«, sagte sie mit Überzeugung. »Und ich kann ihn backen.«

»*Du* kannst so etwas?«

»Klar. Meine Mutter lässt mich normalerweise nichts in der Küche machen, aber backen kann ich fantastisch.«

Er sah aus, als würde er das Lachen mühsam unterdrücken. »Moment mal. Warum lässt dich deine Mutter nicht in die Küche?«

»Weil wir einen Koch haben. Warum sollten meine Eltern mich dann wohl selbst kochen lassen?«

»Ich weiß nicht, vielleicht damit du lernst, für dich zu sorgen?«, fragte er mit einem Zwinkern in seinen Augen. Er dippte eine Pommes in die Mayo. »Du solltest mir bei Gelegenheit mal einen backen.«

»Nur wenn du sehr, sehr nett zu mir bist.« Sie lehnte sich weg von ihm und ließ eine Haarsträhne über ihr Auge fallen. »Jetzt darf ich dich was fragen. Wie viele Freundinnen hast du?«

»Habe oder hatte?«

»*Hast*. Im Sinne von aktuell.«

Das Tempo der Musik änderte sich und wurde langsam und sexy. Ein Lied, das sie letzten Sommer geliebt hatte.

From the very first time I rest my eyes on you, girl
My heart said follow through
But I know now that I'm way down on your line
But the waiting feel is fine

Ihr wurde langsam schwindelig vom Rum. Sie schloss ihre Augen und bewegte sich ein bisschen im Takt der Musik, bis sie Mikes Finger spürte, die sich vorsichtig auf ihre Hand legten. Sie öffnete ihre Augen und er sah sie direkt an.

»Nur eine. Aber ich arbeite noch daran.«

* * *

Rory lehnte gegen den Berg von Kissen und blickte auf ihr Handy. Drei verpasste Anrufe, alle von Lana McShane. Ihre Mutter hatte es noch nie leiden können, Nachrichten zu hinterlassen. Stattdessen rief sie lieber immer und immer wieder an und legte auf, was dann damit endete, dass Rory sich nicht nur schuldig fühlte, sondern auch in Panik geriet.

Wenigstens war es heute Abend ruhig gewesen. Sie hatte mit Fee, Bianca und der neuen Köchin Erica zu Abend gegessen. Erica war zierlich, aber kräftig und hatte hellbraune Locken. Erica bestand darauf, ein Abendessen aus Pappardelle mit Frühlingsgemüse und Ricotta extra für sie vier aufzutischen. Das Essen war köstlich, aber Bianca hatte es kaum angerührt, sie war zu sehr in eine Episode von *Downton Abbey* vertieft, um auf irgendwas zu achten. Danach hatte Rory ein langes Schaumbad in der im Boden eingelassenen Marmorwanne genommen, hatte sich dann in den Seidenbademantel eingewickelt und war ins Bett gegangen. Es war Viertel vor zehn und sie wollte nur schlafen. Aber wenn sie ihre Mutter nicht zurückrief, würde Lana wahrscheinlich noch mal anrufen. Sie konnte es also genauso gut hinter sich bringen, dachte Rory, während sie wählte.

Ihre Mutter antwortete nach dem ersten Klingeln. »Hallo?« Es war nur ein Wort, aber Rory konnte den Wein hören.

»Hey, Mom, ich bin es. Tut mir leid, dass ich deine Anrufe verpasst habe.«

»Oh. Habe ich dich mehr als einmal angerufen?«

»Ich denke schon. Wie geht's dir?«

»Nicht so gut.« Rory hörte ein leises Schnüffeln. »Ich glaube, Bryan und ich haben uns getrennt.«

»Oh«, sagte Rory und fühlte sich ein bisschen schuldig. Sie hatte das nicht kommen sehen – zumindest noch nicht so bald. »Das tut mir leid.«

»Schatz, ich brauch dich«, sagte ihre Mutter und schaffte es, dass es gleichzeitig wie ein Befehl und eine Bitte klang. »Ich brauche dich hier. Jetzt.«

»Mom, ich kann nicht. Ich bin gerade erst angekommen.«

»Rory, *bitte*. Gestern haben sie mir auch noch das Kabel abgeschaltet, ich kann nicht mal fernsehen –«

»Ich habe die Rechnung an den Kühlschrank gehängt. Hast du sie nicht gesehen?«

»Ich war nur ein bisschen spät dran«, antwortete ihre Mutter genervt. »Sag deiner Tante Fee, dass es dir leidtut, aber dass ich dich brauche. Sie wird es verstehen.« Da war wieder ein Schnüffeln. »Schatz, du bist alles, was ich habe.«

Rory drückte ein kleines blauweiß geflecktes Kissen zusammen. Sie konnte die vertrauten Ranken der Schuld durch das Telefon kriechen fühlen und wie sie sich um sie herumwanden, enger und enger. »Ich kann nicht«, sagte sie endlich. »Ich bin gerade erst hier angekommen. Es wäre wirklich sehr schlecht für mich, wenn ich jetzt gehe. Leg dich ins Bett. Morgen sieht alles besser aus. Ich verspreche es.«

Es klickte und dann war alles still.

»Hallo? Mom?«

Sie hatte aufgelegt. Rory blickte auf das dunkle Display ihres Handys. Ihre Mutter hatte schon früher Unterhaltungen so beendet, aber noch nie hatte es Rory so genervt wie heute. *Dann eben nicht*, dachte sie. Sie stellte den Ton aus und legte das Handy in die oberste Schublade des Nachttischs, sodass sie es nicht mal vibrieren hören konnte. Falls ihre Mutter sie zurückrief, wollte sie es nicht hören.

Sie zog die Decken bis zum Kinn hoch und sank tiefer in die bequeme Matratze. Vielleicht war es gar kein so großer Fehler gewesen, nach East Hampton zu kommen. Ihrer Mutter über die neueste Trennung hinwegzuhelfen, wurde langsam langweilig. Und ihre Mutter war erwachsen, daran erinnerten Sophie und Trish sie immer wieder. Sie konnte auf sich selbst aufpassen. Sie sagten ihr immer wieder und wieder, dass nicht *sie* die Mutter sei. *Aber was machst du, wenn du es nicht anders kennst?* fragte Rory sich.

»Warte hier«, sagte Isabel, als sie vor dem eisernen Tor hielten. »Ich muss den Code eingeben.« Sie ließ Mikes Hand, die sie schon gehalten hatte, seit sie bei *Buford's* losgefahren waren, los und stieg aus dem Auto. Sie zögerte einen Moment, dann legte sie ihre Hand auf die Tür, um die Balance zu halten. Der Boden schwankte. Bufords nicht so jungfräuliche Virgin Coladas rächten sich. *Konzentrier dich*, dachte sie. Sie fing sich und lief vorne um das Auto herum zur Sprechanlage.

Bisher war der ganze Tag perfekt gewesen. Bis auf eine Sache. Mike hatte sie noch nicht geküsst. Sie wusste, dass er es wollte. Bei *Buford's* hatten sie ihre Plastikstühle immer näher und näher aneinandergeschoben, während sie sich unterhalten hatten, bis ihre Gesichter sich so nah gewesen waren, dass sie ein- oder zweimal ihren Kopf lachend auf seine Schulter gelegt hatte. Dann hatten sie sich, immer noch lachend (sie mehr als er – sie hatte noch die Hälfte einer zweiten Pina Colada gehabt; er eine Cola), im Dunkeln in sein Auto gesetzt. Sie hatte ihren Kopf zurückgelegt, ihn angeschaut und gedacht: *Okay, jetzt. Jetzt muss er es machen. Jetzt muss er mich küssen.* Aber er hatte nur das Auto gewendet, ihre Hand genommen und gesagt: »Ich sollte dich wohl nach Hause bringen.«

»Okay«, hatte sie etwas verblüfft geantwortet. Nun wollte sie ihn noch mehr.

Sie lehnte sich über die Box von der Sprechanlage und versuchte, sich an den Code zu erinnern, als sie Mike sagen hörte: »Vielleicht sollte ich dich einfach hier absetzen.«

Sie drehte sich um. Der Boden schwankte wieder. »Warum?«

»Weil es ein bisschen spät ist.«

»Hast du Angst vor meinen Eltern?«, neckte sie ihn.

Mike lachte und schüttelte seine Haare aus den Augen. »Es ist vielleicht nur nicht der beste Moment, sie zu treffen.«

Isabel blickte durch das Tor auf die lange, sanft beleuchtete Auffahrt. Sie wollte sich nicht hier von ihm verabschieden. Sie war schon aus dem Auto gestiegen. Wie konnte er sie küssen, wenn sie nicht im Auto war? »Warte«, sagte sie. »Ich habe eine bessere Idee.«

Rory schüttelte das Kissen unter ihrem Kopf auf und nahm die Fernbedienung vom Nachttisch. Am Abend zuvor hatte sie kein Problem damit gehabt einzuschlafen, aber heute war sie hellwach und so munter, als hätte sie zwei Caffé Mocha nach dem Abendessen getrunken. Das war das letzte Mal, dass sie vor dem Zu-Bett-Gehen daheim anrief. Sich so spät mit ihrer Mutter auseinanderzusetzen, war ein Garant für Schlaflosigkeit.

Plötzlich kratzte es an ihrem Fenster. Sie sah auf. Ob es ein Waschbär war? Gab es Waschbären in den Hamptons?

Da war das Geräusch wieder. Sie setzte sich auf. Diesmal war es weniger ein Kratzen als ein Schieben oder Pressen, wie Hände, die nach dem Fensterrahmen griffen. Etwas – oder jemand – versuchte, das Fenster zu öffnen.

Schließlich öffnete sich das Fenster mit einem lauten

Quietschen. Rory saß im Bett, zu verängstigt, um sich zu bewegen, und beobachtete einen Jungen, wie er langsam in ihr Zimmer kletterte, ein Bein nach dem anderen.

Sie schrie auf und schaltete das Licht an.

»Sorry!«, rief er.

Es war der sexy Typ, den sie am Morgen vor dem Haus gesehen hatte. Nur dass er dieses Mal nicht halb so cool aussah. »Sorry!«, flüsterte er und hielt beide Hände hoch, als wäre er gerade verhaftet worden. »Sorry!«

»Was zum Teufel tust du hier?«, brüllte sie ihn an und zog die Decke hoch bis zum Hals.

Der Kerl blinzelte und nahm seine Hände langsam runter. »Isabel hat mir gesagt –«

Der Türgriff drehte sich, und Bianca Vellum kam genau in dem Moment ins Zimmer gerannt, als der Typ zurück durch das Fenster kletterte. Sie hielt ihren gestreiften seidenen Morgenrock über der Brust zusammen. »Was ist hier los?«, fragte sie und blinzelte ins Licht.

Rory beobachte, wie Mikes rechter Flip-Flop hinter dem Fensterbrett und in der Nacht verschwand. »Nichts«, sagte sie.

Bianca blickte zum Fenster und sah dann Rory an. Ihr zorniger Blick verriet Rory, dass sie Mikes Fuß auch gesehen hatte.

»Das war – das war nicht, wonach es aussah –«, fing Rory an.

»Ich werde das nur einmal sagen«, unterbrach Bianca sie und zitterte fast vor Zorn. »Das Haus gehört jemand anderem. Es ist nicht deins. Verstanden?«

»Ja«, hauchte Rory.

Bianca wickelte ihren Morgenmantel noch fester um sich. »Gute Nacht«, sagte sie hörbar angewidert und schloss die Tür.

Rory saß alleine in dem leeren Raum und fühlte sich, als wäre gerade ein Hurrikan hindurchgefegt. Dahinter steckte bestimmt Isabel. Sie hatte ihm gesagt, dass er auf diesem Weg reinkommen solle – da war sie sich sicher. Sie schien entschlossen, Rory hier unmöglich zu machen, sodass sie rausgeworfen würde. Und so wie es bisher lief, wäre es ein Wunder, wenn nicht genau das passieren würde.

Im Stockwerk darüber lag Isabel auf ihrem Bett, und der Boden schwankte so heftig nach rechts und links, dass ihr schlecht wurde. Sie hatte gerade etwas gehört, das nach einem Schrei in dem Raum unter ihr klang, und dann das Geräusch von Mike, der über den Rasen rannte, gefolgt von Bianca, die jemanden abkanzelte. Jemand hatte Mike dabei erwischt, wie er in das untere Gästezimmer reingeschlichen war, und es war nicht Bianca gewesen. Wer war das?

Rory. Das musste Rory gewesen sein.

Und jetzt hatte sie Bianca bestimmt schon erzählt, dass es Isabels Freund war, und das war es dann. In den letzten vier Jahren, in denen sie hier Hausdame war, hatte Bianca noch nie eine Gelegenheit ausgelassen, Isabel bei jeder Kleinigkeit zu verpfeifen. Es schien ihr Spaß zu machen, Lucy auf den neuesten Stand von Isabels Missetaten zu bringen. Wenn sie morgen früh aufwachte, dann würde ihre Mutter schon alles darüber wissen, dass sie irgendeinen Typ in das Haus reingeschmuggelt hatte, und sie würde Glück haben, wenn sie nicht für den Rest des Monats Hausarrest bekam. Ach, egal, dachte sie und schloss die Augen. Dann sollten sie ihr eben Hausarrest geben. Sie würde ihn wiedersehen. Und nächstes Mal würde sie sichergehen, dass er sie küsste, egal was sie dafür tun musste.

Rory wachte am nächsten Tag im Morgengrauen auf. Vögel zwitscherten wie verrückt in den Bäumen und graues Licht schien durch die Vorhänge. Sie streckte sich und gähnte. Sie ließ sich mit dem Aufwachen Zeit, bis ihr die Erinnerung an letzte Nacht wieder ins Gedächtnis kam. Mit einem Ruck saß sie aufrecht im Bett und drückte die Laken an die Brust. Heute Morgen würde jeder wissen, dass jemand versucht hatte, sich in ihr Zimmer zu schleichen. Die Rules würden stinksauer sein. Sie hatte keine Erklärung zur Hand. Ihnen zu sagen, dass es Isabels neuer Freund gewesen war, kam nicht infrage. Sie konnte damit umgehen, dass die Rules sauer auf sie waren, aber nicht Isabel. Sie war ohnehin schon furchterregend genug.

Schließlich stieg sie aus dem Bett und ging unter die Dusche. Als sie in die Halle trat, trug sie ihre Lieblingsjeans und ihr hübschestes Tanktop aus Baumwolle. Das Haus war still. Anscheinend schliefen die Rules sonntags aus.

Sie lief durch die Halle und drückte die Schwingtür auf. Glücklicherweise war nur Fee in der Küche, die gerade Gläser aus der Spülmaschine nahm.

»Guten Morgen«, sagte Rory so fröhlich wie möglich.

Fee schaute sie kaum an, während sie die Gläser mit einem Tuch trocknete. »Morgen«, sagte sie knapp. »Wie hast du geschlafen?«

Sie weiß es, dachte Rory. *Natürlich weiß sie es*. »Fee, gestern Abend, das war nicht das, was du denkst«, sagte sie. »Für den Fall, dass du davon gehört hast.«

»Du kannst keine Jungs auf dein Zimmer bringen«, sagte Fee langsam und sah sie dabei immer noch nicht an. »Das ist die einzige wichtige Sache, Rory. Du kannst hier keine Flirts haben.«

Sag ihr einfach, wer wirklich eine Affäre hat, dachte Rory. Aber sie konnte es nicht. Sie beugte sind hinunter und zog eine schwere bemalte Platte aus der Geschirrspülmaschine. »Wissen es die Rules?«

»Ich habe Bianca gebeten, nichts zu sagen.« Fee nahm die Platte aus Rorys Hand. »Und sie hat tatsächlich versprochen, dass sie es nicht tun wird. Jetzt bin ich dieser eingebildeten Kuh natürlich etwas schuldig. Das ist das Letzte, was ich wollte.«

»Das tut mir leid. Vielen Dank.«

»Ich verstehe es nur nicht«, sagte Fee. »Ich dachte nicht, dass du *so* eine bist.«

Bin ich nicht, wollte Rory gerade sagen, als die Küchentür aufschwang. Rory wandte sich in der Erwartung um, Biancas missbilligenden Blick zu sehen, aber stattdessen kam Isabel in den Raum, langsam und auf unsicheren Beinen. Sie sah aus, als hätte sie kaum geschlafen. Ihre Augen waren blutunterlaufen, ihre Haut war fahl und ihre Haare hingen ihr wirr ins Gesicht. *Kater*, dachte Rory. *Und zwar ein gewaltiger*.

»Gibt es noch was von dem grünen Saft, den Eduardo immer gemacht hat?«, fragte sie mit rauer Stimme.

»Ich glaube, da ist noch welcher«, antwortete Fee, öffnete den Kühlschrank und suchte darin herum. Sie schien Isabels Kater nicht zu bemerken. Oder sie war daran gewöhnt.

Rory nutzte die Gelegenheit, Isabel einen Blick zuzuwerfen, aber Isabel sah eisern an ihr vorbei.

»Da bitte«, sagte Fee und hielt ihr eine unbeschriftete Plastikflasche mit einem grünen Brei entgegen. »Geht's dir gut?«

»Ich glaube, ich habe die Grippe«, sagte Isabel.

Grippe?, dachte Rory und starrte sie an. *Na klaaaar*.

»Oh, na ja, in dem Fall gehst du besser wieder ins Bett«, sagte Fee.

»Danke.« Isabel drückte die Tür mit ihren Fingerspitzen auf und schlurfte hinaus.

»Irgendwas scheint rumzugehen«, murmelte Fee, als sie sich wieder der Geschirrspülmaschine zuwandte.

»Ich bin gleich zurück«, sagte Rory. Sie konnte Isabel damit nicht davonkommen lassen.

»Hey, kann ich dich eine Sekunde sprechen?«, fragte sie, sobald sie allein in der Halle waren.

Isabel drehte sich um und sah Rory entnervt an.

»Also, können wir über den Typ reden, der sich gestern in mein Zimmer geschlichen hat?«, fing Rory an. »Der, für den ich die Schuld auf mich genommen habe?«

Isabels Gesichtsausdruck verriet nichts.

»Ich habe mich nur gefragt, ob du irgendwas dazu zu sagen hast.«

»Danke«, sagte Isabel mit ausdrucksloser Stimme. »Ist es das, was du hören wolltest? Vielen, vielen Dank, dass du mich gedeckt hast. Und nur, damit du es weißt, ich hatte keine Ahnung, dass du da schläfst. Und ich würde es nicht ›dein Zimmer‹ nennen. Es ist das Gästezimmer. Und *du* bist ein Gast.« Sie wandte sich wieder um.

»Ich bin mir sicher, es würde dir nichts ausmachen, wenn ich rausgeschmissen würde, aber für mich ist es wichtig, hier zu sein«, sagte Rory. »Tut mir leid, wenn du damit ein Problem hast.«

»Ich habe kein Problem«, warf Isabel über die Schulter. Dann stapfte sie nach oben. Eine Tür fiel ins Schloss.

Rory atmete tief durch und ballte ihre Hände zu Fäusten. Zum ersten Mal verspürte sie den Drang, auf etwas einzuschlagen. Dieses Mädchen war schrecklich. Sie war ein Snob. Sie war verzogen. Und sie hatte absolut keine Skrupel, nicht die geringsten. Von jetzt an würde Rory alles tun, was sie konnte, um ihr aus dem Weg zu gehen. Sie würde auch versuchen, Bianca und Fee davon zu überzeugen, dass sie nicht so ahnungslos, waghalsig oder unreif war, um irgendwelche Jungs zu bitten, in ihr Zimmer zu schleichen. Obwohl Rory nicht glaubte, dass sie damit jetzt noch Glück haben würde.

Als sie zurück in die Küche kam, war Fee nicht mehr da. Sie betrachtete die glänzenden Arbeitsflächen und Küchengeräte und wollte plötzlich nur noch weg. Sie brauchte frische Luft. Dann fiel ihr der Strand ein. Sie hatte ihn noch nicht einmal gesehen. *Wir sind hier nicht so förmlich,* hatte Mr Rule gesagt. Und trotzdem, sie hatte den starken Eindruck, dass die Angestellten dieses Hauses nicht viel Zeit damit verbrachten, sich auf dem Privatstrand der Rules zu sonnen.

Sie ging aus dem Haus, durch den Rosengarten und über den mit Steinplatten ausgelegten Bereich des Gartens. Am anderen Ende, hinter den beiden Swimmingpools und der Reihe von Liegestühlen mit fleckenfreien weißen Kissen, flatterte eine Fahne in der Brise. Sie lief auf die Flagge zu, bis der graublaue Ozean in Sicht kam. Aufgeregt folgte sie dem Pfad aus Holzbohlen, der über einige grasbewachsene Dünen zum Strand führte. Sie schlüpfte aus ihren Flip-Flops. Sie konnte nicht glauben, wie sauber es hier unten war. Keine Bierdosen oder leere Sonnencremeflaschen, nicht einmal Fußspuren. Und es war niemand zu sehen, nirgends. Es fühlte sich wirklich an wie ihre eigene Privatinsel.

Es war Ebbe. Kleine Vögel watschelten in dem nassen, weichen Sand. Eine Welle rollte heran und brach. Sie lief zum Rand der Wellen und eisiges Wasser floss über ihre Füße. Sie drehte sich um und blickte auf die Schornsteine und Dachfenster der Villa nebenan, die gerade noch so hinter den Dünen zu erkennen war. Ob diese Familie jemals runter zum Strand kam? Bewegte sich einer von denen jemals außerhalb ihrer eigenen kleinen Welt? Bemerkten sie all das hier überhaupt jemals? Warum waren die Rules Mitglieder in einem Strandclub, wenn sie doch all das hier für sich hatten? Es war offensichtlich, dass jemand wie Isabel Rule dieses Haus nicht zu schätzen wusste, aber Rory fragte sich, ob überhaupt irgendeiner der Rules das tat.

Nachdem sie minutenlang auf den Ozean gestarrt hatte, drehte sie sich um. Bianca suchte vermutlich schon nach ihr. Sie lief die von der Sonne angewärmten Bohlen hoch, fühlte ihre Oberschenkelmuskeln brennen und spürte eine heftige Niedergeschlagenheit. Keine Frage, Bianca würde immer noch ein bisschen angewidert von ihr sein. Sie musste sich auf eine weitere Standpauke einrichten.

Als sie bei den Pools ankam, sah sie, dass sie nicht länger leer waren. Ein Schwimmer bahnte sich mit perfekten Kraulschlägen seinen Weg durch den Trainingspool.

Es war ein Junge – so viel konnte sie erkennen. *Connor Rule*, dachte sie. Der Schwimmer. Er musste es sein. Sie zog ihre Flip-Flops an und machte sich auf den Weg über die Steinplatten, in der Hoffnung, einfach an ihm vorbeihuschen zu können. Dann hörte sie das Klingeln eines Handys. Sie sah ein iPhone auf einer der Sonnenliegen, direkt neben einem flauschigen Handtuch und einem bordeauxfarbenen Sweatshirt. Sie blickte zurück auf den Schwimmer, der immer noch seine Runden drehte. Bevor sie begriff, was sie tat, hatte sie das Handy aufgehoben und ging damit zurück zum Pool.

»Ähm, entschuldigung?«, rief sie. »Dein Handy! Es klingelt!«

Der Schwimmer hob seinen Kopf aus dem Wasser. Eine Schwimmbrille sah sie an. »Was?«

»Dein Handy!«

Er schwamm zum Beckenrand, und sie beugte sich vor, um es ihm zu geben. Aber ihre Hände verpassten sich. Einen Moment später hörte man ein sanftes *Plonk*. Sie beobachtete, wie sein Handy direkt zum Boden des Pools sank.

»Oh mein Gott«, sagte sie.

Kommentarlos tauchte er hinunter, griff das Handy und schwamm zurück zur Oberfläche.

»Oh mein Gott … ich bin so … es tut mir so leid«, sagte sie.

Er hörte sie nicht. Mit einem Schwall Wasser schwang er sich aus dem Pool und stand auf. Für einen Moment dachte Rory, er wäre nackt, aber dann sah sie seine blaue Speedo. Seine sehr kleine blaue Speedo.

»Kein Thema«, sagte er und wischte seine Schwimmbrille ab. »Ich hatte langsam eh genug davon.«

»Es tut mir so leid«, wiederholte sie. »Das war so ungeschickt von –«

»Ehrlich, mach dir keinen Kopf«, sagte er und fuhr mit einer Hand über sein nasses Haar. »Ich bin übrigens Connor. Und du bist –«

»Rory.«

»Richtig«, sagte er. Er streckte seine Hand aus, und als Rory sie schüttelte, versuchte sie, seinen grünblauen

Augen nicht zu sehr zu verfallen. »Meine Mutter hat gesagt, dass du den Sommer über bei uns wohnst.« Er warf sein Handy auf den Liegestuhl, als hätte er es schon vergessen, und nahm ein Handtuch.

»Wie läuft es bisher?«

Dieselbe Nervosität, die sie bei Steve fühlte, verstärkte sich um ein Tausendfaches beim Anblick des blonden, gebräunten Connor Rule in seiner sehr kleinen Speedo. »Gut. Abgesehen von all den Handys, die ich in den Pool geworfen habe«, witzelte sie.

»Nun, wie ich schon sagte«, er trocknete seine Schultern ab, »du hast mir damit gerade einen großen Gefallen getan.«

»Ach ja? Wie das?«

»Es ist schön, ab und an mal eine kleine Pause zu bekommen«, sagte er. »Ich mag es nicht, immer erreichbar zu sein.«

»Ja, ich weiß, was du meinst«, sagte sie.

»Ach ja?«, fragte er. »Gibt es da jemanden, den du gerne meiden würdest?«

»Manchmal, ja.«

»Also, wer ist es?« Es klang tatsächlich so, als würde es ihn interessieren.

Sie überlegte, ihm die Wahrheit zu sagen, aber entschloss sich dann dagegen. »Niemand, den du kennst«, meinte sie.

Er lächelte, als er das Handtuch auf die Liege fallen ließ. »Mich macht meine Mom auch wahnsinnig«, sagte er.

Rory lachte.

»Also hatte ich recht, mh?«, fragte er.

»Absolut«, sagte sie. Sie fühlte ein Flattern und Knistern zwischen ihnen. Dieser Typ war nicht nur niedlich. Er war witzig und nett und man konnte sich leicht mit ihm unterhalten. Fast instinktiv machte sie einen Schritt rückwärts Richtung Haus.

»Vielen Dank, dass du so cool wegen dem Handy warst. Tut mir echt leid.«

»Kein Problem«, sagte er und zog die Schwimmbrille wieder an. »Nächstes Mal werde ich sichergehen, dass hier draußen alles festgenagelt ist.«

Sie lachte wieder und beeilte sich dann, zurück zum Haus zu kommen. Sie fühlte sich beobachtet. Wie sich herausstellte, hatte sie recht.

»Du müsstest für uns zu Dreesens fahren«, sagte Bianca säuerlich, als Rory zurück ins Haus kam.

»Natürlich«, sagte Rory. »Ich hol nur schnell meine Tasche.«

»Und noch etwas«, sagte Bianca. »Die Angestellten sollen nicht nach neun unten am Strand sein. *Oder* auf der Terrasse.«

Bevor Rory antworten konnte, hatte sich Bianca umgedreht und ging zurück in die Küche.

Kapitel 6

Man kann eine SMS nur bedingt oft lesen, bevor man verrückt wird, dachte Isabel, als sie auf ihr Handy unter dem Tisch sah.

Hey, Schönheit. Musste abhauen.
Vielleicht sehen wir uns die Woche?

Sie scrollte runter zu ihrer Antwort, die sie strategische fünfundsiebzig Minuten später geschickt hatte:

Definitiv J

Das war gestern Morgen gewesen und sie hatte seitdem immer noch nichts von ihm gehört. War es das Wort *definitiv* gewesen? Das Smiley? Das Smiley, dachte sie. Sie würde es nächstes Mal etwas langsamer angehen. Mike merkte wahrscheinlich, wie sehr sie ihn mochte.

Es war erst zwei Nächte her, dass sie neben ihm im Auto gesessen, Musik gehört und seine Hand gehalten hatte, ganz so, als ob ihre gegenseitige Anziehung selbstverständlich sei. Er hatte sie küssen wollen. Da war sie sich sicher. Und sie war *so* nah dran gewesen. Und jetzt hatte sie keine Ahnung, ob sie ihn jemals wiedersehen würde, ganz zu schweigen davon, ob sie ihn jemals küssen würde.

»Leg das Handy weg«, befahl ihr Vater. »Du wirst alle in wenigen Stunden im Club sehen.«

»Es ist niemand vom Club«, entgegnete sie.

»Isabel«, sagte er mit warnendem Unterton. Sie legte das Handy mit dem Display nach unten auf den Tisch und seufzte. Frühstück mit der Familie war eines der qualvolleren Sommerrituale ihrer Familie. Ihr Vater hatte es eingeführt, um mehr Zeit mit ihnen verbringen zu können, bevor er für die Arbeitswoche in die Stadt fuhr, aber es bedeutete vor allem, dass jeder wegen des erzwungenen Zusammenseins nervös und angespannt war. Isabel hätte viel lieber ausgeschlafen.

»Guten Morgen!« Ihre Mutter kam mit Sloane ins Frühstückszimmer. Sie liebte es, ihr Yoga-Outfit so lange wie möglich nach dem Unterricht zu tragen, da es ihre durchtrainierte Figur vorteilhaft zur Schau stellte. Sloane schlüpfte im Gegensatz dazu sofort wieder in eine ihrer formlosen Tuniken und Caprihosen. Sloane kämpfte seit der siebten Klasse mit denselben fünf Kilo, und selbst jetzt, all diese Jahre später, schien ein Sieg in weiter Ferne. Meistens wünschte Isabel sich, ihre Schwester würde ihren Körper einfach akzeptieren und etwas Interessanteres mit ihrer Zeit anfangen, als nur Diäten zu machen.

»Wir hatten eine fantastische Stunde«, verkündete ihre Mutter und nahm ihren üblichen Platz ein. Eine Ausgabe der *New York Times* lag wie immer bereit, genauso wie ein

Glas mit grünem Smoothie. »Was für ein wunderschöner Tag«, sagte sie und nahm einen Schluck.

»Es soll fast zweiunddreißig Grad werden«, sagte Sloane, die wie jeden Morgen eine halbe Grapefruit löffelte. »Die erste Hitzewelle des Sommers.«

Isabel verdrehte die Augen. Ihre Schwester war so langweilig.

»Ich denke, wir werden auf unserem Weg in die Stadt in Sagaponack vorbeischauen«, sagte ihr Vater. »Es kann nicht schaden, sich kurz blicken zu lassen.«

»Wenn du meinst«, sagte ihre Mutter.

»Außerdem mag der alte Mann Gregory«, fügte ihr Vater hinzu.

»Er hat vor mir nur nicht so viel Angst wie vor dir«, sagte Gregory.

»Nun, das klingt wunderbar.« Ihre Mutter schlug die Zeitung auf und begann zu lesen, so als wäre der Rest der Familie gar nicht anwesend.

»Weißt du, ein bisschen Enthusiasmus würde nicht schaden«, sagte ihr Vater. »Besonders bei sechzehn Millionen.«

»Aber ich will das Haus nicht verkaufen.« Ihre Mutter hob den Blick nicht von der Zeitung. »Das habe ich dir gesagt. Hundertmal.«

»Richtig«, entgegnete ihr Vater. »Du willst dich lieber über die alten Rohre und die Stranderosion sorgen und die Leute von der historischen Gesellschaft –«

»Ja, will ich.«

»Warum hängst du so an diesem Haus? Es ist ein Fass

ohne Boden. All die Renovierungen, all die Zeit, die die Pflege der Anlagen …«

»Es ist *meins*«, sagte ihre Mutter mit solch einer Endgültigkeit, dass ihr Vater seinen Stuhl mit einem lauten Quietschen nach hinten schob.

»Greg? Bist du so weit?«

Isabel betrachtete den unberührten Stapel Pancakes auf ihrem Teller. Die Streits ihrer Eltern hatte sie kein bisschen vermisst. Jetzt musste sie drei Monate damit ertragen.

Gregory legte seine Gabel hin und stand auf, ganz der pflichtbewusste Sohn, der er seit seiner Geburt war. »Kein Problem«, sagte er.

Gregory hatte am Tag nach seinem Abschluss in Harvard in der Firma seines Vaters angefangen, und ein Jahr später sah es so aus, als wäre er auf dem besten Weg, sich in Lawrence Rule zu verwandeln – in jeder Art und Weise. Isabel konnte sich genau vorstellen, wie er in zwanzig Jahren sein würde: verheiratet mit einer Frau, die ihn nicht leiden konnte, und Vater von vier Kindern, mit denen er verzweifelt befreundet sein wollte, aber nicht wusste, wie er das anstellen sollte.

Bei Sloane sah es etwas besser aus als bei Gregory, aber sie war nicht der Typ, der ins Familiengeschäft einsteigt (oder in irgendeine Form von Geschäft), und bekam daher weniger Aufmerksamkeit von ihrem Vater. Aber ihr Vater, Gregory und Sloane schienen ein kleines Trio zu bilden und ihr gemeinsames Interesse galt Isabel – was man mit ihr anfangen, wie man sie kontrollieren und bestrafen sollte. Sie hatte das letzten Sommer zum ersten Mal bemerkt, nach der Geschichte mit dem Feuer. Sloane hatte vorgeschlagen, Isabel auf eine Schule in Denver zu schicken, wo man jemanden für eine Nacht in Einzelhaft steckte, wenn sie die Regeln brachen. Gregory hatte eine dieser Institutionen vorgeschlagen, die einen mitten in der Nacht entführten und einen zum Überlebenstraining in die Wildnis brachten. Und ihr Vater hatte die Schulgebühren für ihr erstes Jahr an der Schule in Kalifornien bezahlt, bevor ihre Mutter überhaupt zugestimmt hatte. Die meiste Zeit konnte Isabel nicht glauben, dass sie auch nur im Geringsten mit den dreien verwandt war. Wenigstens hatte sie Connor, aber der teilte aus irgendeinem Grund ihre tiefe Abneigung gegen ihre älteren Geschwister nicht. Connor kam jedoch auch mit jedem zurecht. Sie würde ihm beibringen müssen, weniger nett zu sein. Mädchen behandelten ihn deshalb immer schlecht.

»Hab eine schöne Woche«, sagte ihre Mutter beiläufig, als ihr Vater aus dem Raum ging. Gregory trat zu ihr und beugte sich hinab, um ihr einen Kuss auf die Wange zu geben.

»Ich sehe dich am Freitag, Mom.«

»Tschüss, Schatz«, sagte sie. »Arbeite fleißig.«

Als sie den Raum verlassen hatten, verspürte Isabel ebenfalls das dringende Bedürfnis zu gehen. Sie fühlte sich immer so, wenn ihre Eltern einen Streit gehabt hatten. Vielleicht konnte sie sich einfach das Auto ausleihen und Mikes Bauernstand bei Wainscott suchen. Das wäre ja nicht direkt stalken, weil er vermutlich direkt am Highway lag.

»Also, was unternehmen wir heute?«, fragte ihre Mutter fröhlich. »In den Club gehen? Oder shoppen?«

»Ich habe gehört, dass bei Lilly Pulitzer Sale ist«, sagte Sloane.

»Klingt faszinierend«, murmelte Isabel.

Eine brünette Frau mit gelocktem Haar und munterem Lächeln kam in den Raum und brachte eine Schüssel voller Blaubeeren. Isabel nahm an, dass es die neue Köchin war. Sie machte sich nie die Mühe, ihre Namen zu lernen – sie blieben nie sehr lange. »Wie schmeckt's?«, fragte die Köchin, als sie die Schüssel vor Mrs Rule stellte.

»Alles ist wundervoll, Erica«, sagte ihre Mutter und sah ihr dabei kaum ins Gesicht. »Könnten Sie bitte Bianca schicken?«

»Sicher«, antwortete sie. Isabel sah, wie sich Sorge in Ericas Lächeln schlich.

Kaum war sie fort, trat Bianca ein. »Ja?«

»Bianca, würden Sie Erica bitte wissen lassen, dass ich von jetzt an mit ihr über das Essen spreche, *nachdem* wir fertig sind?«

»Natürlich«, Bianca zögerte.

»Und war FedEx schon da?«

»Ja, ich lasse es sofort bringen«, sagte Bianca und ging wieder.

»Mom, kann ich den Prius haben?«, fragte Isabel. »Nur für eine Stunde. Ich bringe ihn direkt wieder zurück.«

»Nein«, sagte ihre Mutter und klang genervt. Sie löffelte sich ein bisschen griechischen Joghurt in ihre Schüssel mit Blaubeeren.

»Warum nicht?«

»Weil du keinen Führerschein hast.«

»Aber ich kann fahren«, versicherte Isabel ihr.

»Äh, nein, kannst du nicht«, warf Sloane ein. »Du hast uns an Ostern in Vail fast über die Klippe gefahren.«

»Weil mir jemand eine falsche Anweisung gegeben hat«, entgegnete Isabel. »Außerdem muss ich für meine nächste Prüfung üben.«

»Aber nicht alleine«, sagte ihre Mutter.

Isabel sah Conner an.

»Auf keinen Fall, Iz«, sagte Conner und hielt abwehrend die Hände hoch. »Ich habe es versucht. Du hörst nicht auf mich.«

»Das ist nicht wahr.«

»Tut mir leid, aber ich mach das nicht mehr«, sagte Connor.

»Nun, wenn mir niemand Stunden gibt«, sagte Isabel, »wie soll ich dann die blöde Prüfung bestehen?«

Rory kam herein. Sie hielt die FedEx-Umschläge in ihrer Hand und sah immer noch verängstigt aus. Sie wirkte fast wie ein Roboter und vermied jeglichen Augenkontakt mit Isabel, als sie die Briefe zu Mrs Rule brachte.

»Hier, bitte«, sagte Rory und überreichte ihr die FedEx-Umschläge.

»Vielen Dank, Rory«, sagte Isabels Mutter. »Wie läuft es so? Ist alles okay?«

»Alles super«, sagte Rory, ihre Augen auf den Boden gerichtet.

Isabel bemerkte, wie sie Conner einen Blick aus dem Augenwinkel zuwarf – oder etwa ihr selbst? – und dann wieder wegsah.

»Sag mal, du hast doch deinen Führerschein, richtig?«

Rory sah auf. »Äh, ja.«

»Dann könntest *du* vielleicht Isabel ein paar Fahrstunden geben.«

Isabel sprang fast von ihrem Stuhl. »Das ist eine wirklich dumme Idee.«

»Warum?« Ihre Mutter wandte sich wieder Rory zu. »Du hast deine Führerscheinprüfung beim ersten Mal bestanden, richtig?«

»Richtig«, antwortete Rory und schluckte.

»Na also, du siehst, sie ist offensichtlich gut darin.«

»Aber sie hat *gerade erst* ihren Führerschein bekommen. Sie darf mir keine Fahrstunden geben«, sagte Isabel. »Das ist nicht legal.«

»Ich bezweifele ernsthaft, dass das ein Problem ist«, meinte ihre Mutter und riss einen der Briefumschläge auf. »Solange sie weiß, was zu tun ist. Rory wird dir ein paar Mal die Woche Fahrstunden geben, bis du bereit bist, die Führerscheinprüfung zu machen. Das ist dir doch recht, nicht wahr, Rory?«

Rorys Gesicht war so bleich geworden, dass Isabel befürchtete, sie würde sich gleich übergeben. »Äh, sicher«, sagte sie.

»Was ist, wenn es *mir* nicht passt?«, fragte Isabel.

Ihre Mutter blickte sie finster an.

»Was soll's«, murmelte Isabel. Sie sah wieder in Rorys bleiches Gesicht. Sie würde in null Komma nix bei Mikes Verkaufsstand sein.

Nach dem Frühstück saß Rory auf dem Beifahrersitz des Prius und versuchte, keine feuchten Hände zu bekommen, während Isabel die Lily Pond Lane herunterraste. Die beiden Mädchen hatten immer noch nicht miteinander gesprochen. Es war offensichtlich, was Isabel von diesem Arrangement hielt, und Rory konnte es ihr nicht übel nehmen. Aber sie musste etwas sagen, bevor Isabel wieder auf den Highway fuhr.

»Also, wie wäre es, wenn wir versuchen, in drei Zügen zu wenden?«, fragte sie freundlich.

»Du bist kein Fahrlehrer«, entgegnete Isabel. »Ich dachte nur, dass ich dich daran erinnern sollte.«

»Ich weiß«, sagte Rory. »Aber deine Mutter hat mich gebeten, dir zu helfen.«

Isabel warf ihr einen verächtlichen Blick zu, dann bog sie plötzlich scharf nach rechts und bremste. Sie waren nur Zentimeter von der Bordsteinkante entfernt.

»Großartig«, sagte Rory und schluckte. »Jetzt leg den Rückwärtsgang ein.«

Isabel riss die Gangschaltung in den Rückwärtsgang, trat aufs Gas und das Auto machte einen Satz rückwärts.

»Das ist gut.« Rory versuchte, ermutigend zu klingen. »Jetzt schalte zurück in den Vorwärtsgang.«

Isabel riss die Schaltung zurück und trat wieder fest

auf das Gaspedal. Das Auto sprang vorwärts und verpasste nur knapp ein Kind auf seinem Fahrrad.

»*Langsam!*«, schrie Rory.

»Ich fahre langsam!«, brüllte Isabel. »Siehst du?« Sie trat leicht auf die Bremse. »Alles ist super. Was ist das Problem?«

Rory atmete tief ein. Kein Wunder, dass das hier niemand aus Isabels Familie übernehmen wollte. »Okay, wie wäre es, wenn wir das Einparken üben?«

»Warum fahren wir nicht einfach nur ein bisschen?«, schlug Isabel vor und bog auch schon von der Lily Pond Lane auf die Straße, die zum Highway führte.

»Vielleicht sollten wir in der Nachbarschaft bleiben«, sagte Rory. »Während wir die Grundlagen üben.«

»Nö. Ich denke, wir sollten nach Wainscott fahren.«

»Was gibt es in Wainscott?«, fragte Rory.

Isabel öffnete die bestickte Clutch, die neben ihr lag. »Willst du ein Kaugummi?«

»Was? Äh, nein. Nein danke.«

Isabel zog eine rosa Packung Kaugummi hervor und wickelte einen Streifen aus, während das Auto nach links ausscherte.

»Pass auf!«, schrie Rory.

Isabel griff nach dem Lenkrad.

»Mach … halt an!«

Isabel hielt am Straßenrand und steckte sich entspannt den Kaugummi in den Mund.

»Du fährst wirklich schlecht«, staunte Rory.

Isabels Augen verengten sich.

»Nichts für ungut.«

Für einen Moment kaute Isabel schweigend. »Tut mir leid wegen gestern Nacht. Wegen Mike, dass er in dein Zimmer gestiegen ist. Es war wirklich cool von dir, dass du die Schuld auf dich genommen hast.«

»Das ist schon okay«, sagte Rory ein wenig verblüfft.

Isabel schob einige blonde Strähnen hinter ihr Ohr. Sie nahm ihr iPhone aus der Tasche und schaltete es an. »Ich frage mich, ob ich ihm einfach eine SMS schreiben soll.«

»Wem?«

»Dem Typ, der versucht hat, in dein Zimmer zu steigen. Hier, sieh mal.« Sie hielt ihr Handy hoch, sodass Rory die SMS auf dem Bildschirm lesen konnte. »Was meinst du, was das bedeutet?«

Rory las die drei Zeilen. »Ich denke, er will dich diese Woche sehen.«

»Schon klar«, sagte Isabel. »Aber warum hat er dann nicht zurückgeschrieben?«

»War das nicht erst gestern?«

»Ja, aber normalerweise hätte er schon längst geantwortet.«

»Was meinst du mit normalerweise?«

»Ich meine, so war es immer, wenn ich mit anderen Jungs zusammen war. Du weißt schon.«

»Also haben dir die Jungs sonst jedes Mal direkt zurückgeschrieben, wenn du ihnen eine SMS geschickt hast?«

»So ziemlich.«

Rory sah durch die Windschutzscheibe. *Noch eine Sache,*

die wir nicht gemeinsam haben, dachte sie. *Eine von tausenden.*

»Was ist mit dir?«, fragte Isabel. »Hast du einen Freund?«

»Nein.«

»Okay, was würdest du sagen, mit wie vielen Jungs du ausgegangen bist?«

Rory wandte sich Isabel zu. »Warum?«

»Ich bin nur neugierig.«

»Ich weiß nicht«, murmelte sie.

»So ungefähr.«

»Ich bin nicht sicher.«

»Zwei? Drei? Sechs, sieben?«

»Ich weiß nicht«, sagte Rory und wischte mit ihren Fingern Staub vom Armaturenbrett. »Nicht so viele.«

Isabel blickte Rory forschend an, als würde sie jede einzelne Pore in ihrem Gesicht zählen. »Du hattest noch nie einen Freund, oder?«, sagte sie schließlich.

Rory blickte wieder nach vorn und setzte sich gerade hin. »Äh … na ja … wenn du meinst, so im Sinne von mit jemandem fest gehen? Äh … nein.«

Isabel setzte sich auf. »Oh mein Gott.« Sie legte ihre Hand auf das Lenkrad, um sich abzustützen. »*Ernsthaft?*«

Rory spürte ein verräterisches Brennen hinter ihren Augen. Sie lief hochrot an. »Ja.«

»Bist du lesbisch?«, fragte Isabel. »Weil, falls es das ist, das ist total okay.«

»Nein, ich bin nicht *lesbisch*«, sagte Rory. »Ich bin *be-*

schäftigt. Ich arbeite jeden Tag nach der Schule. Ich bezahle alle Rechnungen. Ich kaufe die Lebensmittel ein, ich sorge dafür, dass meine Mutter zur Arbeit geht und sich nicht jeden Abend ins Koma säuft … ich habe wichtigere Dinge zu tun, okay?«

Isabel schien das für einen Moment zu verarbeiten. »Wir müssen einen Freund für dich finden.«

Für eine Sekunde blitzte Connors Gesicht in Rorys Geist auf.

»Oder wenigstens einen heißen Flirt«, fügte Isabel hinzu. »Bist du schon mal geküsst worden?«

»Natürlich.«

»Und anderes Zeug?«

»Oh mein Gott«, sagte Rory und wand sich in ihrem Sitz. »Das geht dich so was von nichts an.«

»Gut«, sagte Isabel unbeirrt. »Also, wir werden einen Jungen für dich finden. Es ist Sommer. Du solltest Spaß haben. Und glaub mir, *du* brauchst wirklich Spaß.«

»Aber Jungs sind nie nur Spaß«, entgegnete Rory.

»Was? Natürlich sind sie das.«

»Bei meinen Freundinnen, da fängt es immer nett an, und dann wird es wirklich furchtbar. Sie warten nur darauf, dass er anruft, oder sie wissen nicht, wie sie sein Verhalten interpretieren sollen, und dann werden sie ganz unsicher und dann werden sie obsessiv und –«

»Das liegt daran, dass diese Mädchen nicht wissen, was sie tun«, unterbrach Isabel sie und verschränkte ihre gebräunten Arme. »Du musst einfach nur die Oberhand behalten.«

»Die Oberhand?«, frage Rory. »Wie machst du das?«

»Jedes Mädchen kann die Oberhand behalten«, sagte Isabel und verdrehte die Augen. Sie war ganz offensichtlich der Meinung, dass es total einfach war. »Wenn du mysteriös bleibst, nicht zu viel Preis gibst, ihn immer im Unklaren und nie wissen lässt, was du wirklich fühlst, dann hast du die Kontrolle. Und wenn du die Kontrolle hast, dann kann dich niemand verletzen.«

Rory brauchte einen Moment, um das zu verstehen. »Also bist du noch nie von einem Typ verletzt worden?«

Isabel sah aus dem Fenster und kaute an ihrer Unterlippe, während sie darüber nachdachte. »Nö«, sagte sie schließlich. »Offensichtlich.«

»Na ja, meine Erfahrung ist eine andere.«

»Also *hast* du einen Freund gehabt.«

»Da war dieser Typ, aber der war nicht wirklich mein Freund.«

»Was ist passiert?«

Rory kratzte an einem Mückenstich an ihrem Bein. Sie konnte einfach nicht glauben, dass sie so eine Unterhaltung mit Isabel Rule führte. Und dass sie ihr von Jason Merrick erzählen würde, der fast den ganzen letzten Herbst mit ihr geflirtet hatte. Bis er sie endlich gefragt hatte, ob sie einen Ben-Stiller-Film mit ihm sehen wollte. Er hatte sie in seinem Auto geküsst, nur um am folgenden Montag zurück zu seiner Exfreundin zu gehen. »Ich will lieber nicht darüber reden.«

»Okay.« Isabel nahm ihren Kaugummi aus dem Mund und steckte ihn in das Papier, dass sie immer noch in der

Hand hielt. Dann schmiss sie es aus dem offenen Fenster. »Aber egal, was passiert ist, so muss es nächstes Mal nicht laufen.«

»Aber was ist, wenn ich nicht diese Sorte Mensch bin?«, fragte Rory. »Was, wenn du einfach nur ehrlich mit jemandem sein willst. Warum muss es ein Spiel sein?«

»Es ist immer ein Spiel«, sagte Isabel und drehte den Schlüssel in der Zündung. Ein ohrenbetäubendes Kreischen folgte.

»Der Motor ist noch an«, seufzte Rory.

»Und es funktioniert«, fuhr Isabel fort, ohne ihren Fehler überhaupt zu bemerken. »Jedes Mädchen kann einen Jungen um den Finger wickeln. Man muss nur wissen, wie.« Sie blickte auf ihre Uhr. »Wir sollten ins *Georgica* fahren. Kannst du mich dort absetzen?«

»*Ich* fahre«, sagte Rory und öffnete die Autotür.

Isabel gab ihren Platz kampflos auf und lief um das Auto herum zur Beifahrerseite. Als Rory hinter dem Lenkrad saß, stellte sie die Spiegel neu ein – Isabel hatte sie alle in denkbar unmögliche Winkel verdreht – und fuhr zurück auf die Straße. Neben ihr begann Isabel, eine SMS zu schreiben. »Äh, wo muss ich lang?«, fragte Rory.

»Oh, bieg hier rechts ab, dann fahr bis ans Ende der Straße und dann links«, sagte sie, ohne hochzusehen.

Rory fuhr, während Isabel weitere SMS schrieb. Als sie über die kurvenreichen Seitenstraßen fuhren, vorbei an Häusern mit breiten Rasenflächen, dachte Rory über Verabredungen nach. Isabel hatte recht – für einige Mädchen *war* es nur ein Spiel. Es gab drei oder vier Mädchen in ihrer Klasse, die sich darin abwechselten, mit allen attraktiven Jungs in der Schule auszugehen, und sie tauschten diese mit so wenig Gefühl aus, als wären die Jungs nur Nagellackfläschchen. Dann gab es da noch ihre Mutter, die sicherlich ihren Anteil an gebrochenen Herzen produziert hatte. Und die Mädchen vom Sommercamp, die einige der männlichen Betreuer verführt hatten und darüber lachten. Und dann war da Isabel Rule, die mit Sicherheit sagen konnte, dass sie noch nie von einem Jungen verletzt worden war. Was also stimmte mit ihr nicht? Warum konnte sie nicht so sein wie diese Mädchen?

Rory fuhr an einem uralt aussehenden Friedhof mit von der Sonne gebleichten Grabsteinen vorbei, die im Gras versanken, dann die Main Street hinunter, vorbei an einer Gruppe Mädchen, die gerade aus dem Blue & Cream kamen, mit Einkaufstüten beladen. Vielleicht musste man wirklich nur wissen, wie man das Spiel spielte, und vielleicht sollte sie es lernen, hier in den Hamptons, wo niemand etwas über sie wusste. Aber wenn alle Jungs so einfach zu manipulieren waren, wie konnte man sich dann jemals in einen von ihnen verlieben? Connor zum Beispiel – er wirkte nicht so, als würde er auf solche Spielchen hereinfallen.

Connor, dachte sie und seufzte unhörbar. Seit sie am Pool miteinander gesprochen hatten, konnte sie nicht aufhören, an ihn zu denken. Das Wissen, das er unter demselben Dach wohnte, machte es ihr unmöglich, sich zu konzentrieren. Sie hatte Bianca bitten müssen, die Namen der Zeitungen, die sie bei Dreesens holen sollte, zu wiederholen, nur weil sie geglaubt hatte, sie hätte seine Stimme vor der Küche gehört. Heute Morgen im Frühstücksraum, da war sie fast in Ohnmacht gefallen, als sie die FedEx-Umschläge bringen sollte. Und als Mrs Rule sie bat, Isabel Fahrstunden zu geben, hatte sie sich kaum konzentrieren können, nur weil Connor am Frühstückstisch saß und die ganze Unterhaltung mitbekam.

Aber vielleicht war die Chemie, die sie zwischen ihnen gespürt hatte, reines Wunschdenken. Er sah so gut aus, war so klug und so freundlich. Natürlich hatte sie da gehofft, dass etwas zwischen ihnen war. Aber ernsthaft, selbst wenn er keine Freundin hatte, was unmöglich schien, was sollte ein Typ wie Connor Rule jemals in ihr sehen? Sie wusste rein gar nichts über das College oder wie es war, in New York City aufzuwachsen oder an einem Privatstrand zu wohnen. Mal ganz zu schweigen davon, dass er technisch gesehen ihr Arbeitgeber war. Was bedeutete, dass sie sowieso nicht mit ihm ausgehen konnte.

»Fahr diese Straße runter bis zum Ende«, sagte Isabel.

Rory fuhr direkt auf die Villa im Schindelhausstil am Ende der Straße zu. Das *Georgica* war nur wenig größer als Isabels Haus und die Auffahrt war genauso imposant und einschüchternd, mit Pfaden, die sich um einen Teich wanden, der wie ein Burggraben direkt vor dem Club lag. Als sie sich dem Gebäude näherten, bemerkte Rory ein kleines Schild, auf dem PRIVATGRUNDSTÜCK, NUR FÜR MITGLIEDER, KEIN ZUTRITT FÜR UNBEFUGTE stand. *Na, dieser Ort sieht ja mal freundlich aus*, dachte Rory, als sie über die Brücke fuhr, die über den Teich führte.

»Also, heute Abend findet eine Strandparty in Bridgehampton statt«, las Isabel von ihrem Handy vor. »Willst du mitkommen?«

»Heute Abend?«

»Ja. Wieso, hast du schon was vor?«

»Äh, nein«, sagte Rory. »Aber fragst du, weil du eine Mitfahrgelegenheit brauchst, oder lädst du mich wirklich zu einer Party ein?«

Isabel lächelte. Sie schien beeindruckt von Rorys Ehrlichkeit. »Ja, ich brauche eine Mitfahrgelegenheit, aber ich dachte, es wäre vielleicht schön für dich, ein paar Leute kennenzulernen. Es sei denn, du willst nicht.«

»Nein, das wäre toll«, sagte Rory. »Danke.«

»Cool«, sagte Isabel.

Ein Angestellter des Clubs öffnete die Tür und bot Isabel seine Hand, um ihr aus dem Auto zu helfen. »Bye!«, rief sie über ihre Schulter.

Bevor Rory antworten konnte, hatte der Mann die Tür zugeschlagen.

Dann fahr ich wohl wieder, dachte Rory.

Kapitel 7

Rory zog das Top an, das sie vor einer Woche bei Hot Topic gekauft hatte, und trat einen Schritt vom Spiegel zurück. Das knallige elektrische Blau betonte ihre Augen. Der Schnitt brachte ihre schmale Taille zur Geltung, was so ziemlich das einzige Körperteil an ihr war, dass sie gerne zeigte. Die Flügelärmel aus Spitze und der tiefe V-Ausschnitt waren süß und in. Aber jetzt war sie unsicher. Sie fügte noch den Stretchgürtel, der ihre Taille noch schmaler aussehen ließ, hinzu und zog ihre weißen Lieblingsjeans an. Sie hatte auch ihre schicksten goldenen Hängeohrringe ausgewählt. Hoffentlich lag sie wenigstens nicht komplett neben dem Hamptons Style. Sie brauchte eine zweite Meinung, das war es. Sie blickte aus dem Fenster und sah Steve, der Tennisschläger in seinen Jetta lud.

»Hey«, rief sie. »Kann ich dich was fragen?«

»Bin in einer Minute da.«

Einen Moment später klopfte es an ihrer Tür. Steve stand vor ihr, seine Sonnenbrille an einer Kordel um den Hals. Sein Niedlichkeitsfaktor ließ langsam nach, was für ein Glück.

»Okay«, sagte Rory. »Ich brauche eine ehrliche Meinung. Bin ich zu chic angezogen für eine Strandparty?«

Steve musterte sie von oben bis unten. »Ich habe keine Ahnung«, sagte er. »Warum fragst du mich?«

»Weil du der Einzige bist, den ich fragen kann«, erklärte sie. »Was ziehen Mädchen hier zu Strandpartys an?«

»Ich weiß es nicht. Jeans. Ein Shirt. Ich denke, du siehst gut aus.«

»Aber gut ist nicht großartig. Oder etwa doch?«

»Du siehst immer großartig aus«, sagte Steve. »Jeder Junge wird mit dir sprechen wollen. Und ich hab dich gestern Morgen mit jemandem reden sehen. Draußen beim Pool. Und ihr beide habt ziemlich happy ausgesehen.«

»Connor?«, sprudelte es aus ihr raus. »Ich meine, wir haben nur geredet. Ich habe versehentlich sein Handy in den Pool geworfen.«

»Er sah nicht gerade verzweifelt aus deswegen«, sagte Steve.

»Was soll das heißen?«

»Nichts. Hab Spaß heute Abend. Und ernsthaft, du siehst großartig aus.«

»Danke, Steve.«

Er ging und Rory schlüpfte in ein Paar dunkelblaue Keds. Als sie an einem Spiegel vorbeikam, erhaschte sie einen Blick auf sich selbst. Ihre Wangen waren gerötet. Vielleicht hatte sie sich die Chemie, die sie zwischen sich und Conner gespürt hatte, doch nicht nur eingebildet.

Wenn Steve das sogar von der anderen Seite des Gartens aus gesehen hatte …

»Bist du so weit?« Isabel wehte in einer Wolke aus Parfum in Rorys Zimmer. Sie sah aus, als sei sie auf dem Weg zum Roten Teppich: weißes Häkelkleid, silberne Gladiatorensandalen und ein Cocktailring, der aussah wie eine in Gold gefasste große Perle. So viel dazu, dass ich overdressed sein könnte, dachte Rory. Neben Isabel sah sie aus, als wolle sie den Hausputz machen.

»Du siehst gut aus«, sagte Rory. »Tolles Kleid.«

»Oh, das? Das habe ich schon seit einer Ewigkeit. Das ist ein nettes Top.«

»Findest du wirklich?«

»Äh … sicher«, sagte Isabel, nicht mehr ganz so überzeugend. »Hey, ich muss nur noch was holen. Komm mit.«

Rory folgte ihr durch die Halle in Richtung Esszimmer und Arbeitszimmer.

Isabel ging in ein Zimmer, das sich als die Bar herausstellte, ging vor einem kleinen Kühlschrank in die Hocke und öffnete die Glastür.

»Was machst du da?«, fragte Rory.

»Ich hole nur was für die Party«, sagte Isabel und nahm eine Flasche Champagner heraus.

»Wir können das nicht mit ins Auto nehmen.«

»Warum nicht?«, fragte Isabel. »Sie ist nicht offen.«

»Weil wir *minderjährig* sind.«

Isabel lächelte, als wäre Rory ein bezauberndes Kleinkind. »Du *musst* dich entspannen. Komm schon.« Sie stand auf und ging aus dem Raum, die goldene Flasche schwang sie dabei hin und her.

»Lassen dich deine Eltern einfach so Champagner mitnehmen?«

»Das hier ist nicht *einfach Champagner*«, antwortete Isabel. »Das ist Cristal.«

Rory sagte nichts mehr, während sie zum Auto liefen.

»Also, wo fahren wir hin?«, fragte sie, als sie in den Prius stiegen.

»Sagg Main Beach. Du nimmst einfach den Highway vorbei an Wainscott und biegst dann links in die Sagg Main ab. Und ich überleg mir in der Zeit, welche Jungs vermutlich da sein werden.« Isabel öffnete ihre Clutch – diesmal eine aus Bast – und nahm ihr Handy heraus, während Rory die Kiesauffahrt entlangfuhr.

»Weißt du, ich habe mir überlegt, dass ich mich heute Abend einfach darauf konzentriere, ein paar Freunde zu finden«, sagte Rory. »Vielleicht einige der Mädchen.«

»Viel Glück dabei«, murmelte Isabel kryptisch.

Rory bog links in die Lily Pond Lane ein. Meinte Isabel damit, dass sie nicht fähig war, Freunde zu finden? Oder dass Isabels Freunde es nicht wert waren, sie zu kennen?

»Also, erzähl mir ein paar coole Sachen über dich«, sagte Isabel und legte ihr Handy weg. »Machst du Sport? Spielst du ein Instrument? Was machst du so?«

»Warum?«

»Weil wir dich als fantastisch verkaufen müssen«, sagte Isabel. »Und es ist besser, nicht zu lügen.«

»Na ja, einige meiner Fotos wurden letzten Sommer auf der *Farm and Horse Show* ausgestellt«, sagte Rory.

»Der *was*?«

»Der *Farm and Horse Show*. Das ist so was wie ein großer dreitägiger Jahrmarkt. Es ist wirklich eine große Sache da, wo ich lebe.«

Isabel schwieg. »Was noch?«, fragte sie schließlich.

»Ich bin Präsidentin des Wissenschaftsclubs.«

»Äh, *nein*.«

»Was ist denn daran falsch? Darf er nicht wissen, dass ich klug bin?«

»Du kannst ihm nicht sagen, dass du ein *Nerd* bist«, antwortete Isabel und machte dann das Radio an. »Ich meine … du weißt, was ich meine.«

»Ich drehe gerne Dokumentationen«, bot Rory an. »Ich habe letztes Schuljahr einen Sonderpreis in meiner Filmklasse bekommen.«

»Okay, das könnte cool sein. Worum ging es in deiner Doku?«

»Da gibt es diese Frau, die in meiner Nachbarschaft lebt. Sie hat Hunderte von diesen Elvis-Gemälden auf schwarzem Samt gesammelt. Und all dieses andere Zeug über ihn. Sie ist eine Art lebendes Graceland.«

»Über die hast du eine Doku gedreht?«

»Ja.«

»Warum?«, fragte Isabel.

»Ich weiß nicht. Vielleicht weil sie für etwas eine Leidenschaft hat. Ich denke, das ist cool. Etwas so sehr zu lieben, dass es dir egal ist, wie es auf andere wirkt oder ob es merkwürdig ist oder ob die Leute sich über dich lustig machen.«

Isabel wechselte den Radiosender. »Kann sein«, sagte sie gelangweilt.

Gerade spielten sie eines der Lieblingslieder aus den Siebzigern von ihrer Mutter. Rory öffnete ihren Mund, um mitzusingen, aber Isabel war schneller.

»*Rhiannon rings like a bell through the night and wouldn't you love to love her …*«, sang sie mit überraschend tiefer Stimme.

»Du magst Fleetwood Mac?«, fragte Rory ungläubig.

»Klar«, sagte Isabel. »Wieso?«

»Ich denke nur, dass es komisch ist, dass wir beide Fleetwood Mac mögen. Ich meine, wie viele Leute mögen überhaupt Fleetwood Mac?«

Isabel gähnte. »Keine Ahnung.«

Rory fuhr schweigend weiter und fragte sich verunsichert, ob sie etwas Falsches gesagt hatte.

Nach ein paar Minuten sagte Isabel plötzlich: »Oh, da geht's runter.«

Rory fuhr vom Highway ab. »Danke für die Warnung«, murmelte sie.

»Der Strand ist direkt die Straße runter«, sagte Isabel. »Du wirst den Parkplatz gleich sehen.«

»Ist es sicher, das Auto hier zu parken?«

»Oh mein Gott, natürlich«, sagte Isabel und griff nach der Flasche Cristal, die sie zwischen ihren Füßen abgestellt hatte.

Sie fanden eine Lücke am hinteren Ende des Parkplatzes, oder zumindest hoffte Rory, dass es eine war. Es gab keine Straßenlaternen – ganz offensichtlich sollte hier nachts nicht so viel los sein. Sie schloss das Auto ab und folgte Isabel Richtung Strand. Um ein riesiges Lagerfeuer, das Funken in die Dunkelheit versprühte, standen Leute. Ein frischer Wind kam vom Wasser und sie zog ihren Pullover um ihre Schultern. Isabel zitterte kaum in ihrem leichten Kleid. Wie die meisten schönen Mädchen schien sie immun gegen Kälte zu sein.

»Hey«, rief sie zwei Mädchen zu, die abseits der anderen standen und rote Plastikbecher in den Händen hielten.

»Das schmeckt furchtbar«, sagte das größere Mädchen. »Niccolo hätte ruhig anständiges Bier kaufen können. Hier.« Sie hielt ihren Becher angewidert von sich und starrte dabei Rory an.

»Das ist egal, ich habe Ersatz dabei«, sagte Isabel und schwenkte die Flasche.

»Oooh, mein Favorit«, sagte das andere Mädchen, deren üppiges Haar rotgolden im Feuerschein glänzte. Sie leerte den Inhalt ihres Plastikbechers in den Sand und hielt ihn dann Isabel hin. »Nur ein bisschen. Da ist eine Menge Zucker drin.«

Rory sagte nichts. Keines der Mädchen hatte bisher mit ihr gesprochen. Das größere Mädchen mit den dunkelbraunen Haaren und der extrem blasierten Art trug ebenfalls ein Kleid und zarte Flip-Flops aus Leder, die mit einem indianischen Muster zwischen den Zehen verziert waren. Das andere Mädchen hatte ultraschmal geschnittene Jeans an, und es sah trotzdem so aus, als sei noch genug Platz an den Oberschenkeln. Keine von ihnen trug irgendwas, das auch nur ansatzweise in die Richtung von Rorys Keds oder ihrem Stretchgürtel ging.

»Leute, das ist meine Freundin Rory«, sagte Isabel. »Rory, das ist Thayer«, sagte sie und zeigte auf das größere Mädchen, »und das ist Darwin. Wir kennen uns alle schon seit dem Kindergarten.«

»Hi«, sagte Rory und winkte.

Thayer und Darwin winkten nicht, sie musterten ihr Outfit von oben bis unten.

»Hey«, sagte Thayer schließlich. Darwin murmelte etwas, aber Rory konnte es nicht verstehen.

»Rory verbringt den Sommer bei uns«, erzählte Isabel, während sie die Folie vom Korken löste. »Ihr erinnert euch? Ich habe es euch erzählt.«

»Oh«, sagte Darwin und nickte. »Wo kommst du noch mal her?«

»New Jersey«, antwortete Rory.

»Also habt ihr sie aufgenommen, damit sie auch mal etwas Meeresluft schnuppern kann, Isabel?«, fragte Darwin.

Thayer stieß Darwin unsanft in die Rippen und die beiden kicherten.

»Äh …«, sagte Rory. Sie wusste, das Darwin sie gerade beleidigt hatte, aber sie war sich nicht sicher, wie sie darauf reagieren sollte.

»Woher aus New Jersey kommst du?«, fragte Thayer. Sie hatte eine komische schleppende Art zu sprechen, so als könne sie ihren Mund nicht weit genug öffnen.

»Sussex County. Das ist direkt an der Grenze zu Pennsylvania.«

»Ah«, war Thayers einzige Reaktion.

Endlich drückte Isabel mit ihrem Daumen den Korken raus. Ein Strahl Schaum schoss aus der Flasche und über Darwins Hose.

»Oh mein Gott!«, kreischte Darwin und trat zurück. »Iz! Was zum Teufel?«

»Hoppla«, sagte Isabel, als der Champagner an der Flasche runterlief. »Mein Fehler.«

»Das ist meine Rag and Bones!«, nölte Darwin. »Jetzt muss ich sie waschen!«

»Es tut mir leid.« Rory wusste, dass Isabel nicht gerade von Natur aus jemand war, der sich entschuldigte, und sie bemerkte durchaus den Hauch eines Lächelns, der dabei um Isabels Lippen spielte. »Wartet kurz, Rory und ich haben keine Becher«, sagte Isabel.

Rory sah zu dem Fass, das im Sand steckte und auf dem ein Stapel Becher lag. »Ich hol sie«, sagte sie schnell, begierig darauf, den Mädchen für einen Moment zu entkommen. Sie konnte förmlich spüren, wie Darwin vor Wut kochte.

Während Rory über den Sand lief, versuchte Isabel, ihren Ärger zu unterdrücken. Ihre Freunde waren solche Snobs. *Wenigstens habe ich Darwin den Champagner übergeschüttet*, dachte sie. *Das war ziemlich genial.*

»Warum musstet ihr das sagen?«, fragte sie ihre Freundinnen. »Dass sie hier umsonst Ferien machen darf?«

»Sie hat es nicht mal gerafft«, erwiderte Thayer.

»Na und? Würde es euch umbringen, ein Mal nett zu sein?«

»Was kümmert es dich?«, fragte Thayer. »Sie ist das Kind der Haushälterin.«

»*Die Nichte*«, korrigierte Isabel sie. »Und ich versuche, sie netten Leuten vorzustellen.«

»Warum?«, fragte Darwin. »Sie passt hier nicht rein. Ich meine, sieh dir doch an, wie sie rumläuft, um Himmels willen.«

»Sei nicht so ein Snob«, murmelte Isabel.

»*Ich* bin ein Snob?«, fragte Darwin. »Du bist diejenige, die sich so verhält, als wäre sie zu gut, um mit uns abzuhängen. Du wolltest Samstag mit uns zum Talkhouse gehen und hast uns einfach versetzt.«

»Ich habe euch gesagt, dass ich krank war«, sagte Isabel und zuckte dabei wegen ihrer Lüge leicht zusammen. Sie war mit Mike bei *Buford's* gewesen.

Thayer blickte in die Ferne und trat dann näher an Isabel heran. »Oh mein Gott. Andrew Mayman hat mich gerade angesehen. Ich denke, er steht auf mich. Was soll ich tun?«

»Ich muss mal«, sagte Isabel und hielt Thayer die Champagnerflasche hin. »Hier«, sagte sie. »Viel Spaß.«

Sie lief zum Wasser. Sie konnte jetzt einfach nicht so tun, als würde sie sich auch nur ein Quäntchen für Thayer und ihr blödes Liebesleben interessieren. Wie lange war sie schon hier? Fünf Minuten? Sie wollte am liebsten jetzt schon ins Auto springen und wegfahren.

Um das Lagerfeuer standen dieselben Leute, die sie jeden Sommer auf jeder einzelnen Strandparty sah: Tripp Pressley, dessen Vater für Goldman arbeitete und mit dem Helikopter nach Southampton kam; Anna Lucia Kent, mit ihrer brasilianischen Fönfrisur, strahlend weißen Veneers und mit dem Hang, sich sozial nach oben zu verbessern; und Whit Breckinridge, dessen Partys in der Stadt so beliebt waren, dass sein Portier eine Gästeliste und einen Lacrosse-Schläger brauchte, um alles im Griff zu behalten. Es hatte eine Zeit gegeben, da hatte sie sich unter diesen Leuten wohlgefühlt, hatte jeden einzelnen geküsst und umarmt und jede Menge zu erzählen gehabt. Aber heute sah sie sie durch Mikes Augen. Er hätte diese Leute nicht für besonders interessant gehalten. Auf jeden Fall nicht mal ansatzweise so interessant, wie sie es selbst von sich dachten.

Rory war fast beim Fass angekommen, als ihr eine Rauchwolke vom Lagerfeuer direkt ins Gesicht wehte. Sie fing an zu husten.

»Bist du okay?«, fragte jemand.

Mit Tränen in den Augen erkannte sie einen Typen, der sie besorgt ansah.

»Ich denke … ich denke … ich denk schon«, stotterte sie unter Hustenanfällen.

»Willst du?« Er nahm einen Becher vom Stapel und füllte ihn mit Bier.

Sie versuchte ihren Kopf zu schütteln, während sie hustete, aber er bemerkte es nicht.

»Hier«, sagte er.

Rory führte den Becher an ihre Lippen und nahm einen Schluck. Sie mochte den Geschmack von Bier nicht, aber es fühlte sich gut an, etwas zu trinken.

»Das sollte helfen«, meinte der Typ. »Auch wenn es echt schlechtes Bier ist.«

Sie nahm noch einen Schluck. »Danke«, sagte sie.

Ihre Augen hörten auf zu tränen, und sie konnte sehen, dass er lockiges hellbraunes Haar hatte und eine marineblaue Fleecejacke von Patagonia trug. Niedlich, aber nicht zu niedlich, bemerkte sie dankbar.

»Ich bin Landon«, sagte er.

»Rory.«

»Warte«, sagte er und kniff die Augen zusammen. »Gehst du auf die Nightingale?«

»Entschuldigung, was?«

»Gehst du auf die Nightingale?«, wiederholte er. »In der Stadt?«

»Ich lebe in New Jersey.«

»Oh«, sagte er und sah verwirrt aus.

»Ich bin mit Isabel hier«, sagte sie. »Isabel Rule?«

»Oh, cool«, sagte Landon. »Woher kennst du sie, wenn du in New Jersey wohnst?«

Rory überlegte, wie sie darauf antworten sollte. »Ich wohne bei ihr. Na ja, bei der Familie. Für den Sommer.«

»Wie, ist deine Familie mit ihrer befreundet oder so?«, fragte er.

Wie auf Befehl hörte Rory eine erfreute Stimme rufen:

»Hey, Landon!«, und als sie sich umdrehte, sah sie Isabel mit ausgestreckten Armen auf sie zulaufen. »Was *geht*? Lange nicht gesehen, *mio amico*.«

»Hey, Isabel«, sagte er und ging ihr entgegen.

Rory beobachtete Landon und Isabel, die sich wie zwei lang verschollene Freunde umarmten.

»Oh mein Gott, es tut so gut, dich zu sehen«, sagte Isabel und ließ ihre Hände auf seinen Schultern liegen. »Wie geht es deiner Schwester? Sie ist auf der Vanderbilt, richtig?«

»Ja. Sie liebt es dort. Und sie hat schon deine Freundin Haven getroffen. Wie war Kalifornien?«

»Großartig. Und du hast Rory schon kennengelernt?«, fragte Isabel und blickte anerkennend auf den Becher in Rorys Hand.

»Ja, sie erzählte mir gerade, dass sie den Sommer über bei euch wohnt.«

»Das ist richtig«, sagte Isabel. »Sie ist unser Hausgast.«

»Ja, meine Tante ist ihre –«, fing Rory an.

»Landon und mein Bruder Connor sind zusammen auf der St. Bernards gewesen«, schnitt Isabel ihr das Wort ab. Rory wusste nicht, ob das Absicht gewesen war. »Connor war so was wie sein großer Bruder auf der Schule. Jedenfalls ist Rory supercool. Und sie war noch nie hier, also möchte ich, dass alle dafür sorgen, dass sie eine *wirklich* tolle Zeit hat«, sagte Isabel.

»Äh, klingt gut«, sagte Landon.

»Könntest du uns für eine Sekunde entschuldigen?«, fragte Isabel.

Rory fühlte sich am Ellenbogen zur Seite in die Dunkelheit gezogen.

»Okay, das ist perfekt«, sagte Isabel. »Landon ist nett, niedlich, klug und nicht allzu sehr in sich selbst verliebt. Aber wenn du den Deal abschließen willst, dann musst du etwas *machen*. Steht nicht einfach nur da.«

»O … kay«, sagte Rory. »Was genau meinst du?«

»Du musst *flirten*«, sagte Isabel. »Lächle, lach ihn an, sag etwas Witziges. Gib dich geheimnisvoll. Und sag ihm nicht, dass du die Nichte der Haushälterin bist.«

»Warum nicht?«

»Mach es einfach nicht, okay?« Sie blickte über Rorys Schulter.

»Okay, er sieht jetzt direkt zu dir her.«

»Tut er?« Rory wandte den Kopf.

»Nicht hinsehen!«, befahl Isabel. »Er mag dich. Vertrau mir.«

Rory war sich nicht so sicher, ob sie das glauben konnte, aber wenn es die Königin der Hamptons sagte, dann stimmte es vermutlich. »Bist du dir sicher?«

»Total sicher«, antwortete Isabel. »Alles, was du jetzt tun musst, ist, ihn ermutigen. Lach über alles, was er sagt, lächele, steh dicht neben ihm, berühre seinen Arm, all so was eben. Bist du bereit?«

»Okay.«

Rory nahm einen schnellen, kleinen Schluck aus ihrem Becher, um ihr Selbstvertrauen zu stärken, und ging zurück zu Landon. Sand schwappte in ihre Keds, aber sie versuchte trotzdem, sich elegant zu bewegen. »Sorry wegen eben«, sagte sie, als sie bei ihm ankam. »Ich wollte dich nicht so alleine stehen lassen.«

Es war ein unfassbar kitschiger Spruch und einer, den sie normalerweise niemals gesagt hätte, aber Landon wurde sofort munter.

»Das ist schon okay«, meinte er. »Ich trink sowieso nur wirklich scheußliches Bier.«

Sie lachte über seinen Spruch, dann lächelte sie ihn strahlender an, als sie jemals in ihrem Leben jemanden angelächelt hatte. »Also, wo gehst du zur Schule?«, fragte sie und sah ihn bewundernd an. *Ich kann nicht fassen, dass ich das gerade wirklich tue*, dachte sie. Vielleicht hatte Isabel recht. Vielleicht waren Jungs nicht so klug, wie sie gedacht hatte.

Isabel ging zurück zu ihren Freunden. Sie fühlte sich etwas komisch, weil sie Rory gesagt hatte, dass sie nichts über Fee oder darüber, dass sie die Nichte der Haushälterin war, sagen sollte. Aber Rory brauchte ein bisschen Spaß, und sie wusste, wie hochnäsig die meisten dieser Leute waren. Am Ende des Sommers würde Rory zurück nach New Jersey gehen und all diese Leute nie wiedersehen. Sie selbst war für den Rest ihres Lebens mit dieser Gesellschaft gestraft.

»Isabel«, sagte jemand.

Sie drehte sich um. Aston March trat aus dem Schatten zu ihr wie ein Geist. Seine Haare waren kürzer, als sie in Erinnerung hatte, und sein Gesicht wirkte voller, sein Körper breiter.

Er sah aus, als hätte er im vergangenen Jahr viel getrunken. Sie fragte sich, ob sie der Grund dafür war.

»Hey, Aston«, sagte sie und fühlte, wie sich ihr Magen langsam Richtung Boden bewegte.

»Hey, Iz.« Er nahm einen Schluck aus seinem roten Plastikbecher. »Wir haben dich letztes Wochenende auf meiner Party vermisst.«

»Ja, tut mir leid. Ich war krank.«

Er sah an ihr vorbei und nahm noch einen Schluck Bier.

»Wie war Kalifornien?«

»Großartig«, sagte sie. »Genau wie ich es in meinen E-Mails beschrieben habe.«

»Richtig«, sagte Aston. Er bewegte seine Füße im Sand hin und her. »Ich gehe im Herbst nach Yale.«

»Habe ich gehört. Gratuliere.« Sie blickte über seine Schulter in der Hoffnung auf Rettung. Sie hatte dieses Gespräch noch für mindestens ein paar Tage zu vermeiden gehofft.

»Ich denke, wir sollten diesen Sommer wieder Zeit miteinander verbringen«, sagte er und trat näher an sie heran. »Weißt du? Ich meine, warum nicht?«

»Aston –«

»Ich dachte, es lief gut zwischen uns«, sagte er. »Du hast nur Angst bekommen.«

»Aston, nein. Es ist vorbei. Wirklich, wirklich vorbei.«

Er starrte sie an, als hoffe er darauf, dass sie das alles mit einem Lachen abtun würde. Als sie es nicht tat, wurde sein Gesichtsausdruck hart. »Weißt du, ich war letzten Sommer immer für dich da«, sagte er. »Als du von der Schule geworfen wurdest, als du den Ärger mit deinen Eltern wegen dem Feuer hattest, da habe ich mich für dich eingesetzt. Ich habe gesagt, dass nichts davon dein Fehler war, dass du nur das Opfer warst. Aber vielleicht stimmt es ja, was die Leute über dich sagen. Vielleicht bist du einfach ein Problemfall.«

Eine Brise streifte ihr Gesicht. »Fahr zur Hölle«, sagte sie und ging weg.

Sie stapfte über den Sand und zitterte im kalten Wind, der durch ihr Kleid drang.

Mike. Sie brauchte Mike. Sie öffnete ihre Clutch. Vielleicht würde sie ihm jetzt eine SMS schreiben. Und auf die Regeln pfeifen, die besagten, dass sie warten musste. Es war egal.

Sie zog ihr iPhone raus und ließ es fast fallen, als sie den leuchtenden Bildschirm sah.

Hallo, Schöne. Wann kann ich dich sehen?

Sie las die Nachricht wieder und wieder. Ihr Herz schlug wild. Sie fühlte sich schwindelig.

Morgen tippte sie und schickte die SMS ab.

Normalerweise hätte sie gute zwölf Stunden gewartet, bevor sie zurückgeschrieben hätte, oder vielleicht sogar einen Tag. Aber das schien jetzt albern. Wenn er ihr direkt antwortete, dann bedeutete das, dass er sie wirklich mochte. Vielleicht sogar genauso sehr wie sie ihn.

Ihr Handy summte wieder.

Cool. Ich seh dich bald.

Sie lächelte. Natürlich mochte er sie. Natürlich tat er das.

Kapitel 8

»Komm schon, mein Mädchen! Na los, Trixie! Lauf!«

Rory warf den Stock und Trixie rannte ihm hinterher. Klumpen von nassem Sand spritzten um ihre Hinterbeine und den Rücken. Sie würde Trixie nachher baden müssen, aber das war es wert. Sie hatte noch nie einen Hund gesehen, der sich so darüber freute rauszudürfen.

»Hol ihn dir, Trixie!«, rief sie erneut. »Lauf!«

Sobald der Stock mit einem dumpfen Geräusch auf den Sand traf, hatte Trixie ihn auch schon fest zwischen ihren Zähen und trug ihn zurück. Dabei ließ sie ein Ende im Sand schleifen.

»Braves Mädchen!«, rief Rory. Trixie rannte zu Rory und ließ den Stock zu ihren Füßen fallen. »Sehr braves Mädchen!«

Es war noch früh und der Strand menschenleer. Eine dicke Wolkenschicht versteckte die Morgensonne. Rory fühlte den kühlen Sand zwischen ihren Zehen und atmete die frische Luft ein. Sie hatte noch nie Stöckchenwerfen mit einem Hund am Strand gespielt. Sie hatte auch noch nie ihre Telefonnummer einem Jungen, den sie gerade erst auf einer Party getroffen hatte, gegeben. Sie veränderte sich hier. Sie fühlte sich jetzt schon leichter, glücklicher, freier. Anders. Vielleicht hatte Isabel recht gehabt, als sie sagte, dass sie sich entspannen müsse. Sie hatte auch noch bei etwas anderem recht gehabt: Jungs mochten es, wenn man mit ihnen flirtete.

Es war unglaublich. Immer wenn sie dachte, dass sie es übertrieb – dass Landon wegen ihrem Wimperngeklimper gleich loslachen würde, oder dass er ihrer Fragen müde würde, oder dass er sich selbst fragen würde, warum sie sich so für seine kurze Erfahrung im Wrestling-Team interessierte –, dann antwortete er mit einem weiteren Witz oder einer weiteren Geschichte, die nicht wirklich witzig war, aber von der sie wusste, dass *er* sie für lustig hielt, oder er sagte irgendetwas anderes, das darauf abzielte, ihre Aufmerksamkeit zu gewinnen. Anscheinend dachte er überhaupt nicht, dass sie sich merkwürdig verhielt. Er fühlte sich *geschmeichelt*.

Es fühlte sich an, als hätten sie schon seit Stunden geredet, als sie schließlich eine lange Atempause einlegten. Und dann sagte er: »Möchtest du mal etwas zusammen mit mir unternehmen?«

»Sicher«, sagte sie.

Er nahm sein Handy und sie gab ihm ihre Nummer. Und das war es. Sie ging zurück zum Auto und fühlte sich fast ein bisschen schuldig wegen ihrer fantastischen Vorstellung. Sie war sich nicht sicher, ob sie Landon überhaupt mochte. Aber als sie ins Auto gestiegen waren, um nach Hause zu fahren und Rory Isabel alles erzählte, rief diese nur: »Gott sei Dank!« Und das mit solcher Erleichterung, dass Rory sich fühlte, als hätte sie ihnen beiden einen großen Gefallen getan.

Natürlich, wäre es Connor Rule gewesen, der sie um ihre Nummer gebeten hätte, dann würde sie jetzt auf Wolken schweben. Aber sie bezweifelte, dass sie sich vor Connor jemals so benehmen könnte. Er hätte sich wahrscheinlich gewundert, warum sie sich um Himmels willen so aufführte. Und sie hätte ihn dafür nur umso mehr gemocht.

Trixie ließ den Stock wieder zu ihren Füßen fallen. Rory sah auf ihre Uhr. Es war fast halb neun. Wenn sie noch länger am Strand blieb, würde Bianca sich fragen, wo sie steckte, und sie hatte keine Lust, sich noch eine Predigt zum Thema Strand anzuhören. Wenn die Rules ihn sowieso nicht nutzten, warum durfte sie dann nicht hier sein?

»Okay, lass uns zurückgehen«, sagte sie und bemerkte den verkrusteten braunen Sand an Trixies Beinen. Sie schlüpfte in die Flip-Flops, die sie am Fuß des hölzernen Pfads gelassen hatte, und ging die Dünen hinauf. Plötzlich rannte Trixie an ihr vorbei, den Pfad hoch, aufgeregt bellend und mit dem Schwanz wedelnd.

»Trixie, warte!«, rief sie. »Was soll das denn?«

Als sie oben ankam, sah sie, was los war: Connor Rule beugte sich über Trixie, die eifrig seine trainierten Beine ableckte.

»Hey«, sagte er und sah zu ihr hoch. »Ich habe dich gerade gesucht. Ich wollte dich fragen, ob du Lust hast, joggen zu gehen.«

Für einen Moment blieb sie stehen, dachte an ihre Haare, die vermutlich frizzelig geworden waren, und an die feuchten Flecken unter ihren Armen und daran, wie ihre Nase glänzte – Letzteres konnte sie nicht sehen, aber sie wusste es trotzdem. »Wa-was?«, stotterte sie.

»Laufen? Du weißt schon, am Strand?« Er stand auf.

»Oh«, sagte sie. »Ja. Ich war schon mit Trixie spazieren. Aber ich jogge nicht. Ich bin kein richtiger Jogger.«

»Bin ich auch nicht«, sagte er. »Mein Trainer denkt, dass mit mir was nicht stimmt.«

»Dein Schwimmtrainer?«

»Ja.«

»Warum interessiert sich dein Schwimmtrainer dafür, ob du joggst oder nicht?«

»Weil es ein Teil meines Trainings ist«, erklärte er. »Du weißt schon, Cardio?«

Sie wischte eine Locke aus ihrem Gesicht. Ihre gerade erst entdeckten Flirt-Fähigkeiten schienen plötzlich verschwunden zu sein.

»Also, äh … dann also kein Schwimmtraining heute?«

»Nö, ich brauche eine Pause. Ehrlich gesagt, ich denke darüber nach, ganz aufzuhören.«

»Echt?«

»Ich mache das seit Jahren«, sagte er. »Ich glaube, ich bin bereit für etwas anderes. Aber es ist nicht wirklich meine Entscheidung.«

»Warum nicht?«, fragte sie.

Er lächelte und sah zum Strand hinunter. »Ich finde, dass es meine Entscheidung sein sollte, aber meine Eltern wären ganz schön sauer. Mein Vater war Leichtathlet, als er auf dem College war. Ein richtiger Mustersportler. Durch mich durchlebt er seine goldene Zeit noch einmal.« Er schüttelte seine blonden Haare aus der Stirn.

»Was ist mit dir? Was machst du für deine Eltern?«

»Meine Eltern?«, fragte Rory. »Na ja, das wäre dann nur meine Mutter. Und ich mache alles.«

»Was meinst du? Sport?«

»Nein.« Sie lachte. »Eher so was wie die Rechnungen bezahlen. Einkaufen. Mich um die Autoversicherung kümmern. So was eben.«

Connors Lächeln verschwand. Ganz offensichtlich dachte er, sie sei ein Freak.

»Aber wenn ich nicht damit beschäftigt bin«, fügte sie hinzu, »dann drehe ich gerne Filme. Dokumentationen.«

»Wirklich?«, fragte er. »Worüber?«

»Letztes Schuljahr, da habe ich diesen Film über Leute aus meiner Stadt gemacht. Sie alle sammeln bizarre Sachen. Eine Frau war total verrückt nach Andenken von Elvis. Und eine andere sammelte Vintage-Sachen aus Restaurants, z.B. die allerersten Tischmatten von *Denny's*. Und Tücher mit dem alten *Waffle House*-Logo darauf. So Zeug eben.«

Connor sah sie an. Der Wind zerzauste sein Haar. *Ich sterbe*, dachte sie. *Hilfe*.

»Jedenfalls«, plapperte sie weiter, »ist es mein Traum, an der Filmhochschule der USC zu studieren. Aber stattdessen werde ich wohl eher zur Rutgers gehen und etwas Nützliches wie BWL studieren.«

»Ja«, sagte er endlich nach einer langen Pause. »Ich weiß, was du meinst.« Er sah wieder zum Strand. Die Wolken verschwanden, und sie merkte, dass sie bald ihre Sonnenbrille brauchen würde.

»Nun … ich sollte wohl gehen«, sagte Connor. »Ich muss bald zur Arbeit. Ich unterrichte Segeln im *Devon Club* in Amagansett. Ich hab das letztes Jahr schon gemacht. Segelst du?«

»Äh, nein«, antwortete sie. »Nicht wirklich. Aber das klingt cool.«

»Bist du sicher, dass du mir nicht Gesellschaft leisten willst?«, frage er mit einem Lächeln, dass ihr Herz schneller schlagen ließ.

»Das klingt toll«, sagte sie, »aber ich fürchte, Bianca sucht schon nach mir. Ich wünsche dir viel Spaß.«

»Okay. Hab einen schönen Tag Rory.«

»Du auch.«

Sie drehte sich um und ging sofort los, obwohl sie ihm am liebsten so lange wie möglich zugesehen hätte, wie er den Pfad Richtung Strand hinunterlief. Dieses Mal war sie sich sicher, dass sie es sich nicht eingebildet hatte. Irgendwas war da zwischen ihnen. Etwas, das sie so sehr zum Lächeln brachte, dass ihr die Wangen immer noch schmerzten, als sie ins Haus ging.

Sobald sie in die Halle trat, hörte sie den vertrauten Sound ihres Katy-Perry-Klingeltons. Sie rannte in ihr Zimmer und suchte in ihrer Tasche. Es wurde Zeit, dass sie mit Sophie und Trish sprach. Seit sie angekommen war, hatten sie Telefon-Hasch-mich gespielt.

Aber es war weder Sophie noch Trish. Eine unbekannte Nummer mit der örtlichen Vorwahl -631 erschien auf dem Display.

»Hallo?«, fragte sie, nachdem sie abgehoben hatte.

»Hey, Rory«, sagte eine Stimme, die ihr vage bekannt vorkam. »Hier ist Landon. Wie geht's dir?«

Sie saß auf der Bettkante. Ihre Unterhaltung mit Connor hatte sie in Hochstimmung versetzt, und jetzt fiel es ihr schwer, sich zu konzentrieren, als sie Landons Stimme hörte. »Mir geht's großartig«, sagte sie, und ihr Herz schlug schnell. »Wie geht's dir?«

»Gut. Willst du heute Abend was unternehmen?«

Sie sprang auf. »Sicher«, sagte sie, ein bisschen schneller als geplant.

»Cool. *Mission: Impossible 5* läuft im Kino«, sagte er. »Wir könnten uns den ansehen. Danach Pizza.«

Sie überlegte, ob sie abwarten sollte, bevor sie ihm eine Antwort gab, falls Bianca sie brauchte, aber sie wusste nicht, wie sie das Landon erklären sollte. »Klingt toll.«

»Okay«, sagte Landon. »Ich hol dich um sieben ab. Und ja, ich habe ein sehr cooles Auto.«

Sie lachte. »Ich freu mich darauf, es zu sehen.«

»Oh, das wirst du«, sagte Landon. »Ich sehe dich um sieben.«

Sie legte auf und warf ihr Handy übermütig zurück in ihre Tasche. Sie hatte heute Abend ein Date. Ein *Date*.

Sie lächelte Trixie zu, die geduldig neben dem Bett wartete und immer noch von der Aufregung am Strand hechelte.

Wenn das Date doch nur mit Connor wäre, dachte sie. Aber sie weigerte sich, weiter darüber nachzudenken. Isabel hatte recht – Landon war cool, witzig und nicht allzu selbstverliebt. Der perfekte Kandidat für ihren ersten echten Freund. Oder wenigstens für ein East-Hampton-Abenteuer.

Kapitel 9

Um Viertel vor vier fuhr Isabel auf ihrem Fahrrad durch das offene Tor, bog nach Osten auf den glatten, von der Sonne gewärmten Asphalt und radelte Richtung Main Beach. Der Wind blies ihre Haare über die nackten Schultern und die Sonne brannte ihr auf den Rücken. Es war jetzt genau zwanzig Stunden her, seit sie ihm auf der Party die SMS geschrieben hatte, und sie hatte seither an fast nichts anderes denken können als daran, wie es sein würde, Mike zu treffen. Sie konnte es fast nicht glauben, dass sie ihn gleich wiedersehen würde. Sie hatte sich den Kopf darüber zerbrochen, was sie anziehen würde. Mike hatte ihr nicht gesagt, wohin sie gehen würden, also hatte sie sich für Jeans, eine schulterfreie weiße Bauernbluse und Plateau-Espadrilles entschieden. Damit war man überall gut angezogen. Sie hoffte, dass er sie wieder zu einem Ort wie *Buford's* mitnehmen würde. Nur dass sie es diesmal langsamer mit dem Rum angehen lassen würde.

An der Ocean bog sie nach rechts und fuhr direkt auf den Parkplatz am Ende der Straße. Sie stieg vom Rad, schob es zu dem Fahrradständer an der Snackbar und schloss es dort an. Es war warm, sodass junge Mütter auf Plastikstühlen und gestreiften Handtüchern saßen und ihren Babys und Kindern beim Spielen im Sand zusahen. Sie beobachtete kurz eine blonde Frau, die versuchte, mit ihrer Freundin zu reden, während sie gleichzeitig ein Auge auf ihr Kleinkind haben musste, das mit einer Schaufel Sand um sich warf. *Das könnte* ich *eines Tages sein*, dachte sie. Sie verdrängte den Gedanken. Es war zu merkwürdig.

Und dann sah sie weit hinten auf der Straße einen dunkelroten Xterra. Sie fühlte, wie ihr Magen sich zusammenzog. Er war da. Sie nahm einen Lippenstift aus ihrer Tasche und zog ihre Lippen rasch nach. Sie spürte den verrückten Wunsch, einfach wegzulaufen. Doch der SUV war schon bei ihr, und bevor sie weiter darüber nachdenken konnte, hielt Mike schwungvoll neben ihr an, sodass der Sand unter den Rädern knirschte. Das Fenster wurde heruntergelassen. Mike streckte seinen Kopf aus dem Fenster, und sie sah seine samtigen braunen Augen, die vollen Lippen und das Lächeln, das zu sagen schien: *Ich weiß alles, auch das, was du mir nicht erzählen willst.*

»Hey«, rief sie. »Nette Nummer, das mit der Drehung.«

»Da bin ich ja froh, dass sie dir gefallen hat«, grinste er.

Sie lief zum Auto und setzte sich auf den Beifahrersitz. »Also, wie ist der Plan?«, fragte sie und versuchte angestrengt, nicht darüber nachzudenken, wie heiß er in seinem einfachen weißen T-Shirt aussah.

Er betrachtete ihre Schuhe. »Sind die bequem?«

»Ja, warum?«

»Wollte nur sichergehen«, sagte er, schaltete in den Rückwärtsgang und fuhr vom Parkplatz.

»Ähm, du hast mir immer noch nicht gesagt, wohin wir gehen«, erinnerte sie ihn.

»Ich weiß«, sagte er und legte seine Hand auf ihre.

Rory ging durch die Schwingtür in die Küche. »Hast du Bianca irgendwo gesehen? Sie hat mich gerade auf dem Intercom gerufen, aber ich weiß nicht, wo sie ist.«

Erica sah von dem Eiweiß auf, das sie mit einem Mixer zu luftigen Berge aufschlug. »Ich glaube, sie ist unten im Filmraum.« Sie sah Rory mit ihren freundlichen, braunen Augen genauer an. »Alles okay, Rory? Du bist ganz rot.«

»Oh, ich habe heute nur ein bisschen viel Sonne abbekommen, das ist alles. Danke!«

Rory ging zurück in die Halle und wischte ihre feuchten Handflächen an ihren Shorts ab. Wenn Erica schon merkte, dass etwas los war, dann würde Bianca es zweifelsohne auch mitbekommen. Sie würde sich einen lässigen Spruch einfallen lassen müssen. *Ich gehe nur ins Kino*, mehr würde sie nicht sagen. Sie musste nicht erzählen, mit wem und wie und warum – und dass sie schon längst zugesagt hatte. Und zwei Abende in Folge auszugehen, das konnte ja nicht so eine große Sache sein. Oder?

»Oh mein Gott, macht dir keinen Kopf«, hatte Isabel im Auto gesagt, als Rory sie am Morgen bei *Two Trees* abgeholt hatte. »Es ist ja nicht so, als wärst du hier eine

Gefangene. Du sollst Freunde finden. Leute treffen. Es ist keine große Sache.«

»Nur dass Bianca sowieso schon glaubt, ich hätte nur Partys im Kopf. Du erinnerst dich? *Mike?* In *meinem* Zimmer?«

»Oh ja«, erwiderte Isabel, sah aus dem Fenster und lächelte gedankenverloren. »Ach, ich bin sicher, das hat sie schon komplett vergessen.«

»Das wage ich zu bezweifeln«, sagte Rory.

»Aber es ist super, dass er dich angerufen hat«, sagte Isabel. »Was habt ihr vor?«

»Wir sehen uns *Mission: Impossible 5* an. Danach gehen wir vielleicht Pizza essen.«

»Nicht gerade das einfallsreichste erste Date«, sagte Isabel, »aber okay. Hast du sofort Ja gesagt oder hast du ihn ein bisschen zappeln lassen?«

Rory sah Isabel an. »Wie sollte ich ihn zappeln lassen? Wir haben telefoniert, er hat mich gefragt und ich habe Ja gesagt.«

Isabel schob eine Haarsträhne hinter ihr Ohr. »Okay«, sagte sie. »Aber beim nächsten Mal, da lass ihn ein *bisschen* warten.«

»In Ordnung«, sagte Rory. »Was ist mit dir? Was habt ihr vor?«

»Ich weiß es nicht«, sagte Isabel. »Er tut ein bisschen geheimnisvoll. Aber ich bin sicher, es wird lustig.«

»Aber sei vorsichtig«, sagte Rory. »Er ist älter, oder?«

»Was hat das damit zu tun? Was meinst du?«

Rory war kurz davor zu sagen, dass es eine Menge

bedeutete, aber sie entschied sich dagegen. Schließlich wusste sie, dass sie keine Autorität auf dem Beziehungsspielfeld war.

Sie überquerte den Marmorboden im Foyer und ging eine weitere Treppe hinunter, von der sie sich fast sicher war, dass sie zum Filmraum führte. Sie hatte den Filmraum nur einmal gesehen, bei ihrer Tour mit Bianca, aber sie erinnerte sich, dass er extrem, ja fast schon lächerlich luxuriös war. Es gab dort Wandlampen im Art-déco-Stil, die man ganz schwach dimmen konnte, übergroße, bequeme Ledersessel mit passenden Sofas und einen dicken rotschwarz gemusterten Teppichboden, der genau so aussah, wie die Böden in alten Kinos früher ausgesehen haben mussten, vor der Zeit der Multiplexe. »Warum haben die Rules einen extra Filmraum?«, hatte Rory Bianca gefragt. »Und warum ist er so luxuriös?«

Bianca hatte ihr einen merkwürdigen Blick zugeworfen. »Für die Partys«, hatte sie gesagt, als wäre das absolut offensichtlich.

Rory war sich dumm vorgekommen, aber inzwischen hatte sie sich daran gewöhnt, dass in diesem Haus alles eine Nummer größer sein musste. In der Lily Pond Lane ging es immer um Luxus: Es reichte nicht, eine Tischtennisplatte zu aufzustellen, man musste auch eine Pyramide aus aufgerollten Handtüchern daneben aufbauen, falls jemand ins Schwitzen kam. Es reichte nicht aus, einen Blu-ray-Player zu besitzen – man brauchte auch echte Kinositze und Teppichboden, damit man sich wie ein Hollywood-Mogul fühlen konnte.

Sie klopfte vorsichtig an die Doppeltüren und trat ein. Bianca und Fee staubten die Mahagonitische zwischen den Polstersesseln ab.

»Da bist du ja«, sagte Bianca, während sie ein orangenes Kissen aufschüttelte. »Du musst nach Amagansett fahren. Mrs Rule hat ein paar Leute eingeladen, um *The Geisha's Lament* zu sehen.«

»Warum muss ich dann nach Amagansett?«

»Weil Billy Withers ihr den Film ausleihen wird«, sagte Bianca, so als müsse Rory das selbstverständlich wissen.

»Er ist ein Presseagent«, sagte Fee, die Rorys nächste Frage vorauszuahnen schien. »Er bekommt alle aktuellen Kinofilme und manchmal leiht er sie aus.«

»Die Gäste werden um sechs Uhr hier sein«, sagte Bianca. »Nachdem du den Film abgeholt hast, hilfst du mir dabei, ein paar Getränke und Hors d'œuvres zu reichen. Wir werden dann sehen, ob Mrs Rule nach dem Film ein richtiges Abendessen servieren will.«

»Äh, okay.«

Bianca legte das Kissen zurück und verschränkte die Arme. »Hast du andere Pläne?«, fragte sie, und ihre Stimme triefte förmlich vor Sarkasmus.

»Na ja, ehrlich gesagt«, Rory zwang sich dazu, Bianca direkt in die Augen zu sehen, »bin ich für heute Abend ins Kino eingeladen.«

Sie bemerkte, dass Fee lächelte, aber Bianca blieb ernst.

»Bist du nicht gestern Abend erst ausgegangen?«

»Ja, aber ich dachte … natürlich nur, falls sie mich nicht brauchen …«

»Ach, hier seid ihr alle!« Mrs Rule rauschte in weißen Tennisschuhen in den Raum. Ihr Gesicht glühte von der Tennisstunde und mit ihrem Faltenrock und dem feuchten Pferdeschwanz sah sie jünger aus als Isabel. »Ich freu mich so darauf, diesen Film zu sehen. *Niemand* hat ihn bisher gesehen. Nicht einmal Birdie und sie sieht *alles*.«

»Rory fährt gleich rüber zu Billy«, berichtete Bianca.

»Oh, prima!«, strahlte Mrs Rule. »Und ich hoffe, du kannst uns heute Abend helfen«, sagte sie zu Rory. »Meine Freunde sind so gespannt darauf, dich kennenzulernen.«

»Eigentlich hat sie gerade gefragt, ob sie ausgehen kann«, sagte Bianca.

»Ich bin nur eingeladen worden – von einem *Freund*«, sagte Rory schnell und sah Bianca an. »Aber ich muss nicht ausgehen, wenn das ein Problem ist.«

»Oh, natürlich kannst du ausgehen«, sagte Mrs Rule. »Bianca und ich bekommen das hin.«

»Sie muss aber noch den Film holen«, sagte Bianca.

»Dann holt sie eben den Film«, sagte Mrs Rule unbekümmert. »Fee, haben Sie mein schwarzes Kleid von James Perse gesehen? Ich kann es nirgends finden und es wäre perfekt für heute Abend. Können Sie mit mir nach oben kommen?«

»Natürlich«, antwortete Fee.

Als Fee und Mrs Rule den Raum verlassen hatten, wurde Rory klar, dass sie Glück gehabt hatte und frei war. Mrs Rule war es total egal, ob sie heute Abend ein Date hatte oder nicht. Trotzdem warf Bianca Rory einen scharfen Blick zu. »Du findest Billys Adresse in dem Buch in deinem Zimmer. Und ich denke nicht, dass ich dich daran erinnern muss, dass du heute Nacht niemanden mit heimbringen darfst.«

Rory blinzelte nicht einmal. »Nein, das müssen Sie nicht«, sagte sie. »Aber trotzdem, danke.« Sie ging. Sie würde sich nicht den ganzen Sommer über von Bianca einschüchtern lassen.

»Okay. Ich weiß es. Wir gehen zu dir nach Hause.«

»Nö.«

»Aber das hier ist North Fork«, sagte Isabel und sah aus dem Fenster auf die weiten Kornfelder und die Weinreben, hinter denen das ruhige blaue Wasser der Peconic Bay lag. Sie waren schon fast eine Stunde lang unterwegs und hatten pausenlos geredet, während Mike Richtung Westen fuhr, vorbei an Bridgehampton, Water Mill und Southampton. Es hatte sie nicht überrascht, als er bei Riverhead nach Norden abbog. Sie hoffte nur, dass er sie nicht mit nach Hause nahm, um sie seinen Eltern vorzustellen.

»Ich weiß, aber wir fahren nicht zu meinem Haus«, sagte Mike. Die Sonne fiel schräg durch die Frontscheibe und warf goldenes Licht über das Armaturenbrett.

»Es ist wirklich hübsch hier«, sagte sie. »Ich habe mal gelesen, dass das ganze Wasser das Licht so besonders wirken lässt. Du weiß schon, die Bucht auf der einen Seite und das Meer auf der anderen. Es spiegelt alles wider, weil es reflexiv ist.«

»Reflexiv?«

»Es ist das Gegenteil von diffus«, sagte sie. »Die Wasseroberfläche ist glatt, also wird das Licht ungestreut gespiegelt. Das ist reflexiv.« *Himmel, was stimmt mit mir nicht?* dachte sie. *Ich höre mich an wie Rory.*

Mike warf ihr einen Blick zu. »Bekommst du glatte Einsen oder so?«

»Nein. Ich habe nur ein gutes Gedächtnis.« Sie sah aus dem Fenster und freute sich, dass Mike sie so etwas fragte. »Also, wo fahren wir hin?«

»Das habe ich dir gesagt. Es ist eine Überraschung.«

Plötzlich bog Mike links vom Highway ab, weg von der Bucht, und sie fuhren einen Kiesweg entlang, der von Eichen beschattet wurde. »Okay, ich habe absolut keine Ahnung«, sagte sie. »Sind wir auf einer Art Farm?«

»Du hast gesagt, dass du Erdbeeren magst, richtig?«, sagte Mike.

»Ja. Und?«

Er bog um eine Kurve und vor ihnen erstreckten sich endlose Erdbeerfelder.

»Warte«, sagte sie. »Du hast mich zu einer *Erdbeer*farm gebracht?«

»Sie gehört einem Freund«, erklärte er. »Er hat gesagt, wir können so viele pflücken, wie wir tragen können. Und die hier sind unglaublich. Alles ist bio. Er verkauft sie unten am Montauk Highway für sechs Dollar das Pfund. Jetzt kannst du mir den Erdbeerkuchen machen, von dem du mir erzählt hast.«

Aston March hätte sich niemals daran erinnert, dachte sie. Nicht in einer Million Jahren. Er parkte und sie öffnete ihren Sicherheitsgurt. »Du hast auch ein gutes Gedächtnis.«

»Machst du Witze? Ich kann es nicht erwarten, den Kuchen zu probieren.«

Mike lief zum Kofferraum, öffnete ihn und nahm einen leeren Korb heraus. »Bist du manchmal auf einer Farm?«, fragte er.

»Mein Vater hat gerade ein Grundstück in der Nähe von einem Kartoffelacker in Sagaponack gekauft«, antwortete Isabel.

»Was ist mit dem anderen Haus?«, fragte Mike, der den Korb trug, während sie zum Feld liefen.

»Ich weiß nicht. Irgendwer wird es wohl kaufen«, sagte sie. »Ich werde es aber vermissen. Ich glaube, das neue Haus ist sogar noch größer. Zumindest wenn mein Vater da ein Wörtchen mitzureden hat.«

»Größer?«

»Ob du es glaubst oder nicht, aber es gibt hier größere Häuser als das, in dem ich wohne.« Dreck wirbelte hoch und blieb an den Absätzen ihrer Schuhe hängen, aber es war ihr egal.

Als sie das Gatter, das zum Feld führte, öffneten, stellte Mike den Korb auf den Boden. Sie konnte die baumelnden Erdbeeren sehen, die wie Rubine an den Pflanzen hingen.

»Okay, versuch die hier«, sagte er und pflückte eine. »Die sieht gut aus. Umso röter sie sind, umso besser schmecken sie. Wenn sie noch ein bisschen grün ist, dann muss sie noch reifen.« Er legte die blutrote Erdbeere in ihre Hand. »Los, versuch sie.«

Sie steckte die Erdbeere in den Mund. »Oh mein Gott.« Erdbeersaft, reif und süß, floss über ihre Zunge. »Sie ist so süß. Das ist unglaublich.«

»Ich habe es dir doch gesagt«, sagte er. »Pflück sie am besten mit einem Rest vom Stil, das hält sie länger frisch.«

Sie sah ihm dabei zu, wie er Erdbeeren pflückte und sie mit dem flotten Tempo eines Profis in den Korb warf.

»Du machst das ziemlich gut«, sagte sie.

»Nur dass du es weißt«, sagte er und sah sie an. »Ich bevorzuge echte Schlagsahne. Keine aus der Sprühdose.«

Sie lachte laut los. »Ich werde es mir merken.«

Rory fuhr vor die Garage der Rules, parkte und nahm die DVD mit der Hülle vom Beifahrersitz. Billy Withers Haus am Ende einer gewundenen, kaum befestigten Straße zu finden, hatte ein bisschen gedauert, aber kaum war sie angekommen, hatte die ganze Transaktion weniger als eine Minute gedauert. Ein großer Mann in Kakihose und einem Poloshirt, wie es die Angestellten der Rules trugen, hatte die Tür geöffnet.

»Sie muss morgen um neun Uhr vormittags zurück sein«, hatte er gesagt und dabei die DVD vor ihr hin- und hergewedelt, als hätte sie es sich noch nicht verdient, sie in der Hand zu halten. »Neun Uhr vormittags.«

»Okay«, hatte sie geantwortet.

Dann hatte er ihr mit einer übertriebenen Geste die DVD in die Hand gedrückt und ihr die Tür vor der Nase zugeschlagen.

Rory hielt die DVD immer noch in der Hand, als sie

auf ihr Zimmer rannte. Sie zog ein schwarzes Stretchtop von Aéropostale und eine weiße Jeans an, dann band sie ihre Haare nach hinten zu einem Pferdeschwanz. Es war nicht gerade das Stylingritual, dass sie sich für ihr erstes echtes Hamptons-Date vorgestellt hatte, aber es würde reichen müssen. Sie ließ ihre Handtasche an der Tür und machte sich auf die Suche nach Bianca. Hoffentlich ging das hier schnell.

Sie fand Bianca in der Küche, wo sie Tabletts mit Perlmuttgriffen aus einer Vitrine nahm. »Ich hab sie. Sein Butler oder sein Diener oder wer immer das war, sagte, wir müssen sie bis morgen früh um neun zurückbringen.« Sie hielt die DVD hoch. »Was soll ich jetzt tun?«

»Geh und stell alles ein«, sagte Bianca scharf.

»Aber ich weiß gar nicht, wie man den Projektor bedient.«

Bianca stieß einen langen, entnervten Seufzer aus, ging zur Sprechanlage an der Wand und drückte einen Knopf. »Connor?«, sagte sie. »Kannst du Rory im Filmraum treffen und ihr mit dem Projektor helfen?«

Rory fiel fast die DVD aus der Hand.

»Connor?«, wiederholte sie.

»Ich bin gleich unten«, sagte die Stimme, und Rory konnte nicht umhin zu bemerken, dass sie ein wenig muffelig klang.

»Er wird es dir zeigen«, sagte Bianca. »Jetzt geh. Du stehst vor der Vitrine.«

Rory lief ins Esszimmer, zu aufgeregt, um sich auf etwas zu konzentrieren. Connor würde ihr helfen? Connor und sie, alleine im Filmraum? Sie war so abgelenkt, dass sie direkt in die Kante des Esstisches lief.

»Aua!« Sie fasste sich gerade an ihre schmerzende Hüfte, als sie Connor die Treppe herunterkommen hörte.

»Hey«, sagte er, als er in das Esszimmer trat. »Du brauchst Hilfe mit dem Projektor?«

»Ja, ich habe keine Ahnung, wie man ihn bedient. Tut mir leid, dass du runterkommen musstest.«

»Kein Problem«, er lächelte. »Wenigstens bin ich dann jetzt nicht mehr der Einzige, der weiß, wie man ihn bedient.«

Einige Minuten später standen sie Seite an Seite in dem schmalen Projektorraum vor einem hohen Regal mit lauter Geräten. Sie kratzte sich mit dem Absatz am Knöchel und band ihren Pferdeschwanz neu, während er die DVD in den Player schob. Es war ihr unmöglich, so nah neben ihm zu stehen und ruhig zu bleiben. Während er auf ein paar Knöpfe drückte, betrachtete sie seine Hände, und es fiel ihr auf, dass seine Arme fast komplett haarlos waren. »Musst du für die Schwimmwettbewerbe deinen ganzen Körper rasieren?«, sprudelte es aus ihr heraus.

»Wie bitte?«, fragte er.

»Tut mir leid«, sagte sie rasch. »Ich weiß nicht, warum ich das gerade gefragt habe. Vergiss es.«

»Nein, das ist schon okay. Ja. Wir müssen uns rasieren.« Er berührte einen anderen Knopf. »Okay, kann man was sehen?«

Sie sah auf den Bildschirm. »Es scheint was zu laufen, aber der Bildschirm ist immer noch schwarz.«

Er seufzte und murmelte: »Es können auch nur meine Eltern auf die Idee kommen, ein Heimkino zu kaufen, dass niemand außer Stephen Hawking versteht. Okay, wie ist es jetzt?«

»Immer noch nichts. Warte.« Ein Bild – das Universal-Pictures-Logo – erschien auf dem Bildschirm und war sofort wieder weg. »Irgendetwas hat *fast* funktioniert.«

»Okay, und jetzt?«, fragte er und drehte sich so abrupt um, dass sein rechter Arm ihren streifte.

Sie sah die Titelsequenz, dann wurde es wieder schwarz. »Das Gleiche.«

»Ich glaube, es könnte an der DVD liegen«, sagte er schließlich und nahm sie wieder raus. »Lass es uns mit dieser versuchen.« Er schob eine andere DVD in den Schlitz und ein Titel erschien auf dem Bildschirm. PHISH LIVE IN UTICA. Trey Anastasio stand mit ausgestreckten Armen über ein Mikrofon gebeugt und eine akustische Gitarre hing über seiner Schulter.

»Also, wann zeigst du mir diese Doku, die du gedreht hast?«, fragte er. Er trat näher und blockierte dabei die kleine Lichtquelle im Projektionsraum.

»Oh, richtig«, sagte sie, als ob sie ihre Unterhaltung vergessen hätte. »Wann immer du willst.«

»Wir könnten sie hier laufen lassen.«

»Ehrlich gesagt ist es eine eher bescheidene Produktion.« Der Aufschrei der Menge aus dem Musikvideo ließ sie aufschrecken und auf dem Bildschirm sah sie Phish einen Song anstimmen.

»Okay, sieht so aus, als wäre die DVD das Problem«, sagte Connor. »Die ist Schrott.«

»Großartig«, murmelte sie.

»Es ist nicht dein Fehler. Sie werden es verstehen.«

»Nein, es ist nur so, dass ich sie wahrscheinlich zurückbringen und was anderes finden soll. Und ich wollte doch heute Abend ausgehen.«

»Oh.« Er klang überrascht. »Ich kann fahren.«

»Das ist lieb, aber das musst du nicht.«

»Das ist kein Problem. Ich weiß, wie meine Mutter ist, wenn sie Leute eingeladen hat. Und ich tue alles, damit sie ruhig bleibt, wenn du verstehst, was ich meine?«

Er trat auf sie zu und plötzlich war sie wie erstarrt. Er würde sie küssen, gleich jetzt und hier, und sie war darauf nicht vorbereitet.

Er neigte seinen Kopf zur Seite und schenkte ihr ein angespanntes Lächeln. »Geht's dir gut?«

»Ja«, sagte sie. »Mir geht's großartig. Äh, lass uns hochgehen und ihnen Bescheid sagen, dass die DVD nicht funktioniert.«

Sie drehte sich auf dem Absatz um. Natürlich wollte er sie nicht küssen. Und warum fielen ihr nicht ein paar witzige Dinge ein, die sie sagen konnte? Warum konnte sie nicht auf ihn eingehen? Warum verhielt sie sich wie ein kompletter Idiot?

Sie ging vor ihm die Treppen hoch und durch das Esszimmer, wo sie diesmal die scharfe Kante des Tisches vermied. Er folgte ihr immer noch. »Danke noch mal für deine Hilfe«, sagte sie vor der Küche. »Ich schaff das schon.«

»Ich begleite dich«, bot er an.

»Bist du dir sicher?«

»Ich werde dich nicht den Wölfen zum Fraß vorwerfen«, antwortete er mit einem Lächeln.

Sie drehte sich um, biss sich auf die Lippe und ging durch die Schwingtür. *Er will mich nicht allein lassen*, dachte sie.

Erica und Fee standen an der Kücheninsel und arrangierten wie am Fließband Bruschetta-Scheiben auf einem Tablett, während Bianca sie beaufsichtigte. »Gut, du bist zurück«, sagte Bianca schroff. »Ist alles bereit?«

»Nicht wirklich«, sagte Rory. »Wir konnten den Film nicht zum Laufen bringen.«

»Etwas stimmt mit der DVD nicht«, ergänzte Connor. »Ich weiß, dass die DVD das Problem ist, weil ich etwas anderes abspielen konnte.«

Lucy Rule kam durch die gegenüberliegende Tür in die Küche hereingeweht und steckte sich gerade im Gehen das Haar hoch. Sie trug ein bodenlanges, gerade geschnittenes schwarzes Kleid und dazu eine aufwendige Kette aus Gold und Tigerauge. »Ich glaube, ich habe gerade die Türklingel gehört«, sagte sie. »Habt ihr sie auch gehört?«

»Ich mach auf«, sagte Fee und wischte sich die Hände an der Schürze ab, die sie um ihre Taille gebunden hatte. Sie sah Rory an, und es schien, als würde ihr Blick sie vor etwas warnen wollen.

»Wie läuft es hier?«, fragte Mrs Rule, nahm ein Bruschetta und inspizierte die Tomatenstückchen. »Hmph«, sagte sie und klang wenig beindruckt. »Vielleicht ein bisschen weniger Garnierung, Erika.«

»Natürlich«, murmelte diese.

»Mit dem Film ist etwas nicht in Ordnung, Mom«, sagte Connor. »Wir können ihn nicht abspielen. Du wirst etwas anderes zeigen müssen.«

Mrs Rule sah von der Bruschetta hoch. Rory musste daran denken, wie sie am ersten Tag ausgesehen hatte. Als ihre Gesichtszüge so ausdruckslos geworden waren, als seien sie weggewischt. »Bist du dir sicher?«

»Ja, ich bin mir sicher«, sagte er. »Rory und ich haben alles versucht.«

Mrs Rule sah Rory zum ersten Mal an. »Ihr habt es *beide* probiert?«

»Im Prinzip«, sagte Connor.

Rory nickte.

»Nun, alle kommen her und erwarten *The Geisha's Lament* zu sehen«, sagte Mrs Rule offensichtlich irritiert. »Was soll ich jetzt tun?«

»Vielleicht könnt ihr was online ausleihen?«, schlug Connor vor.

»Ich will nichts aus der Onlinevideothek sehen«, sagte Mrs Rule. »Ich will *The Geisha's Lament* sehen.«

»Das funktioniert aber nicht«, sagte Connor ruhig. »Gibt es eine andere Kopie, die du ausleihen kannst?«

Rory erkannte den Unterton in Connors Stimme: Er sprach genauso vorsichtig und bedächtig mit seiner Mutter wie sie selbst, wenn ihre Mutter sich uneinsichtig benahm.

»Bianca?«, sagte Lucy Rule. »Bitte ruf Billy direkt an und sag ihm, dass die DVD defekt ist und dass ich bitte das Nächstbeste haben will – sofort.«

»Natürlich«, sagte Bianca und griff nach dem schnurlosen Telefon.

»Und Rory wird einfach zurück zu Billy fahren und etwas anderes abholen.« Mrs Rule glättete ihr Haar und schüttelte den Kopf, als wäre die Situation bedeutungslos. »Und Connor, kannst du Bianca bitte helfen, den Gästen etwas zu trinken anzubieten?«

Rory bemerkte, dass Connor fast etwas gesagt hätte, aber der Klang von Gelächter draußen in der Halle zog Mrs Rule schon zur Tür. »Ich muss gehen«, sagte sie warmherzig und winkte über die Schulter.

Rory sah auf die Uhr. Es war Viertel nach sechs. Wenn sie jetzt schnell zu Billy fuhr, dann würde sie es vielleicht gerade so schaffen, rechtzeitig für ihr Date wieder hier zu sein. Sie ging zur Tür.

»Hey!«

Connor rannte ihr mit der DVD nach. »Vergiss die nicht«, sagte er.

Für einen Moment überkam Rory wieder dieses Gefühl, dieses elektrische Knistern, das anzudeuten schien, dass da mehr war zwischen ihnen.

»Danke«, sagte sie. »Und vielen Dank für alles.«

»Hab Spaß heute Abend«, sagte er. Dann ging er wieder in die Küche und verschwand.

Es war schon fast dunkel, als sie vom Highway auf die gewundene Schotterstraße, die nach Lake Montauk führte, bogen. Isabel blickte auf ihre Finger, die vom Erdbeersaft verfärbt waren. Sie hatte ziemlich viele gegessen. Sie würde wahrscheinlich keinen Hunger auf das Abendessen haben. Endlich hielten sie vor einem Haus, das so klein und einsam wirkte, dass man es für eine verlassene Hütte hätte halten können.

»Es ist ein bisschen kleiner als deins«, sagte Mike, während er parkte, »aber es hat genauso viel Charakter.«

»Mit wie vielen Leuten lebst du hier?« Isabel betrachtete die Tür mit dem verbogenen Fliegengitter und die Weihnachtslichterkette, die unordentlich auf der Veranda hing.

»Ich wohne hier mit meinen Freunden Pete und Esteban, aber die sind heute Nacht in Quogue.«

Isabel stieg aus dem Auto und folgte Mike über den von Rissen durchzogenen Beton. Es gab keinen richtigen Garten, nur nackte Erde mit ein bisschen Gras hier und da. Bierdosen standen auf den Lehnen zweier Adirondack-Stühle auf der Veranda, auf dem Geländer und neben einem Stapel Werbezettel, die aus einem überfüllten Briefschlitz an der Eingangstür gefallen waren. »Was ist das für ein Geräusch?«, fragte sie.

»Frösche«, antwortete er. Er trug den Korb mit den Erdbeeren. »Vom Teich. Er ist auf der anderen Seite.« Sie beobachtete ihn, wie er die abblätternden Treppenstufen hinaufging, den Korb an einem Arm balancierte und eine Bierdose vom Geländer nahm. »Ich bringe nur schnell die

Erdbeeren in die Küche und dann können wir weiter«, sagte er.

»Oder wir bleiben.«

Überrascht sah er sie über die Schulter hinweg an. »Ja?«

»Sicher«, sagte sie. Er hatte sie immer noch nicht geküsst. Und hoffentlich sah es drinnen nicht so schlimm aus wie draußen.

»Ich kann uns Pasta machen«, sagte er. »Magst du Spaghetti?«

»Ich liebe Spaghetti«, sagte sie mit einem Lächeln.

Sie merkte, wie ihre Nervosität zurückkehrte. Konnte sie sich überhaupt daran erinnern, wie man jemanden küsste, den man wirklich, wirklich gernhatte?

Er öffnete die Tür. Helle Lichter flammten auf und blendeten sie plötzlich.

»*Überraschung!*«, riefen viele Stimmen.

Sie sah über Mikes Schulter. Eine Gruppe von etwa zwanzig Leuten stand dicht gedrängt unter einem Schild, auf dem in großen Buchstaben HAPPY BIRTHDAY stand.

»Hast du etwa Geburtstag?«, fragte sie.

Mike schien sie in dem ganzen Lärm nicht zu hören. Er stellte die Erdbeeren ab und lief zu seinen Freunden, gab High Fives und rief immer wieder: »Ich glaub's nicht! Ich glaub's einfach nicht!«.

Toll, dachte Isabel. *Na toll.*

Jemand fing an, »Happy Birthday« zu singen, und bald sangen alle im Raum, während Mike noch mehr High Fives austeilte. Sie erkannte einige der Gesichter von Buford's wieder, aber viele waren ihr fremd. Was das Haus anging, so war es definitiv schäbig und kein bisschen chic. Alle Möbel – ein graues Sofa mit großen pinken Blumen, ein zerkratzter ovaler Kaffeetisch aus Kirschholz, ein La-Z-Boy mit einem langen Riss im Kunstleder – sahen aus, als wären sie mindestens secondhand. Der Fernseher war groß, aber ebenfalls eine Antiquität – locker über zehn Jahre alt. Der orangene Shaggy-Teppich hatte einen mysteriösen dunklen Fleck in der Ecke. Immerhin war es nicht dreckig, und es gab durchaus Kleinigkeiten, die ihr gefielen: ein schwarz-weißes Poster von Surfern, auf dem MONTAUK, 1965 stand, und eine Vase mit gelben Blumen auf dem runden Küchentisch.

Mike kam zu ihr zurück und nahm ihre Hand. »Hey, ich stell dich meinen Mitbewohnern vor«, sagte er und führte sie zu einem Typ mit sonnengebleichten Dreadlocks und Tattoos auf den Armen. »Das ist Pete«, sagte er. »Pete, das ist Isabel.«

»Hey«, sagte Pete und schüttelte ihre Hand. »Ich hoffe, wir haben euren romantischen Abend nicht ruiniert. Wir wollten nur Mikeys ersten Geburtstag als Volljähriger stilvoll feiern, weil er doch immer seinen Ausweis zeigen muss.«

»Dude«, warnte ihn Mike und gab ihm spielerisch einen Schubs. »Und das«, sagte er dann und schob sie weiter, »ist Esteban. Esteban, das ist Isabel.«

Ein kleinerer Typ mit schwarzen wuscheligen Haaren und einer Narbe auf der Wange umarmte Isabel. »Glaub dem Typ kein Wort«, sagte er lächelnd. »Er ist ein totaler Lügner.«

»Hey –«, setzte Mike an.

Esteban gab ihm einen Klaps auf den Kopf und lachte. »Wollt ihr was trinken?«

Mike sah sie an. »Magst du was?«

»Ich nehm Champagner.«

»Wie wäre es mit einem Bier?«, fragte Mike.

»Sicher«, sagte sie.

Esteban ging in die Küche und Mike zog sie nah an sich heran. »Tut mir leid. Ich hatte keine Ahnung. Diese Typen können nicht mal die Miete bezahlen. Ich hätte nie gedacht, dass sie so was hier abziehen könnten.«

»Vielleicht sollte ich ein Taxi rufen und du kannst deine Party genießen«, schlug sie vor.

»Nein«, sagte er. »Geh nicht. Bitte.«

Plötzlich drängte sich ein Mädchen mit braunen Haaren und einem engen lila Tanktop zwischen sie und gab Mike einen Kuss auf die Wange. »Hey, Fremder!«

»Leelee, was geht ab?«, fragte er mit ein bisschen mehr Enthusiasmus, als es Isabel lieb war.

»Ich habe gehört, dass du endlich volljährig bist, und ich dachte mir, da sollte ich hier sein«, sagte sie aufreizend. Sie klopfte ihm auf die Schulter.

»Hey, Leelee, das ist Isabel.«

»Hey«, sagte Isabel.

Das Mädchen warf ihr nur ein flüchtiges Lächeln zu und winkte schwach, bevor es sich wieder Mike zuwandte. »Komm mal bei Ripcurl vorbei. Ich arbeite jetzt da. Außerdem sind einige richtig coole Bands nächste Woche da.«

»Wo ist die Toilette?«, fragte Isabel.

»Sie ist direkt da durch, die erste Tür links«, sagte Mike. »Alles okay?«

»Yeah, mir geht's gut«, meinte Isabel und zwang sich zu einem Lächeln. »Ich bin gleich zurück.« Sie warf Leelee das falscheste Lächeln zu, das sie zu zustande bringen konnte. »Nett, dich kennengelernt zu haben.«

Leelee sah sie kaum an. »Yeah.«

Sie bahnte sich ihren Weg durch die Menge zum Flur und machte die erste Tür links ausfindig. Sie schaltete das Licht an. Das Badezimmer war ein Schweinestall. Bartstoppeln bedeckten das Waschbecken, während Rasierer, Zahnpastatuben und mit getrocknetem Schaum verkrustete Rasierschaumdosen sich um den Platz auf der verfügbaren Oberfläche stritten. Ein Neoprenanzug hing vom Duschkopf und sandiges Wasser tropfte auf den Badewannenboden. Und es war nicht ein Blättchen Toilettenpapier mehr auf der Rolle.

Sie klappte den Toilettensitz herunter – er war mit einem dieser schrecklichen fransigen Bezüge verziert – und setzte sich darauf. Ausgaben von *Maxim* und *Surfer* steckten in einem Zeitschriftenständer am Boden. Himmel, hier war es so dermaßen dreckig. Ihre Mutter hätte es hier nicht eine Minute lang ausgehalten. Aber das war vermutlich der Punkt: Das hier war Mikes Haus. Es gab hier keine Eltern, die ihm sagten, was er zu tun hatte. Es gab nicht mal auf dieser Party Eltern. Dies war sein ganz eigener Ort. Sie konnte sich so eine Freiheit nicht einmal vorstellen. Sie war noch nie mit einem Typen ausgegangen, der nicht zu Hause oder in einem Studentenwohnheim wohnte. Es war aufregend, aber auch ein bisschen verwirrend, so als ob man ein Kaufhaus durch den Seiteneingang verließ. Plötzlich wurde ihr klar, warum sie sich da draußen im Wohnzimmer wie ein Fisch außerhalb des Wasser gefühlt hatte – und auch die meiste Zeit des Dates. Sie fühlte etwas, dass sie noch nie gefühlt hatte. Sie fühlte sich jung. Das Mädchen da draußen, dass mit Mike sprach – genauer gesagt ihn anbaggerte – passte besser zu ihm als sie. Leelee hatte wahrscheinlich auch ihre eigene kleine unordentliche Hütte, die sie sich mit ein paar Freunden teilte, ihre eigene Küche und ihr eigenes unüberwachtes Schlafzimmer. Und ein Auto. Das sie legal fahren durfte.

Isabel starrte geradeaus auf die verknitterten und fleckigen Handtücher auf dem Handtuchständer und fühlte sich immer deprimierter. Sie musste Dampf ablassen. Sie öffnete ihre Clutch und nahm ihr Handy raus.

Date ist totales Desaster, tippte sie. Wie ist deins?

Hoffentlich hatte Rory eine bessere Zeit als sie.

Rory beschleunigte den Prius auf fünfundsiebzig, als sie an den Hecken und weitläufigen Vorgärten der Further Lane vorbeifuhr. Irgendwo in ihrer Tasche summte ihr Handy, weil eine SMS angekommen war, aber sie ignorierte es. Die Ersatz-DVD rutschte auf dem Ledersitz neben ihr hin und her und knallte gegen die Tür. Sie war sich nicht mal sicher, welcher Film das jetzt war. Billy Withers Butler hatte sie ihr mit einem zornigen Blick in die Hand gedrückt, als hätte sie ihm den Abend verdorben. Dieses Mal wartete sie nicht, bis ihr die Tür vor der Nase zugeschlagen wurde. Sie rannte direkt zurück zum Auto.

Als sie durch das eiserne Tor der Rules fuhr, warf sie einen Blick auf die Uhr am Armaturenbrett. Viertel vor sieben. Sie fuhr die lange Kiesauffahrt hoch, parkte das Auto, griff nach ihrem Handy und rief Landon an. Die Mailbox sprang sofort an. Sie stellte sich vor, wie er auf dem Weg zu ihr war, die Musik zu laut, sodass er sein Handy nicht hörte, und vollkommen ahnungslos, welches Drama sich hier in der Lily Pond Lane gerade abspielte. Sie legte auf und warf das Handy zurück in ihre Tasche.

Unten im Filmraum schob sie die DVD in den Player und drückte dieselben Knöpfe, die sie Connor hatte drücken sehen. Sie lief unruhig hin und her, ein Auge auf den Bildschirm durch das eckige Lock in der Wand gerichtet. *Bitte spring einfach an*, dachte sie. Ansonsten würde man sie wieder zurück nach Amagansett schicken, damit sie noch einen Film holte, und dann wäre ihr Date mit Landon endgültig gestrichen. Oben konnte sie Mrs Rules Gäste hören. Eine Frau lachte laut und stampfte mit ihrem Fuß auf den Teppich.

Der Bildschirm wurde schwarz und die Titelsequenz erschien. Was immer er ihr für einen Film gegeben hatte, er funktionierte.

Wie auf Befehl öffnete sich die Tür und die Gäste kamen nacheinander herein. Es waren alles Frauen in Mrs Rules Alter, aber wie Mrs Rule sahen auch sie deutlich jünger aus, mit langen Haaren, Highlights in sanftem Blond und faltenfreien Gesichtern. Ihre Martinigläser waren halb voll und eine Frau verschüttete etwas Flüssigkeit auf den Teppichboden. Connor war nirgends in Sicht, aber Mrs Rule brachte den Rest der Gruppe rein. Sie unterhielt sich mit einer zierlichen Frau mit dunklen Augen, die in Schwarz gekleidet war und die Rory als eine weltberühmte Modedesignerin erkannte.

»Rory!«, rief Mrs Rule, in ihren Augen lag ein strahlender, fiebriger Blick. Sie schien sich gut zu amüsieren. »Ist alles so weit?«

»Es funktioniert«, sagte Rory. »Ich weiß nicht, was es ist, aber es funktioniert.«

»Oooh«, gurrte Mrs Rule, als sie auf den Bildschirm sah. »Es ist *The Geisha's Lament*.«

»Ich habe gehört, dass der Film fabelhaft sein soll«, sagte die Frau neben ihr.

»Okay, also, ich wünsche Ihnen viel Spaß«, sagte Rory.

»Oh, würde es dir etwas ausmachen, noch hier unten zu bleiben?«, fragte Mrs Rule. »Nur um sicherzugehen, dass wir keine Probleme haben? Und wenn du auch noch ein paar von den Snacks von oben runterbringen könntest, das wäre wundervoll.«

Bevor Rory antworten konnte, hatte Mrs Rule ihre Unterhaltung mit der Designerin wieder aufgenommen und setzte sich in einen der tiefen Ledersessel. Rory überlegte, wie sie Mrs Rule dezent daran erinnern konnte, dass sie heute Abend Pläne hatte. Schließlich war sie vorhin noch vollkommen damit einverstanden gewesen, dass Rory ausging. Aber dann wurde Rory schlagartig etwas klar: Mrs Rule hatte keineswegs vergessen, dass sie Pläne hatte. Sie tat nur so, als ob sie es vergessen hätte.

Sie stand da und beobachtete, wie die Frauen flüsterten und kicherten und noch mehr Martini auf den Boden verschütteten, bis Mrs Rule ihr bedeutete, dass sie hoch in die Küche gehen sollte. »Mehr Drinks, bitte!«, rief sie fröhlich.

So viel zu meinem Date, dachte Rory, als sie den Raum verließ.

»Hey, Isabel.« Ein sanftes Klopfen ertönte von der anderen Seite der Badezimmertür. »Isabel?«

Sie klappte die Ausgabe des *Surfer* zu und steckte sie zurück in den Zeitschriftenständer. Sie hatte die Zeit vergessen, als sie über die Wellen im Winter bei den Mavericks in Nordkalifornien gelesen hatte, und nun dachte Mike wahrscheinlich, dass sie irgendein Verdauungsproblem hatte. Sie stand auf und drehte den Wasserhahn auf, dann spritzte sie sich ein bisschen Wasser ins Gesicht. Sie musterte sich im Spiegel. Sie sah ungefähr aus wie zwölf. Der Gedanke, wieder da hinauszugehen und mit seinen Freunden zu reden, verschaffte ihr ein Gefühl von Hoffnungslosigkeit.

»Hey«, sagte sie, als sie die Tür öffnete.

»Hey.« Mike stand mit einem Corona in der Hand da. Laute Musik und Gelächter erklangen im Wohnzimmer. Es klang, als wäre die Party richtig in Gang gekommen, während sie im Badezimmer gewesen war. »Hier ist dein Bier. Es ist wahrscheinlich ein bisschen warm geworden.«

»Danke«, sagte sie. Sie nahm es, aber sie hatte nicht die geringste Lust, es zu trinken.

»Bist du okay?«, fragte er. »Du warst eine Weile weg.«

»Oh ja«, sagte sie. »Ich hab nur gelesen.«

Er trat in das Badezimmer und schloss die Tür. »Also liest du lieber, als meine Freunde kennenzulernen?«

»Irgendwie schon. Ich meine, das kam alles ein bisschen überraschend.«

»Das sagst du mir«, antwortete er grinsend.

Er so verdammt heiß, dachte sie. Besonders, wenn er sie angrinste, als wüsste er schon längst alles, was in ihrem Kopf vorging. Es war ihr einfach nur peinlich. »Weißt du was? Genieß deine Party. Ich werde mir einfach ein Taxi rufen.«

»Das ist albern«, sagte er.

»Nein, ist es nicht.«

»Doch, ist es. Du kannst nicht sauer sein, weil meine Freunde mir eine Überraschungsparty geschmissen haben, von der ich nichts wusste.«

»Ich bin nicht sauer. Wer hat gesagt, dass ich sauer bin?«

Er lehnte sich an die Tür. »Du setzt deinen Kopf oft durch, oder?«

»Das ist unhöflich«, sagte sie.

»Es ist eine Beobachtung«, sagte er. »Aber hey, wenn du abhauen willst, in Ordnung.« Er verschränkte seine Arme und sah auf sie hinab, dabei spielte ein Lächeln um seine Lippen. »Wir hängen einfach ein andermal ab.«

Sein Blick war so intensiv, dass sie wegsah. »Weißt du, du müsstest hier dringend mal putzen«, meinte sie und zeigte auf das Waschbecken.

»Okay«, sagte er, ohne seine Augen von ihr zu wenden.

»Und weißt du, fransige Toilettendeckelbezüge sind auch nicht mehr trendy«, fügte sie hinzu.

Er streckte seinen Arm aus, umfasste ihre Taille und zog sie näher an sich heran. »Okay«, sagte er.

»Und du solltest den Zeitungsständer wirklich mal aufräumen«, fügte sie hinzu, während sie fast keine Luft mehr bekam. Sie war ihm so nah, dass sie seine Brust durch das dünne T-Shirt spürte. Er strich mit der Hand über ihr Haar bis hinunter auf ihren Rücken.

»Ich werde es mir merken.« Er legte seine Hand auf ihren Hinterkopf und beugte sich zu ihr hinab.

Sie schloss die Augen.

Seine Lippen berührten ihre, sanft, zögerlich, leicht wie eine Feder. Sie erlaubte ihnen, auf ihren zu verweilen, es war wie eine Herausforderung, sie intensiver zu küssen. Er tat es. Seine Hand auf ihrem Rücken zog sie näher heran. Als ihre Arme sich um seine Schulter schlangen, da wusste sie, dass sie nicht mehr gehen wollte.

Rory saß über dem Tisch in der Küche gebeugt da und stocherte mit ihrer Gabel in einem Teller frittiertem Hühnchen herum. Mrs Rule hatte sie endlich von ihrer Aufgabe entbunden, aber sie war nicht mal hungrig. Sie war mindestens zwanzig Mal die Treppen hoch und runter gelaufen, zuerst um Getränke und Häppchen zu holen, dann schließlich Teller mit Ericas schwarzem Dorsch in Miso, frittiertem Hühnchen und Caesar-Salat, damit Mrs Rule und ihre Gäste unten im Filmraum essen konnten. Jetzt hatten sie Kaffee und Blaubeer-Cobbler und taten so, als würden sie den Film sehen, den Rory mehrmals von vorne hatte abspielen müssen. Es war neun Uhr. Rory gähnte. Erica stand an der Kücheninsel und packte die Reste des Dorsches und des frittierten Hühnchens vorsichtig in Glasbehältern.

»Solltest du nicht ausgehen?«, fragte Erika und drückte einen Plastikdeckel auf eine der Glasschalen.

»Yup«, sagte Rory. »Ich musste absagen.«

»War es wichtig?«

»Nicht wirklich.« Sie aß einen bisschen Krautsalat. »Mein Freund hat es aber nicht so gut aufgenommen.«

»War es ein Date?«, fragte Erica.

»So in der Art«, sagte sie. »Aber das ist okay. Ich fand ihn sowieso nicht so toll.« Rory beobachtete, wie Erica die Schüsseln im Kühlschrank stapelte und dann anfing, die Arbeitsflächen zu reinigen. »Seit wann bist du schon Köchin?«

»Seit ungefähr zehn Jahren«, sagte sie. »Aber ich bin erst seit etwa fünf Jahren Privatköchin.«

»Es scheint stressig zu sein«, sagte Rory.

»Oh, das ist es«, seufzte Erica. »Diese Leute wollen, *was* sie wollen *wann* sie es wollen. Und es sind die Netten, vor denen man sich wirklich in Acht nehmen muss.« Erica deutete nach unten Richtung Filmraum, und Rory wusste, dass Erica damit Mrs Rule meinte.

»Das ist nur ein kleiner Ratschlag. Du hast das nicht von mir gehört.«

Rory nickte. Es war schwierig gewesen, das Gefühl, das schon den ganzen Abend über in ihrer Magengrube lauerte, wenn sie an Mrs Rule dachte, zu identifizieren. Es war ein bisschen so wie damals, als ihre Mutter ihr versprochen hatte, sie an ihrem elften Geburtstag zu *Great Adventure* mitzunehmen. Nur sie beide. Aber in letzter Minute hatte sie dann doch ihren Freund mitgeschleppt – einen Typ mit struppigen Haaren, der Kettenraucher war –, und mit ihm bei jeder Gelegenheit rumgemacht. Von jetzt an würde sie bei Mrs Rule vorsichtiger sein.

Die Schwingtür öffnete sich und Connor steckte seinen Kopf in die Küche. »Wie ist es gelaufen?«, fragte er.

Rory legte ihre Gabel weg und versuchte nicht zu erröten. »Gut. Krise abgewendet.«

»Aber du bist nicht ausgegangen.«

Sie lächelte. »Nein. Das hat nicht geklappt.«

»Kann ich es irgendwie gut machen?«, fragte er. »Ich bin im Fernsehraum, falls du Lust auf Gesellschaft hast.«

Rory sah, dass Erica die gesamte Unterhaltung sehr sehr aufmerksam verfolgte.

»Großartig«, sagte sie so locker wie möglich.

»Bring dein Essen mit«, sagte Connor. »Du musst hier bei Kräften bleiben.« Er lächelte.

Sie sah Erica an, die nickte und lautlos »*Geh!*« sagte. Rory nahm ihren Teller. Sie fühlte sich schwindlig und verletzlich. Nach dem, was heute Abend passiert war,

war sie sich nicht sicher, ob sie irgendjemandem in dieser Familie trauen konnte.

»Also, ich weiß, dass meine Mutter ein bisschen anstrengend sein kann«, sagte Connor, als sie durch die Halle gingen. »Tut mir leid, dass sie deinen Abend ruiniert hat.«

»Oh, das ist okay«, sagte Rory. »Sie hat ihn nicht wirklich ruiniert. Es war keine so große Sache.«

»Darum geht es nicht«, sagte Connor. »Sie ist es nur gewohnt, ihren Willen durchzusetzen. Das ist dasselbe mit Isabel. Ist meine Schwester eigentlich nett zu dir?«

»Ja«, Rory lächelte. »Sie ist nett zu mir. Gestern Abend hat sie mich auf eine Party mitgenommen.«

Sie gingen in den Fernsehraum und setzten sich nebeneinander auf die Couch. Rory balancierte ihren Teller auf den Knien und betete, dass sie das Essen nicht fallen lassen würde.

»Also, dann sei vorsichtig«, sagte Connor. »Meine Schwester kann ein bisschen durchgeknallt sein. Lass dich da nicht mit reinziehen. Glaub mir. Es ist nicht hübsch.« Er richtete die Fernbedienung auf eine Wand und bald erklang Van Morrison aus versteckten Lautsprechern.

»Ist Isabel wirklich so verrückt? Ich habe nie etwas bemerkt. Außer, wenn sie fährt natürlich.«

Connor legte die Fernbedienung weg und kicherte. »Yeah, mit ihr Auto fahren kann ein bisschen anstrengend sein. Aber der Rest …« Sein Blick war in die Ferne gerichtet. »Ich weiß nicht. Sie war immer ein bisschen wild und sie war schon immer schwer zu kontrollieren.

Und ich glaube, das liegt daran, dass sie sich als Außenseiter fühlt.«

»Wirklich?«, fragte Rory. »Warum?«

»Keine Ahnung. Aber sie tut es. Sie hasst Gregory und Sloane.« Er sah sie an und fing sich wieder. »Tut mir leid. Ich sollte dir das nicht erzählen.«

»Ich werde es niemandem sagen.«

Für einen Moment war es still, während sie sich ansahen, dann driftete der Klang von Frauenstimmen und das *klick-klack* von Absätzen in den Raum.

»Con-nor!«, rief Mrs Rule. »Connor, bist du immer noch hier unten? Mrs Van der Cliff will dich etwas fragen!«

Connor sah Rory zögernd an.

»Ich schätze, du musst gehen«, sagte sie.

Er nickte und stand auf. »Ich werde sie ablenken. Dann kannst du zurück in die Küche.«

»Danke.«

»Ich habe Übung darin«, sagte er trocken.

Er ging in die Halle und bald hörte sie ihn mit den Frauen reden. Sie wartete, bis sie hörte, dass sie zur Vordertür gingen, dann schlüpfte sie mit ihrem Teller aus dem Raum.

Tap-tap-tap. Rory hob ihren Kopf vom Kopfkissen. Sie hatte geträumt, dass jemand an ihre Wand klopfte, und jetzt wurde ihr klar, dass sie gar nicht träumte.

Tap-tap-tap.

Es war schon wieder jemand an ihrem Fenster.

Sie setzte sich auf und schaltete das Licht an. Nachdem sich ihre Augen an die Helligkeit gewöhnt hatten, konnte sie blonde Haare und große blaue Augen durch das Fenster spähen sehen. »Hey!« Isabel klopfte mit ihren Knöcheln an das Glas. »Mach auf, bitte.«

Glücklicherweise schien sie allein zu sein.

Rory warf die Bettdecken zurück und lief zum Fenster. »Isabel?«

Sie schob das Fenster hoch und ein überwältigender Biergeruch traf sie.

»Hey!« Isabel kletterte durch das Fenster und fiel direkt auf den Boden.

»Bist du okay?« Rory ging in die Knie und half Isabel, sich aufzusetzen.

»Mir geht's gut«, sagte Isabel, aber Rory erkannte, dass sie ein bisschen betrunken war.

»Wie bist du heim gekommen?«

»Mich haben ein paar sehr nette Leute mitgenommen«, sagte Isabel. »Nette, *nüchterne* Leute.«

»Okay, wir müssen dich in dein Zimmer bringen.« Rory legte ihren Arm um Isabels schmale Schultern und half ihr auf die Füße. Sie wog fast nichts. »Ich schätze mal, du hattest Spaß?«

»Warte! Wie war es mit Landon? Habt ihr rumgeknutscht?«

»Nein, wir sind nicht ausgegangen«, sagte Rory und zog Isabel am Arm zur Tür.

»Was meinst du mit ihr seid nicht ausgegangen?«

»Ich meine damit, dass das Date abgesagt wurde«,

sagte Rory. »Aber das ist okay, es ist keine so große Sache.«

»Hast du gekniffen?«, fragte Isabel.

»Nein, ich habe nicht gekniffen. Deine Mom wollte, dass ich was für sie erledige.«

»Ich werde sie für dich total anmeckern«, sagte Isabel und schwankte unsicher auf ihren Plateau-Espadrilles.

»Danke, aber ist schon okay.«

Sie liefen so leise wie möglich an Biancas Zimmer vorbei, auch wenn Isabel es fertigbrachte, gegen die Wand zu stoßen. Dabei erwischt zu werden, wie sie der angetrunkenen Isabel half, wäre wahrscheinlich schlimmer, als einen Typ ins Zimmer zu schmuggeln, dachte Rory. Als sie das zweite Stockwerk erreichten, sah Rory in die dunkle, stille Halle. »Welches ist dein Zimmer?«

»Ich schaff das von hier«, sagte Isabel. »Aber du-*du*«, sagte sie und zeigte auf Rory, während sie rückwärts stolperte, »bist großartig. Weißt du das?«

Rory nickte. »Er hat dich heute Abend geküsst, mh?«

Isabels Lächeln war selbst im Dunkeln strahlend hell. »Ja, hat er.«

»Gut. Also, gute Nacht.«

Sie ließ Isabel los, die quasi aus ihren Armen flog und den Gang entlangwirbelte und dann in eine Wand krachte. »Äh, bist du okay?«, fragte Rory, die sich nicht sicher war, ob sie lachen oder die Luft anhalten sollte.

»Oh yeah«, sagte Isabel und richtete sich wieder auf. »Definitiv. Nacht.«

Rory wartete, bis Isabel eine Tür geöffnet und dahinter verschwunden war. Dann lief sie leise die Treppen hinunter und lächelte. Endlich hatte es jemand geschafft, der Eisprinzessin nahezukommen. Isabel war total verknallt.

Kapitel 10

»Also, ich dachte, dass ich nächstes Wochenende, wenn meine Eltern meine Schwester in London besuchen, wirklich eine Party machen sollte«, sagte Thayer, als sie mit ihren Tabletts aus der Cafeteria gingen. »Was denkst du? Es wäre cool, oder? Die Leute würden kommen.«

»Ja«, sagte Isabel und versuchte, ihr Tablett gerade zu halten, während sie nach dem in Servietten gepackten Besteck neben der Tür griff. Ihr Kopf hämmerte, und sie fürchtete, dass sie vielleicht direkt auf ihre Sandalen kotzen würde. Außerdem hatte sie kein Wort von dem mitbekommen, was Thayer gerade gesagt hatte, während sie in der Schlange standen und darauf warteten zu bestellen, aber es war eigentlich auch egal. Thayer mochte ihr Publikum ruhig.

»Dann könnte ich Andrew einfach einladen und so hängen wir sozusagen zusammen ab und vielleicht passiert was. Anstatt darauf zu warten, dass er sich aufrafft und mich fragt, ob ich mit ihm ausgehen will.«

»Klar«, sagte Isabel, während sie fast über ein kleines Kind stolperte, das vor ihr aufgetaucht war.

»Bist du okay?«, fragte Thayer. »Du scheinst ein bisschen neben dir zu stehen.«

»Ich bin nur müde.«

Thayer legte ihren Kopf schief und musterte sie. »Und vielleicht ein bisschen verkatert?«

Isabel sah sie an.

»Bist du gestern Abend ausgegangen?«, fragte Thayer mit einem unsicheren Lächeln. Sie hatten darüber gesprochen, zusammen ins Kino zu gehen, aber Isabel hatte gesagt, sie könnte nicht.

»Nein«, sagte sie. »Ich hätte es dir gesagt.«

»Vielleicht aber auch nicht«, sagte Thayer, während sie zu Darwin liefen, die an einem Tisch saß und *Das Haus der Freude* las. »Hey, D.«, sagte Thayer, als sie ihre Tabletts auf den Tisch stellten. »Zieh dir das rein. Isabel hat einen Kater.«

»Ja?« Darwin sah nur kurz von ihrem Buch auf. »Tut mir leid, aber ich bin hier grad voll drin.«

»Ich hasse es, dass wir in den Sommerferien Bücher für die Schule lesen müssen«, sagte Thayer und begann, ihren Cobb-Salat zu essen. »Das ist so langweilig. Egal, wo hast du deinen Kater her und mit wem warst du unterwegs?«

Als Isabel ihre Gabel nahm, stieg eine Erinnerung in ihr auf, die ihr den Atem raubte: sie und Mike, wie sie sich im Badezimmer küssten, ihre Hände in seinem Haar, seine Hände auf ihr, wie er sie festhielt und dann auf das Waschbecken hob, wie sie ihre Beine um seine Taille schlang, während sie sich küssten. Dann auf seinem Bett, unter ihm, wie seine Hände unter ihrem Hemd nach oben wanderten, ihre Hände, die seine Haare auf der Brust fühlten … Sie schüttelte den Gedanken ab.

»Niemand, den du kennst«, sagte sie sanft.

»Huh. Jetzt wird es interessant.«

»Nur jemand, den ich getroffen habe.«

»*Jemand?*«, fragte Thayer, ihre Augen auf ihren Teller gerichtet. »Das ist ein bisschen vage.«

»Du kennst ihn nicht. Okay?«

Thayer war still, während sie ihren Salat aß, aber Isabel wusste, dass sie gerade das erste Gebot, das für die beste Freundin von Thayer Quinlan galt, gebrochen hatte: Du sollst nichts für dich behalten.

»Sein Name ist Mike«, bot Isabel schließlich an.

»Welche Schule?«

»Ich hab dir gesagt, du kennst ihn nicht.«

»Also geht er nicht zur Schule?«, fragte Darwin und legte ihr Buch weg.

»Ich glaube, er geht auf das Stony Brook.«

»Er geht aufs *College*?«, fragte Thayer. Sie und Darwin sahen sich an. »Wo kommt er her?«

Isabel spürte Ärger in sich hochsteigen. »Er ist von hier. Aus North Fork.«

»*Was?*« In Darwins Gesicht spiegelten sich Unglauben und Schock.

Isabel sah auf ihren Salat.

»Wow, das ist ein Novum«, sagte Darwin. »Er muss wirklich heiß sein.«

»Also, lass mich das klarstellen«, sagte Thayer. »Du hängst mit irgend so einem Mädchen aus Jersey ab, das für dich arbeitet, und jetzt gehst du mit einem aus dem Ort aus? Was ist mit dir passiert?«

»Das ist so ätzend, dass du das gerade gesagt hast«, sagte Isabel.

»Oh bitte, sag nicht, dass ich furchtbar bin«, rief Thayer. »Ich versuche nur zu verstehen, was hier passiert. Ist das Rache an deinen Eltern oder so was?«

»Was?«

»Tut mir leid, aber es klingt einfach nach einer weiteren deiner verrückten Aktionen«, machte Thayer weiter. »Du hast so eine Art drauf, jedem den Finger zu zeigen.«

»Danke für deine Unterstützung, T.«, sagte Isabel. Sie stand auf, nahm ihre Tasche und stieß ihren Stuhl quietschend über den Beton.

»Wo gehst du hin?«, fragte Darwin.

»Ich habe plötzlich meinen Appetit verloren«, sagte Isabel.

»Oh Gott, Iz«, stöhnte Thayer. »Okay, dann hab halt einen Anfall. Was immer.«

Isabel schlängelte sich zwischen den Tischen durch und fühlte, wie sie rot anlief. Das ausgesprochen heftige Klopfen in ihrem Kopf hatte sich direkt über ihren Augenbrauen festgesetzt und verwandelte sich schnell in eine Migräne. Sie hasste es, dass diese Mädchen sie bloßgestellt hatten. Sie musste nach Hause. Sie nahm ihr Handy und schrieb Rory. Das Handy-Verbot, das für die Terrasse galt, war ihr egal.

Kannst du mich abholen? Beim GC

Sie lief zur Umkleidehütte ihrer Familie, der einzige Ort im Club, an dem man sich verstecken konnte. Die Umkleidehäuschen des *Georgica* waren ein Relikt aus den frühesten Tagen des Clubs, als die Mitglieder ihre Privatsphäre brauchten, um sich ihre Badeanzüge anzuziehen. Jetzt bedeutete der Besitz einer dieser schmalen, von Schindeln bedeckten Schränke, dass man zur Elite des Clubs gehörte. Sie waren eigentlich nicht für viel zu gebrauchen, abgesehen von denkwürdigen Knutschereien, wann immer es eine gute Party gab.

Sie ging auf das Haus mit der Plakette zu, auf der LAWRENCE RULE stand, und war schon fast drinnen, als sie einen Mann ihren Namen rufen hörte.

»Isabel? Bist du Isabel Rule?«

Sie drehte sich um und sah ein Paar auf sich zukommen. Sie waren etwa so alt wie ihre Eltern. Das Letzte, was sie jetzt gerade wollte, war, sich mit Freunden ihrer Eltern zu unterhalten.

»Peter und Michelle Knox«, sagte der Man mit einem Lächeln. »Wir sind Freunde deiner Eltern. Wir hatten das Haus in der James Lane.«

Als sie mit einer Hand ihre Augen vor der Sonne schützte, konnte sie die beiden besser sehen. Sie erkannte sie. Der Mann sah gut aus, mit jugendlichen blauen Augen, einer scharfen Nase und kurzen braunen Haaren, die an den Schläfen ergraut waren. Mrs Knox hatte schwarze Haare, leuchtende Haut und mit Abstand die straffsten Brüste, die Isabel je gesehen hatte, zumindest an einer Frau Ende vierzig. »Oh. Hi«, sagte sie.

»Wir haben uns gerade erst entschieden, für den Sommer von L. A. zurückzukommen. Wir sind vor einer Weile dahin umgezogen«, sagte er. »Wie lange ist das her?«, fragte er seine Frau. »Zehn Jahre?«

»Fast zwölf«, sagte Mrs Knox. Sie schob ihren Arm unter den ihres Mannes.

»Wow«, sagte Isabel, unsicher, was sie sonst sagen sollte.

»Das ist eine lange Zeit.«

»Das ist es sicher. Aber es ist schön, wieder hier zu sein«, sagte er. »Es sieht großartig aus. Ich finde toll, was sie mit dem Pool gemacht haben.«

»Sind sie immer noch Mitglieder?«, fragte Isabel, bevor sie daran dachte, dass das vielleicht ein bisschen unhöflich war.

»Oh ja«, sagte Mr Knox. »Solange man den Mitgliedsbeitrag bezahlt, ist man im *Georgica* willkommen.«

»Schatz, du verspätest dich zu deiner Teestunde«, erinnerte Mrs Knox ihren Mann.

»Oh, richtig, richtig«, sagte Mr Knox, aber Isabel konnte heraushören, dass es ihm egal war. »Also, es war toll, dich zu sehen, Isabel. Krista und Holly – unsere Töchter – kommen in ein paar Wochen her. Du solltest sie treffen.«

»Ja, sicher«, sagte sie. »Und ich bin mir sicher, meine Eltern werden Sie bald einladen.«

Die Knoxes tauschten einen unbehaglichen Blick aus, und Isabel spürte, dass sie etwas Falsches gesagt hatte.

»Sicher«, sagte Mr Knox unsicher. »Nun, pass auf dich auf, Isabel. Bye-bye.«

Mrs Knox warf Isabel ein künstliches Lächeln zu und dann gingen sie und Mr Knox über die Terrasse zum Haupthaus.

Isabel wunderte sich, warum die beiden überhaupt zurückgekommen waren. Wenn sie diesem Ort für immer entfliehen könnte, sie würde nie zurückkommen, niemals. Aber einige Leute konnten dem allem hier einfach nicht fernbleiben, vermutete sie. Die Szene des *Georgica* strahlte eine Eiseskälte aus, die süchtig machte – einige Leute konnten nicht genug davon bekommen.

Sie ging in die Umkleidekabine, schloss die Tür und atmete den Geruch von Kokosnuss-Sonnencreme und muffigen Handtüchern ein. Sie nahm ihr iPhone und schaltete es an. Rory hatte noch nicht geantwortet, aber sie hatte eine SMS von jemand anderem. Mike.

Wann kann ich dich sehen?

Eine Zeile, fünf Worte. Alle ihre Fragen beantwortet.

Juli

Kapitel 11

Stau – ihn zu vermeiden, darum herumzufahren, ihn zu erahnen –, das war ihr Job geworden. Oder es wäre ihr Job, würde sie dafür bezahlt werden. Aber das wurde sie nicht. Und seit dem Fiasko mit der Filmnacht gab es keine Zweifel mehr für Rory, dass es ein großer Fehler gewesen war, nicht nach einem Mindestlohn zu fragen.

Der Stau war morgens, nachmittags und abends. Es gab ihn, wenn sie nach Southampton fuhr, um noch ein besticktes Paar Stubbs & Wootton-Slipper für Mrs Rule (Größe 37,5, Stil: Crest Techno) abzuholen, und es gab ihn an den Nachmittagen, wenn sie die Tomaten, Sorte Heirloom, für fünf Dollar das Pfund an dem Stand an der Scuttle Hole Road holte. Den ganzen Tag lang kroch sie nach Osten und Westen auf dem Montauk Highway und bis Ende Juni kannte sie jeden Obst- und Gemüsestand, jeden Bagelladen, jedes Café, jedes Pilates-Studio und jeden Schönheitssalon auf beiden Seiten des Highways. Sie fing auch an, sich mit den Seitenstraßen auszukennen. Die Rules hatten eine mit Eselsohren versehene Ausgabe von *Jodis Abkürzungen*, die immer im Auto lag, und bald wusste Rory, wann sie die Ocean Road und dann die nächste links auf der Sagaponack nehmen musste, wenn der Verkehr wirklich schrecklich war. Einige Minuten später fuhr sie an offenen Feldern, die golden im schwächer werdenden Licht leuchteten, vorbei, und der Wind wehte durch das offene Fenster.

Manchmal fuhr sie an Gruppen von Mädchen in ihrem Alter vorbei, die die Straße in Bridgehampton entlangliefen oder aus einem Laden namens Candy Kitchen heraustraten, dabei lachten und ihre Einkaufstüten schwenkten. Dann musste sie an Sophie und Trish denken. Anfangs hatten sie sich jeden Tag E-Mails geschrieben, aber jetzt war es nur noch eine pro Woche. Rory merkte, dass die beiden schon jetzt eine Million Insiderwitze von ihrem gemeinsamen Job auf dem Campingplatz hatten. Witze, die sie nie verstehen würde. Aber sie konnte ihren Freundinnen ebenfalls nicht erklären, was sie an diesem Ort hier tat. Trotz all der E-Mails hatten ihre Freundinnen noch immer nicht verstanden, was Rory hier eigentlich tat und warum sie kein Geld für ihren Job bekam. Rory fragte sich, wie es sein würde, wenn sie nach Hause kam. Sie hatte noch nie einen Sommer getrennt von ihren Freundinnen verbracht, und schon jetzt fühlte es sich an, als würde diese Pause Nachwirkungen haben.

Dafür lernte sie Isabel immer besser kennen.

»Was habt du und Mike für den 4. Juli geplant?«, fragte Rory eines Tages, als Isabel mit ihr auf den Seitenstraßen von Sagaponack unterwegs war. Nach einigen Wochen Fahrstunden blieb Isabel jetzt auf der rechten Seite der Straße, aber ab und an driftete das Auto noch zur Mitte.

»Ich weiß nicht«, sagte Isabel und spielte mit dem iPod, der am Armaturenbrett festgeklemmt war. »Es gibt immer eine große Party im *Georgica*, aber das ist nicht wirklich eine Option. »Zumindest nicht mit Mike.«

»Warum kannst du ihn nicht mitnehmen?«

Isabel warf ihr einen ungläubigen Blick zu. »Du denkst, ich sollte mit Mike ins *Georgica* gehen?«

»Vielleicht würden die anderen Mädchen dann sehen, wie cool er ist.« Isabel hatte ihr von dem Streit mit Thayer und Darwin erzählt. Nachdem Rory die scharfzüngigen Freundinnen Isabels selbst erlebt hatte, glaubte Rory ihr jedes Wort.

»Äh, *nein*«, sagte Isabel, während sie die Scheibenwischer statt des Blinkers anschaltete. »Du hast die Mädels getroffen.«

»Wie wäre es, wenn du ihn mit nach Hause bringst, sodass ihr zur Abwechslung mal bei dir sein könnt?«, fragte Rory und klappte die Sonnenblende gegen die untergehende Sonne herunter. »Irgendwann muss er deine Freunde und deine Eltern treffen.«

»Bist du high?«, fragte Isabel. »Willst du, dass ich meinen Eltern sage, dass ich mit einem Typ ausgehe, der an einem Obst- und Gemüsestand arbeitet?«

»Na ja, ja«, sagte Rory.

»Das Letzte was ich will, ist, dass meine Eltern sich in mein Liebesleben einmischen«, sagte Isabel und beschleunigte. »Sie würden anfangen, auch dafür Regeln aufzustellen. Und sie würden ihn nie akzeptieren. Niemals.«

»Wirklich?«

»Niemals«, betonte Isabel ausdrücklich. »Jeder gehört an seinen Platz, du verstehst, was ich meine?«

Rory hatte diese Einstellung bei den Rules schon vermutet, es direkt von Isabel zu hören, war nur eine Bestätigung ihrer Gedanken. Sie würden vermutlich allein den Gedanken hassen, dass ihr Sohn mit jemandem wie ihr ausging. Nicht, dass das überhaupt eine Option war, erinnerte sich Rory. »Nun, will *er* nicht deine Freunde und Familie treffen?«

Isabel zuckte mit den Schultern. »Ich weiß es nicht. Wir reden nicht darüber.«

»Nicht?«

»Nein. Ich mag die Dinge, so wie sie jetzt sind. Jeder denkt, dass ich zu Thayer gehe, während ich mit Mike ausgehe. Wenn ich zurückkomme, dann lässt du mich durch dein Zimmer rein – es ist perfekt.« Sie lächelte und bog plötzlich links ab, kurz bevor sie auf den Strand fahren konnten. »Was ist mit Landon? Hat er angerufen?«

»Nein.«

»Was zum Teufel stimmt nicht mit ihm?«, fragte Isabel. »Nur weil du absagen musstest? Du solltest ihn einfach anrufen.«

»Okay, *nein*«, sagte Rory.

»Warum nicht?«

»Weil ich nicht wirklich wild darauf bin, mit ihm auszugehen«, sagte Rory.

»Du *musst* deine Angst vor Jungs überwinden«, sagte Isabel. »Das ist ungesund.«

»Ich habe keine Angst vor Jungs.«

»*Oh bitte*«, sagte Isabel. »Klar hast du.«

»Vielleicht mag ich jemand anderen«, hörte sich Rory sagen.

Isabel wandte sich ihr blitzschnell zu. »Wen?«, wollte sie genau in dem Moment wissen, als Rory klar wurde, was sie da gesagt hatte.

»Niemanden. Niemanden, den du kennst.«

»Ich kenne jeden«, sagte Isabel. »Wer ist er? Wo hast du ihn getroffen?«

»Es ist niemand«, sagte Rory und betete, dass sie nicht rot wurde.

Seit dem Filmabend war sie nicht mehr mit Connor allein gewesen. Ab und zu kam er in die Küche und fragte Erica nach etwas. Dann erlaubte Rory sich einen winzigen Blick auf ihn. Aber sie waren sich nicht mehr über den Weg gelaufen. Normalerweise war er schon außer Haus, wenn sie aufstand, und nach der Arbeit drehte er im Pool seine Runden. Manchmal hörte sie nachts seinen Audi auf der Kiesauffahrt und musste all ihre Selbstbeherrschung aufbringen, um nicht zum Fenster zu rennen und ihn dabei zu beobachten, wie er zum Haus lief. Sie fragte sich, ob er ihr aus dem Weg ging. Inzwischen war sie sich fast sicher, dass der Flirt zwischen ihnen nur in ihrem Kopf stattgefunden hatte.

»Warum benimmst du dich so merkwürdig?«, fragte Isabel. »Sag es mir einfach.«

»Da ist niemand, ehrlich. Ich habe das nur gesagt, damit du Ruhe gibst. Das ist alles. Da ist niemand.«

Isabels Augen verengten sich, als ob sie ihr immer noch nicht ganz glauben würde.

»Bleib auf der rechten Seite!« rief Rory.

Isabel schwenkte wieder auf die andere Seite der gelben Linie. »Oh, warte«, sagte sie. »Hier soll unser neues Haus gebaut werden.«

Rory wandte sich zögernd um und sah aus dem Fenster. Sie sah endlose flache braune Kartoffelfelder unter einem pinkgoldenen Himmel.

»*All* das gehört euch?«, fragte Rory.

»Ein Teil davon«, erklärte Isabel. »Kannst du glauben, dass ein Typ all das besitzt und er es niemandem verkaufen will?«

»Manchen Leuten ist Geld nicht so wichtig.« Rory zuckte mit den Schultern.

»Also, wenn du auf Land sitzen würdest, das zwanzig Millionen Dollar wert ist, du würdest es nicht verkaufen?«

»Vielleicht nicht.«

»Ach, komm schon«, sagte Isabel. »Ehrlich?«

»Einige Dinge sind wichtiger als Millionen von Dollar.«

»Wow«, sagte Isabel und verdrehte die Augen. »Das muss ich unbedingt meinem Vater erzählen.« Ihr Handy summte und sie sah hinunter.

»Keine SMS während der Fahrt«, sagte Rory.

Isabel fuhr an den Straßenrand und las die SMS. »Das ist meine Mom. Connor ist beim Audi-Händler in Southampton. Wir müssen ihn abholen.«

Rory fühlte sich, als hätte sie plötzlich ein elektrischer Schlag getroffen.

»Wir sollten wahrscheinlich tauschen«, sagte Isabel und öffnete ihren Sicherheitsgurt. »Er bekommt die Krise, wenn er weiß, dass ich auf dem Highway fahre.«

Rory setzte sich hinter das Lenkrad und versuchte, sich auf die Straße zu konzentrieren. Sie war sich nicht sicher, was sie nervöser machte: der Gedanke, dass Connor gleich direkt neben ihr auf dem Beifahrersitz sitzen würde, oder dass Isabel Rorys Gefühle für ihn erraten könnte.

Als sie beim Autohändler vorfuhren, stand Connor schon vor der Eingangstür, seine Hände lässig in den Taschen seiner Jeans vergraben. Das Sonnenlicht glänzte auf seinen blonden Haaren. *Oh Gott, ist der süß*, dachte Rory. *So, so süß*. Sie beobachtete ihn, während er zum Auto lief, und ihr Herz schlug schneller. *Steig vorne ein*, dachte sie und starrte Isabel in der Hoffnung an, dass diese aussteigen würde. *Bitte bitte bitte, steig vorne ein*.

Connor öffnete die hintere Tür. »Ich gehe nach hinten«, bot er an.

Rory sah im Rückspiegel, wie er auf den Rücksitz glitt, und versuchte, ihre Enttäuschung zu verbergen.

»Was ist mit deinem Auto?«, fragte Isabel.

»Alles«, sagte er. »Ich muss die Reifen austauschen und die Bremsen ersetzen lassen. Der Typ sagte, es wird mindestens einen Tag dauern.«

»Blöd für dich«, sagte Isabel.

Rory fuhr los und versuchte weiterhin, sich auf die Straße zu konzentrieren, während sie Connors Blick auf sich spürte.

»Hey, Rory«, sagte er. »Wie geht's?«

»Großartig«, zwitscherte sie und sah im Rückspiegel in seine Augen. »Wie läuft das Unterrichten?«

»Cool«, sagte er.

»Wir versuchen, für Rory einen Freund zu finden«, sagte Isabel fast beiläufig.

Rory umklammerte das Lenkrad so fest, dass sie fast vergaß, auf den Highway abzubiegen.

»Oh?«, fragte Connor.

Isabel stupste Rory an. »Ich sage ihr immer wieder, dass sie einen Sommerflirt braucht. Aber sie hört nicht auf mich.«

Rorys Herz pochte. *Halt die Klappe, Isabel*, dachte sie. *Halt zum Teufel noch mal deine Klappe*.

»Yeah, na ja, klar«, sagte Connor matt. »Und was ist mit dir, Iz? Wann gibst du endlich zu, dass du einen neuen Freund hast?«

»Sein Name ist Mike«, sagte Isabel schnell. »Er lebt in Montauk.«

»Wie alt?«, fragte Connor.

»Einundzwanzig.«

»Das ist zu alt für dich«, sagte Connor.

»Oh, bitte.«

»Nein, ist es. Dad wäre nicht begeistert.«

»Na ja, Dad wird es nicht erfahren«, sagte Isabel gereizt. »Und du sagst es ihm besser nicht.« Sie drehte sich in ihrem Sitz zu ihm herum. »Ich mein es ernst. Erzähl es ihm *nicht*.«

»Ich glaube nicht, dass du mir das sagen musst«, sagte Connor.

»Und was ist mit dir?«, zog Isabel ihn auf. »Bist du immer noch –«

»Iz, wenn es was Neues gibt, erfährst du es schon früh genug«, knurrte er.

Rory warf einen Blick in den Rückspiegel. Sie hatte Connor noch nie so genervt erlebt. *Also geht ihm Isabel auch auf die Nerven*, dachte sie. *Noch etwas, dass er und ich gemeinsam haben.*

»Also, Mom möchte Dad eine Überraschungsparty schmeißen. Hast du davon gehört?«, fragte Connor.

»Mist«, sagte Isabel. »Dad hasst Überraschungen.«

»Das habe ich ihr auch gesagt, aber du kennst Mom, Hauptsache Party.«

Rory war still, während sie fuhr, und versuchte sich von einem der unangenehmsten und peinlichsten Momente, den sie je erlebt hatte, zu erholen. Und sie fragte sich, was Isabel gemeint hatte, als sie Connor auf ein Update in Sachen Beziehung angesprochen hatte.

»Oh, ich bin den Knoxes vor ein paar Tagen über den Weg gelaufen«, plauderte Isabel weiter. »Sie sind aus Kalifornien zurück.«

»Ich glaube nicht, dass Mom und Dad noch mit ihnen verkehren.«

Rorys Blick traf im Rückspiegel auf Connors.

»Deshalb haben sie mich also so merkwürdig angesehen, als ich sie fragte, ob sie auch kommen würden«, sagte Isabel und blickte aus dem Fenster. »Mein Fehler.«

Als sie das Haus erreichten, ließ sich Rory extra viel Zeit, nur um Connor die Gelegenheit zu geben, ohne sie hineinzugehen. Aber als sie aus dem Auto stieg, standen er und Isabel immer noch auf dem Kiesweg und unterhielten sich. Als Rory die Autotür zuwarf, sah er sie erwartungsvoll an. Fast so, als ob er darauf wartete, mit ihr zu sprechen. Gemeinsam liefen sie auf das Haus zu.

»Bis später, Leute«, sagte Rory, als sie in die Halle traten.

»Was machst du jetzt?«, fragte Isabel sie. »Willst du mit uns fernsehen?«

»Ich bin ehrlich gesagt ziemlich müde.« Sie konnte Connor einfach nicht ansehen.

»Na dann, danke für die Fahrstunde«, sagte Isabel.

»Gern geschehen.«

Sie warf einen flüchtigen Blick auf Connor, der aussah, als wollte er etwas sagen, aber sie drehte sich rasch um und beeilte sich, auf ihr Zimmer zu kommen, bevor er den Mund aufmachen konnte.

Sie vergrub ihr Gesicht in dem Kissenstapel auf ihrem Bett.

Er denkt, dass ich ein Freak bin. Und verrückt nach Jungs.

Er denkt, dass ich Hilfe brauche, um Jungs abzubekommen.

Er denkt, dass ich einen anderen mag.

Es war einfach zu viel. Sie schluckte und presste ihr Gesicht noch tiefer in die Kissen. Vielleicht sollte sie Isabel doch die Wahrheit sagen. Dann konnte sie das nächste Mal vielleicht die Zeit zu dritt genießen.

Aber irgendwas sagte ihr, dass das noch viel, viel schlimmer wäre. Das Einzige, was sie tun konnte, war, ihm in den nächsten Tagen aus dem Weg zu gehen. Und zu beten, dass er die ganze Unterhaltung vergessen würde.

Kapitel 12

In dieser Nacht wachte Rory von einem sanften, aber bestimmten Klopfen an ihrem Fenster auf. Sie gähnte und machte das Licht an. Isabel winkte ihr aufgeregt zu, und jeglicher Rest von Ärger über das, was sie im Auto gesagt hatte, verschwand. Rory glitt aus dem Bett und tappte zum Fenster.

Isabel kletterte hinein, in eine Duftwolke aus Bier und Axe Deo gehüllt. »Habe ich dich geweckt?«, fragte sie. »Tut mir leid!«

»Das ist okay«, sagte Rory und schloss das Fenster.

Isabel streifte ihre Schuhe von den Füßen und legte sich auf den Boden. Sie unterhielten sich jetzt immer, wenn Isabel sich durch Rorys Fenster schlich. »Also, wie war dein Abend?«, fragte Isabel und gähnte dabei laut.

»Das Übliche. Ziemlich ruhig. Ich habe mit Erica und Fee Trivial Pursuit gespielt.«

»Das klingt furchtbar«, stöhnte Isabel und verschränkte ihre Hände hinter ihrem Kopf. »Du solltest mal mit mir und Mike ausgehen. Du hättest Spaß.«

Rory ging zum Bett und schlüpfte unter die Decke. »Hat er dich wieder in eine Bar geschmuggelt?«

»Nein. Wir haben nur mit seinen Freunde bei ihm daheim gegrillt. Es war lustig.«

»Gut. Also läuft es gut.«

»Oh Gott, nein«, seufzte sie. »Es läuft nicht gut. Ich mag ihn viel zu sehr.«

»Und das ist schlecht?«, fragte Rory.

»Es ist Mist«, sagte Isabel und stützte sich auf ihre Ellbogen. »Ich versuche, es cool anzugehen, ich versuche geheimnisvoll zu sein. Ich versuche so zu sein, wie ich früher war. Aber es ist hoffnungslos. Ich bin zu sehr in ihn verknallt. Und dann denke ich daran, dass er vielleicht nie mehr eine SMS schreibt oder dass er einfach *verschwindet*. Wie er sich einfach eines Tages in Luft auflöst und ich nie wieder von ihm höre, und bei dem Gedanken bekomme ich fast einen Herzanfall.«

»Glaubst du, dass würde er tun?« Rory dachte daran, wie sie Mike zum ersten Mal gesehen hatte. Wie er aus dem Haus gekommen war, sexy und irgendwie gefährlich. Sie hoffte um Isabels willen, dass ihr erster Eindruck falsch gewesen war.

»Nein«, sagte Isabel vorsichtig. »Aber manchmal mache ich mir deswegen Sorgen. Es ist, als hätte ich solche Angst davor, ihn zu verlieren, dass ich die tolle Zeit mit ihm gar nicht richtig genießen kann. Und wenn wir zusammen sind und rummachen«, fuhr sie fort, »dann kann ich nicht mehr denken, dann habe ich irgendwie keine Kontrolle mehr.« Sie sah Rory direkt an. »Keine Sorge. Ich habe nicht mit ihm geschlafen.«

»Das habe ich gar nicht gedacht«, sagte Rory.

»Ich versuche nicht, für den Rest meines Lebens Jungfrau zu bleiben. Es ist nur so, dass ich noch nie jemanden gern genug hatte, um das mit ihm zu machen. Aber mit diesem Typ, ich muss mich wirklich zurückhalten, weißt du? Ich *will* es mit ihm tun. Klinge ich wie eine Schlampe?«

»Nein. Natürlich nicht.«

»Aber du bist so eine Miss Ich-hab-noch-nie-was-angestellt«, sagte Isabel.

»Es klingt nicht schlampig«, sagte Rory. »Es klingt normal. Du fühlst dich zu ihm hingezogen.«

»Und zwar richtig«, sagte Isabel und legte sich wieder flach auf den Boden. »Aber das Komische daran ist, dass ich eigentlich gar nicht so viel über ihn weiß. Ich meine, ich kenne seinen Nachnamen, und ich weiß, dass er für seinen Vater arbeitet. Und dass er aufs Stony Brook geht. Ich weiß Kleinigkeiten, zum Beispiel, dass er Reggae liebt und dass er Pilze hasst und so Zeug, aber ich kenne ihn nicht wirklich. Und da denke ich darüber nach, mit ihm zu schlafen, obwohl ich das nicht mal mit einem Typ, über den ich alles weiß, in Erwägung ziehen würde. Das ist komisch, oder?«

»Nicht unbedingt.«

Isabel seufzte. »Manchmal klingst du wie ein Therapeut.«

»Haha«, sagte Rory.

Isabel gähnte wieder. »Ich schätze, ich verliebe mich.«

Rory legte ihren Kopf aufs Kissen. Sie konnte es sich nicht einmal vorstellen, wie es sich anfühlte, verliebt zu sein. Zumindest nicht mit jemanden, der einen vielleicht auch liebte.

»Was ist mit dir?«, fragte Isabel. »Es muss doch jemanden hier geben, mit dem du ausgehen kannst. Lass mich überlegen.«

Connor, dachte Rory und versuchte, Isabel zu beeinflussen, sodass sein Name aus ihrem Mund kam. *Denk an Connor.*

»Warte, ich hab es!«, rief Isabel und setzte sich auf. »Was ist mit einem von Mikes Freunden? Er hat all diese Surf-Kumpel. Und die sind so was von Singles!«

»Das ist schon okay«, sagte Rory. »Und wir sollten wahrscheinlich ins Bett gehen.«

Isabel stand auf. »Danke fürs Zuhören. Ich kann nicht wirklich mit meinen Freunden darüber reden. Falls du dir das nicht schon gedacht hast«, sagte sie lächelnd.

»Kein Problem.«

Isabel nickte. »Also, Nacht.«

»Nacht.«

Rory beobachtete, wie Isabel auf Zehenspitzen die Halle hinunterlief, schloss die Tür ihres Zimmers und ging ins Bett zurück. Vor ein paar Wochen hätte sie sich das nicht vorstellen können, aber jetzt schien es, als würden sie und Isabel Rule tatsächlich Freunde werden. Aber, wenn sie wirklich Freunde waren, konnte Rory ihr dann nicht einfach sagen, dass sie ihren Bruder mochte? War das immer so merkwürdig mit einer Freundin? Und machte es überhaupt Sinn, es ihr zu sagen? Rory schaltete das Licht aus und schloss die Augen.

Am nächsten Morgen wachte sie auf und fühlte sich rastlos. Der Morgen war grau und kühl, und es roch, als hätte es geregnet. Nicht gerade das perfekte Wetter für den 4. Juli, den Nationalfeiertag, dachte sie. Zu Hause würde sie zum Barbecue bei Trish gehen und danach das Feuerwerk am Lake Hopatcong ansehen. Sie würde Sophie oder Trish heute anrufen und Hallo sagen. Sie vermisste die beiden. Vielleicht würde sie diesmal Glück haben und die beiden erreichen.

Sie stand auf und zog sich eine Jogginghose, Turnschuhe und eine Jacke an. Sie war sich ziemlich sicher, dass sie den Strand an diesem Morgen für sich haben würde.

Aber als sie die Tür öffnete, wartete Trixie schon auf sie, den Kopf auf die Seite gelegt, und sah sie mit forschenden Augen an. »Okay, lass uns gehen«, flüsterte Rory.

Sie schlüpften durch die Hintertür und Trixie trottete ihr hinterher. Dampf stieg aus beiden Pools auf, als sie über die Terrasse auf die amerikanische Flagge zuliefen.

Von den Sanddünen aus sah der Ozean grüngrau aus und wie mit einer Borte aus Schaum eingefasst. Sie bückte sich, um einen kleinen Stock aufzuheben. Trixie hüpfte den Weg zum Sand hinunter, viel zu aufgeregt, um zu warten.

Unten auf dem leeren Strand begann Rory zu rennen. »Komm schon Mädchen, hol dir den Stock!«, rief sie und warf das Treibholz zum Wasser.

So schnell ihre kurzen Beinchen sie tragen konnten, rannte Trixie den Strand entlang und klemmte sich den

Stock zwischen die Zähne. Rory rannte am Wasser entlang, täuschte Haken nach rechts und nach links an und ließ sich von Trixie jagen.

Dann sah sie den Jogger mit seinem Hund. Die beiden waren noch weit weg, auf halbem Weg zu Main Beach, aber sie konnte erkennen, dass der Hund groß, kräftig und dunkel war und keine Leine trug. Er hatte etwas im Maul, und der Mann versuchte, es ihm wegzunehmen, doch jedes Mal, wenn der Mann näher kam, rannte der Hund davon, als würde er sich über ihn lustig machen.

Trixie ließ den Stock vor Rorys Füße fallen, sie wollte weiterspielen. Rory warf den Stock noch ein paar Mal, bis Trixie voller Sand und ganz nass war, während sie selbst den Strand auf und ab rannte. Ihre Lunge brannte und Schweiß bildete sich auf ihren Augenbrauen. Einmal fühlte sie kaltes Wasser über ihre Turnschuhe rauschen und ihre Füße wurden ganz nass.

»Komm, Mädchen«, rief sie Trixie zu, die im seichten Wasser nach ihrem Stock suchte. »Es ist Zeit heimzugehen!«

Trixie blieb im Wasser und suchte weiter nach ihrem Stock.

»Komm, Trixie!«, rief Rory erneut.

Trixie hatte den Stock gefunden und sah Rory an, den Stock im Maul. Dann erregte der leise Ton eines klingelnden Halsbandes ihre Aufmerksamkeit. Sie sah den anderen Hund. Fast augenblicklich ließ sie den Stock fallen und rannte los, den Strand hinunter, direkt auf den Jogger und seinen Hund zu.

»Trixie!«, schrie Rory. »Trixie, komm her!«

Trixie rannte nur schneller, so schnell, dass Rory keine Chance hatte, sie einzuholen. Der schwarze Hund rannte jetzt auf Trixie zu und ließ seinen Besitzer weit hinter sich. *Vielleicht ist es gar keine so große Sache*, dachte Rory. *Vielleicht gibt es keinen Grund zur Sorge*. Aber das Adrenalin, das durch ihren Körper schoss, sprach eine andere Sprache. Sie rannte los.

»Trixie! Komm sofort zurück!«, schrie sie wieder und zwang ihre Beine, noch schneller zu rennen.

Aber es war zu spät. Kaum dass der große Hund nah genug war, machte er einen Satz und schnappte zu. Er verpasste Trixie gerade so, da sie schnell zurücksprang. Trixie tanzte vor dem großen Hund herum, weil sie spielen wollte, aber Rory konnte sehen, dass der andere Hund nicht ans Spielen dachte. Der Hund sprang erneut auf Trixie zu.

»Trixie!« Rory hatte den kleinen Hund erreicht und griff nach ihr, genau in dem Moment, als der andere Hund zubiss.

»Au!« Sie spürte Schmerz und sah Bissspuren auf ihrer Hand.

Gerade wollte der andere Hund wieder auf sie losgehen, er bleckte schon die Zähne, als jemand auf sie zurannte und sich vor sie stellte.

»Hey!«, brüllte Connor. »Aus! *Aus!*«

Der Hund wollte auch ihn beißen, aber Connor drückte ihn mit einer Hand weg. »Aus!«, rief er bestimmt. Dann gab er ein Knurren von sich, bei dem Rory das Blut gefror.

Der Hund neigte Kopf und Vorderbeine in den Sand.

»Platz!«, rief Connor laut.

Der Hund kauerte noch einen Moment vor Connor, dann trottete er zurück zu seinem Besitzer, der keuchend zu ihnen herangejoggt kam.

»Haben Sie keine Leine?«, fragte Connor.

Der Jogger griff nach dem Halsband seines Hundes und hielt ihn fest. Er war ein untersetzter Mann und seine Kapuze umrahmte ein Gesicht mit großen, erschreckten Augen. »Ich dachte, es wäre auch ohne okay.«

»Hunde müssen hier angeleint sein. Das ist Vorschrift.« Connor wandte sich zu Rory um. »Bist du okay? Bist du verletzt?«

Sie sah an sich herunter und sah etwas Blut aus der Bisswunde tropfen. »Es ist nur ein kleiner Biss.«

»Hey, Ihr Hund hat sie gebissen!«, sagte Connor zum Jogger. »Ich könnte die Polizei rufen. Ich *sollte* die Polizei rufen.«

»Er hat seine Tollwutimpfung vor ein paar Monaten bekommen«, sagte der Jogger und zeigte ihm den Anhänger am Hundehalsband. »Tut mir leid, Mann. Ich schätze, er wollte mich nur beschützen.«

»Egal, kommen Sie nicht noch einmal her, ohne ihn an der Leine zu haben.«

Es irritierte Rory, dass Connor so bestimmt mit jemandem sprach, aber es war auch aufregend.

Connor löste seinen Arm, den er schützend um ihre Taille gelegt hatte, und trat neben sie. »Lass uns das sauber machen, okay?«

Er sah runter zu Trixie. »Bist du okay?«

Trixie leckte glücklich Connors Hand, als ob nichts passiert wäre.

Im Poolhaus wusch Connor ihre Hand mit kaltem Wasser aus dem Gartenschlauch, dann wickelte er sie in ein fluffiges weißes Handtuch.

»Aber es ist weiß«, protestierte Rory. »Es wird voller Blut werden.«

»Mach dir darum keine Sorgen«, sagte er sanft. Dann trocknete er Trixie mit einem anderen Handtuch ab, kratzte den Sand aus ihrem Fell und brachte dabei ihre Locken ganz durcheinander. »Ich glaube, hier gibt es irgendwo einen Erste-Hilfe-Kasten«, sagte er. »Warte.« Er verschwand kurz im Poolhaus und kam mit einer kleinen Box zurück.

»Das war ganz schön beeindruckend«, sagte Rory, als er sich neben sie auf die Liege setzte. »Ich habe noch nie jemanden so knurren hören. Cesar Millan, der berühmte Hundeflüsterer, wäre stolz gewesen.«

»Es ist nicht so schwer«, sagte er, öffnete die Box und wickelte eine Mullbinde aus. »Du musst es nur so sagen, als ob du es auch meinst. Hunde verstehen es, wenn du es ernst meinst.«

»Also, *ich* hätte fast Sitz gemacht«, witzelte sie.

»Gut zu wissen.« Er drückte ein bisschen von einer klaren Flüssigkeit auf den Mull und tupfte damit die Bisswunde ab. »Also, so langsam mache ich mir Sorgen wegen dir.«

»Warum?«

»Du könntest vor lauter Verrücktheiten von meiner

Mutter und meiner Schwester und dem allen hier bald den nächsten Jitney nach Hause nehmen.« Er hörte auf, ihre Wunde abzutupfen, und blickte ihr vorsichtig in die Augen. »Willst du?«

»Nein. Natürlich nicht.«

»Also, hast du Spaß hier?«, fragte er.

»Absolut. Ich liebe es, von Hunden gebissen zu werden – das ist eines meiner Hobbys.«

Er lächelte, als er ein Stück Mull über den Biss band. »Nun, solange du nicht gehst oder so.«

Rory fühlte, wie ihr Herz einen Salto machte.

»Ich meine, solange du hier eine gute Zeit hast«, sagte er schnell. »Und der Abend heute sollte schön werden. Du weißt, das Feuerwerk und so.«

»Wo werdet ihr es ansehen?«

»Im Club. Aber der Blick vom Strand hier ist genauso gut. Er ist sogar fast besser.«

»Wirklich? Wer weiß? Vielleicht bleibe ich hier.« Ihr wurde bewusst, dass seine Hand immer noch ihre hielt und er es nicht eilig zu haben schien, sie wieder loszulassen, während er ihr in die Augen sah. Er mochte sie. Das konnte sie jetzt mit Sicherheit fühlen. Und dann ertönte ein quietschendes Geräusch, die Hintertür öffnete sich und Steve trat auf die Terrasse. Rory ließ Connors Hand los. »Vielen Dank«, sagte sie unbeholfen.

»Ja, ich hoffe, es heilt schnell, Rory«, sagte er. Er streckte seine Hand aus und berührte ihre bandagierte Hand, was eine Schockwelle ihren ganzen Arm hinaufjagte. »Hab einen schönen Tag.«

»Du auch«, sagte sie. »Komm, Trixie!«

Sie konnte nicht aufhören zu lächeln, als sie sich umdrehte, um zum Haus zurückzugehen. Aber als sie sah, dass Steve auf sie wartete, bemühte sie sich, so entspannt auszusehen wie nur möglich. »Hey«, sagte sie, als sie auf ihn zuging.

»Was ist mit deiner Hand passiert?«, fragte er. Seine Stimme klang flacher und ausdrucksloser, als sie sie je gehört hatte. Seine Sonnenbrille verdeckte seine Augen.

»Ich bin am Strand von einem Hund gebissen worden«, sagte sie. »Connor hat mir geholfen, sie zu säubern.«

»Sei vorsichtig«, sagte Steve. »Ich will nicht, dass du verletzt wirst.«

»Nun, ich denke, dafür ist es ein bisschen spät.«

»Ich meinte nicht den Hundebiss«, sagte Steve und nahm seine Sonnenbrille ab. Sein Gesichtsausdruck war ernst. »Ich rede von dir und Connor. Ich weiß, es geht mich nichts an, aber es ist eine merkwürdige Situation.«

»Ist es?«

»Nicht für euch, aber für alle anderen. Und du arbeitest hier, weißt du.«

»Ich weiß«, sagte sie, leicht genervt.

»Glaub mir. Ich habe mich auch mal mit solchen Leuten eingelassen. Vielleicht ist es was anderes für einen Typ, aber –«

»Es ist nichts passiert«, sagte Rory.

»Ich weiß«, sagte Steve. »Deshalb sage ich es dir jetzt. Mach nichts, was du bereuen könntest. Du bist hier in einer verletzlichen Lage, er nicht. Das ist *sein* Haus. Nicht deins.«

Rory machte einen Schritt zurück, weg von Steves ernsten Augen. »Wow. Danke für deine Unterstützung, Steve.«

»Rory –«

»Egal.« Sie lief los, und es fühlte sich an, als hätte er ihr ins Gesicht geschlagen. Steve hatte sie wegen Connor aufgezogen. Er schien richtig aufgeregt gewesen zu sein. Sie hatte gedacht, er sei auf ihrer Seite. Jetzt sagte er ihr, dass sie verletzt werden würde. Das war nicht fair. Und irgendwo tief in ihr drin wollte sie, dass Steve sie für gut genug hielt. Sie wollte, dass er dachte, dass sie gut genug sei für Connor Rule. Denn irgendjemand musste das doch denken.

Kapitel 13

»Hi, du«, murmelte sie und spürte seine Bartstoppeln an ihrer Nase reiben. Ihre Finger spielten mit dem nassen Haar auf seinem Hinterkopf. »Du riechst gut«, sagte sie und küsste sanft seine Wange.

»Du riechst besser«, flüsterte er.

Ihre Lippen wanderten an der Seite seines Gesichtes hinunter, und sie atmete seinen salzigen Duft ein, bis er sein Kinn hob und seine weichen vollen Lippen endlich auf ihren lagen –

Das Auto hinter ihnen hupte.

»Fahr!«, brüllte der Fahrer und steckte seinen Kopf aus dem Fenster. »Willst du den ganzen Tag da stehen?«

»4. Juli«, sagte Mike. »Da zeigt sich jeder von seiner besten Seite.« Er legte den Gang ein, fuhr los und bog vom Main-Beach-Parkplatz ab. »Blöde Wochenendler.« Dann grinste er sie an. »Nichts für ungut.«

»Ach, mach dir keine Gedanken«, sagte sie mit ironischem Unterton, nahm seine Hand und drückte sie.

Sie mochte die Fahrt von East Hampton nach Montauk mittlerweile richtig gern. Mike schaltete immer seinen iPod an, sie hörten Jane's Addiction und sie sah aus dem Fenster, während die malerischen Geschäfte und

Bauernstände von Amagansett, die Buden mit Fisch und Meeresfrüchten, die leuchtend angemalt waren und mit Schildern aus den Fünfzigerjahren warben, und die üppigen staatlichen Parks auf beiden Seiten der Straße an ihnen vorüberzogen. Mit jeder Meile, die sie gen Osten fuhren, ließ sie das *Georgica*, ihre Eltern und Thayer und Darwin weiter hinter sich.

Allerdings wurde es immer schwerer zu lügen. Bisher war ihre Mutter mit ihrem Paddle Tennis zu beschäftigt gewesen, um zu merken, dass Isabel tagsüber nicht im Club war. Aber an diesem Morgen hatte sie eine Geschichte erfinden müssen, um nicht zum Feuerwerk im *Georgica* mitgehen zu müssen.

»Die Bayliffs«, hatte sie gesagt und ihre Mutter quer über den Frühstückstisch angesehen. »Du kennst doch Melissa Bayliff, ihre Eltern haben ein Haus draußen in Montauk? Sie geben eine Party.«

»Ich dachte, du triffst dich nicht mehr mit ihr«, sagte ihre Mutter und rührte in ihrem Kaffee herum.

»Wir sind sozusagen in Kontakt geblieben. Sie hat mich gerade eingeladen.«

Connor neben ihr blieb still, während er sein Rührei aß.

»Ist ein Erwachsener dabei?«, fragte ihr Vater.

Isabel nickte. »Nun, es ist in ihrem Haus.«

»Das ist nicht dasselbe«, sagte er.

»Ja, jemand wird uns beaufsichtigen. Ihre Eltern geben die Party immerhin.«

»Wie ist ihre Nummer?«, fragte ihr Vater.

Isabel hätte fast gelacht. »Ernsthaft? Du willst sie anrufen? Was denkst du denn, wie alt ich bin?«

»Larry, ich glaube nicht, dass das nötig ist«, wandte ihre Mutter ein.

»In Ordnung«, sagte er und stand auf. »Was immer du für richtig hältst.« Er verließ den Tisch laut pfeifend.

»Er hat aber gute Laune«, sagte Connor.

Seine Mutter öffnete eine ihrer Flaschen mit Zusatzvitaminen. »Er ist nur sauer auf mich, weil ich dieses Haus nicht verkaufen will. Geh zu der Party«, sagte sie zu Isabel. »Sei nur vorsichtig auf dem Heimweg. Es wird eine Menge betrunkene Autofahrer auf den Straßen unterwegs sein. Vielleicht kann Rory dich begleiten und ihr nehmt den Prius?«

»Oder vielleicht kann Rory mit uns ins *Georgica* kommen«, schlug Connor vor.

Mrs Rule, die gerade ein paar Vitaminkapseln in ihre Hand schüttelte, erstarrte mitten in der Bewegung. »Warum sollte sie das tun?«

»Na ja, weil wir alle heute Abend ausgehen, und ich dachte eben, es wäre nett von uns, sie mitzunehmen«, sagte Connor.

Isabel begriff, dass dies das Stichwort für sie war zu gehen. Sie wollte Rory nicht zu einer Party einladen müssen, die gar nicht stattfand. »Kann ich bitte aufstehen?«, fragte sie und erhob sich schon.

»In Ordnung«, sagte ihre Mutter. »Geh nur.«

Während sie den Raum verließ, hörte sie, wie ihre Mutter Connor erklärte, dass Rory es bestimmt viel besser gefiele, wenn sie das Feuerwerk zusammen mit den Angestellten am Sag Harbor ansah. Auf dem Weg zu ihrem Zimmer rollte Isabel die Augen – ihre Mutter war eine solche Heuchlerin. Sie hatte nichts dagegen, ein Mädchen im Haus zu haben, das ihre Wäsche von der Reinigung abholte, aber ein Teil der Familie würde sie nie sein dürfen.

Im dichten Verkehr neben Mike zu sitzen, während sie zur Spitze von Long Island fuhren, fühlte sich an, als sei sie gerade noch einmal davongekommen.

»Was möchtest du machen, wenn wir da sind?«, hatte er gefragt. »Surfen oder chillen?«

Sie wusste, was er mit chillen meinte. Sie hatten das in letzter Zeit sehr oft gemacht. Vielleicht zu oft, dachte sie. Sie würde es langsamer angehen lassen müssen, obwohl es nie funktionierte. Irgendwie landeten sie immer bei ihm, um eine Limonade oder einen Snack zu holen, und dann gingen sie früher oder später den Flur zu seinem Schlafzimmer entlang. Sie legte sich auf das quietschende Bett mit der dünnen bordeauxfarbenen Tagesdecke, er schaltete den Ventilator ein, der nichts gegen die feuchte Luft von der See ausrichten konnte. Es wurde immer leidenschaftlicher, ihre Knutschereien gerieten immer mehr außer Kontrolle, und dann waren bereits Stunden vergangen, das Licht draußen war schwächer und ihre Haare und ihre Haut feucht von Schweiß und Isabel wusste, dass sie gehen musste.

»Lass uns zum Strand gehen«, sagte sie. Das war sicherer. Sie würden trotzdem bei ihm vorbeisehen müssen, um ihren Neoprenanzug zu holen, aber sie wusste, dass er im Auto bleiben würde.

»Cool«, sagte er. »Und danach können wir Gordy und die Jungs treffen. Sie gehen zu Ripcurl, um das Feuerwerk zu sehen.«

Sie hatte Gordy ein paar Tage zuvor auf einer Party in Mikes Haus getroffen. Er war mit Mike zur Highschool gegangen. Er war laut, aggressiv und sah verlebt aus. Isabel hatte ihn spontan nicht leiden können. »Okay. Werde ich reinkommen?«

»Leelee arbeitet dort. Sie wird dafür sorgen, dass du deinen Ausweis nicht zeigen musst.«

Sie konnte sich immer noch daran erinnern, wie Leelee Mike angesehen hatte, in dieser ersten Nacht vor ein paar Wochen – als ob er die Nummer eins auf ihrer Beuteliste sei. »Bist du dir sicher?«, fragte sie. »Ich dachte, du hasst solche Locations.«

»Wenn es uncool ist, dann müssen wir nicht bleiben«, sagte Mike. »Entweder wir gehen dahin oder zum Leuchtturm, aber da wird noch mehr los sein.« Er sah sie kurz an. »Du bist so wunderschön.«

»Lügner«, sagte sie, lehnte sich zu ihm und küsste ihn.

Die Wellen waren fast zu flach, als sie bei Ditch Plains ankamen, aber es reichte doch, um herauszupaddeln. Sie wurde vor Mike immer selbstbewusster auf dem Surfbrett, aber es fiel ihr dennoch schwer, sich in seiner Nähe auf die Wellen zu konzentrieren. Sie surften, bis das Sonnenlicht golden wurde, und als sie zurück zum Auto liefen, fühlte sie sich so erschöpft und zufrieden, wie sie sich seit ihrer Kindheit nicht mehr gefühlt hatte.

Im Auto zog sie den Bikini aus und eine Tunika an. Sie hatte vergessen, einen Kamm mitzubringen, aber ihr Haar würde durch das Salzwasser hoffentlich in schönen Wellen trocknen. »Wow«, sagte Mike, als er ins Auto stieg. »Du siehst wirklich wunderschön aus.«

Sie fuhren durch die Stadt und dann Richtung Lake Montauk und bogen in eine Einfahrt, die zu einem niedrigen Haus mit weißen Schindeln führte.

»Sieh dir die Schlange an«, sagte Mike und zeigte auf die Leute, die entlang der Veranda und den Stufen zur Auffahrt warteten. Luxusautos warteten in der Auffahrt. »Das ist schon affig.«

Ein Angestellter in Surfershorts und einem Hawaii-Hemd kam heraus, um ihr Auto für sie zu parken. »Willkommen in der Ripcurl Lounge«, sagte er zu Mike und gab ihm einen Abholschein. »Aloha.«

»Aloha«, antwortete Mike. »Wenn es hier uncool ist, dann gehen wir«, flüsterte er ihr zu.

»Guter Plan«, sagte sie und stieg aus dem Auto.

Sie liefen an den Wartenden vorbei direkt zur Tür.

»Hey, wir sind Freunde von Leelee«, sagte Mike, und der Türsteher öffnete ihnen wortlos.

»Aloha«, sagte er noch einmal, und Isabel konnte nicht anders und kicherte.

Die Einrichtung war eine Mischung aus Retro und modern: aus Treibholz geschnitzte Tische, rosa Zweisitzer und Rattansofas, weiß getünchte Ziegelmauern, Schwarz-

Weiß-Fotografien von Surfern aus den Sechzigern. Die Gäste waren Endzwanziger und wirkten wie echte Business-Menschen. Das waren Leute, die in New York arbeiteten, gut verdienten und sich auch hier draußen am Meer so gut amüsieren wollten, als wären sie in einem Club im Meatpacking District. Es war nicht ihre Szene. Und sie wusste, dass auch Mike sich hier nicht ganz wohlfühlte.

»Hey, du hast es geschafft!« Leelee kam zu ihnen rüber. Sie trug superknappe Shorts und ein weißes Hemd, das in der Taille geknotet war. Isabel beobachtete, wie sie mit einer Hand ein Tablett voller Drinks balancierte, während sie Mike auf die Wange küsste.

»Cool hier«, schwindelte Mike. Er legte einen Arm um Isabel. »Du erinnerst dich an Isabel.«

»Oh, richtig«, sagte Leelee. Ihr Lächeln war so schwach, dass es fast schon keines war.

»Hi«, sagte Isabel.

»Gordy und die Jungs sind da drüben«, sagte Leelee und deutete zu der Gruppe. »Pass auf, dass sie sich nicht völlig volllaufen lassen, okay? Ich möchte den Job auch morgen noch haben.«

Isabel sah Gordy, der mit ein paar Jungs und Mädchen zwei Sofas in Beschlag genommen hatte. Sie hatte die Mädchen noch nie gesehen. Sie saßen dort, unterhielten sich und hatten dabei Erdbeer-Daiquiris in den Händen. Sie sahen aus, als wären sie Anfang zwanzig. *Großartig*, dachte sie. *Ich bin schon wieder die Jüngste.*

»Und was kann ich euch zu trinken bringen?«, fragte Leelee.

»Ich will ein Bier«, sagte Mike. »Isabel, möchtest du auch eins?«

Sie nickte.

»Hat sie ihren Ausweis dabei?«, fragte Leelee.

Mike sah Isabel fragend an, unsicher, was er darauf antworten sollte.

»Habe ich nicht«, sagte Isabel.

»Dann tut es mir leid«, sagte Leelee ausdruckslos. »Ich kann dir kein Bier bringen. Ein paar andere Clubs sind verklagt worden, weil sie Minderjährigen Alkohol serviert haben.«

Es entstand eine unangenehme Pause. Isabel hätte Leelee am liebsten gefragt, ob sie Mike vor ein paar Wochen, als er technisch gesehen auch noch minderjährig gewesen war, ebenfalls keinen Drink serviert hätte, aber sie ließ es bleiben. »Dann nehm ich nur ein Wasser«, sagte sie stattdessen.

»Kommt sofort«, sagte Leelee mit einem eisigen Lächeln und ging.

Isabel sah sich die Leute an, da es ihr zu peinlich war, Mike in die Augen zu sehen. »Also, hier ist es ganz nett«, sagte sie vage.

»Wir bleiben nicht lange«, sagte Mike. »Tut mir leid, dass die hier so streng sind wegen dem Bier.«

»Das ist okay.«

»Lass uns Gordy Hi sagen.«

Sie gingen zu Gordys Tisch. Den Bierflaschen nach, die auf dem Tisch standen, mussten sie schon eine Weile gefeiert haben.

»Hey, Gordy, wie geht's?«, sagte Mike.

»Castelloni!«, rief Gordy. »Du hast es geschafft! Wie steht's, Alter?«

Isabel setzte ihr bestes künstliches Lächeln auf. Gordy war manchmal einfach uncool.

»Alles gut, Mann. Du erinnerst dich an Isabel, richtig?« Mike legte seine Hand auf ihren Rücken.

»Oh, yeah, hey«, sagte Gordy. »Setzt euch, Leute. Macht Platz für Mike.«

Mike quetschte sich neben Gordy. Isabel setzte sich zwischen Mike und die Mädchen. Das Mädchen rechts neben ihr hatte vom Wasser und der Sonne gebleichtes blondes Haar, dass ihr Gesicht in sanft gestuften Wellen umrahmte, es sah aus wie eine modernere Version von Farrah Fawcetts Frisur. Und sie schien die Anführerin zu sein. Die anderen beiden hingen an ihren Lippen. Eines der Mädchen, eine dünne Brünette, hatte einen Nasenring. Das andere Mädchen hatte sichtbar gefärbte rote Haare und sehr grünen Lidschatten aufgelegt. Sie musterten Isabel kurz und führten ihre Unterhaltung dann fort.

»Kannst du glauben, wie teuer es hier ist?«, fragte Gordy und wandte sich zu Mike. »Zehn Dollar für ein Corona.«

»Gib's zu, G.«, sagte Mike. »Du liebst Orte wie diesen.«

»Yeah, du hast mich durchschaut«, sagte Gordy. »Ich muss wirklich zwanzig Mäuse für einen Burger ausgeben, um mich wie ein Mann zu fühlen.«

Leelee tauchte wieder auf und stellte ein Glas vor Mike, in dem eine Art Slurpee mit Schirmchen obendrauf zu sein schien. »Das ist die Spezialität des Hauses. Hot Lava. Mit den besten Wünschen von Leelee.« Sie zwinkerte.

»Danke«, sagte Mike.

»Und für dich?«, fragte Leelee und stellte ein Glas mit einer klaren Flüssigkeit mit Kohlensäure und Eiswürfeln auf den Tisch. »Ein Seven-up.«

»Das habe ich nicht bestellt. Ich möchte ein Wasser«, sagte Isabel und spürte, wie jeder sie ansah.

»Trinkst du heute Abend nicht?«, fragte Gordy.

»Sie darf nicht«, sagte Leelee schnell. »Minderjährig.« Sie blickte Isabel an. »Tut mir leid. Ich bringe dir ein Wasser.«

Isabel schäumte vor Wut, während Gordy Mike erzählte, dass er jemandem von der Highschool über den Weg gelaufen war. Das war so was von Absicht gewesen, dachte Isabel. Vielleicht mochte Leelee Mike wirklich. Nun, sie würde sie nicht gewinnen lassen. Auf keinen Fall.

Plötzlich lehnte sich Farrah Fawcett zu ihr hinüber. »Hey. Wie alt bist du?«

Es machte keinen Sinn zu lügen. »Siebzehn«, sagte Isabel.

»Und Mike und du, ihr habt euch *wie* kennengelernt?«, fragte sie.

»Im Wasser. Er war surfen vor meinem Club.«

»Oh, warte, warte, wir haben von dir gehört!« Die Brünette mit dem Nasenring wandte sich ihr zu. »Du bist aus der Stadt, richtig?«

»Ja.«

»Aber wir wussten nicht, dass du in der *Highschool* bist.«

»Nun, das bin ich«, sagte Isabel.

»Tut mir leid, es ist nur … nun, wenn man überlegt, wen Mike sonst so datet«, sagte Farrah Fawcett. »Er ist immer mit älteren ausgegangen. Seine letzte Freundin war so fünfundzwanzig.«

Isabels Magen rutschte gen Fußboden.

»Oh klar, Nicolette«, warf der Nasenring ein. »Ich glaube, ich habe sie gerade erst in einer Ralph-Lauren-Werbung gesehen.«

»Was?«, fragte Isabel.

»Sie ist ein Model«, erklärte Farrah. »Sie waren lange zusammen. Es gab viel Drama.«

»Ja, ich habe gehört, dass es ziemlich intensiv war«, sagte der Nasenring.

Das Wort *intensiv* hing noch in der Luft, als Leelee zurückkam und ein Glas Wasser vor sie stellte. »Sonst noch etwas?«, bellte sie.

Isabel schüttelte den Kopf. Ihr Herz raste.

Leelee stürmte davon.

»Ich bin gleich zurück«, sagte Isabel und stand auf. Als sie durch die Menge ging, fühlte sie sich, als hätte man ihr gerade eine verpasst. Sie hatte vermutet, dass Mike sie mit anderen Mädchen, die legal die ganze Nacht ausbleiben und ein Bier an der Bar bestellen konnten, verglich. Aber mit einem Mädchen verglichen zu werden, das dafür bezahlt wurde, schön auszusehen und durch die Welt zu reisen, und dessen Fotos in Zeitschriftenkampagnen zu sehen war und das mit Mike eine Beziehung gehabt hatte, die *intensiv* war – sie hatte sich noch nie so klein gefühlt.

Sie fand die Damentoilette und schloss sich ein. Sie konnte die Mädchen draußen an den Waschbecken über Jungs reden hören: Jungs, mit denen sie gerade ausgingen, oder Jungs, mit denen sie versuchten auszugehen. Mädchen, die älter waren und die nicht verstehen würden oder nachvollziehen konnten, was sie durchmachte. Mädchen, die alleine lebten. Mädchen, für die Sex nur ein Teil von einer Beziehung war. Vielleicht war Sex in Wirklichkeit gar keine so große Sache, wie sie angenommen hatte. Vielleicht sollte sie einfach Sex mit Mike haben, und dann würde sie schon merken, dass die ganzen Sorgen und Gedanken vollkommen belanglos wären und sie sich gar nicht schlecht fühlen müsste deswegen. Es war vermutlich, wie den Führerschein zu machen – das fühlte sich anfangs auch an wie eine große Sache, aber dann würde es genau wie alles andere auch zur Routine und normal werden.

Sie vermisste Rory. Sie war so ausgeglichen, so immun gegen die Hochs und Tiefs, die Isabel schon ihr ganzes Leben mit sich herumtrug. Rory würde ihr helfen, sich besser zu fühlen. Was sie wohl heute Abend machte? Irgendwas? Sie konnte sich nicht erinnern. Jetzt wünschte sie, sie hätte Rory eingeladen mitzukommen. Sie griff in ihre Tasche und zog ihr Handy hervor, aber das kleine Symbol eines auf dem Kopf stehenden Trichters war verschwunden. Kein Empfang. Sie würde draußen telefonieren müssen.

Als die anderen Mädchen die Waschbecken verließen, öffnete sie die Tür. Im Spiegel erkannte sie, dass ihr Haar in sanft fallenden Wellen getrocknet war und dass ihr Gesicht einen Hauch von Farbe von der Sonne bekommen hatte. Aber darunter sah sie die ganze Zeit das andere Mädchen, das mit Mike ausgegangen war – wer immer es war, wie immer es aussah –, wie es auf einem Feld posierte, in einem schwarzen Ballkleid und Gummistiefeln, und dabei doch so wunderschön und unnahbar aussah, wie Isabels es nie sein würde.

Als sie zurück in die Lounge ging, sprach Mike gerade mit einer anderen Kellnerin, von der Isabel annahm, dass sie Leelees Freundin war. »Hey, Babe«, sagte er. »Bist du okay?«

»Mir geht's gut«, sagte sie. Die Art, wie er neben der Kellnerin stand, war irgendwie irritierend. So nah. »Ich fühl mich nicht so gut. Ich glaube, ich würde gerne gehen.«

Ohne auf seine Antwort zu warten, ging sie durch die Tür raus, vorbei an der Warteschlange, die immer noch über die ganze Veranda verlief und die der Türsteher noch immer im Zaum hielt. Die Luft war schwer und feucht, und als sie die Treppen hinunterging, hinaus in die Dunkelheit, konnte sie einen Chor von Ochsenfröschen hören, der aus den Büschen drang.

»Isabel? Was ist los?«, fragte Mike, als er ihr folgte.

Sie wandte sich um. »Warum hast du mir nicht von deiner Exfreundin erzählt?«, fragte sie und konnte ihn dabei kaum ansehen.

»Was?«

»Das Ralph-Lauren-Model. Das fünfundzwanzig ist. Oder fünfundzwanzig war. Wie alt ist es jetzt, dreißig?«

»Warum bist du so wütend? Ich frage dich auch nicht nach deinen Exfreunden.«

»Warum hast du mir nicht von ihr erzählt?«

Er kam zu ihr. »Warum ist das so wichtig?«

»Weil ich es wissen will.«

»Okay, ja, ich bin mit einem Mädchen ausgegangen, das ein Model ist und fünfundzwanzig. Und ja, ich hatte einige ältere Freundinnen. Wen interessiert das?«

»Mich! Mich interessiert es!«, schrie sie. »Wenn du nur Models daten willst, warum gehst du dann mit mir aus? Was hast du davon?«

Er machte einen Schritt zurück. »Du wirkst gerade ein bisschen verrückt, okay?«

»Ich will nur wissen, was du mit jemandem machst, der nach seinem Ausweis gefragt wird, der nicht Auto fahren kann und der um Mitternacht zu Hause sein muss. Wenn du ganz offensichtlich mit einem Model nach Paris gehen kannst oder was auch immer. Geht es darum, das reiche Mädchen von der Lily Pond Lane zu verführen? Ist es das?«

Er zuckte zusammen, als hätte sie ihn geschlagen. Seine Miene zeigte deutlich, dass sie zu weit gegangen war.

»Vielleicht sollten wir uns das hier nicht mehr antun«, sagte er schließlich.

»Was?«

»Ich will nicht mit jemandem ausgehen, der nicht weiß, warum ich mit ihm zusammen bin«, sagte er. »Oder

der denkt, dass ich nur mit jemandem zusammen sein möchte, der nicht nach seinem Ausweis gefragt wird.« Er wandte sich von ihr ab und wollte zurück zum Club gehen.

»Hey, es tut mir leid«, sagte sie und folgte ihm. Sie nahm seine Hand. »Ich bin nur ausgeflippt. Geh nicht, okay?«

Er lief weiter und weigerte sich, ihr in die Augen zu sehen. Eine Brise ließ die Blätter rascheln.

Sie stellte sich vor ihn. »Hey, es tut mir leid. Es ist nur … ich … normalerweise fühle ich mich nicht so …«

Er sah auf den Kies zu seinen Füßen, und endlich spürte sie, dass er ihre Hand sanft drückte. Dann zog er sie in seine Arme und hielt sie wortlos fest.

Sie vergrub ihr Gesicht an seiner Schulter und vergrub ihre Hände in seinen Haaren. »Lass uns nach Hause gehen«, sagte sie so bedeutungsvoll, wie sie konnte. »Jetzt.« Sie hoffte, dass er wusste, was sie meinte.

»Bist du dir sicher?«, fragte er, und seine Hand massierte ihre Schulter. »Ich möchte nicht, dass du etwas tust, was du vielleicht nicht willst.«

Sie sah ihn an. Diese samtigen braunen Augen schienen sie vollkommen zu durchleuchten. Und ihr wurde klar, dass sie dagegen hilflos war. Es war zwecklos, weiter dagegen anzukämpfen.

»Ich bin mir sicher«, sagte sie. »Lass uns gehen.«

Kapitel 14

Rory sah auf ihr Handy und dann auf die Uhr. Es war pechschwarz draußen und durch das offene Fenster hörte sie das aufgeregte Gezirpe der Grillen. Sie konnte es nicht länger aufschieben. Drei Wochen war es jetzt her, heute war ein Feiertag, und wenn sie heute Abend nicht anrief, dann würde die eingebildete Stille zwischen ihr und ihrer Mutter sehr, sehr real werden. Wie immer würde sie diejenige sein müssen, die den ersten Schritt tat. Zu Hause hieß das, zum Zimmer ihrer Mutter zu gehen, dreimal zu klopfen und sich durch die Tür hindurch zu entschuldigen. Aber das konnte sie jetzt nicht tun. Sie nahm das Handy, das neben ihr auf der Decke lag, und wählte. Es klingelte mehrmals. Immerhin war das Festnetz nicht abgeschaltet – das war eine Erleichterung.

Ein Mann hob ab. »Ja?«, sagte er, während im Hintergrund Schüsse von einem Videospiel ertönten.

»Hi, Bryan!« Sie zwang sich, fröhlich zu klingen. »Ist meine Mom da?«

»Bleib *eine* Sekunde dran«, sagte er. Eine besonders laute Explosion erklang hinter ihm. Dann hörte sie, wie das tragbare Telefon auf den Teppich fiel. »Lana?«, brüllte er. »Telefon!«

Dann ein scharrendes Geräusch und endlich hörte sie jemanden den Nebenanschluss abheben. »Leg auf!«, rief ihre Mutter laut.

Bryan legte auf.

»Hallo?«, sagte ihre Mutter, ihre Stimme so geschmeidig und warm wie heißes Karamell.

»Hi, Mom. Ich bin's.«

»Rory!«, sagte ihre Mutter. »Ich habe gerade an dich gedacht. Wie geht es dir, Süße?«

Die gute Laune ihrer Mutter konnte nur zwei Dinge bedeuten: Sie hatte zwei Gläser Chardonnay getrunken und Bryan war eingezogen.

»Mir geht's gut«, sagte Rory. »Ich dachte, ich ruf an, weil es schon eine Weile her ist, dass wir geredet haben. Ist alles okay?«

»Alles ist einfach wundervoll. Wirklich. Bryan und ich haben so viel Spaß zusammen. Ehrlich«, sagte sie. »Du würdest ihn lieben. Wie läuft es bei dir?«

»Großartig. Fee sagt, ich soll dich grüßen.«

»Das ist nett«, sagte ihre Mutter. »Und Süße, mit Bryan hat sich alles geklärt. Er ist einfach der Beste. Er hilft im Haus, er hat die Toilette repariert, sodass sie nicht mehr die ganze Zeit läuft, und wir haben einfach eine *fantastische* Zeit.«

»Das ist großartig«, sagte Rory und zuckte innerlich zusammen angesichts der betont jugendlichen Sprache ihrer Mutter. »Ich freue mich wirklich für dich.«

»Du wirst es sehen«, sagte ihre Mutter. »Ich glaube, du wirst es wirklich toll finden, dass er hier ist.«

»Also ist er eingezogen«, sagte Rory.

»Ja, er hatte Ärger mit seinen Mitbewohnern. Aber es ist alles wundervoll. Und jetzt müssen wir los. Stacey gibt eine Party unten am See. Was machst du heute Abend?«

»Einige der Angestellten sind ausgegangen, um sich das Feuerwerk anzusehen, aber ich bin heute irgendwie müde. Ich dachte, ich bleibe einfach daheim und lese etwas von der Sommerlektüre für die Schule.«

»Nun, das ist meine Tochter!«, sagte ihre Mutter. »Sie bleibt am 4. Juli daheim.«

So ist es wohl, dachte Rory.

»Wir reden bald wieder, Süße.«

»Tschüss, Mom«, sagte Rory. Sie drückte auf Auflegen und legte das Handy auf das Nachttischchen, direkt auf das zerknitterte Cover von *Die Verschwörung der Idioten*, das sie für den Englischunterricht lesen sollte. *Wie passend*, dachte Rory. Es war der perfekte Titel für ihre Mutter und Bryan.

Sie seufzte und legte ihren Kopf auf die weiche weiße Tagesdecke. Wenigstens war das erledigt. Jetzt konnte sie an Connor denken.

Sie zupfte an den Ecken ihres Verbands an ihrer Hand. Es fühlte sich an, als wäre seit dem Drama mit dem durchgeknallten Hund am Morgen ein ganzes Jahr vergangen. Hatte sie wirklich erst vor wenigen Stunden auf einer Liege am Pool neben ihm gesessen, während er ihre Hand verbunden hatte? Hatte er wirklich ihre Hand minutenlang festgehalten? Hatte er wirklich gesagt, dass er besorgt sei, weil sie wieder nach Hause gehen könnte?

Immer noch lächelnd bei dem Gedanken daran, drehte sie sich auf den Rücken und sah hoch zum Ventilator. Aber dann erinnerte sie sich an die Missbilligung in Steves Gesicht. Sie wusste, dass Steve nicht versuchte, ein Spielverderber zu sein. Um ihr so eine Gardinenpredigt zu halten, musste er zumindest glauben, dass er das Richtige sagte. Connor Rule *war* tabu. Selbst wenn er dasselbe für sie fühlte – wobei sie sich nicht sicher war –, durfte nichts zwischen ihnen laufen. Mit Connor auszugehen, wäre eine ganz schlechte Idee. Und am Ende bezahlte man dafür immer. Dafür brauchte sie sich nur ihre Mutter anzusehen. Sie hatte damals beschlossen, sich nicht zu binden und zu heiraten, als sie schwanger wurde, stattdessen wollte sie einen auf Hippie-Erdmutter machen. Und das war dann die erste von vielen schlechten Entscheidungen, die Lana McShane getroffen hatte.

Rory gähnte und zog die Tagesdecke vom Bett. Gerade, als sie nach ihrem Buch griff, hörte sie ein Auto in der Einfahrt. Sie sah auf die Uhr. Halb neun. Jemand war früh daheim – *sehr* früh. Sie lauschte, als sich das Auto näherte und dann parkte. Das Schnurren des Motors kam ihr bekannt vor. Ihr Herz schlug laut, als sie aufstand, zum Fenster ging und vorsichtig durch die Vorhänge sah.

Ein silberner Audi. Sie sprang weg vom Fenster, sodass sie nicht gesehen werden konnte. Dann waren Schritte zu hören. Connor. Er war alleine. Jetzt würden sie beide zusammen allein sein.

Vor Aufregung wäre sie fast auf und ab gesprungen, aber sie zwang sich stillzustehen. Die Hintertür wurde geöffnet. Sie hörte, wie jemand durch die Halle ging und dann in die Küche. Sie stieß die angehaltene Luft aus. Jetzt oder nie, dachte sie und schlüpfte in ihre Flip-Flops. Sie musste ihn wissen lassen, dass sie hier war. Sie würde einfach so tun, als wolle sie einen Snack aus dem Kühlschrank holen. Und wenn er keine Zeit mit ihr verbringen wollte, dann würde sie unauffällig wieder verschwinden.

Als sie durch die Halle ging, hörte sie, dass er Schränke und Schubladen öffnete und wieder schloss, dann das Knistern von Plastik. Mutig öffnete sie die Schwingtür. »Hey«, sagte sie, als sie in die Küche kam. »Früh daheim?«

Connor sah von dem Durcheinander an kaltem Aufschnitt auf, den er auf die Arbeitsfläche gestellt hatte. »Hey«, sagte er und lächelte sie an, sodass ihr Bauch Saltos machte. »Ich wusste nicht, dass du daheim bist. Bist du nicht mit nach Sag Harbor gegangen?«

»Nein. Mir war nicht nach ausgehen.«

»Cool«, sagte er, und das Lächeln blieb auf seinem Gesicht. »Komm rein. Kann ich dir ein Sandwich machen?«

»Oh. Das ist schon okay. Ich wollte mir nur einen Cookie mit Schokostückchen holen.« Sie fühlte sich, als würde sie schweben. Das hatte sie sich den ganzen Tag über gewünscht. Und nun passierte es tatsächlich.

»Also, wie geht es deiner Hand?«

»Gut«, sagte sie und hielt sie hoch. »Von einem Meister verbunden.«

»Großartig. Tut es weh?«

Rory schüttelte den Kopf. »Ich glaube, es war nur ein kleiner Biss. Was machst du daheim? Ich dachte, im Club ist eine große Party.«

»Ja, aber ich bin gegangen.« Er legte etwas Truthahn auf eine Brotscheibe. »Das *Georgica* ist wirklich nicht mein Ding.«

»Gehst du da nicht schon dein ganzes Leben lang hin?«

»Es gab ein paar Jahre, in denen wir nicht hingegangen sind. Wir verbrachten den 4. Juli hier am Strand. Wir haben ein paar Leute eingeladen und jeder hat Decken mitgebracht. Es hat so viel mehr Spaß gemacht«, sagte er nachdenklich. »Jetzt hat es so was Gezwungenes. Es fühlt sich alles so verklemmt an. Vielleicht bin ich auch heute nur nicht in der Stimmung für den 4. Juli.«

Sie lachte. »Ich weiß, was du meinst. Ich habe gerade mit meiner Mutter telefoniert. Nur fünf Minuten mit ihr und ich habe absolut keine Lust mehr, irgendwas zu feiern.«

»Wem sagst du das.«

»Aber du und deine Mutter, ihr scheint so toll miteinander auszukommen«, sagte sie.

»Na ja, wir haben schon einen Rebellen in der Familie. Was habe ich also für eine Wahl?« Er lächelte reumütig.

»Also bist du der *gute* Sohn. In Großbuchstaben.«

»So in etwa«, sagte er. »Es ist einfacher so. Was ist mit dir?«

»Na ja, meine Mutter ist wieder mit ihrem Freund zusammen, also ist sie nicht länger sauer auf mich, weil ich hierhergekommen bin.«

»Das ist gut«, sagte er mit einem Lächeln. »Das hat bestimmt Mut gekostet.«

»Ja und nein«, sagte sie. »Wenn ich diesen Sommer in New Jersey geblieben wäre, dann wäre ich vermutlich verrückt geworden. Das war reiner Überlebensinstinkt.« Genau in diesem Moment hörte sie einen lauten Knall von draußen und dann ein unverkennbares Knistern. »Ist das das Feuerwerk?«

Connor legte das Messer hin. »Sie fangen an. Willst du runter zum Strand gehen und es ansehen?«

Sie schluckte. Das war mehr, als sie erwartet hatte. »Klar. Ich hole einen Pullover.«

Sie rannte durch die Halle in ihr Zimmer. Auf den Knien suchte sie unter dem Bett nach ihren Turnschuhen, fand sie schließlich und zog sie schnell an. *Bleib ruhig,* dachte sie, während sie sie zuschnürte. *Freu dich nicht zu sehr. Er will nur nett sein.*

Mit einem dickem Pulli über dem Arm rannte sie zurück in die Halle. Connor hielt eine Decke in seinen Händen. »Bist du so weit?«, fragte er.

Sieh nicht zu der Decke, dachte Rory. *Sieh einfach nicht hin.* »Klar«, sagte sie.

Als sie auf die Terrasse liefen, explodierte eine Rakete und ergoss sich wie eine Trauerweide über den Himmel. »Wow«, sagte sie. »Das *ist* eine tolle Aussicht.«

»Unten am Strand ist es noch viel besser«, sagte er. »Komm schon.« Er nahm ihre Hand, führte sie über die Terrasse und über die knarzenden Holzbohlen.

Als sie unten angekommen waren, drang ein lautes

Seufzen und Pfeifen durch die Luft. Sie sah hoch und erblickte lila und goldene Raketen, die den Himmel durchkreuzten. Connor hatte recht gehabt. Es war, als hätte man sein eigenes Feuerwerk. Sie liefen den Strand Richtung Osten entlang, bis nichts mehr außer einer großen, mit Gras bedeckten Düne hinter ihnen war.

Er breitete die Decke auf dem Sand aus. »Leg dich so hin«, sagte er und legte sich mit dem Rücken auf die Decke, sodass er hoch in die Sterne sehen konnte. Sie machte es genauso. Ihre Schultern berührten sich, aber sie versuchte, nicht darüber nachzudenken. Über ihnen verwandelte sich eine Explosion nach der anderen in ein brillantes Kaleidoskop aus Farben.

»Das ist unglaublich«, murmelte sie.

Seine Schulter presste sich an ihre.

Wieder und wieder knisterten und leuchteten Lichter auf und nahmen verschiedene Formen an.

Er wird mich küssen, dachte sie. *Bevor wir zurück ins Haus gehen, wird er mich küssen.* Es war fast zu schön, um wahr zu sein. Sie dachte an Steves besorgtes Gesicht und an alles, was er gesagt hatte. Vielleicht sollte sie besorgt sein. Vielleicht war das eine ganz dumme Idee. Aber hier zu liegen, die Wärme seines Körpers so nah zu spüren – sie wusste, dass sie genau da war, wo sie sein wollte.

Sie blieben dort für eine gefühlte Stunde und beobachteten die Lichter, wie sie am Himmel in Formen zerbarsten. Als nur noch das Echo der Explosionen und der scharfe Geruch von Rauch über das Wasser drang, setzten sie sich auf. Sie wischte Sand von ihren Beinen. Sie war plötzlich so nervös, dass sie zitterte.

»Ist dir kalt?«, fragte er, und sie fühlte, wie er einen Arm um ihre Schultern legte.

»Ein bisschen.«

Sie wandte sich ihm zu und er lehnte sich ihr ein bisschen entgegen. Der Ozean vor ihnen war silbern, sanft schlugen die Wellen unter dem Mondlicht an Land, fast war die Stimmung mitschuldig an dem, was gleich passieren würde. Er wandte ihr langsam sein Gesicht zu und sie näherte sich ihm ebenfalls.

Lass es passieren, dachte sie. *Lass wenigstens einmal was passieren.*

Langsam griff sie nach seiner Hand und schlang ihre Finger um seine. Als sich ihre Augen schlossen und ihre Lippen berührten, schossen ihr tausend Einwände durch den Kopf. Aber dann verschwanden sie im Nichts, wie ein abgebranntes Feuerwerk.

Kapitel 15

Isabel öffnete die Augen. Helles Licht schien an den Seiten des Vorhangs in den Raum. Sie verbarg ihren Kopf unter der Decke und hörte dem sanften Surren des Deckenventilators und den zwitschernden Vögeln zu. Es war ein Samstagmorgen im Sommer wie jeder andere, und die Welt war in Ordnung, außer dass plötzlich eine Reihe von Gedanken den Weg in ihr verschlafenes Gehirn fand, die sie nach Luft schnappen ließ: gestern Nacht, Mike, *Sex*.

Sie rollte sich auf die Seite und zog ihre Knie hoch. Physisch fühlte sie sich genauso wie vorher. Alle Gliedmaßen waren noch da. Sie hatte kein Fieber oder einen rauen Hals. Und doch, tief in ihr drin, spürte sie, dass sich etwas verändert hatte. Sie warf die Decke zurück und stützte sich auf einen Arm. War es ein gutes oder ein schlechtes Gefühl? Sie wusste es nicht. Noch nicht. Sie würde nachher, wenn sie wacher war, über alle Details der gestrigen Nacht nachdenken. Alles, an das sie sich jetzt erinnern konnte, war, wie lieb und sanft Mike zu ihr gewesen war und dass er sich bei allem vergewissert hatte, dass sie sich wohlfühlte. »Sag mir einfach, wenn du aufhören willst«, hat er mehr als einmal gesagt.

Sie hatte den Kopf geschüttelt. Sie wollte nicht aufhören, auch wenn es beängstigend war weiterzumachen. Und jetzt war sie erleichtert, dass sie ihn nicht gestoppt hatte. Dann war da der Teil gewesen, der wehgetan hatte, es war etwas unangenehm gewesen, aber alles in allem war es okay gewesen. Mehr als okay – es war wundervoll gewesen. Als es vorbei war, hielt er sie fest und spielte mit ihren Haaren und sagte ihr, dass sie schön sei. Und sie hatte seinen Geruch eingeatmet, die Augen geschlossen und dem *ta-TAM ta-TAM* seines Herzens zugehört und schließlich war sie eingeschlafen. Dann war sie plötzlich aufgewacht, Stunden später. Sie hatte ihm sanft auf den Arm geklopft, bis er aufwachte. »Ich muss gehen«, flüsterte sie. Auf der Heimfahrt sprachen sie nicht, sie hielten sich nur an den Händen. Als er in ihre Auffahrt bog, warfen seine Scheinwerfer ein geisterhaftes weißes Licht über das Eisengitter.

»Bist du okay?«, fragte er.

»Ja«, sagte sie.

»Ich wünschte, du müsstest nicht gehen«, sagte er.

»Ich weiß.«

Sie beugte sich zu ihm und sie küssten sich. Dann befreite sie sich widerstrebend aus seinen Armen und stieg aus dem Auto. Sie tippte den Sicherheitscode ein und lief durch das sich öffnende Tor. Der Morgen brach schon an und hinter den Zweigen der Bäume zeigte sich der Himmel hellrosa und lila. Es war zu spät, um an Rorys Fenster zu klopfen. Aber zu ihrer großen Erleichterung hatte jemand die Hintertür offen gelassen. Sie ging rein, nickte der verschlafenen Trixie zu, schlich die Treppen hoch und kroch in ihr Bett.

Aber jetzt, als sie unter der Decke lag, fühlte sich irgendwas an gestern Nacht falsch an. Sie wusste nur nicht was. Nachdem sie von der Ripcurl Lounge heimgekommen waren, war alles perfekt gewesen. Mike hatte ein paar Kerzen, die er in der Küche gefunden hatte, angezündet und dann sanfte Musik aufgelegt. Er hatte sie dabei die ganze Zeit über angesehen. Er war sanft und respektvoll gewesen. Aber da war es wieder, das nagende Gefühl, dass etwas fehlte. Als sie aus dem Bett stieg und in die Dusche trat, wurde ihr klar, was es war.

Er hat mir nicht gesagt, dass er mich liebt.

Sie verteilte etwas Shampoo auf ihrer Handfläche und massierte es in ihr Haar ein. Ihre Gedanken rasten, bettelten sie förmlich an, eine Fahrt auf dem Karussell zu machen. *War das nicht das, was er hätte sagen sollen?* dachte sie. *War das nicht etwas, das jemand anderes, jemand wie Aston March gesagt* hätte? *War das nicht das, was ein Typ, der einen liebte, einem sagte, wenn man sich* so *nah war?*

Sie drehte das Wasser zu und nahm das Handtuch, das an der Außenseite der Duschtür hing. *Stopp*, dachte sie. *Mach das nicht. Du bist* nicht *das Mädchen, das sich wegen Jungs verrückt macht. Niemals.*

Aber es war zu spät. Sie hatte den Fragen die Tür geöffnet und nun musste sie mit einem ganzen Schwarm davon fertigwerden.

Sie betrat ihren Kleiderschrank und schaltete das Licht an. Klamotten waren bisher immer eine gute Ablenkung gewesen. Sie zog ein Paar Skinny Jeans und ein weites gestreiftes Top hervor. Aber der Gedanke war trotzdem noch da.

Er hat nicht gesagt, dass er mich liebt.

Sie rannte zu ihrer Tasche, die sie auf den Boden des Schlafzimmers hatte fallen lassen, und wühlte auf der Suche nach ihrem Handy darin herum. *Du bist albern,* dachte sie. *Du bist Isabel Rule. Natürlich liebt er dich. Also was soll's, wenn er es nicht gesagt hat?*

Endlich hielt sie ihr Handy in den Händen und schaltete es an. Da war eine SMS, die er geschickt hatte, während sie in der Dusche gestanden hatte.

Hab dich vermisst, als ich aufgewacht bin. M.

Es war nicht das *L*-Wort, aber es war genug. Sie presste ihr Handy mit einem Seufzer an ihre Brust. Alles war okay. Natürlich war es das.

Rory saß komplett angezogen auf der Kante ihres Bettes und starrte geradeaus, während sie mit ihrem Fuß hektisch gegen ihren Knöchel klopfte. Letzte Nacht war ein Fehler gewesen. Sie wusste es. Sie hatte es fast von dem Moment an gewusst, als sie ihre Augen geöffnet, den Kaffee aus der Küche gerochen und die Rasensprenger gehört hatte. Obwohl es zweifellos das romantischste Erlebnis in ihrem Leben gewesen war. Nachdem sie vor ihrer Tür Gute Nacht gesagt hatten, hatte sie im Bett gelegen und ohne einmal zu blinzeln für mindestens eine Stunde an die Decke gestarrt. Ihr war zu schwindelig und sie war zu aufgeregt, um an Schlaf überhaupt denken zu können. Aber, was sie getan hatte, verstieß vermutlich gegen jede einzelne Regel für einen guten Angestellten. Nicht, dass sie hier eine richtige Angestellte war, wenn man es genau nahm, aber sie war nah genug dran. Es war ein Fehler gewesen, ein vorrübergehendes Aussetzen ihres gesunden Menschenverstandes, und sie würde ihm sagen müssen, dass es niemals, niemals wieder passieren konnte. Sie war nicht hier, um sich zu verlieben. Sie war Rory, das kluge Mädchen, das disziplinierte Mädchen, das Mädchen, das seinen Sommerjob nicht für einen kitschigen Flirt ohne Zukunft gefährden würde.

Denn die Wahrheit war, es hatte keine Zukunft. Er war Connor Rule – der Goldjunge der Schwimmmannschaft von St. Bernard und der USC, für den Privilegien vorgesehen waren und ein eigener Hedgefond und eine wunderschöne, dünne Frau von einwandfreier Herkunft. Sie war Rory McShane von der Kittattiny High, die sich für alles anstrengen würde müssen, was sie im Leben je erreichen wollte.

Aber, dachte sie, und ihr Fuß wurde ganz ruhig, ihn am Strand zu küssen, war wundervoll gewesen. Seine Lippen, seine Finger… sie hätte die ganze Nacht mit ihm da draußen bleiben können. Als sie sich schließlich von ihm gelöst und vorgeschlagen hatte, dass sie zurückgingen, bevor jemand nach Hause kam, hatte sie all ihre Selbstdisziplin aufbringen müssen.

»In einer Sekunde«, hatte er geantwortet und sie gleich wieder in den Arm nehmen wollen.

»Nein, jetzt«, sagte sie. Sie stand auf, mit wackeligen, halb eingeschlafenen Beinen, und half ihm, die Decke auszuschütteln. Sie wünschte, sie hätte sich auch durchschütteln können. Sie hatten sich nur geküsst, und doch war der Sand überall: in ihren Haaren, auf der Rückseite ihres Halses, in ihren Schuhen und sogar in ihren Ärmeln. Sie liefen über den stillen Strand zurück und am Fuß der Dünen zog er sie wieder an sich.

»Ich wollte das schon so lange machen«, sagte er. »Seit dem Tag am Pool.«

»Als ich dein Handy getötet habe?«

»Ja«, sagte er.

Sie küssten sich wieder, eng umschlungen in dem kühlen Wind, dann nahm er ihre Hand und führte sie den Weg über die Dünen hoch.

Sie betraten das Haus, das immer noch leer war, und Rory konnte nicht anders, sie fühlte sich, als würde sie endlich dazugehören. Er folgte ihr zu ihrer Tür.

»Du kommst *nicht* mit rein«, sagte sie.

Er lächelte und küsste sie wieder. »Okay«, sagte er, während seine Hand noch auf ihrer Schulter lag. »Ich bin oben und denke an dich.«

»Nacht«, sagte sie und wand sich aus seiner Umarmung.

Er sah sie mit demselben sehnsüchtigen Blick an. »Gute Nacht«, sagte er.

Sie ging in ihr Zimmer und schloss die Tür. Als sie unter der Dusche stand und den Sand abwusch, dachte sie an all das, was er gesagt hatte. Dass er sie seit dem *ersten Tag* beim Pool hatte küssen wollen. Das musste sie geträumt haben. Sie schlüpfte in ihren Pyjama und legte sich ins Bett. Sie fühlte sich glücklicher und zufriedener als jemals in ihrem ganzen Leben.

Jetzt, zehn Stunden später, im kalten, hellen Licht des Morgens, wusste sie, dass es ein Fehler gewesen war. Wenn sie ihn sah und er den Eindruck machte, als würde er nicht so tun wollen, als wäre nichts passiert, dann würde sie ihm einfach sagen, dass es nicht wieder passieren konnte. Es war weniger schmerzhaft, das Pflaster mit einem Ruck abzureißen, als es langsam zu entfernen.

In der Halle rannte Trixie ihr mit klingelndem Halsband entgegen, um sie zu begrüßen. »Hi, Süße«, sagte sie und kratzte den kleinen Hund am Kopf. »Wie geht's meinem kleinen Baby?«

Sie kraulte Trixie ein paar Minuten lang und schindete etwas Zeit. Vergeblich. Connor kam mit einem Blaubeermuffin aus der Küche. Ein Blick in sein Gesicht und sie wusste, dass das mit dem Pflaster nicht einfach werden würde.

»Hey«, sagte er lächelnd. »Wie hast du geschlafen?«

»Ziemlich gut«, sagte sie ruhig. »Und du?«

Mit einer raschen Bewegung griff er nach ihrem Handgelenk und zog sie in den Wäscheraum. Dann schloss er die Tür.

»Connor«, flüsterte sie, aber sein Kuss schnitt ihr das Wort ab. Er presste sie gegen die Tür und sie wurde praktisch auf der Stelle schwach in seinen Armen und küsste ihn zurück, leidenschaftlich. Dann stieß sie ihn zurück.

»Ich kann nicht aufhören, an dich zu denken«, flüsterte er.

»Connor, wir können das nicht machen«, sagte sie. »Nicht hier.«

»Rory«, hauchte er.

»Connor«, sagte sie, während sie weiterhin lächelnd die Tür öffnete. Sie konnte einfach nicht aufhören zu lächeln. Atemlos schlüpfte sie zurück in die Halle, gerade als Isabel die Hintertreppe hinunterkam. Connor betrat hinter Rory die Halle.

»Hey«, sagte Isabel. Ihre großen blauen Augen sahen zwischen Rory und Connor hin und her. Sie schien keinerlei Verdacht zu schöpfen. »Na, wie geht's?«

»Hey«, sagte Rory.

»Warum bist du nicht bei der Arbeit?«, fragte Isabel ihren Bruder.

»Ich habe frei«, erklärte er. »Der Tag nach dem 4. Juli.«

»Cool«, sagte Isabel geistesabwesend. »Hey, kann ich eine Minute mit dir sprechen?«, fragte sie Rory. »Allein?«

»Sicher.«

Jetzt zog Isabel Rory am Handgelenk durch die Halle. Rory drehte sich um und sah, dass Connor ihr sehnsüchtig hinterhersah, als sie in Rorys Zimmer gingen. Isabel schloss die Tür.

»Was ist los?«, fragte Rory.

Isabel setzte sich auf die Bettkante. »Ich habe letzte Nacht mit ihm geschlafen.«

»Mit wem geschlafen?«, fragte Rory, plötzlich verwirrt.

»Mit Mike. Mit wem sonst?«

»Oh.« Rory blinzelte, verstand jetzt aber, worum es ging. Sie hatte kurz alle anderen Jungs außer Connor vergessen. »Das ist toll.«

Isabel glättete die Spitzenborte des Kissens mit ihren Fingern. »Denkst du, dass es richtig war?«, fragte sie.

»Sicher. Ich meine, warum sollte es das nicht sein?«

Isabel zeichnete mit ihrem nackten großen Zeh einen Kreis auf den Teppich. »Ich denke, na ja ... ich meine, stimmt.«

»Denkst *du*, dass es richtig war?«, fragte Rory.

Isabel nickte. »Klar. Natürlich.«

»Dann ist doch alles super.«

»Es fühlt sich nur ... anders an«, sagte Isabel. »Es ist schwer zu erklären. Ich meine, ich weiß, dass du keine Ahnung hast.«

Rory ignorierte die letzte Bemerkung.

»Es ist nur ... sich geheimnisvoll geben, sich zurückhalten, sie nicht wissen lassen, wie man sich fühlt, das hat sich jetzt alles irgendwie erledigt.« Isabel lehnte sich an die Kommode. Es ist, als ob ich nicht mehr wüsste, wie man das Spiel spielt. Weißt du, was ich meine?«

»Aber vielleicht geht es gerade darum«, sagte Rory. »Vielleicht sollte man gar kein Spiel spielen müssen, wenn man jemanden wirklich liebt.«

Isabel kaute auf ihrer Unterlippe. Sie sah nicht überzeugt aus. »Was hast du gestern Abend gemacht?«

»Oh, nicht viel.« Rory nahm ihre Haarbürste von

der Kommode und begann, ihre Haare zu bürsten. Sie konnte noch nie jemandem direkt ins Gesicht lügen. »Ich bin daheim geblieben. Hab gelesen. Bin früh zu Bett gegangen.«

Isabel zog ihre Augenbrauen hoch. »Das klingt irgendwie traurig. Willst du zum Mittagessen mit ins *Georgica* kommen?«

Rory hörte auf, ihre Haare zu bürsten. »Wirklich?«, fragte sie skeptisch.

»Yeah. Ich habe mich gestern um die große Feuerwerksparty gedrückt und nun muss ich die Gemüter besänftigen. Und dabei könnte ich definitiv Unterstützung gebrauchen.« Isabel ging zur Tür. »Ich leih dir ein hübsches Kleid, wenn du willst.«

»Ich weiß nicht, ob ich einfach so mitkommen kann.«

»Ich klär das mit Bianca«, sagte Isabel. »Du bist nicht ihr Eigentum, Himmel. Und danke.«

»Wofür?«

»Ich weiß nicht. Fürs Zuhören.« Sie verließ das Zimmer, schüttelte ihre blonden Haare, und Rory fühlte eine Welle voller Schuldgefühle über sich schwappen. Nach dem, was Isabel ihr gerade erzählt hatte, fühlte es sich nur richtig an, ihr auch von Connor zu erzählen. Aber sie konnte nicht. Es gab zu viele Gründe, warum sie das nicht tun sollte. In der ganzen Zeit, in der sich Isabel den Kopf zerbrochen hatte, um einen Typ für Rory zu finden, war Connors Name nicht ein einziges Mal gefallen. Das hatte etwas zu bedeuten. Und vermutlich bedeutete es einfach: HALT DICH VON MEINEM BRUDER FERN – in großen, blinkenden Neonbuchstaben.

Sie brauchte jemandem, mit dem sie darüber reden konnte. Jemand, der nicht um den heißen Brei schleichen oder Rorys Gefühle schonen würde. Jemand, der ihr deutlich sagen würde, was sie jetzt tun sollte.

Steve.

Sie rannte zum Fenster. Sein schwarzer Jetta parkte neben dem Prius. Sie ging zur Hintertür und drückte sie auf.

Steve lief über den Tennisplatz und sammelte Tennisbälle ein. Er sah einsam aus und ein bisschen traurig. Rory fragte sich, ob er seinen Job mochte.

»Hey, Steve!«, rief sie. »Brauchst du Hilfe?«

»Hey!« Steve winkte ihr, dass sie näher kommen sollte. »Nein, ich schaff das. Wie war dein 4. Juli?«

Als sie näher kam, konnte sie die nagelneuen Bälle in dem Behälter riechen. Fee hatte erwähnt, dass die Rules jede Woche neue Bälle bekamen. »Ziemlich gut, ehrlich gesagt. Ich bin hiergeblieben.«

»Ja?« Steve sammelte weitere Bälle ein. Seine verspiegelte Sonnenbrille verdeckte seine Augen, und Rory konnte nicht sehen, ob er Bescheid wusste.

»Yeah. Ich habe das Feuerwerk direkt hier vom Strand aus beobachtet.« Sie stemmte die Hände in die Hüften und wappnete sich für Steves Missbilligung. »Und ich habe mit Connor Rule rumgeknutscht.«

Steve stellte den Korb mit den Bällen ab. »Bitte sag mir, dass du einen Witz machst.«

»Mache ich nicht. Dummerweise.«

»Rory«, seufzte er und nahm seine Sonnenbrille ab. »Ich dachte, du wärst klug.« Ein schwaches Lächeln umspielte seine Lippen.

»Ist es wirklich so schlimm?«, fragte sie. »Ich mag ihn. Und ich denke, dass er mich mag. Aber wenn du etwas über ihn weißt, das ich wissen sollte …«

»Komm her.« Steve ging zu einem Tisch und nahm eine kleine Flasche Evian aus einem Eiskühler. Er drehte den Deckel ab und trank fast alles in einem langen Schluck aus. Dann bedeutete er ihr, sich auf einen der Terrassenstühle zu setzen. »Ich weiß nichts über ihn«, fing er an und setzte sich ebenfalls. »Soweit ich weiß, ist er ein guter Mensch. Es ist nur, dass du –«

»Die Aushilfe bist, ich weiß«, sagte Rory.

»Es ist nicht nur das«, sagte Steve. »Diese Leute leben auf einem anderen Planeten als du und ich. Sie mögen total nett scheinen, aber sie können rücksichtslos sein. Und ich habe das auf die harte Tour gelernt.«

»Warum klingst du so mysteriös?«, fragte sie. »Ich dachte, du magst die Rules. Du hast mir gesagt, wie bodenständig sie sind. Wie cool und nett sie sind.«

Steve fuhr mit der Hand durch sein Haar und seufzte. »Letzten Sommer hatte ich diesen Schüler«, sagte er. »Eine Frau. Sie war mit einem viel älteren Mann verheiratet. Ein Mann, der viel Geld, aber sonst nichts hatte. Da war keine Liebe zwischen den beiden. Das war eindeutig. Nun, ich war immer professionell in meinem Job, habe mich nie mit jemandem eingelassen, den ich unterrichtet habe. Und es gab Zeiten, da hätte das durchaus passieren können. Aber ich habe nie etwas getan, niemals. Aber diese Frau hatte etwas. Sie war einfach … unglaublich«, sagte er, und seine Augen blickten an Rorys vorbei ins Leere. »Wir hatten eine wunderschöne Zeit. Sie war unglaublich unglücklich. Ihr Ehemann war nie da. Er ignorierte sie. Ich wusste, dass er sie betrog.« Er nahm noch einen Schluck von seinem Wasser.

»Also hast du dich in sie verliebt.«

»Ja«, sagte er. »Habe ich. Ich habe mich total in sie verliebt. Wir waren wie Kinder. Wir waren auf Wolke sieben. Ich wusste, es würde nur eine Frage der Zeit sein, bis wir erwischt würden, aber ich konnte nicht aufhören. Es war, als wäre ich süchtig.« Sein Gesicht verdunkelte sich bei der Erinnerung. »Und dann beobachtete der Ehemann eines Abends, wie wir uns küssten. Wir haben es nicht mal bemerkt. Er hat mich später, unter vier Augen, damit konfrontiert. Und anstatt mich zu feuern – darauf wäre ich vorbereitet gewesen –, war er begeistert.«

»Begeistert?«, fragte Rory.

»Er fühlte sich so schuldig wegen all seiner Affären, dass er nicht mal eifersüchtig war. Tatsächlich hat er mir angeboten, mein Gehalt zu erhöhen. Damit seine Frau weiterhin glücklich ist und er sein schlechtes Gewissen beruhigen konnte.«

»Igitt«, sagte Rory. »Das ist widerlich.«

»Ja, ich weiß«, sagte Steve. »Ich brauche wohl nicht zu sagen, dass ich das Angebot nicht angenommen habe. Ich wollte nichts mehr mit ihm zu tun haben. Und das machte es mir unmöglich, sie weiter zu unterrichten. Siehst du, er wusste genau, was er tat, als er mir das Geld anbot. Er wusste, dass es die Beziehung so oder so beenden hätte. Wenn ich das Geld genommen hätte, dann wäre ich nur ein weiterer hübscher Tennislehrer gewesen, der mit der Frau eines anderen schläft und sich dafür aushalten lässt. Und wenn ich das Geld zwar nicht genommen hätte, mich aber weiter mit ihr getroffen hätte, obwohl er Bescheid wusste, dann hätte ich vor ihr ein Geheimnis gehabt. Das hätte ich nicht gekonnt. Also habe ich Schluss gemacht. Aus einem vorgeschobenen Grund. Ich habe ihr erzählt, dass ich mich in eine andere verliebt hätte. Es war verdammt schwer, ihr das zu erzählen, ohne dabei eine Miene zu verziehen, aber ich habe es ihr gesagt. Ich hatte keine Wahl. Ich habe ihr Herz gebrochen. Und meins.«

Rory beobachtete Steve, der noch einen Moment länger seinen Gedanken nachhing, bevor er sie wieder ansah. »Das ist furchtbar«, sagte sie, »aber was hat das eigentlich mit mir und Connor zu tun?«

»Diese Leute kämpfen mit harten Bandagen, Rory«, sagte Steve geduldig. »Lucy und Larry sind nett, *äußerlich* nett, aber wenn du ihnen in die Quere kommst, dann finden sie Mittel und Wege, dich loszuwerden.«

Seine Worte ließen sie erschaudern. »Warum denkst du, dass ich ihnen in die Quere komme?«, fragte sie.

Steve fuhr erneut mit der Hand durch seine Haare. »*Ich* finde, dass sich jeder Typ glücklich schätzen kann, wenn du ihn willst. Aber meine Meinung zählt hier nicht. Mrs Rules Meinung ist die, die zählt. Ich denke, dass sie eine ziemlich klare Vorstellung davon hat, was für eine Sorte Frau gut genug ist für ihren Sohn. Und wenn diese Leute *nicht* bekommen, was sie wollen …«

»Du findest, ich sollte das mit Connor jetzt beenden?«

»Das meine ich, ja«, sagte Steve. »Sieh mal, ich komme her, ich helfe ihnen mit ihrem Doppel, sie bezahlen mich gut und dann gehe ich wieder nach Hause. Nur so kann ich seit sieben Sommern hier sein. Ich bleibe unbeteiligt. Zumindest versuche ich das.«

In der Ferne sah Rory Mrs Rule, wie sie über den Rasen auf den Tennisplatz zulief. Ihr blonder Pferdeschwanz hüpfte, als sei sie ein kleines Mädchen und nicht die Matriarchin dieser einschüchternden Familie.

»Aber noch ist doch eigentlich gar nichts passiert«, sagte Rory.

»Ich weiß. Und genau deshalb muss es jetzt auch aufhören.«

»Okay.« Mrs Rule kam näher. »Danke, Steve.«

Rory ging ins Badezimmer des Pavillons, um kurz durchzuatmen und Mrs Rule nicht über den Weg zu laufen. Sie stand im Dunklen und atmete den Zederngeruch der parfümierten Kerze ein, die alle zwei Wochen ausgetauscht wurde. Er hatte recht. Sie würde das mit Connor so schnell wie möglich beenden müssen. Aber dann erinnerte sie sich daran, wie Connor sie letzte Nacht geküsst hatte, wie weich seine Lippen gewesen waren, wie seine Hand ihre Wange wieder und wieder gestreichelt hatte, wie er ihr gerade eben erst gesagt hatte, dass er nicht aufhören könne, an sie zu denken.

Vielleicht musste sie sich nicht sofort entscheiden, dachte sie. Vielleicht konnte sie noch ein bisschen länger warten.

Kapitel 16

Bisher hatten die Angestellten des *Georgica* sie immer als Chauffeur behandelt, wenn Rory vor dem Club angehalten hatte. Heute jedoch erlaubten sie ihr tatsächlich, aus dem Auto zu steigen, auch wenn Rory den Grund dafür nicht kannte. Einer öffnete die Fahrertür und lächelte sogar unter seiner Schirmmütze. »Willkommen im *Georgica*«, sagte er fröhlich.

Rory nahm ihre Tasche, in die sie Sonnencreme, ihren einteiligen Badeanzug und ihr Buch gepackt hatte, und reichte ihm die Schlüssel. »Hast du ihnen gesagt, dass ich komme?«, fragte sie Isabel.

»Äh, *nein*«, sagte sie. »Warum hätte ich das tun sollen?«

»Sonst haben sie mich hier immer behandelt, als hätte ich die Pest.«

»Vielleicht liegt es an deinem Outfit«, sagte Isabel, und Rory blickte an sich herunter. Das leichte Sommerkleid mit dem melonen- und elfenbeinfarbenen Batikdruck, das sie von Isabel geliehen hatte, war überhaupt nicht ihr Stil, aber es ließ sie ein bisschen mehr nach *Georgica* aussehen. »Es steht dir ziemlich gut«, sagte Isabel. »Ich sollte dich mal zu Calypso mitnehmen.«

Isabel ging voran ins Hauptgebäude. Rory folgte ihr

und staunte über die furchtbar veraltete, goldgrün gemusterte Tapete und die steifen Holzstühle. Sie hatte weiche Sessel und Sofas mit weißen Leinenbezügen erwartet – so wie die Möbel, die die Rules hatten. Nicht diese Einrichtung aus den Sechzigern.

»Ich bringe einen Gast mit«, sagte Isabel zu dem Mädchen am Empfang. »Rory …« Isabel blickte Rory Hilfe suchend an.

»McShane«, sagte Rory schnell. »Weißt du meinen Nachnamen nicht?«

»Wie auch immer«, sagte Isabel. »McShane«, wiederholte sie an das Mädchen gewandt.

Dann gingen sie auf die grünweiß gestreiften Sonnenschirme und den rechteckigen Pool mit klarem blauem Wasser zu. Isabel spürte, wie sich das nagende Gefühl in ihrem Magen noch verstärkte. Ihre Sorgen um Mike wurden jetzt von der Anspannung überlagert, Thayer und Darwin wiederzusehen, die sie beide nicht mehr gesehen hatte, seit sie ihnen von Mike erzählt hatte. Sie hatte alle SMS ignoriert, die sie ihr geschickt hatten, auch die von letzter Nacht, als sie wissen wollten, wo sie während des Feuerwerks gesteckt hätte. In all den Jahren, in denen sie mit Thayer und Darwin befreundet gewesen war, hatte sie sie noch nie so komplett ignoriert. Sie hatte so eine Ahnung, dass ihr Verhalten nicht unbemerkt oder unbestraft bleiben würde.

»Jeder isst auf der Terrasse zu Mittag«, erklärte Isabel. »Man geht in die Cafeteria, bestellt und nimmt das Essen dann mit zu einem Tisch.«

Rory betrachtete all die Menschen, die von Plastiktabletts aßen. Anscheinend ähnelte das *Georgica* einer Highschool-Cafeteria in mehrfacher Hinsicht. *Und das soll ein exklusiver Club sein?*, dachte Rory.

»Normalerweise sitze ich bei Thayer und Darwin«, sagte Isabel. »Sie müssten schon hier sein.«

»Sind sie das da drüben?« Rory zeigte auf ein Mädchen mit rotgoldenen Haaren und knochigen Schulter, das es wiederzuerkennen glaubte.

Isabel blickte zu dem Tisch, auf den Rory zeigte, und sah Thayer, Darwin und Anna Lucia Kent, die kein Mitglied war und deshalb umso eifriger die Lunch-Szene, von der sie so viel gehört hatte, inspizierte, zusammensitzen. Isabel fühlte einen Anflug von Eifersucht. Sie war ersetzt worden. Rory und sie gingen auf die Mädchen zu. »Hey, Leute«, sagte Isabel. »Wie geht's?«

»Hey«, sagte Thayer und sah kaum von ihrem Salat auf.

Darwin winkte lustlos.

»Hi, Isabel!«, sagte Anna Lucia voller Begeisterung, da sie offensichtlich Thayers und Darwins lauwarme Begrüßung nicht mitbekommen hatte. »Das ist so ein hübsches Kleid. Ist das von J. Crew?«

»Calypso«, sagte Isabel. »Das ist meine Freundin Rory, Anna. Ihr anderen habt sie vor ein paar Wochen getroffen.«

»Hey«, sagte Rory. Sie stand hinter dem vierten Stuhl, unsicher, ob sie sich hinsetzen sollte.

»Hey«, murmelte Thayer, die immer noch mit ihrem Salat beschäftigt war. Darwin winkte erneut lustlos.

»Also, wie war die Party gestern Abend?«, fragte Isabel ihre Freundinnen mutig.

»Unglaublich«, sagte Thayer, und ihre Augen leuchteten voller Enthusiasmus auf. »Haufenweise niedliche Jungs. Stimmt doch, oder, D?«

»Haufenweise«, stimmte Darwin zu. »Ich habe noch nie so viele auf einem Fleck gesehen. Alle haben ihre Freunde vom College mitgebracht.«

»Das ist toll. Sieht aus, als bräuchten wir noch einen Stuhl«, sagte Isabel und blickte über ihre Schulter. »Es sei denn … wir setzen uns einfach woandershin.«

Thayer und Darwin tauschten einen kurzen Blick aus, während Anna Lucia lächelte. »Wie ihr wollt«, antwortete Thayer kalt und wandte sich wieder ihrem Mittagessen zu.

Rory sah zum Pool, dem Strand, den Sonnenschirmen – überallhin, nur nicht auf die Mädchen vor sich. Die Spannung war so intensiv, dass sie gegen den Drang ankämpfen musste, einfach zum Pool zu schlendern.

»Dann suchen wir uns einfach einen anderen Platz«, sagte Isabel und klang dabei traurig. »Wo wir euch doch so offensichtlich stören.«

»Bis später«, murmelte Thayer.

»Yeah, genau, du und dein Pflegefall«, sagte Darwin.

»Ihr seid solche Idioten«, murmelte Isabel.

»Richtig, wir sind die Idioten!« Thayer explodierte förmlich. »*Du* bist diejenige, die uns den ganzen Sommer über die kalte Schulter zeigt, und jetzt sind *wir* die Idioten? Du bist so eine Heuchlerin.«

»Sie ist keine Heuchlerin«, sagte Rory plötzlich.

Thayer sah überrascht aus. »Wie bitte?«, fragte sie.

»Warum sollte sie Zeit mit euch verbringen wollen, wenn ihr doch solche Vorurteile habt?«, sagte Rory. »Sie hat mir erzählt, was ihr von Mike haltet.«

»Was bist du, ihr Vorort-Bodyguard?«, fragte Darwin.

»Weißt du was?«, sagte Rory. »Isabel traut sich wenigstens, aus dieser Traumwelt auszubrechen, in der ihr alle steckt. Glaubt es oder nicht, aber es gibt mehr im Leben als euren Strandclub, eure Pferde und euren blöden Cobb-Salat.«

»Rory, komm schon, lass uns gehen«, flüsterte Isabel.

»Und wisst ihr, was noch?«, fuhr Rory fort. »Dieser Club ist nur cool, weil niemand reindarf. Aber ernsthaft, Essen auf Plastiktabletts? Der Imbiss-Teil in der Rockaway Mall hat mehr Stil als das hier.«

Um sie herum war es ganz still geworden. Drei Frauen am Nebentisch, alle blond mit gewollt unordentlicher Hochsteckfrisur und schicken Sonnenbrillen, starrten sie an. Genauso wie Thayer und Darwin, aber sie schienen auf etwas direkt hinter ihr zu starren. Rory wandte sich um.

Dort stand Mrs Rule und ihre blauen Augen glänzten ungewöhnlich hell. »Hallo, Mädchen«, sagte sie, ihre Stimme klang gezwungen. »Isabel, wie nett von dir, uns Gesellschaft zu leisten.«

»Hi«, antwortete sie.

»Und hallo, Rory«, fügte Mrs Rule in einem Tonfall hinzu, bei dem sich Rorys Härchen auf den Armen hochstellten. »Was machst du hier?«

»Wir haben Bianca gebeten, ihr den Tag freizugeben«, sagte Isabel.

»Wer ist wir?«, fragte sie und starrte Rory an.

»Connor und ich.«

»Nun, ich freue mich, dass du bereits Eindruck gemacht hast, Rory«, sagte sie betont fröhlich, »und dass du Freunde findest.«

»Warum gehst du dir nicht etwas zu essen holen«, sagte Isabel zu Rory, während sie ihre Mutter wegzog. »Unterschreib einfach mit meinem Namen.«

Rory sah ihnen nach. Sie konnte die eisige Kälte, die von Thayer und Darwin ausging, spüren. Langsam ging sie zur Cafeteria. Dort stand sie in dem hell erleuchteten Gebäude und war zu geschockt, um ein Tablett zu nehmen. Sie fühlte sich wie erstarrt. Sie konnte nur noch an die Miene von Mrs Rule denken, wie sie sie angesehen hatte. Das verkniffene, falsche Lächeln und die wütenden Augen.

»Bist du okay?«, fragte da jemand.

Sie blickte hoch und erkannte Connor, der neben ihr stand. »Du siehst aus, als würde dir gleich schlecht.«

Sie hätte sich freuen sollen, ihn zu sehen, aber sein Anblick verstärkte ihre Unruhe nur noch. »Was machst du hier?«

»Ich dachte, wenn meine Schwester dich an deinem einzigen freien Tag hierherschleppt, bin ich solidarisch und komme mit. Hier, nimm ein Tablett. Was willst du?«

»Ich kann nichts essen«, sagte sie. »Können wir irgendwo reden?«

»Klar, in unserer Umkleidekabine.« Er stellte das Tablett ab und sie liefen über die Terrasse zurück. Rory spürte, wie sich mehrere Augenpaare in ihren Rücken bohrten.

Als sie die Hütte erreicht hatten, öffnete Connor die quietschende Tür und sie trat in den dunklen, schmalen Raum, der nach Sonnencreme roch. Er machte das Licht an, und sie blinzelte, bis sich ihre Augen an die Helligkeit gewöhnt hatten.

»Also, was ist passiert?«, fragte er.

»Thayer und Darwin waren gemein zu Isabel, also habe ich sie verteidigt. Und dabei ein paar Sachen gesagt, die vielleicht unhöflich gewesen sind. Deine Mutter hat alles gehört.«

Connor lächelte. »Was hast du gesagt?«

»Ich sagte, dass der Imbiss in der Rockaway Mall mehr Klasse hat als dieser Club hier.«

Connor brach in Gelächter aus.

»Das ist nicht witzig«, protestierte sie.

»Doch, ist es«, sagte er. »Das ist super. Genau das mag ich so an dir. Du sagst, was du denkst.« Er trat zu ihr und legte die Arme um sie.

»Connor…« Es fiel ihr schwer, aber sie wand sich aus seiner Umarmung. »Sieh mal. Gestern Nacht, das war wirklich schön und ich hatte eine tolle Zeit, aber wir müssen damit aufhören.«

Ein Schatten schien über sein Gesicht zu huschen.

»Warum?«

»Weil es nicht geht.«

Er sah immer noch verwirrt aus. »Ich verstehe das nicht.«

»Na ja, ich meine, was sollen wir denn tun? Sollen wir den Rest des Sommers mit Heimlichtuereien verbringen?«

»Nein, wir sagen es meiner Familie. Wir sagen es ihnen direkt jetzt, wenn du willst.«

»Und was dann? Denkst du, dass sie sich für uns freuen?«

Er zögerte kurz. »Wen interessiert, was sie denken? Mich nicht.«

»Nun, mich aber«, sagte Rory. »Deine Mutter hat meinetwegen ohnehin schon Zweifel. Ich möchte mir nicht vorstellen, was sie denkt, wenn sie von uns erfährt. Es wäre zu merkwürdig. Und ich glaube nicht, dass ich damit umgehen könnte.«

Connors Lächeln verschwand ganz. »Also war es das jetzt? Einfach so? Wir versuchen es nicht einmal miteinander?«

»Lass uns die letzte Nacht einfach als schöne Erinnerung behalten und dabei bleibt es. Ich bin nicht auf der Suche nach einem Freund. Nicht diesen Sommer.« Das war eine Lüge, aber sie kam ihr so leicht über die Lippen, dass sie es fast selbst glaubte.

»Also gut«, sagte er. Er klang niedergeschlagen. »Wenn du es so willst.«

»Ja, das will ich«, antwortete sie. »Also … Freunde?«

Es sah auf den Boden und schüttelte langsam den Kopf. »Wie du meinst, Rory.« Dann ging er hinaus und knallte die Tür hinter sich zu.

Rory rührte sich nicht und versuchte zu verstehen, was da gerade passiert war. Sie sollte sich erleichtert fühlen. In Sicherheit. Sie sollte sich fühlen, als hätte sie das Richtige getan. Stattdessen fühlte sie sich nur verloren. Und von dem modrigen Geruch der Kokos-Sonnencreme wurde ihr schwindlig.

Isabel musste sich anstrengen, um mit ihrer Mutter Schritt zu halten, während sie den gewundenen Pfad zum Tennisplatz hinaufgingen. »Sie wollte mich verteidigen. Das war keine große Sache.«

»Sie hat die Mädchen zusammengestaucht«, sagte ihre Mutter. Ihr Tennisrock wippte, während ihre gebräunten Beine energisch den Hügel erklommen.

»Es war doch gar nicht so schlimm. Sie hat doch niemanden beleidigt oder beschimpft.«

»Warum ist sie überhaupt hier?«, fragte ihre Mutter über ihre Schulter. »Wenn sie schon einen Tag freibekommt, dann sollte ich das genehmigen und nicht du oder Connor.«

»Wo ist da der Unterschied? Es ist ja nicht so, als hätte sie irgendwas Wichtiges zu tun.«

Ihre Mutter drehte sich herum. »Doch, das hat sie. Sie ist hier, um zu arbeiten. So war es vereinbart.«

»Oh, komm schon«, stöhnte Isabel. »Rory ist doch kein armes kleines Waisenkind.«

»Genau«, sagte ihre Mutter und wischte sich mit dem Handrücken über ihren Haaransatz. »Sie hat eine Mutter. Sie hat ein Zuhause. Sie muss nicht bei uns wohnen. Ich habe es ihr erlaubt und im Gegenzug hilft sie uns ein bisschen. Und jetzt ist sie nicht nur in unserem Club, sondern sie beleidigt jeden hier.«

»Sie hat niemanden beleidigt –«

»Warum interessiert du dich überhaupt auf einmal für sie?«, entgegnete ihre Mutter. »Du konntest es doch nicht einmal ertragen, mit ihr im selben Raum zu sein.«

»Weil sie cool ist. Weil sie meine Freundin ist. Sie ist eine bessere Freundin als Thayer oder Darwin es jemals sein werden.«

»Das ist wundervoll, aber sie gehört nicht hierher, vor allem nicht, wenn sie uns bloßstellt«, sagte ihre Mutter. »Und wenn du sie dazu angestachelt hast, Isabel – wenn sie das von dir hat …«

»Ich habe sie nicht angestachelt. Warum redest du mit mir, als wäre ich ansteckend oder so?«

Ihre Mutter wandte sich wieder dem Weg zu. Die helle Sonne auf ihrem weißen Tenniskleid ließ Isabel die Augen zukneifen, obwohl sie ihre Sonnenbrille trug.

»Warum läufst du immer vor mir weg?«

In diesem Moment sah Isabel einen Mann, der hinter den Tennisplätzen gewartet zu haben schien. Es war Mr Knox. Er trug Golfkleidung, keine Tennissachen, und sein attraktives Gesicht war gerötet von der Sonne. Erleichterung huschte über sein Gesicht, so als habe er schon eine ganze Weile in dem Niemandsland zwischen Club und Dünen gewartet. Für Isabel machte das keinen Sinn, denn der Golfplatz lag auf der anderen Seite der Terrasse. Plötzlich wandte sich ihre Mutter ihr zu.

»Isabel«, schnappte sie, »wir sprechen zu Hause darüber. In Ordnung?«

»Was hast du –«

Mr Knox sah zu ihnen herüber. Mit der Hand schützte er seine Augen vor der Sonne.

»Nicht jetzt!«, fuhr ihre Mutter Isabel an.

Isabel schnellte herum und lief den Weg hinunter. Eingeschüchtert und beschämt, als hätte sie gerade ihre Eltern beim Sex erwischt. Ihre Mutter schrie sie nie vor Leuten an. Sie verstand gar nicht, warum Mr Knox ihre Mutter so nervös gemacht hatte. Es schien fast, als hätte sie sich zu Tode erschreckt. Und Mr Knox hatte ausgesehen … als ob er sich schuldig fühle, so als sei er bei etwas erwischt worden …

Sie fand Rory, die auf der Terrasse saß und *Die Verschwörung der Idioten* las. Sie überlegte, ob sie ein Foto mit ihrer Kamera machen sollte – es war ein großartiges Motiv –, aber dann ließ sie es.

»Willst du von hier weg?«, fragte sie.

»Ich dachte schon, du fragst nie.« Rory stand auf und steckte ihr Buch in ihre Tasche.

Isabel beobachtete Thayer, Darwin und Anna Lucia, die ihre Tabletts zum Mülleimer brachten und dann auf den Strand zusteuerten. *Auf Nimmerwiedersehen*, dachte Isabel.

»Also, wie schlimm ist es?«, fragte Rory. »Will deine Mutter mich rauswerfen?«

»Sie wird drüber hinwegkommen«, sagte Isabel. »Und eigentlich ist es mir auch egal, was sie denkt.«

»Ich wünschte, ich könnte das von mir auch sagen«, seufzte Rory.

Vor dem Club gab Rory einem Angestellten des Parkservice den Abholschein.

»Danke, dass du mich da eben verteidigt hast«, sagte Isabel. »Das war wirklich cool von dir.«

»Ich hätte deinen Freundinnen gegenüber nicht so hart sein sollen«, sagte Rory.

»Nein, ich bin froh, dass du das getan hast«, sagte Isabel. »Ich hätte ihnen schon längst mal die Meinung sagen sollen.«

Rory beobachtete, wie der Mitarbeiter des Clubs den Prius ausparkte und vorfuhr. Als er aus dem Auto stieg, gab Isabel ihm einen Dollar.

»Ist es okay, wenn ich fahre?«, fragte Isabel.

»Klar.«

Rory stieg ins Auto, als Isabel gerade ihren Sicherheitsgurt anlegte. Wieder sah Rory Connor vor sich, seinen Blick, als er aus der Umkleidekabine gegangen war, und kämpfte gegen den Drang an, einen letzten Blick zum Club zurückzuwerfen. *Du siehst ihn nachher im Haus*, beruhigte sie sich. *Das war kein Abschied.*

»Magst du ein Eis?«, fragte Isabel. »Geht auf mich.«

»Klingt gut«, sagte Rory. Die Tränen, die sich bei dem Gedanken an Connor in ihre Augen drängten, schluckte sie herunter.

Kapitel 17

»Ich liebe es, hier bei dir zu sein«, sagte Isabel, während sie in Mikes Armen lag und die Schatten vom flackernden Kerzenlicht beobachtete. »Es ist toll, dass wir das Haus für uns allein haben.«

Mikes kratzige Wange streifte ihre nackte Schulter. »Ja, es ist nett.«

Sie fuhr mit ihren Fingernägeln über Mikes Unterarm. Drei lange Tage nach ihrem ersten Mal waren sie endlich wieder zusammen. Dieses Mal war der Sex einfacher gewesen und sie hatte sich sicherer gefühlt. Mike war wieder unglaublich sanft gewesen und hatte sie mehrmals gefragt, ob sie okay sei und ob sie aufhören wolle. Jetzt, als sie in seinen Armen lag, hatte sie wieder dieses nagende Gefühl, das sie an jenem Morgen in der Dusche gehabt hatte: Er hatte ihr immer noch nicht gesagt, dass er sie liebte. Sie hatte darauf gewartet, besonders während einiger entscheidender Momente. Aber er sagte es nicht. Sie verdrängte den Gedanken und kuschelte sich dichter an ihn. Bob Marleys beruhigende Stimme drang aus den Lautsprechern.

»Wie lange bleiben Esteban und Pete in Maine?«, fragte sie.

Mike drehte die Lautstärke herunter. »Die ganze Woche.«

»Oh Mann, es wäre großartig, wenn ich einfach meine Sachen packen und zu dir kommen könnten, einfach so, für den Rest der Woche? Vielleicht könnte das sogar klappen.« Fünf Nächte lang in Mikes Armen einschlafen und am nächsten Morgen neben ihm aufwachen, war ein unglaublich verführerischer Gedanke. »Vielleicht sollte ich es einfach versuchen«, sagte sie. »Ich könnte meinen Eltern erzählen, dass ich bei Thayer bin oder so. Ich könnte morgens mit dir zur Arbeit gehen. Am Stand helfen.«

»Hm-hm«, sagte er, während er ihre Arme mit Küssen bedeckte.

»Hey, warum habe ich deine Familie noch nicht kennengelernt?«, fragte sie.

»Ich weiß nicht«, sagte er zwischen zwei Küssen. »Ich habe deine Familie auch noch nicht getroffen.«

»Ich weiß, aber das liegt daran, dass meine verrückt ist.«

»Meine auch.«

»Nein wirklich«, sagte sie. »Ich glaube, ich würde deine Eltern gerne kennenlernen. Ich komme gut mit Eltern aus. Sie lieben mich.«

»Ich wette, dass tun sie«, sagte er.

»Also … lerne ich sie bald kennen?«

Er hörte auf, sie zu küssen. Sie wandte sich rasch zu ihm um, um sein Gesicht zu sehen, doch sein Blick sah durch sie hindurch.

»Hey«, sagte sie. »*Willst* du nicht, dass ich deine Eltern kennenlerne?« Sie lachte kurz auf, um der Frage die Schärfe zu nehmen.

»Du triffst sie schon noch.« Er löste sich von ihr und setzte sich auf. »Aber vorher muss ich nach Maine, mich mit den Jungs treffen. Nur für ein paar Tage.«

»Ernsthaft?«, fragte sie.

»Es klingt toll, was Peter von dem Sommerhaus erzählt. Und es sind ja nur ein paar Tage«, sagte er. »Dann bin ich wieder zurück.«

»Also, wann genau kommst du zurück?« Sie stützte sich auf ihren Ellenbogen auf und war sich bewusst, dass ihr Herz raste.

»Nächste Woche«, sagte er.

»Und wann willst du …«

»Wahrscheinlich übermorgen.«

»Das ist länger als ein paar Tage.«

»Das sind so ungefähr fünf Tage«, sagte er und lehnte sich an die Wand. »Ist das zu lange?«

Sie sah auf das hellgraue Betttuch. Sie konnte ihm nicht mehr in die Augen sehen.

»Nein«, sagte sie.

»Ich bin zurück, bevor du merkst, dass ich weg war«, sagte er und streichelte ihr Haar. »Ich dachte, du hättest mich jetzt langsam satt.«

»Ja, klar«, kicherte sie. »Dich satthaben.« Sie streichelte sein Handgelenk. »Also, treffe ich deine Familie, wenn du zurückkommst?«

»Ganz sicher.« Er hob ihr Kinn, sodass sie ihm direkt

in die Augen sehen musste. »Ich werde die ganze Zeit an dich denken. Es wird die reine Folter sein.«

Dann geh nicht!, hätte sie am liebsten gerufen, aber sie schwieg. Stattdessen lächelte sie ihn so verführerisch und geheimnisvoll an wie nur möglich. »Gut«, sagte sie und küsste ihn sanft auf die Lippen.

Am nächsten Tag wachte sie mit einem lähmenden Gefühl der Angst auf. Als sie mit Rory endlich im Auto saß, musste sie es ihr erzählen.

»Er geht weg«, sagte sie. »Er fährt nach Maine. Einfach so. Findest du das auch etwas seltsam?« Isabel fuhr auf den Highway, auf dem ausnahmsweise mal kein Stau war, und korrigierte die Außenspiegel.

»Anderthalb Autolängen Abstand halten«, erinnerte Rory sie. »Ich weiß nicht, ob es merkwürdig ist. Das hängt davon ab, was er in Maine will.«

»Bier trinken? Abhängen? Nichts Wichtiges. Und ich habe nachgesehen. Da, wo er hinwill, kann man nicht einmal surfen. Er surft jeden Tag. Warum sollte er also wohin fahren, wo er nicht mal surfen kann?«

»Vielleicht wirklich aus dem Grund, den er genannt hat«, sagte Rory und lehnte sich rüber, um Isabels Tempo zu überprüfen. »Vielleicht will er einfach Zeit mit seinen Freunden verbringen. Hey, der Typ vor dir bremst ab«, sagte sie. »Du solltest vielleicht auf die Bremse treten.«

»Ich weiß nicht, irgendetwas daran ist einfach merkwürdig«, sagte Isabel und wurde langsamer. »Ich meine, jetzt haben wir das mit dem Sex gerade ausprobiert. Warum will er ausgerechnet *jetzt* wegfahren?«

»Du siehst ihn doch nächste Woche«, sagte Rory. »Lad ihn zu der Geburtstagsparty von deinem Vater ein. Auf die Art kann er deine Familie treffen, ohne dass die ganze Aufmerksamkeit auf ihn gerichtet ist.«

»Wann ist die Party? Am fünfzehnten?«

»Ich glaube schon.«

»Es ist komisch. Ich habe mich noch nie darum gekümmert, die Eltern anderer Leute kennenzulernen. Oh, apropos, mach dir keine Sorgen. Ich habe mit meiner Mom gesprochen. Sie ist nicht böse auf dich wegen neulich.«

»Großartig«, sagte Rory.

»Ich meine es ernst«, sagte Isabel und sah zu ihr hinüber. »Es ist ihr egal.«

Rory überlegte, ob sie Isabel sagen sollte, dass es Lucy Rule definitiv nicht egal war. Es war ihr so wenig egal, dass sie am Abend nach dem Ausflug in den Club zu ihr ins Zimmer gekommen war. Doch Rory wusste, dass sie Isabel nichts erzählen konnte. Nicht aus Loyalität zu Mrs Rule, nein. Aber sie selbst hatte auch ihren Stolz.

Rory hatte sich gerade fertig gemacht, um ins Bett zu gehen, als sie ein energisches Klopfen an der Tür hörte. Sie hatte gehofft, dass es Connor sei, der eine Erklärung wollte, warum sie sich so einfach von ihm in einer Umkleidekabine getrennt hatte. Stattdessen stand Mrs Rule vor ihr und hatte wieder ihr Lächeln aufgesetzt, bei dem es Rory kalt den Rücken hinunterlief. »Ich weiß, dass es spät ist«, hatte Mrs Rule betont freundlich gesagt. »Kann ich trotzdem reinkommen?«

»Sicher«, sagte Rory, und versteckte schnell ein paar herumliegende Kleidungsstücke.

»Ich möchte nur schnell mit dir reden«, sagte Mrs Rule und schloss die Tür hinter sich. In den Leggings und dem langen gestreiften Top hätte sie Isabels Schwester sein können. »Ich hoffe, du hattest heute einen schönen freien Tag«, sagte sie mit undurchsichtigem Lächeln, während sie die Uhr auf dem Nachtisch gerade rückte.

»Hatte ich.«

»Und wenn ich das richtig verstanden habe, hattest du einen Streit mit einigen von Isabels Freunden im *Georgica.*« Mrs Rule lächelte immer noch. Mit einem Ruck zog sie die Tagesdecke auf dem Bett glatt.

»Ja«, sagte Rory.

»Rory, ich verstehe, dass du vielleicht nicht weißt, wie man sich in einem Country Club benehmen sollte«, sagte Mrs Rule und setzte sich auf die Bettkante, »aber ich hoffe, du weißt, dass das, was ich gesehen und gehört habe, nicht angemessen war. Besonders für das *Georgica*. Die Leute werden dort dazu ermuntert, etwas … höflicher zu sein, wenn du verstehst, was ich meine.«

»Okay«, sagte Rory langsam.

»Ehrlich gesagt hätte ich nicht erwartete, dass du so ein Typ bist.«

»Was für ein Typ?«, fragte Rory.

»So ein ungehobelter Typ«, sagte Mrs Rule. »Ein Mädchen, das Leute beleidigt. Unverschämt und auffällig.«

Rory blickte Mrs Rule an und ihr fiel keine Antwort ein.

Mrs Rule stand vom Bett auf und schlenderte zur Kommode. »Nun, du hast es dir hier wirklich gemütlich gemacht«, sagte sie und ordnete die verschiedenen Seestern- und Sanddollaraccessoires, die Rory zur Seite geschoben hatte. »Es ist ein schönes Zimmer, nicht wahr?«

»Das ist es«, sagte Rory.

»Nun, ich bin froh, dass wir uns unterhalten haben«, sagte Mrs Rule, während sie in den Spiegel sah und sich mit einer Hand durchs Haar fuhr. »Ich denke, ich sollte ins Bett gehen. Wir müssen noch eine Menge für Mr Rules Geburtstagsparty planen. Und du wirst uns doch helfen, nicht wahr?«

»Natürlich«, sagte Rory.

»Gut.« Mrs Rule schenkte ihr ein freundliches Lächeln. »Gute Nacht.« Mit einem weiteren Lächeln winkte sie und schloss die Tür hinter sich.

Rory war alleine in dem Zimmer und blickte auf den Nippes, den Mrs Rule gerade neu arrangiert hatte. Die Rules ließen einen in ihre Welt, sie brachten einen im besten Zimmer unter, sie luden einen sogar ein, mit ihnen Tischtennis zu spielen, aber wenn man aus der Reihe tanzte, dann erinnerten sie einen blitzschnell an die Position, die man ihrer Meinung nach wirklich in der Gesellschaft einnahm. Jetzt verstand Rory, warum Fee in einem vollgestopften Kellerzimmer wohnte. Und es gab keinen Zweifel mehr, dass sie wegen Connor das Richtige hatte.

Connor. Sein Name sandte eine Welle von Bedauern

und Begehren durch sie hindurch. Die letzten Nächte hatte sie wach gelegen und überlegt, was er tun würde, wenn sie sich einfach die Treppen hinaufschlich, um an seine Tür zu klopfen und sich bei ihm zu entschuldigen – wenn sie ihm sagte, dass sie einen Fehler gemacht hatte und dass sie mit ihm zusammen sein wollte und dass sie an nichts anderes denken konnte. Würde er sie hereinlassen? Würde er erleichtert sein und ihr gestehen, dass er das Gleiche fühlte? Würde er sie in den Arm nehmen und sie bitten, die Nacht mit ihm zu verbringen?

Es war Rory jedoch unmöglich, das herauszufinden, denn in den Tagen nach der kleinen Unterhaltung mit Mrs Rule schien Connor wie vom Erdboden verschluckt. Sein Audi war morgens schon verschwunden, und er kam erst lange nach dem Abendessen heim, wenn sie schon auf ihrem Zimmer war. Sie versuchte sich einzureden, dass seine Abwesenheit einfach mit seinem vollen Stundenplan zusammenhing, aber vor dem 4. Juli war er nie so lange weggeblieben. Plötzlich war es offensichtlich: Er mied sie. Morgens ging er nie runter zum Strand, während Rory mit Trixie spazieren ging, und sie sah ihn auch keine Runden mehr im Pool drehen. Sie fand ihn nie schlafend auf dem Sofa im Fernsehraum. *Auch gut*, dachte sie sich nachts, wenn sie im Bett lag. *Diese Beziehung hatte sowieso keine Chance*.

Aber mindestens einmal am Tag wanderten ihre Gedanken wieder zu dem 4. Juli, und sie fühlte, wie ihr Herz vor Schmerz zerriss und sie sich nach etwas sehnte, was sie sich schon so lange wünschte.

»Du hast das Richtige getan«, sagte Steve, als sie endlich einmal allein in der Küche waren und sie ihn auf den neuesten Stand brachte.

»Aber es ist die Hölle«, sagte Rory, die über ihren Kaffee gebeugt am Tisch saß. »Manchmal kostet es mich meine ganze Kraft, nicht einfach hochzugehen, an seine Tür zu klopfen und ihm zu sagen, wie sehr ich ihn vermisse.«

Steve nickte über seinem Gatorade. »Glaub mir, es ist besser so.«

»Aber warum sollte ich Mrs Rule Recht behalten lassen?«, fragte Rory. »Es war vollkommen übertrieben, wie sie reagiert hat. Zu mir ins Zimmer zu kommen und mir zu sagen, wie sehr ich mich im Club danebenbenommen habe. Warum habe ich mich denn nicht verteidigt?«

»Weil du in ihrem Haus bist«, sagte Steve. »So läuft das nun mal.«

Und dann, eines Tages, während sie dasaß und jede einzelne von Mrs Rules silbernen Suppenschüsseln und Warmhalteplatten polierte, hörte sie, dass Connor nicht mehr da war.

»Wir werden für eine Weile nur zu fünft frühstücken«, hörte Rory Bianca zu Erica sagen.

»Warum?«, fragte Rory.

»Weil Connor in New York ist«, sagte Bianca mit hochgezogener Augenbraue. »Brauchst du noch mehr Informationen?«

Sie wandte sich wieder dem Silber zu und versuchte, den giftigen Dampf des Poliermittels nicht einzuatmen.

New York. Für den Rest des Tages konnte sie an nichts anderes mehr denken. Sie stellte sich tausend wunderschöne Mädchen vor, die in Sommerkleidchen und Sandalen elegant die Park Avenue – oder wo immer die Rules wohnten –, hinauf und hinunter spazierten und Connor dabei anflirteten.

Je wärmer es wurde, desto schlechter wurde Rorys Laune. Eine Hitzewelle breitete sich aus und die Temperaturen kletterten während des Tages auf fast vierzig Grad und machten die Nachmittage fast unerträglich. Rory saß Tag für Tag in der Nachmittagssonne auf dem Highway, drückte kraftlos den Knopf für die Klimaanlage und versuchte, den Prius irgendwie kühl zu halten, während sie nach Southampton oder Sag Harbor fuhr. Spätnachmittags sah sie sehnsüchtig zum Pool der Rules hin, am liebsten wäre sie einfach hineingesprungen, doch sie traute sich nicht. Stattdessen nahm sie Trixie mit zum Strand und ging bis zur Taille ins Wasser, dann sank sie bis zu den Schultern unter die Oberfläche. Es war der perfekte Platz, um den Fleck am Strand zu beobachten, an dem sie sich das Feuerwerk angesehen hatten. *Oh mein Gott, jetzt komm schon drüber hinweg* schalt sie sich selbst, gerade als eine Welle über ihrem Kopf zerschellte.

Mrs Rule sah sie jeden Tag, und es war ihr praktisch unmöglich, ihr in die Augen zu sehen. Langsam merkte auch Fee, dass etwas nicht stimmte.

»Alles okay?«, fragte sie Rory, sobald Mrs Rule den Raum verlassen hatte. »Bist du auf dem falschen Fuß aufgestanden?«

»Oh, mir geht's gut«, sagte Rory jedes Mal. »Es ist nichts. Bin nur ein bisschen müde.«

Fee war offensichtlich nicht überzeugt, aber sie schien zu ahnen, dass Rory nicht mehr sagen wollte.

Glücklicherweise hatte Bianca nichts davon mitbekommen, was im *Georgica* passiert war. Sie kommentierte weiterhin ungehemmt Rorys Kleidung, ihre Schuhe und ihre Frisur, aber sie machte keine Bemerkung über Rorys angebliche Unverschämtheit. Es war eine kleine Gnade, dass Mrs Rule Bianca nichts über Rorys Ausflug ins *Georgica* erzählt hatte.

Seit Mike weg war, sah Rory Isabel immer weniger, da sie sich nachts nicht mehr durch ihr Zimmer schlich. Isabel schien mehr und mehr Zeit in ihrem Zimmer zu verbringen, wo sie las und Musik hörte, die Rory durch die Decke hörte. Die Musik hatte jetzt eindeutig einen Hang zum Classic-Rock der Sechziger und Siebziger: Beach Boys, Pink Floyd, Van Morrison, Led Zeppelin. Und Bob Marley. Musik, die Mike mochte, nahm Rory an. Eines Abends hörte sie »Waiting in Vain« so oft, dass Rory fast zu ihr gegangen wäre und ihr gesagt hätte, sie solle die Musik leiser machen.

Dennoch ließ sie Isabel in Ruhe. Sie hatte anderes im Kopf, z.B. die Standpauke von Mrs Rule. Was immer geschehen mochte, Rory würde alles daran setzen, dass ihr so etwas nicht noch einmal passierte.

Am Tag vor Mr Rules Party lud Rory gerade die Einkäufe aus dem Auto, als Isabel zu ihr in die Einfahrt kam und sagte: »Du musst dir das ansehen.«

»Bitte?«, sagte Rory, während sie eine Zitrone zurück in die Tüte legte, die durch den Kofferraum gekullert war.

»Jetzt sofort. Gib schon her.« Isabel nahm eine der Einkaufstüten und trug sie zur Rückseite des Hauses. Rory folgte ihr. Das musste etwas ganz Wichtiges sein, wenn Isabel ihr dafür mit der Hausarbeit half.

Nachdem sie die Tüten in der Küche abgeladen hatten, gingen sie durch das Esszimmer in das Büro von Isabels Vater. »Was willst du hier?«, fragte Rory.

»Ich sehe mir Fotos an. Ich versuche, mich an dieses Kleid zu erinnern, dass ich in der siebten Klasse getragen habe. Und schau mal, was ich dabei gefunden habe.« Sie zeigte auf einen Stapel verstaubter Fotoalben aus Leder, der auf dem Schreibtisch ihres Vaters lag. Sie öffnete das oberste. »Da sind meine Eltern zusammen mit den Knox. Das Ehepaar, das gerade wieder hierher gezogen ist.« Sie senkte ihre Stimme. »Der Typ, den ich neulich mit meiner Mutter gesehen habe.«

Sie gab Rory das schwere Album. Die Fotos zeigten zwei Pärchen, die in einem Straßencafé in Paris saßen. Und auf einem Kreuzfahrtschiff. Und in einem Hafen mit einer altertümlich wirkenden Stadt, die in die felsigen Hügel dahinter gebaut war.

»Sie waren beste Freunde«, sagte Isabel. »Sie haben alles zusammen gemacht. Urlaube, Kreuzfahrten – sieh dir das nur an. Die Bilder sind alle aus dem Jahr, bevor ich geboren wurde.«

»Und?«

»Bei dem Abendessen, als du die Soße auf mich geschüttet hast«, antwortete Isabel, »da war dieser Typ dabei. Er kann hellsehen, sagte er, und er meinte, dass es in diesem Haus Geheimnisse gibt. Das meine Eltern ein Geheimnis haben.«

»Okay«, sagte Rory.

»Und neulich im *Georgica*, da habe ich gesehen, wie Mr Knox sich bei den Tennisplätzen herumgetrieben hat und er wirkte, als warte er auf jemanden. Ich war mit meiner Mutter da, und als sie ihn gesehen hat, hat sie mich praktisch angeschrien, dass ich verschwinden solle. Ich habe es nicht wirklich verstanden. Bis ich diese Fotos entdeckte. Wenn sie damals so gute Freunde waren, warum sind sie es dann heute nicht mehr? Und warum rastet meine Mutter aus, nur weil sie gesehen wird, wie sie mit Mr Knox spricht?«

Rory schloss das Album. »Ich weiß es nicht.«

»Was, wenn da etwas zwischen meiner Mom und Mr Knox passiert ist?«

»Meinst du eine Affäre?«, fragte Rory skeptischer, als sie beabsichtigt hatte.

»Ich weiß nicht.« Isabel zuckte mit den Schultern und öffnete das Album wieder. »Es ist verrückt darüber nachzudenken, aber es *könnte* etwas passiert sein.« Sie starrte die Fotos an. »Meine Mom steht in jedem Bild neben ihm«, sagte sie und zeigte auf eine Aufnahme von Lucy Rule, die neben einem attraktiven Mann mit blauen Augen an einem Tisch in einem Café stand. »Sieh doch, wie nah sie sich waren.«

»Ich glaube, ich gehe zurück in die Küche«, sagte Rory. »Dieses Zimmer macht mich nervös.«

»Warte«, sagte Isabel und öffnete ein paar Schubladen. »Vielleicht finden wir noch etwas anderes.«

Die Schubladen knarzten und quietschten bei jedem Öffnen und Schließen.

Rory ging zur Tür und sah sich nervös in der Halle um. Noch war alles still im Haus.

»Ha«, rief Isabel und nahm einen Brief aus einer Schublade.

Rory beobachtete, wie sich Isabels Lippen bewegten, während sie das Stück Papier las.

»Was ist es?«

»Es geht um das neue Grundstück«, sagte sie und sah besorgt auf.

Rory lief zu Isabel und sah ebenfalls auf den getippten Brief. Sie konnte nur eine Adresse erkennen – 127 Town Line Road –, bevor Isabel den Brief wegzog.

»Es geht um diesen Bauer in Sagaponack«, sagte sie. »Mr Robert McNulty. Er zieht sich aus dem Grundstücksdeal zurück. Er sagt, er habe erfahren, dass mein Dad dort eine ›extravagant große Villa‹ bauen lassen will, was ein Bruch des Vertrags wäre«, las sie vor. »Woher kann er das wissen?« Isabel legte den Brief zurück in die Schublade und schloss sie.

»Isabel, ich weiß nicht, was ich zu der Sache mit deinen Eltern sagen soll. Vielleicht war das, was du da gesehen hast, völlig harmlos. Vielleicht ist es gar nicht so, wie du denkst.«

»Vielleicht«, sagte Isabel. »Aber … Rory, geh mir nicht aus dem Weg, okay?«

»Was?«

»Ich merke, dass du mir aus dem Weg gehst.«

»Das mache ich nicht. Ich hatte nur so viel zu tun.«

»Bist du sicher?«, fragte Isabel und warf ihre Haare über die Schulter.

»Klar. Ganz sicher.«

»Okay, gut. Es war einfach alles ein bisschen seltsam in letzter Zeit, und Mike ist immer noch weg – er will heute übrigens wiederkommen –, und na ja … ich brauche einfach eine Freundin.«

Erzähl ihr von Connor, dachte Rory. *Erzähl es ihr einfach. Du fühlst dich besser, wenn du ehrlich zu ihr bist.* »Tut mir leid, ich glaube, ich war einfach zu beschäftigt.«

»Willst du im Pool schwimmen?«, fragte Isabel. »Ich kann dir Schwimmzeug leihen.«

»Ich habe einen Badeanzug.«

»Bäh, der orangefarbene Einteiler«, sagte Isabel. »Der zählt nicht.«

Sie verließen das Zimmer, und Rory merkte, dass sie sich wieder besser fühlte. Mrs Rule konnte sie von Connor fernhalten, aber sie konnte nicht verhindern, dass Rory sich mit ihrer Tochter anfreundete.

Kapitel 18

Isabel öffnete die Augen, streckte sich nach dem kleinen elektrischen Ventilator auf dem Nachttisch und neigte ihn in ihre Richtung. Schweiß lief über ihr Gesicht und ihre Arme und Mikes Laken klebten an ihrer Haut. Es waren bestimmt fast vierzig Grad in seinem Zimmer, aber sie brachte es nicht über sich zu gehen. Eine ganze Woche lang, die ganze Zeit, während Mike in Maine gewesen war, hatte sie davon geträumt, bei ihm zu sein, und jetzt würde sie so lange bleiben, wie sie konnte.

Mike döste neben ihr, seinen Kopf auf ihrer Schulter, seinen Arm locker über ihren Rücken gelegt. Sie ließ sich zurück auf das Kissen sinken. Ihr Date gestern Abend war so schön gewesen, wie sie es sich erhofft hatte: erst ein Abendessen auf der Terrasse von Buford's, danach saßen sie mit seinen Mitbewohnern auf der Sonnenterrasse seines Hauses unter den Sternen. Aber erst heute, an diesem Nachmittag hatten sie sich allein wiedergesehen, ein romantisches Wiedersehen. Er hatte sie um drei Uhr abgeholt und ihre Hand die ganze Fahrt über bis nach Montauk gehalten. Sein Zimmer war unerträglich heiß, aber es war ihr egal. Sie zog ihm sein Hemd aus, dann ihr Baumwollkleid. Es wurde immer leichter, mit ihm zusammen zu sein, ohne zu reden.

Außer jetzt, als sie neben ihm lag. Es gab da etwas, das sie ihm sagen wollte. Sie nahm seine Hand und streichelte sie. Der Ventilator surrte leiste.

»Ich liebe dich«, sagte sie.

Er blieb still. Sie hielt den Atem an. Das war nicht die Reaktion, auf die sie gehofft hatte.

»Bist du wach?«, fragte sie.

»Ja.«

»Hast du gehört, was ich gesagt habe?«

»Ja.« Er küsste sie auf den Hinterkopf. »Ich habe nur darüber nachgedacht.«

Sie starrte auf ihr Kissen.

»Ich liebe dich auch«, sagte er endlich.

Sie drehte sich um und sah ihn an. Ein wissendes Grinsen schien gerade über sein Gesicht gehuscht zu sein, und doch war da auch etwas Neues in seinen Augen, Verletzlichkeit.

»Wirklich?«

Er lächelte sie an. »Tu nicht so überrascht.«

»Mach ich nicht. Aber … wirklich?«

»Ja«, sagte er und sah ihr in die Augen. »Deshalb war ich in Maine, ich musste mal abschalten. Damit ich darüber nachdenken konnte. Es sich setzen lassen.«

»Du musstest darüber nachdenken?«, fragte sie.

»Du weißt, was ich meine«, sagte er. »Ich brauchte einfach Zeit. Ich sage nicht zu jeder *Ich liebe dich*. Ich weiß ja nicht, wie das bei dir ist.«

»Ich sage es nie«, sagte sie.

Danach schwiegen sie eine Weile. Sie war glücklich und erleichtert, und doch wurde sie das Gefühl nicht los, dass sich ihr Gespräch anders entwickelt hatte, als sie sich das gewünscht hatte. »Und ich will deine Familie immer noch kennenlernen«, fügte sie hinzu.

»Das wirst du«, sagte er. Er küsste ihre Fingerspitzen.

»Heute Abend ist die Geburtstagsparty für meinen Dad«, sagte sie. »Das wäre eine tolle Möglichkeit, meine Eltern kennenzulernen. Es wird ganz locker. Und es sind viele Gäste eingeladen. Du würdest nicht im Rampenlicht stehen oder so.«

Er hörte auf, ihre Finger zu küssen. »Heute Abend?«

»Ja. Heute Abend. Hast du Zeit?«

Er überlegte kurz. Sie starrte auf seine vollen Lippen. »Solange ich keine Krawatte anziehen muss«, sagte er schließlich.

»Musst du nicht.«

»Versprochen?«

»Versprochen.«

»Okay, also dann«, sagte er, warf die Decke zurück und präsentierte seinen durchtrainierten Körper. »Ich komm einfach so.«

Isabel lachte. »Das sieht gut aus«, sagte sie, als er sie näher zu sich zog.

»Rory!« Das heftige Klopfen an ihrer Schlafzimmertür ließ Rory zusammenzucken, sie zog gerade ein Kleid an.

»Ja?« Sie lief eilig zur Tür und zog dabei ihre Haare aus dem Kragen.

Fee sah zielstrebig aus. »Mrs Rule möchte, dass dieses Zimmer für die Party heute Abend ordentlich ist«, sagte sie, kam herein und schüttelte die Kissen auf Rorys Bett auf.

»Warum? Findet die Party etwa hier statt?«

»Nein, aber bei solchen Partys gehen die Leute gerne durch das ganze Haus und sehen sich auch die Zimmer an.«

»Ernsthaft?«, fragte Rory.

»Das ist schwer zu erklären«, seufzte Fee. »Hier, ich helfe dir.« Sie ging zur Kommode und ordnete die Ablage dort. »Du siehst hübsch aus«, fügte sie hinzu und warf einen Blick auf Rorys Kleid. »Ist das neu?«

»Ich habe es heute erst gekauft«, sagte sie. »Nicht, dass ich es mir leisten könnte.« Rory sah das Kleid an. Es war heruntergesetzt gewesen, doch selbst so hatte es mehr gekostet als alles, was sie je besessen hatte. Sie hatte Mr Rules Geburtstagskuchen abholen sollen, als sie an *Calypso* vorbeigekommen war und dem Drang nicht hatte wiederstehen können, kurz hineinzugehen. Und da hatte sie es gesehen, ein gebatiktes Seidenkleid mit gehäkelter Borte und Flügelärmeln, dreißig Prozent billiger, aber immer noch teurer als alles, was sie sich leisten konnte. Sie probierte es an, und es hatte ihr zu ihrer Überraschung gut gestanden – es sah nach Strand aus, mit einem Schuss Eleganz. Und Connor würde heute Abend auf der Party sein. Sie wollte toll aussehen, nur für den Fall, dass er sich immer noch für sie interessierte.

»Nun, du siehst wunderschön aus«, sagte Fee und nahm ein Übungsbuch für die Zulassungsprüfung fürs College von der Kommode. »Connor wird nicht wissen, wie ihm geschieht.«

»Wie bitte?«

Fee lächelte, während sie den Tisch mit einem Lappen abstaubte. »Ach Süße, dachtest du, ich bin blind? Ich habe Augen im Kopf. Ich sehe doch, was da vorgeht. Seit er weg ist, warst du totunglücklich. Keine Sorge, er kommt heute Abend zurück. Er fährt seinen Vater her.«

»Was hältst du von Connor und mir?«, fragte Rory. »Kannst du dir vorstellen, dass wir beide zusammen sind?«

»Ich sehe, dass ihr zusammen sein wollt, seit du hier angekommen bist«, sagte Fee.

»Warum hast du nichts gesagt?«

»Ich mische mich nie ein«, erklärte Fee, öffnete die Schublade mit Rorys Unterwäsche und Socken und legte all ihre Bücher, Stifte und Notizbücher dazu. »So. Das sollte genügen.«

»Fee?« Rory blickte zu Boden, zu aufgeregt, um ihrer Tante in die Augen zu sehen. »Da war schon etwas zwischen uns. Es war toll und gut und wunderschön. Aber ich habe es vermasselt.«

Fee hörte auf, die Bücherregale abzustauben, und wandte sich zu ihr um. »Was meinst du?«

»Wir … haben uns geküsst. Am 4. Juli. Und dann habe ich Angst bekommen. Es darf doch sowieso gar nichts zwischen uns passieren. Mrs Rule würde das niemals erlauben.

Nicht in einer Million Jahre. Und ich hatte Angst, verletzt zu werden. Also habe ich ihn weggeschickt. Ich habe ihm gesagt, dass ich nicht will. Und irgendwie ist das ja auch die Wahrheit.«

Fee verschränkte die Arme und seufzte. »Aber es ist nicht die ganze Wahrheit. Du musst ihm sagen, was du fühlst.«

Rory lehnte sich gegen die Kommode. »Was ist mit Mrs Rule?«

»Eins musst du über Mrs Rule wissen«, sagte Fee. »Sie tut zwar vielleicht immer so, als sei sie eine von den Guten, aber sie ist sich auch nicht zu schade, die Regeln zu brechen, wenn es sein muss, damit sie bekommt, was sie will.«

»Wie meinst du das?«, frage Rory.

Fee schüttelte den Kopf. »Ach, egal. Mach dir nur nicht so viele Gedanken wegen ihr. Die Rules könnten es *viel* schlechter treffen als mit dir. Vielleicht sehen sie das jetzt nicht so, aber mit der Zeit werden sie das verstehen.« Sie stemmte die Hände in die Hüften und musterte den Raum. »Okay. Das Zimmer sieht präsentabel aus. Ich sollte jetzt nachsehen, ob Bianca noch irgendetwas braucht.«

»Danke«, sagte Rory und berührte ihre Tante kurz am Arm. »Und bitte sag es niemandem. Isabel weiß es nicht. Ich habe ihr nichts gesagt.«

»Mach ich nicht«, sagte Fee und tat so, als würde sie einen Reißverschluss über ihren Lippen schließen.

»Aber merk dir eins: Es ist immer besser, den Menschen zu sagen, was du fühlst.«

Fee ging aus dem Zimmer und schloss die Tür. *Meine Mutter hat vielleicht immer alle Männer bekommen, die sie wollte,* dachte Rory, *aber Tante Fee ist diejenige, die mehr über die Liebe weiß.*

»Mom?« Isabel klopfte an die Badtür im Zimmer ihrer Mutter. »Kann ich mit dir reden?« Sie trat ein in eine Wolke süßlichen Parfums.

Ihre Mutter lehnte über dem Waschbecken und schminkte sich. Ihre Augen wanderten über Isabels Kleid. »Ist das neu?«

»So in der Art. Ich habe es letzten Sommer gekauft.« Sie zog den Ausschnitt ihres Kleides hoch, da er vorne immer herunterrutschte. Sie hatte in den letzten Wochen abgenommen. »Ich wollte dir nur sagen, dass ich für heute Abend einen Freund eingeladen habe«, sagte sie.

»Oh? Hast du dich mit Thayer und Darwin versöhnt?«, fragte ihre Mutter über die Schulter hinweg und tupfte Puder auf ihre Nase.

»Nein«, antwortete Isabel und versuchte, sich an die Rede zu halten, die sie sich zurechtgelegt hatte. »Sein Name ist Mike und er stammt aus North Fork. Er arbeitet den Sommer über am Gemüsestand seines Vaters und geht aufs Stony Brook College. Wir gehen seit ein paar Wochen miteinander aus, er ist mein Freund, und ich möchte, dass du nett zu ihm bist.«

Lucy legte den Pinsel weg. »Wo hast du ihn kennengelernt?«, fragte sie nach langem Zögern.

»Am Strand. Er war derjenige, der mich damals aus dem Wasser gerettet hat.«

Ihre Mutter durchwühlte ihr Make-up. »Nun, das sind sehr interessante Neuigkeiten.« Sie blickte zu ihrer Tochter und nahm einen Lidschatten aus ihrer Tasche. »Ich schätze, ich hätte ahnen können, dass so was passiert. Ist er ein Freund von Rory?«

»Nein. Wieso denkst du das?«

»Weil ich es sehr interessant finde, dass du mit einem Jungen aus North Fork ausgehst, kaum dass dieses Mädchen bei uns ist.«

Isabel war empört. »Sie hat mich nicht mit einem Arbeiter-Virus angesteckt, falls du das meinst.«

»Isabel, fang nicht so an«, seufzte ihre Mutter und wandte sich wieder dem Spiegel zu, um Lidschatten aufzutragen. »Ich habe genug im Kopf.«

»Da bin ich mir sicher.«

Die Hand ihrer Mutter verharrte über dem Augenlid. *Was verheimlichst du?* dachte Isabel.

»Nun, ich wollte dir nur mitteilen, dass er kommt, und ich liebe ihn und er liebt mich und du musst damit zurechtkommen. Sei nett.«

Ihre Mutter warf den Make-up-Pinsel zurück in die Tasche. »Also, du liebst ihn«, sagte sie. »Ich hoffe, du weißt, worauf du dich einlässt.«

»Was soll das heißen?«, fragte Isabel.

»Nichts«, sagte ihre Mutter und nahm einen Lippenstift. »Ich kann es nicht erwarten, ihn zu kennenzulernen.«

Rory fand Bianca in der Küche, etwas abseits des Trubels, den Kellner und Köche veranstalteten. Sie sah tatsächlich etwas unsicher aus. Ihr silbernes Haar hatte sie zu einem Halbknoten hochgesteckt und sie schien sich noch mehr Mühle mit ihrem Make-up gegeben zu haben als sonst.

»Gibt es irgendetwas, was ich tun kann?«, fragte Rory.

»*Da* bist du«, sagte Bianca, und ihre Augen leuchteten vor lauter Freude darauf, jemanden herumkommandieren zu können, auf. »Nimm das hier und zünde alle Kerzen draußen an, inklusive denen in den Papiertüten rund um den Pool«, sagte sie und reichte Rory ein Feuerzeug. »Und dann will ich, dass du die schwimmenden Kerzen über die gesamte Oberfläche des Pools verteilst. So wie Seerosen.« Sie gab ihr eine durchsichtige Schüssel mit kleinen Kerzen in Blütenform. »Und wie ich sehe, warst du einkaufen.« Bianca musterte Rory anerkennend von Kopf bis Fuß – bis sie die plumpen Plateausandalen sah. »Aber wohl keine Schuhe«, sagte sie und rümpfte die Nase, bevor sie wegging.

»Gerne«, sagte Rory laut. Sie nahm die Kerzen und das Feuerzeug und ging durch die Hintertür.

Draußen wirkten die hintere Terrasse und der Poolbereich wie verwandelt. Runde Tische mit weißen Leinentüchern und weißen Klappstühlen standen auf den Steinplatten vor dem Trainingspool. An der Rückseite des Hauses hatte man auf langen Tischen ein Aufgebot an Hors d'Oevres aufgebaut, mit dem man eine kleine Stadt hätte versorgen können: Fleisch, Käse, Crudités und Körbe voller Obst, das sich appetitlich bis über den

Tisch ergoss. Rory staunte über das Essen und entdeckte dann die beiden Bars, jede bemannt mit zwei Barkeepern in weißen Jacketts, die hinter einem Flaschenarsenal aus Wodka, Cristal und Rot- und Weißweinen standen. *Das muss ein Vermögen gekostet haben*, dachte Rory. *Und all das nur, weil Lucy Rule Lust auf Gäste hat.* Wenn Mr Rule Geburtstagspartys wirklich so hasste, wie jeder sagte, und es bereits Probleme in der Ehe gab, dann schien ihr dies hier nicht wie eine sinnvolle Investition.

Sie hatte die Sturmlampen in der Mitte von jedem Tisch angezündet und gerade mit den Kerzen rund um den Pool angefangen, als sie Steve sah, der über die Terrasse auf sie zukam. Es war ungewohnt, ihn in einem legeren Jackett und Jeans zu sehen.

»Brauchst du Hilfe?«, fragte er und ging neben ihr in die Knie, als sie in eine Papiertüte griff, um eine weitere Kerze anzuzünden.

»Nein, ich glaube, ich kann das, aber danke.«

»Du siehst sehr hübsch aus, Rory. Das ist ein schönes Kleid.«

»Ich habe das Geld, das ich hier nicht verdiene, dafür zusammengekratzt.«

Steve lachte. »Cool. Wie läuft es mit – du weißt schon, worüber wir gesprochen haben?«

Rory zündete einen weiteren Docht an. »Ich habe es gemacht, so wie du gesagt hast. Ich habe Schluss gemacht.«

»Wirklich?« Er klang enttäuscht.

»Ja. Aber jetzt wünsche ich, ich hätte es nicht getan.

Ich habe ihn glauben lassen, dass er mir egal ist. Ich habe ihn angelogen.«

Steve atmete. »Ja, ich verstehe.«

»Ich muss ihm einfach sagen, was ich für ihn fühle«, sagte sie. »Ich meine, was habe ich zu verlieren? Ernsthaft?«

Steve nickte. »Klingt wie ein Plan. Und hey, es tut mir leid, wenn ich dich falsch beraten habe.«

»Das ist okay. Ich weiß, dass du nur helfen wolltest.«

Die Hintertür flog auf, und Isabel trat in einem umwerfenden trägerlosen lavendelfarbenen Kleid, das bis auf den Boden reichte, auf die Terrasse. Alle Barkeeper wandten sich nach ihr um und starrten sie an. Isabel sah Rory und Steve und schwebte auf ihren hohen Absätzen zu ihnen hinüber.

»Isabel weiß es immer noch nicht«, sagte Rory. »Das soll so bleiben.«

»Verstanden«, sagte Steve, winkte Isabel kurz zu und verschwand dann in die andere Richtung. Isabel ging neben Rory am Rande des Pools in die Knie.

»Ich fass es nicht, dass du während der Party arbeiten musst«, sagte sie.

»Ich zünde nur diese Kerzen an.«

Isabel wirbelte mit der Hand durchs Wasser, und Rory sah, dass sie kurz davor war zu weinen.

»Was ist passiert?«, fragte sie.

»Ich habe heute etwas Verrücktes gemacht«, sagte Isabel. »Ich habe Mike gesagt, dass ich ihn liebe.«

»Wirklich?«, fragte Rory. »Das ist toll. Gut gemacht!«

Isabel warf Rory einen von Schmerz verzerrten Blick zu. »Am liebsten würde ich mich übergeben.«

»Warum?«

»Weil ich es zuerst gesagt habe.« Sie schüttelte das Wasser von ihrer Hand. »Und dann hat er es erst gesagt, aber es hat ein paar Sekunden gedauert und es war ein bisschen merkwürdig, weil ich es eben zuerst gesagt hatte. Und jetzt kann ich nicht aufhören, darüber nachzudenken. Denkst du, dass das schlimm ist?«

Rory schubste eine der Kerzen in die Mitte des Pools. Der Docht flackerte im Luftzug, aber er brannte weiter. »Du liebst ihn, richtig? Du musst einfach ehrlich mit den Menschen sein. Es ist immer besser, wenn du sagst, was du fühlst.«

»Außer, wenn du es zuerst sagst«, erwiderte Isabel.

»Mal ehrlich, wen interessiert, wer es zuerst gesagt hat? Er hat es doch auch gesagt, richtig?«

Isabel nickte. »Er kommt heute Abend übrigens auch.«

»Echt?«

Isabel warf Rory einen misstrauischen Blick zu. »Warum sagst du das so?«

»Nur so«, sagte Rory. »Ich bin mir sicher, er kommt her und alles wird gut – ehrlich.«

Isabel seufzte und stand auf. »Ich hole mir einen Drink.«

Rory zündete die letzten Kerzen an und setzte dann eine nach der anderen vorsichtig auf die Wasseroberfläche des Pools. Vor einem Monat hätte sie es nicht für möglich gehalten, dass Isabel so verletzlich sein könnte.

Der Tag, an dem sie Connors Handy ins Wasser hatte fallen lassen, schien lange her zu sein. Sie konnte es nicht erwarten, mit ihm zu reden und alles richtigzustellen. Sobald er eintraf, würde sie ihm ihre Gefühle gestehen. *Also, ich habe Mist gebaut. Ich bin ausgeflippt. Ich mag dich wirklich. Und ich will es probieren, auch wenn ich Angst davor habe, was passieren könnte.* Fee hatte recht gehabt, sie musste einfach ehrlich sein.

Die Gäste kamen nach und nach auf die Terrasse. Die Frauen trugen ärmellose Kleider und hatten Tücher um ihre nackten Schultern geschlungen. Die Männer waren in gestreifte Hemden gekleidet, die sie in meist helle Hosen gesteckt hatten. Rory schickte die letzte Kerze auf ihre Reise über die Oberfläche des Pools, als sie sah, wie Mrs Rule in einem schimmernden, bestickten, cremefarbenen Kleid aus dem Haus kam. Mrs Rule wollte offensichtlich einen großen Auftritt haben, doch Rory sah schnell wieder aufs Wasser. Der Ozean lag so hell und silbern da wie in der Nacht vor zwei Wochen. Connor würde jeden Augenblick da sein. Und wenn sie es diesmal richtig machen wollte, brauchte sie vorher noch Isabels Zustimmung. Sie musste es ihr jetzt endlich erzählen.

Isabel schlenderte auf Rory zu und nippte an einem Glas mit etwas, das aussah wie Eiswasser. Zumindest hoffte Rory, dass es das war.

»Einer der Barkeeper ist superniedlich«, sagte Isabel. »Aber er könnte ein bisschen zu alt für dich sein.«

»Es gibt da etwas, was ich dir sagen muss«, sagte Rory. »Etwas, das mich schon eine Weile beschäftigt.«

Rory nahm war, dass die Partygeräusche um sie herum plötzlich lauter wurden.

Isabel wandte sich um. »Sieh mal, mein Dad.«

Rory dreht sich ebenfalls um und sah die schlanke, große Gestalt von Mr Rule vor der Terrassentür. Er hatte seine Arme in einer Geste erhoben, die gleichermaßen Überraschung wie Niederlage bedeuten konnte.

»Wenigstens sieht er nicht allzu böse aus«, meinte Isabel.

Rory beobachtete Mr Rule dabei, wie er seine Gäste begrüßte, und wartete darauf, dass Connor hinter ihm auftauchte. Und tatsächlich trat er endlich durch die Terrassentür, groß und athletisch wie sein Vater. Connor sah unglaublich gut aus in einem dunklen legeren Jackett und einem blauen Hemd. Sie wollte gerade auf ihn zugehen, sie wurde von ihm angezogen wie von einem Magneten, da erblickte sie jemanden hinter Connor. Eine Gestalt, die groß und schlank war, mit dunklen langen Haaren und einem Kleid.

»*Julia*«, stöhnte Isabel, als ob Rory wissen müsste, wer das war. »Unglaublich. Ich schätze, sie sind wieder zusammen.«

»Wieder zusammen?«, fragte Rory.

Rory beobachtete, wie Conner sich nach dem Mädchen umdrehte und ihm die Hand entgegenstreckte. Es nahm sie so elegant, als würde es schon sein ganzes Leben lang nichts anderes machen.

»Das ist seine Exfreundin«, sagte Isabel. »Er hat sie letztes Jahr verlassen. Sie war nicht gut zu ihm. Ich kann nicht glauben, dass sie wieder zusammen sind. Was denkt er sich nur dabei?«

Rory sah, wie die beiden Hand in Hand direkt auf sie zukamen. Er versuchte, sie eifersüchtig zu machen. Bestimmt. Und es funktionierte.

»Ich glaube, wir sollten sie begrüßen«, sagte sie.

»Ja, ich denke schon«, sagte Isabel und klang extrem genervt. »Sie ist unerträglich. Ich möchte dich nur warnen.«

Rory ließ Isabel vorgehen. Sie sah die ganze Zeit Julia an, nicht nur, weil sie so unverschämt hübsch war – mit dunklen großen Augen, glatten braunen Haaren und dem längsten Hals, den sie je gesehen hatte –, sondern weil sie es nicht ertragen konnte, Connor in die Augen zu sehen. *Warum bist du so überrascht?* dachte sie. *Hast du etwa geglaubt, er wartet, bis du deine Meinung änderst?*

»Hey!« sagte Isabel und küsste Julia auf die Wange. »Lange nicht gesehen. Ich wusste nicht, dass du auch kommst.«

»Wusste ich auch nicht«, rief Julia überglücklich. »Es ist einfach so passiert.«

»Großartig«, murmelte Isabel.

Julia blickte Connor bewundernd an. »Wir sind uns vor ein paar Tagen auf dieser Party über den Weg gelaufen. Da habe ich ihm gesagt, wie sehr ich ihn vermisst habe, und dann hat er mir gesagt, wie sehr er *mich* vermisst hat« – Rory beobachtete, wie sie ihre Wange an seinem Arm rieb –, »und dann sind wir zu dem Konzert von Gotye gegangen und jetzt sind wir wieder zusammen.

Dabei mag er Gotye noch nicht einmal. Ich meine, ist das nicht süß?«

»Ja, ganz toll«, sagte Isabel.

Connor warf Rory einen Blick zu. Es schien, als habe er das Reden verlernt.

»Nun, das ist großartig«, sagte Isabel und verkniff sich ein Grinsen. »Das hier ist übrigens Rory.«

»Hi!«, zwitscherte Julia und gab Rory die Hand. »Es ist so nett, dich kennenzulernen.«

»Hi«, sagte Rory.

»Rory wohnt den Sommer über bei uns«, sagte Connor endlich.

»Oh, echt? Seid ihr Freunde?«, fragte Julia und sah zwischen Rory und Isabel hin und her.

»Nein, ich bin die Nichte der Haushälterin«, antwortete Rory.

»Oh!«, zwitscherte Julia wieder, ein bisschen zu laut. »Das ist toll!«

»Ja, es ist … toll.« Rory warf Connor einen vorwurfsvollen Blick zu und sagte: »Ich hole mir ein Soda. Entschuldigt mich.«

Auf ihrem Weg zur Bar zwang sie sich dazu, sich zu beruhigen. Connor hatte nichts Falsches getan. Sie war diejenige gewesen, die ihn abgewiesen und so getan hatte, als habe sie keine Gefühle für ihn. Irgendwie hatte sie es fast verdient. Aber dass er wieder etwas mit seiner Exfreundin anfing und sie dann auch noch zur Familienfeier mit nach Hause brachte, das war dann doch etwas zu viel, fand sie.

An der Bar bestellte sie ein Ginger Ale und überlegte, wo sie sich verstecken konnte.

Der Barkeeper reichte ihr ein Glas. »Hier, bitte.«

»Danke«, sagte sie. Sie blieb an der Bar stehen, den Rücken zur Party, bis sie jemanden neben sich spürte, den sie nur allzu gut kannte.

»Hey.«

Sie wandte sich um und sah Connor, der so tat, als würde er die Leute beobachten.

»Wie geht's?«, fragte er.

»Gut.« Sie sah Connor an, während sie an ihrem Getränk nippte. »Wie war New York?«

»Gut«, sagte er. »Du weißt schon. New York eben.«

»Ja, klar.«

»Wie war es hier? Habe ich etwas verpasst?«

»Nein, nicht wirklich.« Sie nahm einen weiteren Schluck. Sie wünschte, er würde sie in Ruhe lassen.

»Also, Julia und ich, wir waren fast ein Jahr lang zusammen, und jetzt sind wir uns wieder über den Weg gelaufen …«

»Das habe ich bereits gehört«, sagte Rory und machte einen Schritt von ihm weg. »Du schuldest mir auch keine Erklärung.«

Endlich sah er ihr in die Augen. »Rory, können wir nicht wenigstens darüber reden?«

»Was gibt es da zu reden? Wir sind nicht zusammen. Du kannst machen, was und mit wem du willst.«

In diesem Moment klopfte ihr jemand auf die Schulter. Es war Bianca und Rory war tatsächlich erleichtert.

»Du musst die Geschenke in den Haushaltsraum bringen«, befahl sie. »Mrs Rule findet, das Foyer sieht so zu unordentlich aus.«

»In Ordnung.«

»*Sofort*«, sagte Bianca noch, bevor sie wieder ging.

Rory sah ihr hinterher und fragte sich, ob sie ihr nicht einfach folgen und dieses furchtbare Gespräch so beenden sollte.

»Rory, du hast gesagt, dass du mit mir nur befreundet sein möchtest …«

»Ich weiß«, sagte sie und lächelte. »Hab einen schönen Abend.«

Er sah verletzt aus, aber sie ging dennoch. Wenigstens hatte sie noch ihren Stolz. Und Isabel wäre ebenfalls stolz auf sie gewesen.

»Genau, also deshalb werde ich ziemlich sicher Delta Delta Delta die Treue schwören«, sagte Julia gerade, und beendete damit ihren zehnminütigen Monolog über die Feinheiten der Suche nach einer Studentenverbindung an der Duke. »Ich denke, sie passen wahrscheinlich am besten zu mir.«

Isabel schielte immer wieder zur Terrassentür. Es war neun Uhr und Mike war immer noch nicht da.

»Siehst du dir alle Verbindungen an, wenn du aufs College kommst?«, fragte Julia.

Isabel blickte immer noch zur Tür, völlig in Gedanken versunken.

»Isabel? Ist alles okay?«

»Oh, ja«, sagte Isabel, als sie Julias Frage endlich hörte. »Ähm, würdest du mich endschuldigen?«

Isabel bahnte sich einen Weg durch die Menge auf der Terrasse und versuchte, dabei so wenig Gäste wie möglich begrüßen zu müssen. Im Haus ging sie zur Vordertreppe, nur für den Fall, dass Mike im Foyer aufgehalten worden war, aber sie sah nur Mr und Mrs Kendall, die über den Einrichtungsgeschmack der Rules herzogen.

Sie rannte die Stufen hinauf, immer zwei Stufen auf einmal nehmend, und in ihrem Magen machte sich Angst breit. In ihrem Zimmer lag ihr Handy genau da, wo sie es mit dem Display nach oben liegen gelassen hatte. Eine SMS leuchtete auf dem Bildschirm.

Hey, meine Schöne. Ich schaffe es heute Abend nicht,
aber lass uns die Woche definitiv treffen.

Sie las den Text noch einmal. Und noch einmal. Natürlich, es konnte eine Menge bedeuten: Er war krank, ein Notfall in der Familie, er hatte Krach mit einem seiner Mitbewohner gehabt. Aber tief in ihrem Innersten wusste sie, dass es das nicht war. Er hatte sie versetzt.

Sie legte das Handy weg. Es war nur eine doofe Party, sagte sie sich. Es war nicht wirklich wichtig, ob er hier war. Und vielleicht war es besser so, dass er nun doch nicht ihre verrückte Familie kennenlernte.

Aber vor wenigen Stunden hatte er ihr gesagt, dass er sie liebte. Und wenn man jemanden liebte, dann tat man doch für die Person auch Dinge, von denen man wusste, dass sie für diejenige wichtig waren, oder?

Sie schloss die Schlafzimmertür und legte sich auf ihr Bett. Sie versuchte, sich einzureden, dass immer noch alles okay war und dass das alles nichts bedeutete. Aber schon wieder hatte sie dieses Gefühl, dass da etwas fehlte. Und vielleicht hatte es von Anfang an gefehlt.

Kapitel 19

»Okay, man steigt immer von links aufs Pferd, das ist wichtig«, sagte Isabel und führte die majestätische weiße Stute aus dem Stall. »Dann schiebst du einfach deinen Stiefel in den linken Steigbügel, greifst den Sattel und ziehst dich hoch. Es ist ziemlich einfach. So in der Art.«

Rory beobachtete Isabel, die es ihr demonstrierte, indem sie ihre Zehen im Steigbügel platzierte und elegant in den Sattel stieg. Mascara, das Pferd, stand ganz still.

»Siehst du?«, sagte Isabel, als wäre es das Einfachste auf der Welt.

Rory seufzte. Sie konnte nicht glauben, dass sie sich von Isabel hatte überreden lassen, eine Quasi-Privatreitstunde in Two Trees zu nehmen. Doch nach vier Tagen mit Connor und Julia, die im Haus ihre Zeit in trauter Zweisamkeit verbrachten, wollte sie nur noch raus. Egal, wo sie hinkam, immer war Julia schon da: Sie sonnte sich auf der Terrasse, sie sah fern in der Bibliothek, sie spielte Tennis mit Steve. Sie hatte sich über Nacht richtig schön bei den Rules eingerichtet und Mrs Rule schien begeistert davon. Gerade erst an diesem Morgen hatte Rory, als sie die Post an den Frühstückstisch brachte, gehört, wie Mrs

Rule Julia gefragt hatte, ob sie die Familie am nächsten Abend zu Nick und Toni begleiten würde.

»Natürlich!«, rief Julia mit ihrer Stimme, die klang, als habe man einem Chipmunk Helium gegeben. »Ich liebe Nick und Toni!«

Connor hatte Rory seit der Party nicht in die Augen sehen können. Sie war ihm seit dem Abend sowieso nur wenige Male in der Küche begegnet, und da hatte er immer nur kurz Hallo gesagt, mehr nicht. Er verbrachte die meiste Zeit des Tages mit seinem Unterricht im Yachtclub und kam nur zum Abendessen nach Hause. Wenigstens teilten er und Julia kein Zimmer. Das wäre der letzte Nagel zu Rorys Sarg gewesen.

»Siehst du, wie einfach das ist?«, fragte Isabel wieder und zog am Kinnriemen ihres Helms.

»Nein«, sagte Rory.

»Komm schon. Hab keine Angst. Flame ist wirklich lieb.«

Sie beobachteten, wie eine kleine sommersprossige Frau namens Felicia ein kastanienfarbenes Pferd auf den Platz brachte. Als es Rory sah, blähte es die Nüstern und wieherte. »Ich glaube, es weiß, dass ich nicht reiten kann«, sagte sie.

»Das wird schon«, sagte Isabel. »Steig einfach auf. Von links.«

Die Reitlehrerin hielt ihr den Steigbügel hin und Rory schob ihre Zehen hinein.

»Großartig. Jetzt schwing einfach dein rechtes Bein hinüber.«

Rory griff nach dem Sattel, um sich daran hochzuziehen, sank jedoch sofort wieder zu Boden.

»Felicia, kannst du ihr einen Schubs geben?«, rief Isabel.

Felicia stellte sich hinter Rory und legte die Hände um ihre Taille.

»Okay, auf drei«, sagte Felicia. »Eins, zwei, drei …«

Rory griff wieder den vorderen Teil des Sattels, zog sich hoch und mit einem ordentlichen Schubs von Felicia bekam sie wirklich das andere Bein hoch und über den Pferderücken. Flame wieherte auf.

»Großartig«, sagte Isabel. »Wie fühlt es sich an?«

»Wundervoll«, murmelte Rory, als Flame anfing, im Kreis zu laufen. »Hey. Mach langsam«, sagte sie zu ihm. Flame wurde schneller. »Isabel, äh, wo geht er hin?«

»Zieh einfach an den Zügeln, damit er anhält.«

»Stopp!«, sagte Rory und zog so fest an den Zügeln, wie sie nur konnte.

Flame ignorierte sie und lief zurück zum Stall, so als wisse er, dass er nur seine Zeit verschwende.

»Weißt du, vielleicht war das keine so gute Idee«, rief Rory über ihre Schulter.

»Du hast mir das Autofahren beigebracht, jetzt bringe ich dir bei, ein Pferd zu reiten«, antwortete Isabel, die die Zügel gekonnt hielt.

»Ein Auto kann dich nicht abwerfen«, sagte Rory, während sie Flame dabei zusah, wie er Gras am Gatter zu fressen begann. »Oder dich ignorieren.«

»Das ist doch nur eine Anfängerstunde. Und ich wünschte, wir könnten anfangen. Wo bleibt sie nur?«

»Tut mir leid, ich komme ja«, sagte eine hohe Stimme.

Julia kam auf einem glänzenden schwarzen Pferd aus dem Stall und trug Handschuhe, eine Reithose und ein Jackett – mit diesem Outfit hätte sie selbst die amerikanische Olympia Equipe ausgestochen.

»Es fühlt sich toll an, wieder zu reiten«, gurrte Julia und klopfte den glänzenden Hals ihres Pferdes. »Hey, Rory. Das sieht doch gut aus.«

»Danke«, sagte sie. Natürlich hatte Julia mitkommen wollen, als sie von ihren Plänen erfahren hatte. Nicht einmal Isabel konnte ihr das ausreden. Auf dem Weg zum Stall hatte Julia ohne Pause von all den Auszeichnungen geredet, die sie mit ihren Reitkünsten in Westchester gewonnen hatte. Rory war sich nicht sicher, aber sie meinte zu spüren, dass auch Isabel genervt von Julia war.

»Da Rory zum ersten Mal auf einem Pferd sitzt, sollten wir im Schritttempo beginnen und dann vielleicht das Leichttraben versuchen?«, schlug Isabel vor. »Wäre das in Ordnung?«

»Klingt super«, sagte Julia.

Felicia klatschte in die Hände und stellte sich in die Mitte des Zirkels. »Okay, Mädels, los geht's.«

Isabel und Julia lenkten ihre Pferde erfahren in den Zirkel. Rory zog an den Zügeln und hoffte, dass Flame sein Interesse am Gras verlieren würde, aber er gab nicht nach.

»Rory!«, rief die Reitlehrerin. »Drück einfach mit deinen Absätzen ein bisschen in seine Seiten. Dann läuft er schon los.«

Sie machte, was die Reitlehrerin gesagt hatte, und Flame riss ruckartig den Kopf hoch.

»Jetzt schnalz ein bisschen mit der Zunge.«

Rory schnalzte. Flame schoss los und ordnete sich dann hinter Isabels Pferd in den Kreis ein. »Au, au, au«, rief Rory, als sie im Sattel durchgeschüttelt wurde.

Hinter sich hörte sie Julias süßliches Lachen. »Oh, das tut bestimmt weh«, scherzte sie.

Rory kochte innerlich.

»Okay, jetzt lasst uns Leichttraben probieren!«, rief die Reitlehrerin. »Ihr hebt den Hintern leicht aus dem Sattel, die Hände und Fersen bleiben dabei unten.«

Isabel hob sich aus ihrem Sattel. Rory gab ihr Bestes, um es ihr gleichzutun.

»Rory, den Hintern nicht so hoch!«, rief die Reitlehrerin.

Hinter sich hörte sie wieder Julias Lachen.

»Okay, und jetzt gehst du immer hoch, wenn das Pferd mit dem vorderen rechten Bein ausschreitet«, rief Felicia laut. »Bist du so weit? Treib ihn mit den Absätzen an, damit er antrabt.«

Isabels Pferd trabte vor Rory an und seine Reiterin saß mit perfektem Timing und voller Grazie jeden zweiten Schritt aus.

Rory versuchte, es Isabel nachzumachen, aber sie verfehlte den Tritt. »Au, au, au«, murmelte sie vor sich hin.

»Du musst hochgehen, wenn das *rechte* Bein vorgeht«, rief Julia hinter ihr. »Sieh mal, so.« Rory beobachtete, wie

Julia an ihr vorüberritt und ihr perfekter Hintern sich dabei elegant hob und wieder in den Sattel setzte.

»Okay, Rory, nun soll Flame wieder im Schritttempo gehen«, sagte Felicia. »Zieh die Zügel an.«

Rory zog an den Zügeln und Flame blieb so abrupt stehen, dass sie fast in seine Mähne fiel.

»Das ist im ersten Moment schwierig«, sagte Felicia und stapfte über den erdigen Boden. »Aber ich bin mir sicher, dass du den Dreh noch rausbekommst. Du musst hoch, wenn das rechte vordere Bein vorne ist, und wieder runter, wenn das vordere linke Bein vorgeht. Kapiert?«

»Ich denke schon«, sagte Rory.

»Okay, dann lass es uns noch mal versuchen. Geh in Position. So als ob du mit Skiern einen Berg herunterfahren willst.«

Rory versuchte die Pose nachzumachen, obwohl sie auch keine Ahnung hatte, wie man Ski fuhr.

»Und jetzt treib ihn mit dem Absatz an«, befahl Felicia.

Rory presste ihre Absätze gegen Flames Flanke und schnalzte mit der Zunge. Nichts passierte. In dem Moment pfiff Julia laut mit den Fingern.

Das Signal schreckte Flame auf. Er machte einen Satz und galoppierte los, sodass Rory aus dem Sattel gehoben wurde. Sie klammerte sich an seiner Mähne fest, während er durch die Kurve des Parcours galoppierte, vorbei an Felicia, Isabel und Julia, die ihr mit offenem Mund nachstarrten, Schrecken und Bewunderung in ihren Gesichtern.

»Zieh an den Zügeln!«, schrie die Reitlehrerin. »Los!«

Rory versuchte es, aber Flame war zu schnell. Sie hörte nur noch das Trommeln seiner Hufe auf dem Boden. *Halt dich einfach fest*, dachte sie und starrte die abblätternde weiße Farbe auf dem Geländer des Rings an, während sie sich an Flames Mähne festklammerte. *Du darfst nicht fallen, nicht vor diesem Mädchen.*

»Stop!« Felicia stellte sich ihr in den Weg und wedelte mit den Armen. Flame hielt an, nur ein paar Zentimeter vor Felicia. Rory glitt zurück in den Sattel. Ihre Hände klammerten sich immer noch an die Mähne.

»Bist du okay?«, fragte Felicia, während sie die Zügel nahm.

»Ich glaube, mir reicht es«, sagte Rory und ließ sich vorsichtig aus dem Sattel gleiten.

Isabel sprang von ihrem Pferd und kam zu ihr gerannt. »Bist du okay?«

»Ich glaube schon.«

Julia kam langsam angeritten. »Gut gemacht, Rory«, sagte sie. »Du hast genau das Richtige getan. Du hast dich festgehalten und bist nicht in Panik geraten.«

»Das wäre nicht nötig gewesen, wenn du nicht gepfiffen hättest«, schnappte Isabel. »Was hast du dir nur dabei gedacht?«

»Ich wollte ihr nur helfen«, verteidigte sich Julia. »Ihr Pferd hat sich nicht bewegt.«

Rory stand endlich wieder auf dem Boden und schwor sich, diesen nie wieder für einen Sattel zu verlassen.

»Du hast gepfiffen«, sagte Isabel. »Und Flame hat sich deshalb erschreckt.«

»Das hatte nichts mit mir zu tun«, behauptete Julia.

»Es ist okay, wirklich«, sagte Rory und machte ein paar wackelige Schritte. Ihre Beine fühlten sich an, als seien sie nach außen gebogen wie die von Popeye.

»Ich glaube, ich bin auch fertig«, sagte Isabel und ging zu ihrem Pferd.

»Das war's? Keine Reitstunde mehr?«, fragte Julia.

Isabel warf Julia einen wütenden Blick zu. »Nein, wir fahren nach Hause.«

Isabel führte ihr Pferd Mascara zurück in den dämmerigen Stall und in seine Box, während Rory versuchte, wieder normal zu laufen. Sie würden morgen Muskelkater haben – und zwar heftig.

Julia stieg von ihrem Pferd und ging auf Rory zu. »Ich hoffe, du weißt, dass ich nur helfen wollte«, sagte sie und sah aus, als würde sie gleich in Tränen ausbrechen.

»Klar«, sagte Rory. »Ich meine, das war keine große Sache.«

Isabel verdrehte hinter Julias Rücken die Augen. Rory sah, dass Julia sich schlecht fühlte, aber andererseits hatte sie während der Reitstunde eindeutig Spaß daran gehabt, Rory zu beschämen. Sie fragte sich, ob Connor wusste, dass Julia nicht gerade die netteste Person war. Sie schien gar nicht sein Typ zu sein.

Die Fahrt nach Hause verlief still und die Stimmung blieb angespannt. Diesmal schwieg sogar Julia.

»Ich kaufe im *Red Horse* noch schnell einen Smoothie mit Grünkohl«, sagte Isabel plötzlich.

»Du trinkst das Zeug?«, fragte Julia.

»Ja, und ich mag es«, sagte Isabel abweisend.

Im *Red Horse Market*, eine kleinere Ausgabe des *Citarella*, suchten Rory und Isabel gemeinsam nach dem Smoothie, während Julia nach Blaubeeren sah.

»Mein Gott, sie ist so nervig«, sagte Isabel. »Ich wusste gleich, dass wir sie nicht hätten mitnehmen sollen. Sie hat sich dir gegenüber wirklich unmöglich benommen.«

»Es war nicht wirklich ihr Fehler«, sagte Rory.

»Natürlich war es ihr Fehler«, antwortete Isabel. »Und sie kann es noch nicht einmal zugeben. Fast als hätte sie es doch mit Absicht gemacht.« Sie blieben vor einem Regal mit grünen Smoothies stehen und Isabel nahm ein paar Flaschen. »Ich verstehe nicht, warum mein Bruder wieder mit ihr zusammen ist. Sie hat ihn während ihrer Beziehung wirklich mies behandelt.«

»Wie meinst du das?«, fragte Rory und versuchte dabei, nicht zu interessiert zu klingen.

»Ich glaube, dass sie falsch ist. Sie liebt ihn nicht. Sie ist nicht an seiner Persönlichkeit interessiert. Sie mag nur seine Herkunft. Sie mag, dass er Geld hat und die Leute ihn kennen.« Sie nahm eine Flasche kalten Kombucha Tee. »Ich wünschte nur, dass er jemanden kennenlernt, der ihn auch verdient.«

Rory verspürte plötzlich den dringenden Wunsch, Isabel alles zu erzählen. Warum auch nicht, sie hatte nichts zu verlieren. Und Isabel wäre wenigstens auf ihrer Seite, nicht auf Julias.

Doch in dem Moment klingelte Isabels Handy und sie suchte in ihrer Tasche danach.

»Ist das Mike?«, fragte Rory.

»Nein, leider nicht«, seufzte Isabel und biss sich auf die Lippe. Sie steckte ihr Handy wieder weg. »Ich kann nicht fassen, dass er nicht anruft. Erst sagt er die Party ab, und jetzt ruft er nicht einmal an, um mir alles zu erklären.«

»Vielleicht kam ihm etwas dazwischen.«

»*Vier Tage* lang? Vier Tage lang kam ihm etwas dazwischen? Es ist doch ganz offensichtlich, dass er mit mir schlafen und dann mit mir Schluss machen wollte.« Isabel fühlte Tränen in ihren Augen, beherrschte sich aber. »Gott, ich bin so dumm. Aber warum hat er mir dann gesagt, dass er mich liebt? Und warum hat er zwei Tage mit mir verbracht, nachdem er aus Maine zurückkam? Ich verstehe es nicht.« Sie schüttelte den Kopf. »Ich klinge armselig. Wie eines dieser Mädchen, über die ich mich immer lustig gemacht habe.«

Rory berührte ihre Freundin beruhigend am Rücken. Sie wollte nicht sagen, dass sie bei Mike von Anfang an ein schlechtes Gefühl gehabt hatte. Seit sie ihn zum ersten Mal gesehen hatte, als er wie ein Sturm über die Auffahrt zum Haus auf sie zugekommen war. »Ich bin mir sicher, es gibt eine Erklärung«, sagte sie wieder.

»Ich sollte ihn einfach anrufen, oder?« fragte Isabel. »Oder einfach zu ihm nach Hause fahren. Richtig?«

»Ich glaube nicht –«

»Ach, vergiss es«, murmelte Isabel.

Sie gingen zu den Kassen und Isabel blinzelte die Tränen weg. Sie würde *nicht* wegen diesem Typen weinen, egal was passierte, und vor allem nicht in der Öffentlichkeit. Das hatte sie sich in den letzten Tagen bereits hundertmal gesagt, aber es nutzte nicht viel. Und dann all die Fragen: Wo war er? Was war passiert? Warum schrieb er nicht zurück? Lag es vielleicht an der SMS, die sie nach der Party geschrieben hatte? Selbst wenn sie es versucht hätte, die SMS hätte unmöglich noch lockerer sein können.

Hey, keine Sorge. Party war toll. Alles okay? Xoxo I.

Aber sie hatte nichts von ihm gehört. Nichts. Nicht einen Mucks.

»Isabel?«

Sie blickte auf und sah Mr Knox vor sich. Er wirkte genauso erfreut, sie zu sehen, wie auch schon im *Georgica,* und Isabel hatte das Gefühl, er hätte sie umarmt, wenn er nicht einen Sack mit fünf Pfund Eis auf dem Arm gehabt hätte.

»Oh, hi«, sagte sie. Vorsichtshalber wischte sie kurz mit der Rückseite ihrer Hand über die Augen, damit er nicht bemerkte, dass sie geweint hatte.

»Du siehst aus, als beschäftige dich irgendetwas«, sagte er mit einem freundlichen Lächeln. »Ist alles in Ordnung?«

»Mir geht's gut. Oh, das hier ist meine Freundin Rory.«

»Hallo«, sagte er und nickte Rory zu.

»Das ist Mr Knox«, sagte Isabel zu Rory. »Er ist ein Freund meiner Eltern.«

»Wie war die Geburtstagsparty von deinem Vater? Es

tut uns wirklich leid, dass wir nicht kommen konnten«, sagte er. »Ich hoffe, sie hat ihm gefallen.«

»Ich denke schon.«

»Dad?« Ein schlankes blondes Mädchen mit riesigen blauen Augen trottete mit einem Korb am Arm auf sie zu. »Ich hab alles, was Mom wollte.«

»Holly, magst du Isabel Hallo sagen«, fragte Mr Knox sie mit einem merkwürdigen Lächeln.

»Hi«, sagte Holly schüchtern.

Isabel starrte sie an. Es war fast so, als würde sie in einen Spiegel sehen. Hollys Haare waren ein bisschen dunkler als ihre, aber es war genauso wellig. Sie hatte dasselbe herzförmige Gesicht, denselben Hauch eines Grübchens auf der rechten Wange. Und dieselben großen strahlenden hellblauen Augen. Dieses Mädchen, das sie noch nie zuvor getroffen hatte, sah ihr ähnlicher als ihre eigene Schwester. »Hi, Holly. Schön, dass wir uns gesehen haben«, sagte sie.

»Gleichfalls«, sagte Mr Knox. »Wir gehen auch besser. Wir haben dieses Wochenende Besuch und Michelle brauchte schnell noch ein paar Sachen.« Er klopfte auf den Sack mit Eis. »Pass auf dich auf, Isabel. Es war schön, dich zu sehen.«

Mr Knox und seine Tochter gingen zu einer anderen Kasse. Isabel bemerkte, dass sie und Holly sich auch ähnlich bewegten: Sie hielt die Schultern gerade und ging langsam, aber mit weit ausgreifenden Schritten. Plötzlich bekam Isabel keine Luft mehr.

»Himmel, das war seltsam«, sagte sie.

»Was?«, fragte Rory.

»Das Mädchen.« Isabel wandte sich Rory zu. »Wir könnten glatt Schwestern sein. Wir sehen uns ähnlicher als ich und Sloane.«

Rory schwieg, und Isabel überlegte kurz, ob sie verrückt war. In dem Moment kam Julia mit einem Korb im Arm zu ihnen. »Hey, Leute«, sagte sie. »Wisst ihr, welches Getränk Connor am liebsten mag?«

»*Du* bist seine Seelenverwandte«, schnappte Isabel, zu genervt, um nett zu sein. »Das solltest du doch wohl wissen, oder?« Und damit rauschte sie zur Kasse.

Kapitel 20

»Du hast das ja schon einmal gemacht«, sagte Bianca und zeigte auf die Platten mit Beefsteak in Rotweinsoße, den Brokkoli mit Knoblauch und die Schalen mit Maiskolben, die Erica auf die Marmorplatte der Kücheninsel gestellt hatte. »Jeder bedient sich selbst. Du musst nur immer links von den Gästen stehen. Und verschütte diesmal nichts.«

»In Ordnung«, sagte Rory, lehnte sich gegen die Theke und streckte sich unauffällig. Bei ihrem Ritt heute Morgen hatte sie sich den Oberschenkel gezerrt.

»Ich verstehe immer noch nicht, warum sie sich nicht hier in der Küche selbst bedienen können«, sagte Fee, die am Tisch saß und Tafeltücher zusammenlegte.

»Mrs Rule wollte, dass heute Abend bei Tisch serviert wird«, sagte Bianca kurz angebunden, während ihre Finger mit der Rosenquarzkette spielten, die um ihren Hals lag. »Hätte ich ihr das verweigern sollen?«

»Das ist schon okay«, sagte Rory. »Ich bringe das Steak zuerst raus.«

»Ich helfe dir«, sagte Fee. Sie warf Rory einen mitfühlenden Blick zu, als sie die Tür zum Esszimmer öffnete. Seit Connor mit Julia im Haus aufgetaucht war, hatte sie

Rory oft so angesehen. »Na los, das wird schon«, flüsterte sie Rory zu, als diese ins Esszimmer ging.

Rory lächelte innerlich. Nur Fee schien zu ahnen, dass Servieren das Letzte war, was sie an diesem Abend tun wollte. Sie ging zu Mrs Rule, die am Kopfende des Tisches saß. Rory unterdrückte einen Schrei, als sie sich vorbeugte, so sehr schmerzte ihr Muskelkater. Isabel warf ihr einen düsteren Blick zu. Sie hatten nicht mehr über das Treffen mit Mr Knox im *Red Horse Market* sprechen können, aber Rory wusste genau, dass Isabel schon den ganzen Tag darüber nachdachte.

Sie bot Mrs Rule die Platte an, sodass diese sich selbst etwas nehmen konnte. Eine erhitzte Diskussion schien im Gange. »Aber er hat keinen Beweis!«, rief Mrs Rule gerade. »Wie kann er behaupten, dass du den Vertrag gebrochen hast, wenn wir noch nicht einmal mit dem Bau angefangen haben?«

»Er sagt, dass er unsere Pläne kennt«, erwiderte Mr Rule und bestrich ein Brötchen mit Butter. »Keine Ahnung, woher er sie kennt, aber er weiß es.«

Rory richtete sich auf und stöhnte vor Schmerz leise auf, während sie zum nächsten Gast am Tisch humpelte.

»Steak?«, fragte sie leise, als sie sich vorbeugte.

Connor blickte sie fragend an, als hätte sie etwas ganz anderes gesagt. Er nahm die Zange und nahm sich langsam etwas von der Platte.

»Also, will er raus aus dem Vertrag oder droht er mit einer Klage?«

»Das ist alles noch ein bisschen unklar«, sagte Mr Rule. »Lass uns das Thema wechseln.«

Connor legte die Zange weg und sah Rory erneut direkt an. »Danke«, murmelte er.

»Gern geschehen«, sagte sie so unverbindlich wie nur möglich und wandte sich dann Julia zu, die sich das kleinste und magerste Steak heraussuchte.

»Ich muss euch etwas mitteilen«, sagte Julia und legte die Zange zurück auf die Platte, ohne Rory in die Augen zu sehen. »Connor und ich haben über nächstes Jahr geredet. Darüber, dass ich die Duke verlasse und an die USC wechsele. Ich habe mich sogar schon online angemeldet«, sagte sie stolz. »Und ich denke, meine Chancen stehen ganz gut.«

»Warte«, sagte Isabel. »Du willst an die USC gehen? Für *Connor*?«

Rory richtete sich so abrupt auf, dass die Zange um ein Haar auf den Boden gefallen wäre.

»Nun, ja«, sagte Julia und klang ein bisschen verletzt. »Das ist doch keine große Sache.«

»Doch, das ist es«, sagte Isabel. »Du ziehst einmal quer durchs Land auf die andere Seite.«

Rory erlaubte sich einen kurzen Blick auf Connor. Er schien etwas blass geworden zu sein.

»Ich wusste gar nicht, dass du dich schon angemeldet hast«, sagte er schnell und sah dabei Julia an.

»Ich muss vergessen haben, es dir zu erzählen. Es sollte alles ganz einfach sein. Und meine Noten an der Duke waren wirklich gut. Das sollte keine Probleme geben.«

»Nun, ich denke, das ist eine großartige Idee«, sagte Mrs Rule. »Connor wird deine Gesellschaft lieben.«

Rory verließ den Raum so schnell sie konnte. In der Küche knallte sie die Platte auf die Arbeitsfläche.

»Was ist denn in dich gefahren?«, fragte Erica, während sie Schokoeis in Schälchen füllte.

Rory klammerte sich an die Kante der Arbeitsfläche. Sie konnte das nicht. Nicht heute Abend.

»Ich fühl mich nicht so gut«, sagte sie. »Ich glaube, ich muss mich hinlegen.«

»Ich bringe das Dessert raus. Sobald Bianca wiederkommt, sage ich ihr Bescheid.«

»Danke, Erica«, murmelte Rory. »Und, du machst einen tollen Job, das wollte ich dir nur sagen.«

Ericas besorgter Blick wurde noch besorgter. »Weißt du etwas, was ich nicht weiß?«, fragte sie.

Rory schüttelte den Kopf. »Nein. Ich wollte dir nur ein Kompliment machen.« Dann ging sie in die Halle. Nur in diesem Haus konnten einen Komplimente misstrauisch machen.

Sie war so müde und hatte solchen Muskelkater, dass sich ihre Beine anfühlten, als würden sie jeden Moment nachgeben. Sie schloss die Tür ihres Zimmers und legte sich auf das Bett. Immer noch konnte sie förmlich spüren, wie Flame unter ihr durch den Parcours galoppierte. Und in diesem Moment wurde ihr klar, dass sie sich genauso verhielt wegen Connor. Sie drehte sich immer wieder im Kreis herum und quälte sich selbst, obwohl da nie im Leben irgendetwas zwischen ihnen laufen konnte.

Nicht, wenn Julia an seine Uni wechselte und Rory diejenige war, die ihnen Steaks servierte. Sie lag einfach auf ihrem Bett, bis nach einer gefühlten Stunde jemand an ihre Tür klopfte.

»Ja?«, fragte sie und setzte sich auf.

Entsetzt sah sie, dass Connor in ihr Zimmer trat. »Erica sagte, dass du dich nicht wohlfühlst«, sagte er schnell. »Bist du okay?«

Sein Blick war so besorgt und freundlich, dass sie plötzlich genau wusste, was sie tun musste. »Connor, es tut mir leid.«

»Was?«, fragte er.

»All das, was ich in der Umkleidekabine im Club gesagt habe: dass du mir egal bist, dass ich keine ernsthafte Beziehung will, dass es für mich nur Spaß war. Ich habe es nicht so gemeint. Ich habe es kein bisschen so gemeint. Ich hatte nur Angst davor, was deine Familie sagen würde. Und was du tun würdest. Dass du dich ein paar Wochen lang für mich einsetzt und dann merkst, dass sie immer noch gegen uns sind. Und dich dann gegen mich entscheiden würdest.«

Sein Gesicht war so ausdruckslos, dass sie ihren Ausbruch sofort bereute. »Rory«, sagte er langsam, die Augen auf den Boden gerichtet, »ich will nur, dass du –«

»Connor? Was machst du hier?« Julia trat ins Zimmer. Sie sah von Connor zu Rory und wieder zurück zu Connor.

»Erica hat gesagt, dass Rory sich nicht wohlfühlt«, sagte er. »Also habe ich nach ihr gesehen.«

»Oh, dir geht es nicht gut?« Julia setzte sich neben Rory auf das Bett und nahm ihre Hand. »Das ist furchtbar. Was ist los?«

Rory versuchte sich etwas einfallen zu lassen. »Nichts. Ich … mein Magen tut weh.«

»Oh, du Arme«, sagte Julia und nickte. »Hast du, du weißt schon, *Dünnpfiff*?«, flüsterte sie so laut, dass Connor es hören konnte.

»Nein, habe ich nicht«, sagte Rory bestimmt.

Es klopfte wieder an der Tür und Mrs Rule trat ein. »Rory, geht es dir gut?«, fragte sie.

»Mir geht's gut«, seufzte Rory.

»Es ist ihr Magen«, sagte Julia hilfsbereit. »Vielleicht hat sie Durchfall.«

»Oh«, seufzte Mrs Rule. »Hast du Tabletten dagegen da?«

»Ich glaube nicht«, sagte Rory.

»Dann könntest du zur Apotheke in Bridgehampton fahren«, schlug Mrs Rule vor. »Es schadet nie, so ein Mittel im Haus zu haben.«

»Warte mal«, sagte Connor. »Du willst sie zur Apotheke schicken, obwohl es ihr nicht gut geht?«

»Nun, so schlimm ist es doch nicht, sie muss ja nichts ins Krankenhaus«, sagte Mrs Rule beleidigt. »Ich bin mir sicher, sie kann fahren. Rory, kannst du fahren?«

»Lass sie in Ruhe«, sagte Connor.

»Was ist denn los mit dir?«, fragte Mrs Rule scharf.

»Mir geht's gut«, wandte Rory ein und stand auf. »Ich fahre gern zur Apotheke.« Sie hatte noch nie mitbekommen, dass Connor und seine Mutter unterschiedlicher Meinung waren.

»Siehst du? Ihr geht's gut«, sagte Mrs Rule zu Connor. »Rory, wenn du schon dort bist, könntest du mir auch ein paar Bonbons mitbringen? Ich habe nachts immer so einen kratzigen Hals.«

Julia stand vom Bett auf und zog an Connors Arm. »Komm schon«, sagte sie. »Lass uns einen Film ansehen.«

»Ich komme gleich«, sagte er.

»Julia, lass uns Eis essen gehen«, sagte Mrs Rule und steuerte Julia aus dem Zimmer. Und schon waren sie verschwunden.

»Tut mir leid«, sagte Connor, als sie alleine waren. »Ich fahre zur Apotheke für dich.«

»Es ist wirklich okay«, sagte Rory und nahm ihre Handtasche von der Kommode. *Das ist genau das, wovon ich gerade gesprochen habe*, hätte sie am liebsten gerufen. *Mit uns beiden, das würde hier doch nie funktionieren.*

»Okay, dann. Wir sind unterbrochen worden, lass mich dir nur noch etwas sagen«, sagte Connor.

Rory blickte ihn in dem Spiegel über der Kommode an.

»Was willst du?«, fragte er.

Sie wusste, was die kluge, die sichere Antwort war. Aber sie wusste auch, dass jetzt die einzige Gelegenheit war, ihm die Wahrheit zu sagen. Sie wandte sich um und sah ihm direkt in die Augen. »Es ist mir egal, dass deine Mutter mich mitten in der Nacht zur Apotheke schickt, um ihr Halsbonbons zu kaufen«, sagte sie. »Es ist mir egal, dass ich euch bei jedem Essen bediene. Es ist mir egal, dass ich nie im Leben Mitglied im *Georgica* werden kann. Solange ich bei dir sein kann, ist es das wert.«

Etwas huschte über sein Gesicht, aber Rory zwang sich weiterzusprechen.

»Und ich weiß auch, dass du wieder mit Julia zusammen bist, dass sie an deine Uni wechselt, dass ihr das perfekte Paar seid und dass deine Mutter sie liebt«, sagte Rory, verzweifelt bemüht, das Zittern in ihrer Stimme zu unterdrücken. »Ich weiß, dass ich ein totales Desaster bin, wenn es um Jungs geht.«

Sie ging auf ihn zu und blieb direkt vor ihm stehen.

»Aber ich will mit dir zusammen sein.«

Er starrte sie lange an. Sein Gesichtsausdruck verriet ihr, dass er nichts zu sagen hatte. Ihre Worte schienen ihn kaltgelassen zu haben. Am liebsten hätte sie losgeweint.

»Also … ich sollte dann mal fahren«, sagte sie und fühlte sich erbärmlich.

»Ja«, sagte er.

Sie zögerte kurz, falls er doch noch etwas sagen würde, aber er starrte sie nur weiter an.

»Okay. Ich sehe dich dann später.« Sie nahm ihre Handtasche und ging zur Hintertür.

Sie lief zum Prius und überlegte, wie lange sie wegbleiben konnte, als sie hinter sich Schritte hörte. Sie wandte sich rasch um und hoffte, Connor zu sehen. Aber es war nur Isabel, zerzaust und außer Atem. Sie hielt ihre Bast-Clutch in der Hand. »Wo gehst du hin?«, fragte sie.

»Bridgehampton.«

»Nimmst du mich mit nach Montauk?«

»Jetzt?«, fragte Rory.

Isabel kam näher. Im Mondlicht bemerkte Rory, dass Isabel besorgt aussah. »Er hat mir endlich geschrieben. Aber die SMS war so merkwürdig. Ich glaube, er will Schluss machen.«

»Warum willst du ihn dann sehen?«, fragte Rory.

»Ich muss einfach. Bring mich zu ihm, okay?«

»Was hast du deiner Mutter erzählt?«

»Ich habe gesagt, dass ich dich in die Apotheke begleite, und dass wir auf dem Rückweg bei *Dylan's* Süßigkeiten kaufen.«

»Aber was ist, wenn ich alleine zurückkomme?«, fragte Rory.

»Das ist mir total egal«, sagte Isabel. »Ich kann nicht essen, ich kann nicht schlafen … bring mich einfach zu ihm. Ich muss mit diesem Elend ein Ende machen.«

Genau wie ich, dachte Rory, als sie ins Auto stiegen.

Kapitel 21

Jedes Schlagloch, über das der Prius auf dem dunklen Weg zu Mikes Haus holperte, ließ Isabels Nerven noch dünner werden.

»Also, was stand in der SMS?«, fragte Rory.

»›*Hey, tut mir leid, dass ich verschwunden bin*‹«, las sie vor. »›*Es war viel los. Ich ruf dich morgen an. Mike.*‹«

Rory fuhr langsam durch eine Kurve. »Das bedeutet nicht unbedingt, dass er mit dir Schluss machen will.«

Isabel sah sie an. »Du meinst, das ist eine gute Nachricht?«

»Na gut, ich verstehe, was du meinst«, sagte Rory und fuhr erneut durch ein tiefes Schlagloch.

»Vielleicht hast du recht. Vielleicht gab es einen Notfall in der Familie. Die ich übrigens immer noch nicht kenne.« Isabel schnaubte. »Und die ich, da bin ich mir sicher, nie treffen werde. Hier ist es. Direkt hinter diesem Briefkasten.«

Rory fuhr in die Einfahrt und parkte hinter Mikes Xterra. »*Das* ist sein Haus?«, fragte sie.

»Ja«, sagte Isabel und sah zu dem baufälligen Haus hinüber.

»Sieht aus, als wäre er daheim.« Licht schimmerte

durch die Fensterläden. Plötzlich wollte Isabel nicht mehr hineingehen.

»Soll ich auf dich warten, falls er da ist?«

»Nein, das ist schon okay«, sagte Isabel. »Wenn er mit mir Schluss macht, dann kann er mich danach wenigstens noch nach Hause fahren.« Sie atmete tief ein. Die verrückte Weihnachtslichterkette hing immer noch an der Veranda und die Holzstühle standen immer noch Wache neben der Tür, aber sie wirkten nicht mehr einladend. Sie zwang sich auszusteigen.

»Viel Glück«, sagte Rory.

Viel Glück, dachte Isabel. Hatte das jemals jemand zu ihr wegen einem Typ gesagt? »Warte, bis jemand die Tür aufmacht.«

»Natürlich«, antwortete Rory.

Sie schloss die Autotür. Langsam ging sie durch den kahlen Vorgarten. Sie stieg die ausgetretenen Stufen zur Vordertür hoch und klingelte.

»Wer ist da?«, rief Mike durch die Tür.

»Ich«, flüsterte sie heiser.

Die Tür öffnete sich und Mike stand im Türrahmen. Er trug nichts als eine Levis, die lose an seinen schmalen Hüften hing. Sein Haar war nass. Er hatte nie besser ausgesehen.

»Hey«, sagte er. »Was machst du hier?«

Sie drehte sich um und winkte Rory zu, das sie losfahren konnte, obwohl sie sich nichts sehnlicher wünschte, als dass sie in der Einfahrt auf sie wartete. Isabel beobachtete, wie der Lichtkegel der Scheinwerfer des Prius zurückglitten und dann in der Nacht verschwanden.

»Ich wollte nur mit dir reden«, sagte sie. »Kann ich reinkommen?«

Er trat zur Seite. Sie hörte, dass Pete und Esteban im Wohnzimmer fernsahen. »Lass uns in mein Zimmer gehen.«

Ihr Herz schlug laut. Normalerweise hätte er sie an den Händen genommen und ins Haus gezogen, sie direkt im Foyer geküsst und sie dann durch den Gang hinunter in sein Schlafzimmer geschoben. Jetzt öffnete er die Schlafzimmertür und bedeutete ihr hineinzugehen, so als ob sie eine Fremde wäre. Als sie sich auf das Bett setzte und sich gegen die Kissen lehnte, ließ er sich auf dem Sofa am anderen Ende des Zimmers nieder.

»Also, was war los?«, fragte sie und versuchte, so ruhig wie möglich zu bleiben. »Du bist einfach so verschwunden.«

»Ja, tut mir leid«, sagte er und blickte zu Boden. »Es war einfach viel los.« Er nahm ein T-Shirt, das auf dem Boden lag, und zog es an.

»Ja, wem sagst du das«, antwortete sie. Vielleicht sollte sie einfach so tun, als ob alles in Ordnung sei, damit wirklich wieder alles in Ordnung war zwischen ihnen. »Bei mir zu Hause ist es gerade auch schwierig. Erinnerst du dich an den Mann, mit dem meine Mutter sich neulich getroffen hat? Tja, die Sache ist jetzt noch merkwürdiger –«

Mike saß auf dem Sofa, vorgebeugt wie ein alter Mann,

und starrte auf den staubigen Boden. Sie begriff, dass er nicht zuhörte.

»Was ist los?«, fragte sie. »Du siehst furchtbar aus.«

»Ich glaube, wir sollten uns nicht mehr sehen«, sagte er leise.

Sie hatte es zwar erwartet, aber trotzdem explodierten seine Worte in ihrer Brust wie eine Bombe.

»Ich will im Moment einfach keine ernsthafte Beziehung«, fuhr er fort. »Ich hätte es dir sagen sollen. Ich habe es zu lange herausgezögert.« Er sah sie an und sie bemerkte den leeren Ausdruck in seinen Augen. »Es tut mir leid.«

Sie versuchte, seine Worte zu verstehen. Ihre Haut schmerzte, als wäre ein Regen aus Glassplittern über ihr niedergegangen. »Ich wollte dir keinen Druck machen, ich habe dich zu nichts gezwungen, du musstest nichts tun, und die Party war mir auch total egal –«

»Das ist es nicht«, sagte er. »Es liegt an mir. Es liegt nicht an dir.«

»Aber du hast gesagt, dass du mich liebst.«

»Ja«, sagte er und zog nachdenklich die Augenbrauen zusammen. »Ich weiß. Ich hätte das nicht sagen sollen.«

Sie sah zu den Wollmäusen auf dem Boden. Sie hatte diesen Albtraum hundertmal in ihrem Kopf durchgespielt, aber jetzt wusste sie nicht, was sie tun oder sagen sollte. »Ist es wegen deiner Exfreundin? Dem Model?«

»Nein. Es liegt nur an mir. Es ist mein Problem.«

»Wie kann es dann sein, dass du total an mir interessiert bist und im nächsten Moment absolut nichts mehr von mir wissen willst?«

»Isabel, mach es nicht schlimmer, als es schon ist«, sagte er. »Es tut mir leid. Es tut mir wirklich leid.«

»Oder wolltest du mich sowieso nicht?«, fragte sie. »Hast du dein Interesse an mir nur vorgetäuscht?«

Er seufzte und ließ die Schultern hängen. Sein Schweigen genügte ihr als Antwort.

»Bring mich einfach nach Hause. Jetzt sofort.« Sie stand auf und ging mit weichen Knien zur Tür. »Bitte? Lass uns einfach gehen. Jetzt.«

»Isabel, es tut mir leid«, sagte er. Er legte eine Hand auf ihre Schulter, aber sie rührte sich nicht und wartete, bis er sie wieder wegnahm. Sie hörte, dass er seine Flip-Flops anzog und die Autoschlüssel nahm. Ihre Augen brannten, aber es kam überhaupt nicht infrage, dass er sie weinen sah. Niemals.

Rory fuhr durch die sich langsam öffnenden Torflügel in die Auffahrt der Rules. Sie hatte sich Zeit gelassen in der Apotheke, war durch die Gänge geschlendert, falls Isabel ihr eine Notfall-SMS schrieb, wollte sie sie schnell abholen können. Es war fast eine Stunde vergangen, seit sie Isabel abgesetzt hatte, und sie hatte nichts von ihr gehört. Rory hoffte, dass Isabel okay war. Sie spürte, dass Isabel richtiggelegen hatte und dass Mike mit ihr Schluss machen würde. Vielleicht hatten die beiden aber auch jetzt gerade heißen Versöhnungssex – so etwas würde ihr selbst wohl niemals passieren, dachte sie.

Sie parkte das Auto und nahm die Plastiktüte mit den Einkäufen aus der Apotheke. Als sie ausstieg, bemerkte sie, dass Connors Audi nicht da war. *Egal*, dachte sie. Es war ihr egal, was er tat oder nicht tat.

Sie ging in die leere Küche und stellte die Tüte mit den Bonbons auf die Küchentheke. Ihr Magen schmerzte vor Hunger, aber sie konnte sich nicht dazu aufraffen, den Kühlschrank zu öffnen. Sie hatte sich Connor praktisch an den Hals geworfen und es war alles umsonst gewesen. Tränen stiegen ihr in die Augen, aber sie blinzelte sie weg. Ein bisschen frische Luft würde ihr guttun. Sie ging in ihr Zimmer und holte einen Pullover.

Dann trat sie durch die gläserne Schiebetür hinaus auf die Terrasse. Der Mond war eine dünne glänzende Sichel am Himmel und das Sternbild des Kleinen Wagen funkelte hell. Die Nacht war klar und warm, fast zu warm für einen Pullover. Sie band ihn für alle Fälle um ihre Taille und ging zu den Dünen.

Unten am Strand zog sie ihre Ballerinas aus, ließ sie am Pfad liegen und ging barfuß durch den knöchelhohen Sand. Es war Ebbe und der freigelegte nasse Sand wirkte im Mondlicht silbern. Während sie lief, dachte sie über die Wellen und den Sand und den Wind nach. Die Natur machte sich keine Sorgen um Geld oder Trennungen oder Liebe. Das Wasser und die Wellen und die Gezeiten waren so viel bedeutungsvoller und größer als alles, was in diesen Strandvillen passierte. Und das hier war ohnehin nicht ihr Leben. In einem Monat würde sie wieder gehen und dann wäre all das hier eine verblassende Erinnerung. Ihr Kleinstadtleben und ihre Kleinstadterwartungen waren ein Segen. Das erkannte sie jetzt.

Und sie musste auch gar nicht einen Monat lang warten. Sie konnte jetzt gehen. Sie sah zum Himmel, der mit Sternen übersät war, und wusste plötzlich, dass sie genau das tun wollte. Sie würde ein paar Wochen früher nach Hause fahren, das würde sie nicht umbringen. Wahrscheinlich wäre es sowieso das Beste. Es erschien ihr unerträglich zu bleiben, nachdem sie Connor so vollständig ihr Herz ausgeschüttet hatte. Und seine Familie brauchte sie nicht. Isabel brauchte sie, aber sie würde es eines Tages verstehen, wenn Rory ihr alles erzählt hatte.

Langsam ging sie immer näher ans Wasser, bis es ihre Zehen berührte. Wenigstens hatte sie ihm ihre Gefühle gestanden. Sie konnte heimgehen in dem Wissen, dass sie es versucht hatte. Plötzlich hörte sie eine Stimme, die gedämpft ihren Namen rief.

Sie war sich nicht sicher, ob sie sich die Stimme eingebildet hatte oder nicht. Dann hörte sie es wieder.

»Rory?«

Sie drehte sich um. In dem schwachen Licht erkannte sie eine Silhouette auf dem Sand. Allein.

»Connor?«

»Hey. Ich dachte mir, dass du vielleicht hier draußen bist.« Er trat näher an sie heran und sie konnte sein Gesicht sehen.

»Was ist los?«, fragte sie und versuchte die Aufregung, die sie überkam, zu ignorieren.

»Ich wollte dir nur etwas sagen. Ich habe Julia zum Jitney gebracht. Sie fährt zurück in die Stadt.«

»Jetzt?«

»Ja.«

»Warum jetzt?«

»Nachdem du gegangen bist, haben wir uns gestritten. Wir haben beide beschlossen, dass es besser ist, wenn sie geht. Na ja, oder besser gesagt habe ich das etwas schneller entschieden als sie.«

»Aber warum?«

»Es war armselig, wie wir wieder zusammengekommen sind«, sagte Connor. »Und dann war es schnell ziemlich offensichtlich, dass wir uns auseinandergelebt hatten. Endgültig. Und du hast damit auch ziemlich viel zu tun.«

Ein Windstoß fegte vorbei, aber sie spürte ihn kaum. »Ich?«

»Ich habe dir an dem Tag in dem Umkleidehäuschen nicht geglaubt. Aber ich habe mich dazu gezwungen. Als ich in New York war, habe ich mir eingeredet, dass ich bei dir keine Chance mehr habe«, sagte er.

Rory schluckte.

»Und als ich Julia über den Weg gelaufen bin, da fühlte ich mich einsam und schwach … richtig schwach. Nur, als ich hierher zurückkam, wusste ich, dass ich einen Fehler gemacht habe.« Er lächelte. »Ich konnte sie nur nicht loswerden. Sie mag den luxuriösen Lifestyle hier sehr gerne. Falls du das nicht selbst bemerkt hast.«

Rory lächelte. »Also … warum habt ihr euch nun gestritten?«

»Sie fand, dass ich ihren Wechsel an die USC nicht unterstütze. Ich sagte ihr, dass ich die Idee nicht gut finde, und plötzlich kamen all meine Zweifel an ihr heraus. Ich war endlich ehrlich zu ihr. Es war nicht gerade schön. Und dann haben wir beschlossen, dass sie besser geht.«

Rory ging zwei weitere Schritte auf ihn zu, bis sie ihm nah genug war, um ihn zu berühren. »Bist du okay?«, fragte sie.

Er zog sie an sich. Seine Arme legten sich um ihre Taille, und bevor sie wusste, was sie tat, hatte sie ihre Arme um seinen Hals geschlungen.

»Ich bin mehr als okay«, sagte er. »Wir können es jedem sagen, wir können es für uns behalten, was immer du willst. Aber du musst mir etwas versprechen.«

»Was?«

»Du musst mir vertrauen. Weil ich mit dir zusammen sein will.«

»Warum?«, fragte sie. »Warum willst du mit mir zusammen sein? Ich weiß, ich sollte nicht fragen müssen, aber ich muss es einfach hören.«

»Weil du stark bist, Rory. Weißt du, wie unglaublich toll das ist? Und weißt du, wie sehr ich genau deshalb mit dir zusammen sein möchte?«

»Nicht wirklich«, sagte sie, »aber ich glaube, langsam verstehe ich es.«

»Du bist stark. Du hast eine eigene Persönlichkeit. Du bist –«

»Okay, das reicht«, sagte Rory.

Er lachte. »Darf ich dich jetzt küssen?«

»Ja«, sagte sie. »Du darfst mich küssen.«

Er beugte sich zu ihr und seine Lippen lagen auf ihren. Rory spürte, wie sie in seinen Armen schmolz. Eisiges Meerwasser floss über ihre Füße, aber sie fühlte es nicht.

Mike parkte vor dem eisernen Tor. Isabel blickte starr geradeaus. Sie hatten kaum gesprochen, seit sie sein Zimmer verlassen hatten. Der Knoten in ihrer Kehle war immer größer geworden und tat mittlerweile so weh, dass sie bezweifelte, noch sprechen zu können. Doch wenn sie jetzt aus dem Auto stieg, dann war es endgültig und unwiderruflich vorbei zwischen ihnen. Auch wenn es sich nicht so anfühlte, als sei es wirklich vorbei.

»Also, das war's?«, zwang sie sich zu sagen. »Wir sagen uns Lebewohl?«

»Mach es nicht schwerer, als es schon ist«, sagte er.

»Was habe ich getan?«, fragte sie und spürte Tränen in ihre Augen schießen. »Sag mir nur, was ich getan habe.«

»Du hast nichts getan«, sagte er kalt. »Das versuche ich dir die ganze Zeit zu erklären. Es hat nichts mit dir zu tun.«

Sie öffnete den Mund und wollte etwas sagen, schaffte es aber nicht. »Nun, dann war's das wohl«, sagte sie. »Leb wohl.«

»Isabel –«

»Was?«

Er seufzte und legte den Kopf gegen den Sitz. »Es … ich will nicht, dass du mich hasst.«

»Zu spät«, sagte sie. Sie stieg aus dem Auto und knallte die Tür zu.

Er fuhr weg, bevor sie sich durch die Hecke geschlichen hatte. Sobald sie sicher auf der anderen Seite war, rannte sie los. Sie sprintete über Rasen, schneller und schneller. Der Kloß in ihrem Hals brannte. Sie musste Rory finden. Rory würde ihr helfen, damit fertigzuwerden.

Die Hintertür war offen. Sie schlüpfte ins Haus. Trixie hob den Kopf, um zu sehen, was los war, aber sie legte sich wieder hin und schlief weiter. Isabel lief zu Rorys verschlossener Tür und klopfte. Keine Antwort. Sie klopfte wieder und öffnete dann die Tür. Rorys Zimmer war leer, ihr Bett gemacht. Ihre Handtasche hing über dem Stuhl, aber Rory war nicht da.

Isabel suchte sie im ganzen Erdgeschoss, sie sah in der Küche, der Bibliothek und sogar im Filmzimmer nach. Langsam wurde sie müde und überlegte, ob sie in ihr Zimmer gehen sollte. Aber sie wollte Rory auf keinen Fall verpassen, bevor sie zu Bett ging. Sie musste mit ihr reden.

Also ging sie zurück in Rorys Zimmer und zog die Decke vom Bett. Sie würde hier auf sie warten, dachte sie und rollte sich in Rorys Bett zusammen. Der Kloß in ihrem Hals brannte immer noch, aber sie würde nicht weinen. Noch nicht.

Rory würde wissen, was sie tun sollte, da war sie sicher.

Kapitel 22

Im Halbdunkel sah sie eine Hand neben ihrem Gesicht auf dem Kissen liegen und dahinter einen Nachttisch, den sie nicht erkannte. Eine iPod-Docking-Station und ein Stapel John-le-Carré-Bücher lagen darauf. Rory blieb still liegen, da spürte sie, wie sich jemand neben ihr bewegte. Ein warmer, großer Körper lag direkt hinter ihr. *Connor*, jetzt fiel es ihr wieder ein. Sie waren auf seinem Bett eingeschlafen, eng umschlungen und vollständig bekleidet. Sie waren vom Strand zum Haus gelaufen, hatten sich in sein Zimmer geschlichen und dort stundenlang geknutscht, auf seinem Bett bis weit nach zwei Uhr morgens. Und jetzt war es … wie spät war es? Sie stützte sich auf einem Arm ab und sah auf das phosphoreszierende Ziffernblatt auf dem Nachttisch. Zehn nach sieben. Sie musste sofort zurück in ihr Zimmer.

Rory drehte sich um und sah in Connors im Schlaf friedliches Gesicht. Sie beugte sich zu ihm und küsste ihn auf die Stirn. Er blinzelte. »Hey«, sagte er verschlafen.

»Hey«, flüsterte sie. »Es ist sieben. Ich gehe besser zurück.«

»Okay.« Er berührte mit seiner Hand ihr Gesicht. »Bis später«, sagte er und streichelte ihre Wange.

Sie schlüpfte in ihre sandigen Turnschuhe und ging zur Tür. Glücklicherweise war es im Haus noch ruhig. Auf Zehenspitzen schlich sie durch den Gang, vorbei an Isabels geschlossener Tür und die Treppe hinunter. Trixie war bereits munter und Rory ließ sie kurz in den Garten hinaus, damit sie ihr Geschäft erledigen konnte. Die Sonne schien hell und Vögel zwitscherten lautstark in den Bäumen. Letzte Nacht fühlte sich an wie ein Traum. Sie würde noch etwas wacher werden müssen, um ihn richtig genießen zu können. Sie rief Trixie zurück und öffnete dann die Tür zu ihrem Zimmer. Rory erstarrte.

Zusammengerollt auf ihrem Bett lag Isabel und schlief friedlich, fast wie eine moderne Version von Schneewittchen. Es musste etwas Furchtbares mit Mike passiert sein. Rory spürte plötzlich Mitleid mit Isabel. »Hey«, sagte sie und berührte Isabels Schulter sanft. »Isabel. Wach auf.«

Isabel öffnete die Augen. Langsam hob sie den Kopf und sah Rory erschöpft, aber vorwurfsvoll an. »Wo warst du?«, fragte sie mit rauer Stimme. »Ich habe auf dich gewartet.«

Rory versuchte, darauf die richtige Antwort zu finden, aber die gab es nicht. »Ich war bei Connor. Ich bin eingeschlafen. Aus Versehen.«

»Bei *Connor*?« Isabel rieb sich die Augen. »Was hast du bei ihm gemacht?«

Rory setzte sich auf das Bett. »Julia ist nach Hause gefahren. Und … na ja, wir sind jetzt sozusagen zusammen. Wir haben in seinem Zimmer herumgeknutscht und sind dann eingeschlafen.«

Isabel starrte Rory an. »Was?« Sie setzte sich auf. »*Was?*«

»Connor und ich gehen miteinander«, sagte sie. »Es tut mir leid. Ich hätte dir sagen sollen, dass da etwas ist. Aber ich dachte nicht, dass wir noch einmal …«

»*Noch* einmal?«, fragte Isabel. »Ihr hattet schon *einmal* was laufen?«

»Nur einmal. Am 4. Juli. Und dann kam er wieder mit Julia zusammen, und ich dachte, es sei vorbei und nicht wert, es zu erzählen, wo doch zwischen uns sowieso nichts sein durfte …«

»Also hast du es mir verschwiegen«, unterbrach Isabel sie. Sie wurde rot. »Seit Wochen. Oder?«

»J-ja«, stotterte Rory. »Aber ich wollte es dir erzählen. So oft.«

»Also nach all den Predigten, die du mir gehalten hast, weil ich Mike meiner Familie verschweige, weil ich mich nachts durch dein Zimmer ins Haus schleiche und weil ich Mike vor allen geheim halte, da hast du heimlich eine Affäre mit meinem Bruder, sozusagen direkt vor meiner Nase?«

Rory rutschte unruhig hin und her. »Ich würde es nicht direkt eine Affäre nennen«, sagte sie.

Isabel warf die Decke zurück und stand auf. »Ich kann nicht glauben, dass ich dich für meine Freundin gehalten habe.«

»Aber ich bin deine Freundin. Daran hat sich nichts geändert.«

»Oh doch, das hat es«, sagte Isabel. »Alles hat sich geändert.«

»Warum bist du so wütend?«, fragte Rory. »Ich habe das ja nicht getan, um deine Gefühle zu verletzten.«

»Sind wir deshalb befreundet?«, fragte Isabel. »Damit du dich an meinen Bruder heranmachen konntest?«

»Natürlich nicht«, sagte Rory. »Und es tut mir wirklich leid, dass ich dir nichts erzählt habe. Aber warum bist du so wütend?«

»Ich habe dich gestern Abend wirklich gebraucht«, sagte Isabel. »Und du warst nicht für mich da. Weil du Sex mit meinem Bruder hattest.« Sie zog ihre Schuhe an. »Igitt, das ist so eklig, dass ich nicht einmal darüber nachdenken möchte.«

»Wir hatten keinen Sex. Nicht mal annähernd.«

»Gott sei Dank«, murmelte Isabel.

»Weißt du, ich dachte tatsächlich, dass du dich für mich freuen würdest. Oder mich vielleicht unterstützt.«

»Tja, gestern Nacht hätte ich *deine* Unterstützung gebraucht.« Isabel blinzelte und Rory konnte Tränen in ihren Augen sehen. »Mike hat mit mir Schluss gemacht.«

»Oh Gott, das tut mir so leid«, sagte Rory. »Das tut mir wirklich so leid.«

»Völlig grundlos. Er will mich einfach nicht mehr sehen. Er will mir nicht sagen warum, er will mir gar nichts sagen. Dann komme ich nach Hause und will mit dir reden, aber du hattest ja offensichtlich Wichtigeres zu tun.« Isabel riss die Tür auf.

»Isabel, bitte sei nicht böse.«

»Oh bitte«, schnappte Isabel. »Halt dich einfach fern von mir, okay?«

Isabel knallte die Tür so fest zu, dass die Ausgabe der *Verschwörung von Idioten* vom Nachttisch rutschte und auf den Boden fiel.

August

Kapitel 23

»Habt ihr schon gehört?«, fragte Thayer, die eine Scheibe Zitrone über ihrem Eistee auspresste. »Tatiana und Link Gould lassen sich scheiden.«

»Niemals«, sagte Darwin, während sie ihre Haare zu einem Pferdeschwanz band. »Weil er sie betrügt?«

»Nein, weil sie *ihn* betrügt«, sagte Thayer mit so viel Schadenfreude, wie es ihre sonst so monotone Stimme zuließ. »Er hat sie mit einem argentinischen Polospieler im Bett erwischt. Ist das nicht unglaublich? Und gleichzeitig schrecklich?«

»Wow«, sagte Darwin. »Was wird sie jetzt wohl tun? Und wer wird sie nun noch haben wollen?«

»Ja, genau«, sagte Isabel nervös. Sie sah von ihrem Cobb-Salat auf und bemerkte, dass Thayer und Darwin sie misstrauisch ansahen und dann gleichzeitig nickten. Sie hatte die Prüfung bestanden. Seit sie wieder mit Thayer und Darwin zu Mittag aß, hatte sie gelernt, dass sie einfach nur allem zustimmen musste, was die beiden von sich gaben, und schon hatte sie ihre Ruhe. Natürlich hatten die beiden sie anfangs ein bisschen betteln lassen. Am ersten Tag war Isabel mit ihrem Tablett zum Tisch der beiden gegangen, hatte gesagt: »Wir haben uns getrennt«, und sich dann gesetzt. Sie hatte ihnen ein paar Details erzählt, dass er ein totaler Arsch war und sie sich heftig gestritten hatten, und dass sie da endlich begriffen hätte, dass er »von einem total anderen Planeten« kam. Anfangs hatten Thayer und Darwin nur abweisend und skeptisch zugehört, und erst als sie zu der Überzeugung gelangt waren, dass Isabel wirklich richtig verletzt worden war, stellten sie widerwillig ein paar Fragen. Dann versicherten sie ihr selbstgefällig, dass sie das natürlich von Anfang an hatten kommen sehen. Ein Typ aus North Fork? Ein Surfer? »Bitte«, hatte Thayer gesagt. »Natürlich hat er dir Ärger gebracht.«

Als sie ihnen von Rory und Connor erzählte, wurden sie ernsthaft wütend.

»Wie konnte sie dir das nur antun?«, fragte Darwin.

»Hast du sie zusammen erwischt?«, wollte Thayer wissen.

»Denkst du, dass sie nur auf das Geld aus ist?«, fragte Darwin.

Isabel schaffte es, ihre Wut mit einem Schulterzucken wegzuwischen, sie wolle nicht darüber reden, sagte sie. Und als sei nichts gewesen, gehörte sie wieder dazu, saß mit den beiden am Tisch, lästerte und stocherte in ihrem Salat – jeder zufällige Beobachter hielt sie wieder für die Alpha-Prinzessin des *Georgica*. Nur, dass diese Äußerlichkeiten Isabel nicht mehr interessierten.

»Also, Anna Lucia hat gestern gesehen, wie dein Bruder und dieses Mädchen aus dem Kino gekommen sind. *Händchen haltend.*«

»Das ist nett«, sagte Isabel und pikste in ein Salatblatt.

»Was halten deine Eltern davon?«, fragte Darwin.

Isabel zuckte wieder mit den Schultern. »Sie sind nicht begeistert. Ich halte mich da raus.«

»Das ist irgendwie ekelhaft«, sagte Darwin und rümpfte die Nase. »Eine Freundin, die sich deinem Bruder an den Hals wirft? Ich meine, Connor ist wirklich süß, aber das würde ich niemals tun. Das macht man einfach nicht.«

Isabel betrachtete Darwin interessiert. »Du findest Connor heiß?«

»Na ja, du weißt, was ich meine«, wich Darwin aus. »Das muss dich wirklich verletzt haben, so betrogen worden zu sein. Ich meine, so wie sie uns damals angeschnauzt hat, man hätte sie glatt für deinen Bodyguard halten können oder so.«

»Ja, das hat sie doch nur gemacht, um ihr schlechtes Gewissen zu beruhigen«, sagte Thayer. »Du solltest jetzt aber darüber nachdenken, dich wieder mit Aston zu versöhnen. Er hat neulich nach dir gefragt.«

»Oh?«, sagte Isabel und versuchte interessiert zu klingen.

»Geh zu ihm zurück, Isabel«, sagte Darwin. »Er ist so viel mehr dein Typ.«

Isabel legte ihre Gabel weg. Sie wusste gar nicht mehr, was ihr Typ war. »Ich glaube nicht«, sagte sie.

»Aber warum nicht?«, fragte Thayer. »Du bist so dickköpfig. Geh mit ihm aus und lass dich von ihm wie eine Prinzessin behandeln. Es klingt so, als könntest du das jetzt brauchen.«

»Es lohnt sich nicht, sich wirklich in jemanden zu verlieben«, gab Darwin von sich. »Das sagt meine Mutter immer. Man darf sich nie zu sehr in jemanden verlieben. Sie sagt, dass der Typ immer mehr in dich verliebt sein muss als du in ihn.«

»Das ist doch totaler Blödsinn.«

Isabel sah, wie Thayer und Darwin sich kurz anblickten.

»Ich meine, schaut euch Tatiana an«, fuhr sie fort. »Was hat sie *nicht* getan, um Link zu halten? Welches Spiel hat sie *nicht* mit ihm gespielt? Und es hat *trotzdem* nicht funktioniert. Das ist keine echte Beziehung. Man sollte mit jemandem, der einen wirklich liebt, keine Spielchen spielen müssen.«

Eine unangenehme Stille machte sich breit, dann kicherte Darwin. »Wow. Du bist wie ein wandelndes Selbsthilfe-Buch.«

»Vielleicht bin ich das, aber ich möchte jemanden genauso lieben, wie er mich liebt.«

Ihre Freundinnen starrten sie ungläubig an, ihnen fehlte eindeutig die Antwort auf eine so verrückte Ansage.

»Egal«, sagte Isabel. »Ich muss los. Ich habe meine Führerscheinprüfung draußen in Riverhead.«

»Wer fährt dich hin?«, fragte Thayer.

Isabel wurde klar, dass sie keine Ahnung hatte. Bis jetzt hatte sie immer angenommen, dass Rory sie fahren würde. »Ich weiß nicht.«

»Sieh mich nicht an«, sagte Thayer und zog ihren Hut

mit der breiten Krempe tiefer ins Gesicht. »Ich kämpfe mich nicht durch diesen Verkehr.«

»Ich auch nicht«, lachte Darwin. »Und Riverhead deprimiert mich.«

Isabel stand auf und nahm ihre Tasche. »Dann laufe ich eben«, sagte sie.

Darwin kicherte. »Sei nicht böse, Iz.«

»Wie auch immer. Bis später«, sagte Isabel und drehte sich um.

»Viel Glück!«, rief Thayer auf eine Art, bei der Isabel Gänsehaut bekam.

Isabel stapfte den Hügel zu dem Haupthaus hoch, wo sie ihr Fahrrad an den Ständer gekettet hatte. Aus reiner Gewohnheit zog sie ihr Handy aus der Tasche. Keine SMS von Mike. Es war jetzt zehn Tage her. Es war wohl an der Zeit, der Tatsache ins Auge zu sehen, dass diese Beziehung ein für alle Mal vorbei war. Und sie würde nie erfahren, warum. Diese himmelschreiende Ungerechtigkeit war fast schlimmer, als ihn zu verlieren. Wie sollte sie darüber hinwegkommen, dass er sie verlassen hatte, wenn sie nicht einmal wusste, warum?

Vielleicht gibt es gar keinen Grund, dachte sie. *Vielleicht ändern sich die Gefühle der Menschen einfach und es gibt nichts, was man dagegen tun kann.* Sie trat in die kühle, dämmerige Lobby und setzte sich auf ein mit Chintz bezogenes Sofa. Vielleicht sollte sie ihm eine SMS schreiben. Zugegeben, das war verzweifelt und etwas, das nur ein absolut armseliges, ahnungsloses und total ungeheimnisvolles Mädchen jetzt tun würde, aber sie musste einfach Gewissheit haben. Wen interessierte schon, wie das bei ihm ankam? Was hatte sie denn noch zu verlieren?

Schnell tippte sie eine SMS.

Hey. Wir sollten reden. Ruf mich an.

Sie klickte auf Senden, bevor sie ihre Meinung ändern konnte. Das SMS-Feld wurde grün und zeigte damit deutlich, dass ihre Nachricht unwiderrufbar abgeschickt war. Isabel zwang sich, das Handy wegzulegen, und starrte auf das spiralförmige Teppichmuster. Jetzt verstand sie, wie Aston March sich vor einem Jahr auf Madeleine Fullers Rasen gefühlt hatte, und auch wie es den anderen Jungen gegangen war, die sie eiskalt abserviert hatte: deprimiert, hilflos und überrumpelt. Sie hatte sie damals bemitleidet, aber jetzt verstand sie es.

Schrilles Gelächter riss sie aus ihren Gedanken. Sie sah, wie Holly Knox und zwei andere Mädchen durch den Haupteingang hereinkamen, kicherten, sich unterhielten und nichts um sich herum mitbekamen. Isabel starrte Holly an, während diese an ihr vorbeiging. Die Ähnlichkeit zwischen ihnen war wirklich verblüffend.

Mr Knox folgte den Mädchen in die Lobby. Er trug Golfkleidung. »Isabel«, sagte er, »wie geht es dir? Es ist ein wunderschöner Tag, nicht wahr?«

Seine Freundlichkeit ließ sie fast in Tränen ausbrechen. »Ja. Wunderschön.« Sie stand auf und ging auf ihn zu, blieb dann jedoch stehen, weil sie sich plötzlich zu verletzlich fühlte, um noch etwas zu sagen.

»Bist du okay?«, fragte er und sah sie besorgt an.

»Ich habe gleich meine Fahrprüfung in Riverhead. Und ich brauche eine Mitfahrgelegenheit. Würden Sie mich fahren?«

Mr Knox kratzte sich an der Schläfe. Ihre Frage war gewagt, aber irgendwie hatte sie das Gefühl, dass dieser Mann nett genug war, um wenigstens darüber nachzudenken.

Schließlich fasste er in seine hintere Hosentasche und holte einen Parkschein heraus. »Gib ihn dem Angestellten draußen, während ich den Mädchen Bescheid sage.«

»Danke«, sagte sie und fürchtete, gleich loszuweinen. »Vielen, vielen Dank.«

»Gern geschehen«, sagte er und ging dann eilig durch die Lobby weg.

Rory saß mit Connor auf der Bank vor dem Starbucks, trank einen Frozen Caffè Latte und beobachtete, wie die Autos die Main Street hinauf- und hinunterkrochen. Menschenmassen bummelten über die Bürgersteige und sahen sich die Auslagen bei Tiffany und Ralph Lauren an. Plötzlich fuhr eine weiße Stretchlimousine an ihnen vorbei, langsam und schwerfällig wie ein Wal.

»Im August ist es hier wirklich überlaufen«, bemerkte Rory.

»Und es wird immer schlimmer«, sagte Connor. »Warte bis zum Labor Day, da möchtest du nicht mal mehr in die Nähe der Stadt kommen.«

Rory nahm noch einen Schluck von ihrem kühlen

Getränk, als Connor seinen Arm um sie legte. Seine Berührung fand sie immer noch aufregend. »Ich glaube, wir müssen über ein paar Sachen reden«, sagte sie.

»Isabel.«

»Sie redet immer noch nicht mit mir«, sagte Rory und spielte mit ihrem Armband. »Ich weiß nicht, was ich tun soll.«

»Ich habe dir doch gesagt, sie brauchen einfach noch ein bisschen Zeit. Und ich habe meiner Mutter auch gesagt, dass ich es nicht gut finde, dass du weiterhin unsere Besorgungen erledigst.«

»Das macht mir nicht einmal was aus«, sagte Rory. »Ich wünschte nur, Isabel würde wieder mit mir reden. Sie sieht mich nicht einmal an, wenn wir uns begegnen. Und deine Mutter ignoriert mich auch. Sie akzeptiert einfach nicht, dass wir zusammen sind.«

»Mach dir deshalb keine Sorgen«, sagte Connor und drückte ihre Schulter. »Ich wünschte nur, sie wäre nicht so ein Snob. Mein Dad kommt damit klar.«

»Das ist gut«, sagte Rory. »Ich bin nur deprimiert wegen Isabel. Die Einzige, die hinter uns stehen könnte, hasst mich. Aber ich bin selbst schuld. Ich hätte es ihr früher erzählen müssen.«

»Wir müssen einfach abwarten«, sagte Connor. »Das ist alles. Wir machen nichts Falsches, Rory.«

Er sah sie an, und Rory strich die Haarsträhne, die ihm immer wieder in die Stirn fiel, beiseite. *Er ist mein Freund,* dachte sie. *Und wenn das hier der Preis für unsere Beziehung ist, bezahle ich ihn gern.* Dennoch wunderte sie sich manchmal darüber, dass sie bereit war, solche Opfer für ihre Beziehung zu bringen.

»Das wird schon wieder, ich verspreche es«, sagte Connor. »Mach dir nur keine Sorgen.«

Rory legte ihren Kopf an seine Schulter und eine leichte Brise kühlte ihre Haut. »Ich wünschte nur, du müsstest heute Abend nicht weg.«

»Es ist nur für eine Nacht«, sagte er. »Und Block Island ist gar nicht so weit weg.«

»Man muss die Fähre nehmen«, sagte Rory. »Zwischen uns liegt Wasser. Und ich kann nicht einfach zu dir kommen, falls etwas ist.«

»Verbring die Zeit einfach mit Fee«, sagte Connor. »Und bevor du merkst, dass ich weg war, bin ich schon wieder bei dir.«

Er beugte sich zu ihr und küsste sie. Sie kuschelte sich enger in seine Arme. Es überraschte sie immer noch, wie sicher sie sich bei ihm fühlte.

»Du musst langsam los«, sagte sie. »Ich werde dich vermissen.«

»Ich werde dich mehr vermissen«, sagte er und küsste sie noch einmal.

Kapitel 24

Rory stieß die Hintertür des Hauses auf und versuchte, alle Einkäufe und die Sachen aus der Reinigung auf ein Mal in die Halle zu bringen. Nachdem sie sich in der Stadt von Connor verabschiedet hatte, war sie zu *Citarella* und dem *IGA* in East Hampton gefahren und hatte danach noch Mrs Rules Kleidung aus der Reinigung geholt, obwohl sie das auch am nächsten Tag hätte erledigen können. Es schadete aber sicher nicht, wenn sie sich etwas mehr ins Zeug legte, so wie die Stimmung im Haus gerade war. Sie fürchtete langsam, dass sie sich doch noch beim nächsten schrägen Blick von Mrs Rule und Bianca zum Bahnhof schleichen und einfach abhauen würde. Sie schleppte die Einkaufstüten und die in Plastik gehüllten Kleider durch das Foyer und passte dabei auf, dass ihr nicht plötzlich Trixie zwischen die Füße sprang. Nachdem sie die Besorgungen sicher in der Küche abgeliefert hatte, würde sie den Hund zu einem Spaziergang mitnehmen.

Mitsamt den Tüten drückte sie die Küchentür auf und war schon an der Theke angelangt, als sie plötzlich Mrs Rule allein vor ihrem Laptop sitzen sah. Sie hatte sofort aufgehört zu tippen, als sie Rory reinkommen sah.

»Tut mir leid«, sagte Rory. »Ich räume das hier nur schnell weg.«

Mrs Rule sah kaum vom Bildschirm auf. Rory stellte die Tüten ab und beeilte sich mit dem Wegräumen.

»Hier sind Ihre Sachen aus der Reinigung.« Rory hielt die Bügel hoch. »Möchten Sie, dass ich sie nach oben bringe?«

»Nein, ist okay. Du kannst sie auf dem Stuhl liegen lassen«, sagte Mrs Rule. Rory war erleichtert, als Mrs Rule weitertippte.

Sie packte die Gläser mit Feigen-Chutney, das Trüffelöl und die in Papier eingewickelten Freiland-Bio-Hühnerbrüste weg.

Mit einem lauten Schnappen schloss Mrs Rule den Laptop. »Rory, kann ich kurz mit dir reden?«, fragte sie.

Rory hielt inne und drehte sich langsam um. Mrs Rule wischte etwas Staub vom Tisch und betrachtete dann ihre Fingerspitzen. »Hattest du einen schönen Sommer hier?«, fragte sie mit einem Lächeln.

»Ja«, sagte Rory. »Ich hatte einen großartigen Sommer.«

»Gut«, sagte Mrs Rule, und stützte ihr Kinn auf ihre verschränkten Finger. »Ich bin froh. Ich bin froh, dass du einen wundervollen Sommer hattest, Rory. Es war auch für uns schön, dass du da warst.« Sie lächelte wieder – dieses warme Lächeln, das jeden willkommen zu heißen schien und das Rory bereits am ersten Tag bemerkt hatte. »Aber deine Mutter muss dich sehr vermissen«, sagte sie. »Und deine Freunde auch. Ich denke, es ist an der Zeit, dass du deine Rückfahrt planst. Schließlich ist bereits August.« Sie machte eine Pause. »Was denkst du?«

Rory starrte auf den Tisch und die mit Pfirsichen und Pflaumen gefüllte Schüssel, die darauf stand. »Äh, ich habe darüber noch nicht wirklich nachgedacht.«

»Ich denke nur, dass der Sommer so … wichtig ist für eine Familie«, fuhr Mrs Rule fort, streckte ihre Hände von sich und begutachtete ihre Nägel. »Und ich fühle mich furchtbar, weil ich deiner Mutter diese wertvollen Wochen mit dir vor dem Schulbeginn stehle. Weißt du, was ich meine?«

Die Härchen auf Rorys Armen stellten sich auf. »Äh ja«, sagte sie, unfähig, Mrs Rules Lächeln aus den Augen zu lassen.

»Gut, ich habe mir erlaubt, deine Mutter zu informieren, dass du morgen nach Hause kommst. Und mach dir keine Sorgen wegen des Geldes für den Zug und den Bus. Es ist schon alles geregelt.«

»Das haben Sie ihr gesagt?«, fragte Rory.

»Mmm-hmm«, sagte Mrs Rule. »Ich habe ihr gerade eine E-Mail geschrieben. Fee hatte mir ihre Adresse gegeben. Ich glaube einfach, dass es besser für dich ist, wenn du wieder bei deinen Freunden und deiner Familie bist. Und du hast hier so hart gearbeitet. Du brauchst wirklich ein bisschen Zeit, um dich zu erholen.«

»Es ist wegen Connor, richtig?«, sagte Rory. »Sie wollen nicht, dass ich mit Ihrem Sohn zusammen bin. Darum geht es doch.«

»Oh, Rory«, sagte Mrs Rule lächelnd, »denkst du wirklich, dass ich *so* bösartig bin? Ich passe nur auf dich auf. Wir sind so dankbar für deine Hilfe, aber wir brauchen jetzt wirklich kein Mädchen für alles mehr. Ich will nur, dass du auch ein bisschen Spaß hast in diesem Sommer. Du solltest dir keine Gedanken machen, wann du meine Sachen aus der Reinigung holen musst.«

Plötzlich fiel Rory auf, wie leer die Küche wirkte. »Wo ist Erica?«

»Sie ist weg«, sagte Mrs Rule. »Es hat mit ihr nicht funktioniert«, sagte sie. Sie rückte eine Glas auf dem Tisch zurecht. »Glücklicherweise sind Köche leicht zu ersetzen.«

Rory atmete tief ein. »Nur damit Sie es wissen: Ich verstehe, dass es komisch für Sie ist, dass Connor und ich zusammen sind«, sagte sie. »Aber wir haben Gefühle füreinander und wir stehen öffentlich dazu. Wir haben keine heimliche Affäre.«

»Nun, ich weiß es aus sicherer Quelle, dass Bianca dich diesen Sommer bereits mit einem Jungen im Zimmer erwischt hat«, sagte Mrs Rule. »Und ich kann zwar nicht glauben, dass du *so* ein Mädchen bist, aber du verstehst sicher, dass du damit wirklich nicht *die* Sorte Mädchen bist, die ich mir für meinen Sohn wünsche.«

Rory wollte protestieren, aber in diesem Moment merkte sie, dass sie nichts sagen konnte. Sie durfte Isabel nicht verraten, nicht einmal jetzt. »Irgendetwas sagt mir, dass das nicht der wahre Grund ist«, sagte Rory. »Seien Sie da doch ehrlich. Und außerdem kann Connor wohl seine eigene Entscheidungen darüber treffen, wen er in seinem Leben haben möchte.«

»Vielleicht, aber er ist sehr empfänglich für die Meinung von anderen«, sagte Mrs Rule. »Besonders interessiert ihn meine Meinung. Jedenfalls bin ich sicher, dass er in ein paar Tagen verstehen wird, dass es so am besten ist.«

»Das können Sie nicht machen«, rief Rory. »Sie können mich nicht rauswerfen, ohne mit Connor zu reden. Und er ist gerade auf dem Weg nach Block Island.«

»Oh, ist er das?«, sagte Mrs Rule. »Ich schätze, das hatte ich vergessen. Und der Handyempfang ist so schlecht auf der Fähre.« Mrs Rule lächelte mitfühlend. »Aber mach dir keine Sorgen, du hattest sechs wunderschöne Wochen bei uns, Rory. Kannst du dir ausmalen, wie unangenehm es wäre, wenn du jetzt *nicht* gehen würdest?« Mrs Rules Augen glänzten eisigblau, während sie Rory anstarrte.

»Schön«, sagte Rory. »Ich fahre morgen.«

»Morgen *früh*«, stellte Mrs Rule klar. »Ich habe deine Fahrkarte für den Jitney um acht Uhr dreißig gebucht. Falls dir das passt.«

»Connor wird erst am späten Nachmittag wieder hier sein. Und ich würde mich gerne von ihm verabschieden. Falls Ihnen das passt.«

»Das entscheiden wir dann spontan, nicht wahr?«, sagte Mrs Rule, die ihre Freude kaum verbergen konnte. »Oh, und noch etwas: Ich weiß, wir haben nie über ein Gehalt gesprochen, aber wenn ich bedenke, wie viel du für uns getan hast … Was hältst du von zweitausendfünfhundert Dollar für den ganzen Sommer?«

Rory atmete kurz durch. »Also wollen Sie mich dafür bezahlen, dass ich gehe«, sagte sie ruhig.

»Ich bezahle dich für deine gute Arbeit«, sagte Mrs Rule. »Und ich bin mir sicher, dass deine Mutter dem zustimmen wird, wenn sie meine E-Mail liest. Ich habe es natürlich erwähnt – nur damit sie nicht denkt, du hättest hier deine Zeit verschwendet. Denk darüber nach.« Sie blickte auf ihre Uhr. »Oh, es ist Zeit für meine Massage. Entschuldige mich.« Sie stand auf und ging langsam ins Esszimmer.

Rory ging sofort zum Auto. Mit zitternden Händen holte sie ihr Handy heraus und rief Connor an. Die Mailbox sprang an. Sie sah über die Terrasse zum Meer und ihre Haare flatterten im Wind. Sie könnte einfach sofort gehen und nicht auf den Jitney am nächsten Morgen warten. Sie könnte einfach selbst zum Jitney fahren und hoffen, dass Fee ihre Sachen packen würde. Oder sie könnte zurückgehen und Fee suchen, ihr alles bis ins kleinste peinliche Detail erzählen. Oder sie konnte zum *Georgica* fahren und Isabel suchen. Nur Isabel konnte Mrs Rule jetzt noch zur Vernunft bringen.

Rory stieg ins Auto und ließ den Motor an. Die Angestellten des *Georgica* würden sie wahrscheinlich nicht einmal hineinlassen, aber sie musste es versuchen.

Kapitel 25

Es war fast vier Uhr, als Mr Knox den Highway verließ und auf die Ocean Road fuhr, um eine Abkürzung nach Osten zu nehmen. Er fuhr so schnell, dass Isabels vorläufiger Führerschein neben ihr auf dem Sitz flatterte. Sie hatte bestanden – gerade so –, aber trotzdem bestanden.

»Wie wirst du deinen Führerschein feiern?«, fragte Mr Knox. »Haben deine Eltern etwas vorbereitet?«

»Nicht wirklich«, sagte sie. »Ich glaube, sie wissen nicht einmal, dass ich die Prüfung heute hatte.«

Aber Rory wusste es, dachte sie. Rory würde sich daran erinnern, obwohl es ihr mittlerweile wahrscheinlich egal war.

»Ich weiß, dass du in Santa Barbara zur Schule gehst, aber du könntest uns in L. A. mal besuchen, etwas Zeit mit uns verbringen«, sagte er. »Wir würden uns darüber sehr freuen.«

»Das wäre toll«, sagte sie. »Und vielen Dank für heute. Sie haben mir das Leben gerettet.«

»Das war doch kein Problem«, sagte er. »Holly und Krista haben wahrscheinlich nicht mal bemerkt, dass ich weg war. Und meinen Glückwunsch. Das ist ein wichtiger Moment für dich. Ich bin stolz auf dich.«

Er klang sehr nach ihrem Vater, dachte Isabel, während seine Worte in der Luft hingen. Eigentlich klang er sogar besser als ihr Vater. Ihr eigener Vater hätte niemals etwas so Nettes gesagt. Sie beobachtete, wie er am Radio herumdrehte.

»Warum sehen Holly und ich uns so ähnlich?«, fragte sie plötzlich.

Mr Knox sah sie an. »Was?«

»Ich meine, wir sehen genau gleich aus«, sagte sie. »Als wären wir Schwestern. Ist Ihnen das nicht aufgefallen?«

Mr Knox fuhr kurz schweigend weiter, dann hielt er am Straßenrand. »Ich weiß nicht, wie ich das erklären soll, Isabel«, sagte er und blinzelte dabei ununterbrochen. »Andererseits ist es nicht deine Schuld, dass deine Eltern dir noch nichts gesagt haben.«

»Mir was noch nicht gesagt haben?«, fragte sie. Sie spürte den merkwürdigen Drang in sich aufsteigen, einfach loszulachen.

»Du bist meine Tochter«, sagte er.

Isabel lachte jetzt laut auf und hielt sich dann den Mund zu. »Was?«, fragte sie.

Mr Knox sah sie ernst an. »Damals, als deine Eltern und ich befreundet waren«, fuhr er fort, »haben deine Mutter und ich uns verliebt. Zumindest war es für mich Liebe. Für deine Mutter … nun, es war für sie nicht ganz dasselbe.« Er sah geradeaus und schüttelte den Kopf. »Ich war damals nicht besonders erfolgreich, wir waren beide verheiratet, und es war einfach zu schwierig für uns, zusammen zu sein. Deine Mutter hat das Beste für dich gewollt. Wirklich.«

Isabel lehnte sich zurück. »Bitte fahren Sie weiter«, sagte sie. »Wir müssen los.«

»Sicher«, sagte er und fuhr zurück auf die Straße.

Nach ein paar Minuten fragte Isabel: »Sind Sie deswegen zurückgekommen? Wegen meiner Mutter?«

»Nein«, sagte er. »Ich bin wegen dir zurückgekommen.«

Isabel starrte ihn an.

»In all den Jahren habe ich nie aufgehört, an dich zu denken. Ich habe mich gefragt, wie es dir geht. Was du so machst. Es tut mir leid, dass du es auf diese Art herausfinden musstest.«

Sie beobachtete, wie er wieder in den Verkehr einfädelte. Und sie spürte eine Wut in sich hochsteigen, wie sie sie noch nie zuvor gefühlt hatte. Am liebsten hätte sie die Autotür aufgerissen und wäre herausgesprungen und losgerannt, soweit weg wie nur irgend möglich. Doch plötzlich legte sich eine Ruhe über sie, so als hätte sie jemand nach einem Sprung in den Pool in ein dickes, warmes Handtuch gehüllt. *Also das ist der Grund*, dachte sie. *Deshalb hat sich alles immer so merkwürdig angefühlt.*

Mr Knox sah wieder zu ihr. »Bist du okay?«

»Ich denke schon«, sagte sie. »Meine Mutter hätte es mir sagen müssen.«

»Sei nicht zu hart zu ihr. Sie ist nicht so stark, wie sie vorgibt.«

»Weiß mein Vater Bescheid?« Es fühlte sich komisch an, über ihren *Vater* zu reden, aber sie wusste nicht, was sie sonst sagen sollte.

»Er weiß es«, sagte Mr Knox. »Ich brauche wohl nicht zu erwähnen, dass er mich nicht besonders mag.«

Oder mich, dachte Isabel. »Und an diesem Tag im Club, als ich sie bei den Tennisplätzen gesehen –«

»Ich wollte mit deiner Mutter unter vier Augen sprechen«, sagte er. »Über dich. Darüber, wie ich an deinem Leben teilhaben kann.«

Isabel klopfte mit den Fingern gegen die Autotür. »Aber haben sie nicht schon zwei Töchter?«, fragte sie.

»Ich habe drei Töchter«, korrigierte er sie.

Sie kamen nur langsam voran. Isabel nahm ihren Führerschein und hielt ihn fest. Er schien ihr in ihrem Leben gerade das Einzige, was sicher war. »Sie sind mittlerweile ein großer Hollywood-Produzent, ja?«, fragte sie und hoffte, das Thema wechseln zu können.

»Bei dem *groß* bin ich mir nicht so sicher, aber stimmt, ich hatte ein paar Erfolge.«

»Das ist cool.« Isabel spielte mit ihrem Armband. »Manchmal denke ich darüber nach, Schauspielerin zu werden.«

Mr Knox warf ihr einen Blick zu. »Das ist harte Arbeit. Man wird sehr oft zurückgewiesen.«

»Daran gewöhne ich mich gerade«, murmelte sie.

Sie näherten sich einem Gemüsestand am Straßenrand. Neben dem Zelt parkte ein dunkelroter verwitterter Xterra.

»Hey, würden Sie hier bitte anhalten?«, rief Isabel plötzlich.

»Hier?«

»Ja.«

Mr Knox fuhr auf den Parkplatz. Isabel betrachtete das Auto. Sie erkannte an den Kratzern und dem schwarzen Aufkleber vom AIR UND SPEED SURF SHOP, MONTAUK, NY, dass es sein Auto war. Endlich hatte sie den Stand von Mikes Familie gefunden.

»Würden Sie eine Sekunde warten?«

»Sicher«, sagte Mr Knox. Er schien fast erleichtert, einen Moment für sich zu haben.

Isabel stieg aus dem Auto.

Der Stand war mehr ein großes Zelt, das über einige Tische gespannt war, auf denen Kisten mit Tomaten, Erdbeeren, Pfirsichen, weißen und gelben Maiskolben und Kartoffeln ausgestellt waren. Überall drängten sich Leute, die Obst und Gemüse in braune Papiertüten packten.

Isabel ging auf eine Frau zu, die hinter einem der Tische stand. Sie war etwa zwanzig, mit dunklen Haaren, und half einer älteren dünnen Frau, die offensichtlich die Chefin war, dabei, die Tüten der Kunden zu wiegen und die Preise resolut und effizient auszurechnen.

»Entschuldigung, ist Mike Castelloni hier?«, fragte Isabel.

Die dunkelhaarige Frau musterte sie von oben bis unten. »Einen Moment«, sagte sie schroff und verschwand durch eine Spalte in der Zeltwand.

Isabel sah sich um. Es war staubig und heiß, und sie

bemerkte, dass sie durstig war. Sie brauchte etwas zu trinken. Gerade wollte sie jemanden um ein Glas Wasser bitten, als sie das Holzschild am Eingang des Zelts sah. McNULTYS GREEN MARKET. *McNulty*, dachte sie. Das kam ihr bekannt vor, nur wusste sie nicht, woher.

Und plötzlich hatte sie ein Bild vor Augen: Rory und sie im Arbeitszimmer ihres Vaters, sie fühlte wieder den Brief zwischen ihren Fingern, diese Textur wie Zwiebelhaut. Der Brief, der an ihren Vater gerichtet war, die Drohung, ihn zu verklagen. Von Robert McNulty. Der Bauer, dem das Grundstück gehört hatte, bevor ihr Vater es gerade gekauft hatte. Der Farmer, dem dieser Stand gehörte. Der Stand, an dem Mike mit seiner Familie arbeitete.

Seine Familie.

Plötzlich fühlte sie sich beobachtet, und als sie über ihre Schulter sah, kam Mike auf sie zu. Selbst mit einer Kiste Kartoffeln im Arm hatte er diesen sexy Gang. Als er näher kam, erkannte sie seine großen braunen Augen, die vollen Lippen, den schlanken durchtrainierten Oberkörper unter einem einfachen weißen Unterhemd – und es fiel ihr schwer, seinem Zauber, den sie bei jedem Treffen am Strand gespürt hatte, nicht zu erliegen.

Er stellte die Kiste auf einen der Tische und schlenderte dann auf sie zu. »Hey«, sagte er und wischte sich eine Haarsträhne aus der Stirn. »Was machst du hier?«

»Ich habe dein Auto gesehen. Ist das der Stand deiner Familie?«

»Ja, warum?«, fragte er.

»McNulty ist dein Vater?«

»Er ist mein Onkel.« Er beobachtete sie misstrauisch und da wusste sie es.

»Also ist dein Onkel der Typ, mit dem mein Vater diese große Auseinandersetzung hat?«

Mike sah zu Boden und dann über seine Schulter. »Lass uns da drüben reden«, sagte er und deutete Richtung Parkplatz.

Sie folgte ihm. »Warum hast du mir das nicht gesagt?«, fragte sie.

»Isabel, beruhige dich.«

»Sag mir nicht, dass ich mich beruhigen soll!«, brüllte sie los. »Du hast ohne jede Erklärung einfach so mit mir Schluss gemacht. Und plötzlich erfahre ich, dass es da diese merkwürdige Verbindung gibt?«

Mike blickte in die Ferne und seufzte.

»Hast du deshalb mit mir Schluss gemacht?«, fragte sie.

Er scharrte mit seinen Flip-Flops im Kies. »Irgendwie schon, ja.«

Sie verschränkte die Arme. *Ganz ruhig*, sagte sie sich. *Atme.*

»Als mir klar wurde, wer du bist, fiel mir ein, dass mein Onkel einem Larry Rule Land verkauft hatte. Und dieser Larry Rule hat sich als dein Vater entpuppt«, sagte er. »Und es gab da wohl ein Hin und Her, ein paar Probleme, sodass meine Familie dachte, ich könne so vielleicht an ein paar Informationen kommen.«

Sie trat einen Schritt zurück. »Informationen? Über meine Familie?«

Mike hob die Hände. »Ja.«

»Also bist du deshalb mit mir ausgegangen? Um *Informationen* zu bekommen?«

»Nein. Ich stand auf dich. Von Anfang an. Dieser Tag am Strand. Ich dachte, du bist das schönste Mädchen, das ich je gesehen habe. Aber als ich meiner Familie erzählt habe, mit wem ich ausgehe … Ich meine, was sollte ich denn tun? Dieses Land ist seit zweihundertfünfzig Jahren im Besitz der Familie meiner Mutter. Sie haben nie an jemanden verkauft. Und sie hatten ein schlechtes Gefühl bei deinem Dad. Und als du gesagt hast, dass er ein riesiges Haus auf dem Grundstück bauen will, da musste ich es ihnen erzählen.«

»Daher wussten sie also Bescheid«, sagte Isabel.

»Hör mir bitte zu, okay? Ich wusste nicht, was ich tun sollte. Ich habe wirklich Gefühle für dich entwickelt, Isabel. Und in der Nacht, als wir zum ersten Mal miteinander geschlafen haben, da wusste ich, dass ich dich nicht weiter anlügen kann. Deshalb bin ich nach Maine gefahren. Ich musste raus. Und als ich zurückkam, habe ich meiner Familie gesagt, dass ich ihnen nichts mehr erzählen werde. Aber dann hast du mich zu der Party von deinem Dad eingeladen und ich wusste, dass ich nicht kommen kann. Und mir war klar, dass du dich aufregen würdest. Da habe ich erkannt, dass ich zu weit gegangen bin, weißt du? Ich konnte dir die Wahrheit nicht sagen, weil ich mir sicher war, dass ich dich verlieren würde. Und ich konnte nicht mit dir zusammenbleiben und hoffen, dass meine Familie mich in Ruhe lässt. Also tat ich das Einzige, was ich tun konnte. Ich habe Schluss gemacht.« Er sah ihr endlich in die Augen. »Und mir ist klar, dass du mir das nicht glauben wirst und denkst, dass ich es nur so sage, aber du musst wissen, dass ich dich geliebt habe. Ich *liebe* dich. Immer noch.«

Trotz ihrer Wut und Empörung war der Drang, sich in seine Arme zu werfen und ihm zu sagen, dass sie ihn liebte, fast überwältigend. Doch dann fuhr er mit der Hand durch sein Haar und sah sie an auf seine ihm eigene sexy Art, und da wurde ihr etwas klar: Das Mysteriöse, die Leidenschaft und das Begehren, das sie die ganze Zeit in ihm gesehen hatte – es war gar nicht da. Er hatte nicht die ganze Zeit seine Gefühle vor ihr versteckt, sondern ein Geheimnis verborgen. Vielleicht hatte Mike sich in sie verliebt, so wie er es gesagt hatte. Aber er war nicht verliebt genug gewesen, um ihr die Wahrheit zu sagen. Und das war alles, was sie wissen musste.

Er streckte die Hand aus, um sie zu berühren. »Isabel, es tut mir leid«, sagte er. »Ich liebe dich.«

Sie trat zurück. »Sag das nicht. Es ist vorbei.«

»Aber ich habe dir gerade gesagt –«

»Du hast mich angelogen. Ich habe dir alles gegeben was ich hatte und du hast mich angelogen.«

Er schien sie nicht zu verstehen. »Aber ich habe es dir doch gerade erklärt.«

Sie spürte die Tränen in ihren Augen. »Ich muss gehen.«

»Wohin willst du?«

»Ich bin dir nicht böse. Ich verstehe es. Aber es ist vorbei.«

»Isabel!«

Sie ging noch einen Schritt weiter von ihm weg und schüttelte den Kopf. »Ich muss los. Pass auf dich auf, okay? Hab noch einen schönen Sommer.« Sie drehte sich um und lief zum Auto, bevor er noch etwas sagen konnte. Sie hatte schon öfter Schluss gemacht, und normalerweise hatte sie dabei nicht viel gefühlt, außer vielleicht dem dringenden Bedürfnis, so weit wegzurennen wie nur möglich. Doch diesmal, während sie langsam über den Kies lief und seinen Blick auf sich spürte, hatte sie keine Eile, ihn zu verlassen. Sie würde sich immer zu ihm hingezogen fühlen, das wusste sie. Vermutlich würde sie ihn sogar immer vermissen. Aber sie wusste auch, dass sie diesmal keine Wahl hatte. All die Male zuvor hätte sie mit dem Jungen zusammenbleiben können, wenn sie es gewollt hätte. Aber Mike hatte ihr keine Wahl gelassen. Sie konnte nicht bei ihm bleiben. Sie musste gehen.

Als sie beim Auto ankam, drehte sie sich noch einmal um. »Oh, und danke«, rief sie ihm zu.

»Für was?«, fragte er.

Dafür, dass du mich stärker gemacht hast, wollte sie sagen. Aber stattdessen zuckte sie nur mit den Schultern.

»Für alles«, sagte sie und stieg ins Auto.

Kapitel 26

Isabel kam in die Küche, durstig von ihrer Fahrradtour vom *Georgica* nach Hause, als sie die Frau sah, die Tomaten und Basilikum schnitt. »Sie sind dann wohl die neue Köchin?«

Die Frau war groß, hatte schulterlange rote Haare, und sie kam mit ausgestreckter, leicht zitternder Hand auf Isabel zu. »Ich bin Marisa. Ich bin gerade angekommen.«

»Isabel«, antwortete sie und schüttelte die Hand der Frau. »Willkommen.«

»Danke«, sagte Marisa. Sie blickte schüchtern zu den Küchenschränken. »Weißt du zufällig, wo ich das Salz finden kann?«

»Oh, direkt hier«, sagte Isabel und öffnete eine der Schranktüren. »Wir haben alle möglichen Sorten: rosa, schwarz, grau, Meersalz … Suchen Sie sich eins aus.«

»Wundervoll«, sagte Marisa, ganz offensichtlich dankbar für die Hilfe.

»Wenn Sie sonst noch etwas brauchen, fragen Sie einfach«, sagte Isabel. »Und nur ein kleiner Rat: Lassen Sie sich von Bianca nicht verunsichern. Sie muss immer einen auf Chef machen. Solange Sie damit klarkommen, haben Sie hier keine Probleme.«

Ein Lächeln umspielte Marisas Lippen. »Okay, gut zu wissen.«

Isabel nahm eine Flasche Wasser aus dem Kühlschrank und lief durch die Halle zu Rorys Zimmer. Sie nahm einen Schluck von ihrem Wasser und wappnete sich innerlich. Sie hatte keine Ahnung, was sie sagen sollte, aber sie wusste, dass sie etwas sagen musste.

Vorsichtig klopfte sie an und öffnete die Tür. Sie blickte in das leere, aufgeräumte Zimmer. Es war fast sechs Uhr.

»Ich glaube, sie ist ausgegangen.«

Isabel drehte sich um. Lucy Rule kam auf sie zu, gekleidet in ihren weißen seidenen Bademantel. Das blonde Haar war frisch geföhnt und fiel glänzend über ihre Schultern. »Wo warst du?«

»Ich habe meine Führerscheinprüfung bestanden«, sagte Isabel.

»Oh, Liebling, das ist wundervoll«, sagte ihre Mutter und berührte ihren Arm. »Gratuliere. Ich werde Melissa sagen, dass sie uns für morgen Abend etwas Besonderes kochen soll.«

»Sie heißt *Marisa*«, sagte Isabel. »Also ist Erica weg?«

»Dein Vater konnte das Essen nicht leiden«, sagte ihre Mutter und ging in das Zimmer. »Sieh nur, wie sie das Bett macht«, murmelte sie und klopfte eines der Kissen auf.

»Wir sollten wirklich nicht hier drin sein«, sagte Isabel.

»Warum nicht?«, fragte Mrs Rule und ging in das Badezimmer. »Es ist mein Haus.«

»Weil es Rorys Zimmer ist.«

Mrs Rule kam mit einem Stapel Handtücher und einem kleinen Fön wieder heraus. »Es ist *mein* Zimmer.«

»Was machst du da?«, fragte Isabel.

»Ich will sie waschen lassen«, sagte sie. »Sie braucht sie nicht mehr.«

»Warum nicht?«

»Weil sie geht«, sagte Mrs Rule, ohne eine Miene zu verziehen. »Morgen früh. Wir haben gerade darüber gesprochen und uns darauf geeinigt, dass es an der Zeit ist.«

»Was?« Isabel folgte ihrer Mutter in die Halle. »Ihr seid euch *einig* gewesen?«

»Nun, sie ist seit fast zwei Monaten hier. Wie lange willst du sie noch hier haben?«

»Aber… sie sollte den ganzen Sommer bei uns verbringen«, rief Isabel.

»Ich dachte, du wärst wütend auf sie, weil sie ihre Gefühle für Connor vor dir verschwiegen hat?« Ihre Mutter ging in den Wäscheraum. »Ich habe schon an diesem Tag im *Georgica* gewusst, dass dieses Mädchen Ärger machen würde. Und ich hatte recht.«

»Also hat sie einfach so beschlossen zu gehen?«, fragte Isabel und versperrte ihrer Mutter den Weg.

»Nun, als ich das Geld erwähnte, schien ihr der Gedanke zu gefallen.«

»Das *Geld*?«, fragte Isabel. »Wovon sprichst du?«

»Ich habe ihr angeboten, sie zu bezahlen. Für den Sommer. Nur als Ausgleich. Ich dachte, du freust dich, wenn du das hörst.«

»Aber du hast ihr Geld angeboten, damit sie geht«, sagte Isabel. »Und Connor ist nicht einmal hier. Wie konntest du nur?«

»Mach doch nicht so ein Drama daraus. Sie hatte eine wunderschöne Zeit. Und sie hat bekommen, was sie wollte. Glaub mir.« Sie schob sich an Isabel vorbei und ging in die Halle. »Wir haben heute Gäste zum Abendessen, würdest du dir bitte etwas Nettes anziehen?«

Isabel rannte ihr hinterher. »Ich kann nicht fassen, dass du dich zu so etwas herablässt. Das ist *so* abartig.«

»Ich bin abartig?«

»Ja. Du tust so, als wärst du so nett und großzügig, dabei kannst du es in Wirklichkeit nicht ausstehen, wenn Leute in deiner Nähe sind, die dir nicht gut genug sind. Und du kannst den Gedanken nicht ertragen, dass jemand in dieser Familie glücklich sein könnte. Nicht einmal für eine Sekunde.«

»Wovon sprichst du?«

»Mein ganzes Leben schon seid ihr unglücklich. Weißt du, wie schwer es ist, das mit anzusehen? Die ganze Zeit? Zu sehen, wie ihr für eure Freunde eine Show abzieht und euch dann streitet, kaum dass ihr allein seid? Glaubst du, wir bekommen das gern mit?«

Der Unterkiefer ihrer Mutter spannte sich an. »Was ist mir dir? Denkst du, es ist einfach für uns, dich als Tochter zu haben?«

»Wen meinst du mit *uns*?«

»Wie bitte?«

»Wer ist mein Vater? Und sei ehrlich! Dad oder Mr Knox?«

Ihre Mutter sah verblüfft aus.

»Ich habe Holly gesehen«, sagte Isabel. »Sie sieht aus wie ich. Dasselbe Haar, dieselben Augen, derselbe Gang. Und ich habe mit Mr Knox gesprochen. Er hat mir bestätigt, dass er mein Dad ist. Er hat es mir gesagt, Mom.«

Mrs Rule schob eine Locke aus dem Gesicht. »Isabel –«

»Gib es einfach zu.«

Ihre Mutter sah zu Boden und nickte dann langsam.

»Wie konntest du mir das mein ganzes Leben lang verheimlichen?«, explodierte Isabel. »Wie konntest du so verrückt sein?«

»Was sollte ich denn machen?«, fragte ihre Mutter. »Dir sagen, dass dein echter Vater dreitausend Meilen weit weg wohnt und dich seit dem Tag, an dem du geboren wurdest, nicht gesehen hat? Ein Mann, den ich selbst seit fünfzehn Jahren nicht gesehen habe? Hätte ich das wirklich tun sollen?«

»Ja! Du hättest es mir sagen müssen!«

Isabel rannte zur Treppe und nahm zwei Stufen auf einmal. Sie lief in ihr Zimmer und knallte die Tür zu, aber ihre Mutter war ihr auf den Fersen.

»Lass mich ausreden, verstanden?«, schrie ihre Mutter. »Du weißt überhaupt nicht, was passiert ist.«

»Wie sollte ich auch?«, schrie Isabel zurück.

»Ich war sehr, sehr jung, als ich geheiratet habe«, sagte ihr Mutter, »und kurz nachdem Gregory geboren war, wusste ich, dass das mit deinem Vater und mir ein Fehler gewesen ist. Aber so war es eben, ich war eine junge Mutter, die in der Park Avenue lebte, verheiratet mit einem attraktiven Mann, der *nicht* von meinem Geld lebte, wie es die Ehemänner meiner Freundinnen taten. Also bin ich geblieben. Und dann habe ich Peter getroffen. Wir vier sind zusammen verreist, haben uns *Le Cirque* angesehen, gaben Partys. Aber da war immer etwas, zwischen Peter und mir. Er verstand mich, wie es dein Vater nie konnte. Und dann, eines Nachts –«

Isabel hob abwehrend die Hand. »Bitte, nicht.«

»Ich liebte ihn so sehr. Ich konnte nichts dagegen tun. Und als ich herausfand, dass ich schwanger war, wäre ich fast mit ihm durchgebrannt.«

Isabel hätte am liebsten ihren Kopf unter dem Kissen vergraben. Aber sie musste da durch. »Erzähl weiter«, sagte sie.

»Aber ich konnte es nicht«, fuhr ihre Mutter fort. »Ich konnte mich einfach nicht dazu aufraffen. Die Kinder waren noch zu klein. Und dein Vater hätte mir alles weggenommen. Wir hatten keinen Ehevertrag, nichts.«

»Was war mit Dad?«, fragte Isabel und sah ihre Mutter dabei nicht an. »Wusste er es?«

»Nicht direkt. Es hat eine Weile gedauert. Aber schließlich hat er mich gefragt. Er hatte bemerkt, dass du ihm überhaupt nicht ähnlich siehst.«

»Kein Wunder«, sagte Isabel und dachte an ihren Vater.

»Zu dem Zeitpunkt waren Peter und Michelle bereits nach Los Angeles gezogen. Er war weggezogen, um seine Ehe zu retten. Seine Frau hat alles herausgefunden. Er wusste von dir. Ich habe es ihm gesagt, bevor er ging.«

»Deshalb weiß Dad nicht, wie er mit mir reden soll«, sagte Isabel.

»Ich denke, du hattest einen guten Vater, Isabel. Das denke ich wirklich.« Ihre Mutter kam zu ihr und stellte sich neben das Bett. »Er liebt dich.«

»Nein, tut er nicht. Er behandelt mich, als wäre ich ein Freak.«

»*Mich* liebt er nicht«, sagte ihre Mutter. »Und dafür kann ich ihm wohl auch kaum die Schuld geben.« Isabel spürte, wie ihre Mutter sanft über ihr Haar streichelte.

»Ich wünschte nur, du hättest es mir gesagt. Es war sehr egoistisch von euch, mir nichts zu erzählen.«

»Ich weiß«, sagte ihre Mutter. »Es tut mir leid. Ich wollte es dir wirklich sagen.«

Isabel setzte sich auf und wischte die Tränen weg, die ihr über das Gesicht liefen. »Dann möchte ich, dass du etwas für mich tust. Ich möchte, dass du Connor und Rory gegenüber nicht mehr so hart bist.«

»Was hat das damit zu tun?«, fragte ihre Mutter.

»Rory macht ihn glücklich. Ich glaube, sie ist das erste Mädchen, dem das jemals gelungen ist. Also wirf sie nicht raus. Oder wirf sie wenigstens nicht raus, nur weil du sie nicht magst.«

Ihre Mutter zog den Gürtel ihres Hausmantels fester. »Weißt du, dass Bianca sie mit einem Jungen im Zimmer erwischt hat, in ihrer ersten Woche hier?«

»Diesen Jungen hatte *ich* reinschmuggeln wollen. Rory hatte damit nichts zu tun.«

Ihre Mutter blinzelte.

»Das war *mein* Freund. Oder besser gesagt, mein *Ex*freund. Ich habe ihm gesagt, wie er reinkommt, aber ich wusste nicht, dass es Rorys Zimmer ist. Rory hatte überhaupt keine Ahnung, was los war. Und dann hat sie mich gedeckt. Sie hat die Schuld auf sich genommen. Obwohl sie nichts dafür konnte. Wer macht schon so etwas, wenn er nicht wenigstens ein bisschen nett ist?«

Mrs Rule dachte darüber nach. »Nun, vielleicht war ich ja ein bisschen voreilig.«

»Und Mom, selbst wenn sie einen Jungen in ihr Zimmer geschmuggelt hätte, was würde das aus ihr machen? Eine Schlampe? Ich bitte dich. Ich habe viel schlimmere Sachen gemacht. Und du auch.«

»Isabel«, sagte ihre Mutter und hob einen Finger. »Ich möchte, dass alles, was ich dir gesagt habe, erst einmal unter uns bleibt. Die anderen werden es später erfahren, wenn sie es müssen. Wenn ich mich entschieden habe, was ich tun möchte. Kann ich darauf zählen, dass du den Mund hältst?«

»Unter einer Bedingung«, sagte Isabel. »Dass Rory zurückkommt.«

»Gut«, sagte ihre Mutter nach einem kurzen Moment. »Sie kann zurückkommen. Sie kann bleiben. Und was ist mit dem Jungen?«

»Nichts«, sagte Isabel. »Es ist vorbei. So was von vorbei.«

Ihre Mutter legte ihre Hand an den Hals. »Oh Gott sei Dank«, sagte sie. »Tut mir leid. Ich war nur … Na ja, du kannst es mir nicht übelnehmen, dass ich ein bisschen besorgt bin. Ich meine, ein Surfer aus North Fork, der in Montauk lebt …«

Isabel seufzte. »Ich bin okay. Egal, was passiert. Das weißt du, oder?«

Ihre Mutter nickte. »Ich weiß.«

»Ich möchte nicht, dass du so etwas noch einmal vor mir geheim hältst, ja? Das Leben ist so schon schwer genug.«

»Okay«, sagte ihre Mutter. Sie streckte ihr Arme aus, um Isabel zu umarmen, und diese ließ es stumm über sich ergehen.

Felipe hatte recht gehabt an diesem Abend zu Anfang des Sommers, dachte Isabel. Es gab mehr Geheimnisse in diesem Haus, als sie jemals vermutet hätte. Die ganze Zeit hatte sie sich gefühlt, als würde sie nicht dazugehören. Sie hatte sich wie ein Freak gefühlt, wie das schwarze Schaf der Familie, der Schandfleck. Und dabei war der ganze Ärger schon vor ihrer Geburt vorprogrammiert gewesen. Sie hatte nichts falsch gemacht. Ihre Eltern hatten es verbockt.

Isabel befreite sich aus der Umarmung und stand auf. »Ich suche Rory. Und für den Rest des Sommers arbeitet sie nicht mehr für uns. Sie ist ein Gast, wie jeder andere auch. Abgemacht?«

Ihre Mutter nickte zögerlich. »Ich sage Fee, dass sie die Gästehandtücher in ihr Zimmer zurückbringen soll.«

Isabel seufzte, als sie zur Tür ging. Ihre Mutter hatte ihr zwar gerade ihr dunkelstes Geheimnis anvertraut, aber sie würde immer oberflächlich bleiben.

Kapitel 27

Rory parkte in zweiter Reihe auf der Main Street und hielt im Rückspiegel Ausschau nach Streifenwagen, während sie telefonierte. »Ich möchte einen Platz in dem nächsten Jitney, der fährt«, sagte sie. »Egal welcher. Von East Hampton nach Manhattan Stadtmitte.«

»In Ordnung«, hauchte eine weibliche Stimme am anderen Ende der Leitung. »Okay, in fünfzehn Minuten geht ein Jitney von West Hampton aus, um 18.30 Uhr. Ein Platz ist noch frei. Soll ich Ihnen den buchen?«

Rory atmete tief ein. Sie könnte den Prius einfach auf dem Parkplatz stehen lassen und Fee eine SMS schicken, dass sie das Auto später abholen sollte. »Ja, bitte.«

»Eine einfache Fahrt?«

»Ja.«

Rory trommelte mit ihren Fingern auf dem Lenkrad, als die Angestellte sie in die Warteschleife schaltete. Sie tat das Richtige. Nachdem sie eine Stunde lang durch die Seitenstraßen von East Hampton gefahren war, hatte ihr Bauchgefühl endlich über ihr Herz gesiegt. *Sie wollen dich hier nicht mehr*, dachte sie. *Connor wird es verstehen. Er wird dich besuchen. Aber du musst gehen. Jetzt.*

»Okay«, sagte die Jitney-Mitarbeiterin, als sie wieder in die Leitung kam. »Es ist alles arrangiert. Die Haltestelle befindet sich gegenüber vom Palm Restaurant auf der Main Street.«

»Ich weiß, ich sehe sie«, sagte Rory.

»Seien sie in zehn Minuten da, um den Bus auf jeden Fall zu erwischen«, sagte die Mitarbeiterin.

»Großartig. Dankeschön.« Rory legte erleichtert auf. Jetzt kam der harte Teil. Sie musste Connor eine Nachricht schreiben. Isabel war es eindeutig egal, ob sie blieb oder ging. Aber Connor würde sich aufregen. Sie hatte keine Ahnung, was sie sagen sollte. Sie fing an zu tippen:

Hey, erreiche Dich nicht auf dem Handy.
Deine Mutter hat mich gebeten zu gehen.
Ich denke, es ist am besten, wenn ich sofort gehe.
Ruf mich an, wenn Du zurück bist.

Sie dachte lange über die letzte Zeile nach.

Ich liebe Dich.

Ja, sie würde es zuerst sagen. Selbst Isabel hatte diese Regel gebrochen und sie hatte es überlebt. Rory hatte ihr noch sagen wollen, dass sie deshalb sehr stolz auf sie war, und auch darauf, wie offen sie Mike gegenüber gewesen war, aber dafür war es nun zu spät. Sie hätte ihr von Connor erzählen sollen. Sie hätte nicht so lange zögern dürfen. Sie würden niemals Freundinnen sein, besonders jetzt nicht mehr. Es war erstaunlich, wie sehr sich ein erster Eindruck festsetzte, auch wenn man jemanden näher kennenlernte.

Sie klickte auf Senden, ließ ihr Handy in ihre Tasche fallen und schaltete den Klingelton aus. Sonst würde sie nur auf den Anruf lauern, der erst in einigen Stunden kommen würde. Dann fuhr sie den Prius auf den öffentlichen Parkplatz. Sie stieg aus und legte die Schlüssel auf das Hinterrad. Das hier war East Hampton. Niemand würde einen Prius stehlen.

An der grünen Bordsteinkante, die den East Hampton Jitney Stop anzeigte, hatte sich schon eine Schlange aus gebildet wirkenden, attraktiven Menschen gebildet, die mit ihren Designer-Reisetaschen warteten, die Handys am Ohr. Rory dachte an die Menschen, die sie an ihrem ersten Tag aus dem Zug hatte steigen sehen. Ihr wurde klar, dass es schön sein würde, zu Hause anzukommen. Dort musste sie sich keine Gedanken darum machen, welche Sandalen sie trug oder wie sie ihr Haar frisierte. Sie konnte endlich wieder sie selbst sein.

Sie wollte gerade in ihrer Tasche nach ihrem Buch suchen, als ein schwarzes Porsche Cabriolet die Straße herunterfuhr. Es bewegte sich gen Osten, aber kaum war es an Rory vorbei, wendete es trotz des Verbotsschilds und hielt mit quietschenden Reifen vor der Menschentraube an. Isabel setzte ihre Pilotensonnenbrille ab und winkte Rory zu. »Hey! Wo zum Teufel willst du hin?«

Die Passagiere des Jitney sahen Rory mit einer Mischung aus Neugier und Empörung an.

Rory lief zu dem Auto, beugte sich zu Isabel, die wie verrückt grinste, und sah sie an.

»Was machst du da?«, fragte Rory.

»Ich habe die Führerscheinprüfung bestanden«, sagte Isabel. »Ich habe meinen Führerschein. Und was machst du so?«

»Ich gehe«, sagte Rory. »Deine Mom hat mich darum gebeten.«

»Steig ins Auto«, sagte Isabel abrupt. »Sie hat ihre Meinung geändert.«

»Was meinst du damit?«

»Sie will nicht, dass du gehst«, sagte Isabel. »Ich habe gerade mit ihr gesprochen. Beweg schon deinen Hintern ins Auto.«

»Ich habe gerade ein 50-Dollar-Ticket für die Heimfahrt gekauft«, sagte Rory.

»Dann gebe ich dir das Geld eben wieder«, sagte Isabel. »Und jetzt steig in das gottverdammte Auto!«

Unsicher öffnete Rory die Autotür und stieg ein.

Isabel fädelte das Auto zurück in den Verkehr ein. »Du kannst meinen Bruder nicht einfach so verlassen«, sagte sie. »Es würde ihn umbringen. Und dann bringt er mich um.«

»Plötzlich interessiert es dich, was zwischen deinem Bruder und mir läuft?«, fragte Rory. »Und fahr langsamer.«

»Es tut mir leid, dass ich mich dir gegenüber wie ein Miststück verhalten habe«, sagte Isabel. »Ich habe wohl einfach voreilig Schlüsse gezogen. Dass du mich benutzt hast, um an Connor ranzukommen.«

»Du weißt, dass das Quatsch ist«, sagte Rory. »Oder? Total lächerlich.«

»Na ja, warum hast du mir dann nichts von ihm erzählt?« fragte Isabel.

»Weil ich nicht sicher war, ob ich deiner Meinung nach gut genug für ihn bin.«

Isabel fuhr an den Straßenrand und hielt vor dem Friedhof. »Hey, hör mir zu«, sagte Isabel und nahm Rorys Hand. »Du bist das Beste, das meinem dummen Bruder jemals in seinem Leben passiert ist. Es tut mir leid, wenn ich dir das nicht deutlich genug gezeigt habe.«

»Schon okay«, sagte Rory.

»Nein, ich meine es ernst. Und du bist das Beste, was mir passieren konnte. Die beste Freundin, die ich je hatte. Und du verdienst es nicht, dass ich dir die ganze Zeit die kalte Schulter gezeigt habe.«

Rory lächelte.

»Es tut mir leid, Ror.« Isabel umarmte sie.

Rory fühlte, wie Isabel ihre Rippen zerquetschte. »Ist schon okay.«

»Also, sind wir wieder Freunde?« Isabels Augen strahlten vor Glück, wenn sie auch leicht feucht waren.

»Sicher«, sagte Rory.

»Gut.« Isabel fuhr zurück auf die Straße. »Oh, und noch etwas. Mr Knox ist mein leiblicher Vater.«

»Machst du Witze?«, fragte Rory.

»Er hat es mir heute gesagt. Er hat mich zu der Prüfung gefahren. Aber ich darf es niemandem sagen. Das musste ich meiner Mutter versprechen.«

»Himmel«, sagte Rory. »Bist du okay?«

»Das wird schon«, sagte Isabel. »Eines Tages. Wahrscheinlich werde ich das ganze nächste Jahr dafür brauchen, diese Nachricht zu verdauen. Aber jetzt verstehe ich so Einiges. So vieles macht jetzt Sinn.« Sie bog in die Lily Pond Lane ein und raste die Mitte der Straße entlang. »Verdammt, es fühlt sich toll an, dieses Auto zu fahren«, sagte sie.

»Bring uns nur nicht um, okay?«, bat Rory sie so freundlich wie nur möglich.

Labor-Day-Wochenende

Sie saßen auf der Decke an fast genau derselben Stelle, von der aus sie das Feuerwerk vor fast zwei Monaten beobachtet hatten. Diesmal saß Connor hinter ihr und hatte seine Arme um sie gelegt, während sie über das Wasser sah. Die Sonne war hinter ihnen untergegangen und der Himmel war eine perfekte Mischung aus Grau, Gold und Pink.

»Wie fühlst du dich?«, flüsterte Connor ihr ins Ohr. »Alles gut?«

»Ich kann nicht glauben, dass das mein letzter Abend ist«, sagte sie. »Es ist seltsam.«

»Es ist dein letzer Abend, bevor wir zurück in die Stadt fahren«, sagte er. »Und wenn du deine Karten richtig spielst, lasse ich dich morgen vielleicht sogar in meinem Zimmer schlafen.«

Sie lehnte ihren Kopf an seine Schulter. »Kalifornien ist so weit weg.«

»Ich habe dir schon ein Ticket gekauft«, sagte er. »Du wirst Ende September zu mir kommen.«

»Ich kann es kaum erwarten«, sagte sie.

»Ähm, entschuldigt!«, rief Isabel, die über den Strand auf sie zuging. Sie hatte ein geöffnete Flasche Cristal in der einen Hand und in der anderen eine große Papiertüte. »Keine Knutschereien vor meinen Augen, verstanden?«

Rory und Connor lachten, als sie sich auf die Decke neben sie fallen ließ. »Ich hatte keine Ahnung, dass du so verklemmt bist«, sagte Rory.

Connor öffnete die Papiertüte und nahm die Sachen heraus, die Marisa für ihr Abendessen eingepackt hatte. »Lecker. Frittiertes Hühnchen. Kartoffelsalat. Krautsalat. Das ist genial.«

»Hey, lasst uns zuerst einen Toast aussprechen«, rief Isabel und zog die Champagnergläser hervor, die sie in ihrer Tasche aus dem Haus geschmuggelt hatte. Sie goss jedem etwas ein und reichte Rory und Connor je ein Glas.

»Worauf trinken wir?«, fragte Rory.

»Auf Connor«, sagte Isabel, »darauf, dass er endlich aus dem Schwimmteam ausgetreten ist.«

Sie hielt ihr Glas hoch, während Connor die Augen verdrehte.

»Dad wird darüber wahrscheinlich nie hinwegkommen«, sagte er.

»Gratuliere«, sagte Isabel. »Und auf mich, denn ich kann endlich Auto fahren.«

»Und weil du noch keinen Strafzettel bekommen hast«, scherzte Rory.

»Dem stimme ich zu«, sagte Connor.

»Und auf Rory McShane«, sagte Isabel. »Unglaubliche Autofahrerin. Wundervolle Freundin. Furchtbares Temperament.«

Rory lachte.

»Dieser Sommer wäre nicht derselbe gewesen ohne dich. Und ich bin mir sicher, dass mein Bruder das genauso sieht«, sagte Isabel mit einem Grinsen.

»Vielleicht ein kleines bisschen«, sagte Connor und küsste Rory auf die Wange.

»Aber ernsthaft, ich weiß nicht, was ich dieses Jahr ohne dich machen soll. Wer wird mir sagen, dass ich langsamer fahren soll? Wer wird mir zuhören, wenn ich über Jungs rede. Wer wird mich nicht verurteilen, wenn ich dummes Zeug anstelle?«

»Und auf euch Leute«, sagte Rory und hielt ihr Glas hoch. »Ich kam her und kannte niemanden und nichts. Und jetzt habe ich zwei neue beste Freunde.« Sie fühlte, dass sie feuchte Augen bekam. »Die beide nach Kalifornien gehen und mich verlassen.«

Connor drückte sie an sich. »Bald bist du auch da.«

»Und dann besuchst du mich, ja?«, fragte Isabel.

»Unbedingt«, sagte Rory.

»Ich habe da noch etwas für dich«, sagte Isabel. »Nur eine Kleinigkeit, damit du uns nie vergisst.« Sie zog eine kleine Schachtel aus der Papiertüte und gab sie Rory. »Mach schon. Öffne es.«

»Bist du sicher, dass ich sie hier öffnen soll?«, fragte Rory.

»Na klar«, sagte Isabel. »Mach schon.«

Rory öffnete die Schachtel und sah ein goldenes Bettelarmband. Sie nahm es heraus und sah es genauer an. Im Licht der untergehenden Sonne glänzten ein I und ein R.

»Sosehr ich deine Armbänder mag«, sagte Isabel, »dachte ich trotzdem, dass dies hier vielleicht netter ist.«

»Es ist wunderschön«, sagte Rory und zog es an.

»Und ich habe für mich dasselbe gekauft.« Isabel hielt ihr Handgelenk hoch, sodass Rory das goldene *R* sehen konnte.

»Ich hatte den unglaublichsten Sommer«, sagte Rory. »Danke, dass ich hier sein durfte, Leute. Das werde ich sicher nie vergessen.«

»Dann musst du einfach wiederkommen«, sagte Isabel. »Nächsten Sommer.«

Rory sah Connor an. »Wirklich?«

»Definitiv«, sagte er.

Rory nickte. »Okay dann.«

»Schwörst du es?«, fragte Isabel.

Rory lächelte. »Ich schwöre.«

Danksagungen

Ein riesiges Dankeschön geht an Becka Oliver für ihre herausragende Beratung, Unterstützung und Freundschaft. Meiner Lektorin Elizabeth Bewley, die von Anfang an an dieses Buch geglaubt und mir immer wertvolle Tipps gegeben hat und die die Charaktere manchmal besser zu kennen schien als ich selbst. Danke, Elizabeth. Cindy Eagans aufrichtiger Enthusiasmus und ihre gute Laune haben mich wie immer auf Kurs gehalten. Tracy Shaw. Die Titelseitenzauberin hat wieder einmal ein wunderschönes Cover entworfen. Und ein großes Dankeschön an Christine Ma, die außergewöhnliche Redakteurin, die dafür sorgte, dass ich wusste, wovon ich in den Hamptons schrieb. Henry und Peggy Schleiff für ihre warmherzige Gastfreundschaft und das Gelächter, draußen in Water Mill. Blake Davis und Maria Mitchell Davis, die meine E-Mails innerhalb von Minuten beantworteten. Cassidy Catanzaro, die unglaublich detailliert jede SMS über Stillwater und Sussex County beantwortete. Sarah Mlynowski und Courtney Sheinmel, die mich in den geheiligten Hallen ihrer Schreib-Lounge willkommen geheißen haben, ganz zu schweigen von der Twitterhood of Butt-Lifting-Pajants.

Und meiner Familie … Mom und Dad, danke, dass ihr mich so wundervoll unterstützt habt, während ich an den Anfangskapiteln von diesem Buch gearbeitet habe. Und JJ, danke für alles. Du bist die beste Leserin, beste Freundin und beste Schwester, die man sich wünschen kann.

Fiona Wood

Wilder Sommer

ca. 464 Seiten

ISBN 978-3-570-30905-6

Seit Sibylla denken kann, steht sie im Schatten ihrer besten Freundin Holly. Aber als sie zufällig das Gesicht einer Werbekampagne wird, interessieren sich auf einmal alle für sie. Sogar Ben, für den sie schon lange schwärmt. Doch da ist auch noch Michael, Sibs Freund aus Kindertagen, der ganz offensichtlich in sie verliebt ist. Und sich auf einmal großartig mit Lou versteht, die neu in der Klasse ist. Es braucht einen ganzen Sommer, bis Sib herausfindet, wer ihre Freunde sind und wer sie wirklich ist.

30111

cbt

www.cbt-jugendbuch.de